KNAUR

Im Knaur Taschenbuch ist von der Autorin bereits erschienen:
Weiße Nächte, weites Land
Das Hurenschiff

Über die Autorin:
Martina Sahler, 1963 in Leverkusen geboren, studierte Germanistik und Anglistik in Köln. Sie arbeitete lange Zeit als feste und freie Lektorin für Belletristik, bevor sie sich mit großer Begeisterung der Schriftstellerei widmete. Seit 15 Jahren schreibt sie Romane für Erwachsene und Jugendliche. Mit ihrer Familie und zwei Katzen lebt sie im Bergischen Land bei Köln.

MARTINA SAHLER

Die Hureninsel

Roman

KNAUR

Besuchen Sie uns im Internet:
www.knaur.de

FSC
www.fsc.org
MIX
Papier aus verantwortungsvollen Quellen
FSC® C083411

Redaktion: Dr. Gisela Menza
Covergestaltung: ZERO Werbeagentur, München
Coverabbildung: akg-images / Album / Oronoz; arcangel / Anna Mutwil / Ilona Wellmann
Satz: Adobe InDesign im Verlag
Druck und Bindung: CPI books GmbH, Leck
ISBN 978-3-426-51754-3

2 4 5 3

Die Zukunft hat viele Namen:
Für Schwache ist sie das Unerreichbare,
für die Furchtsamen das Unbekannte,
für die Mutigen die Chance.

Victor Hugo

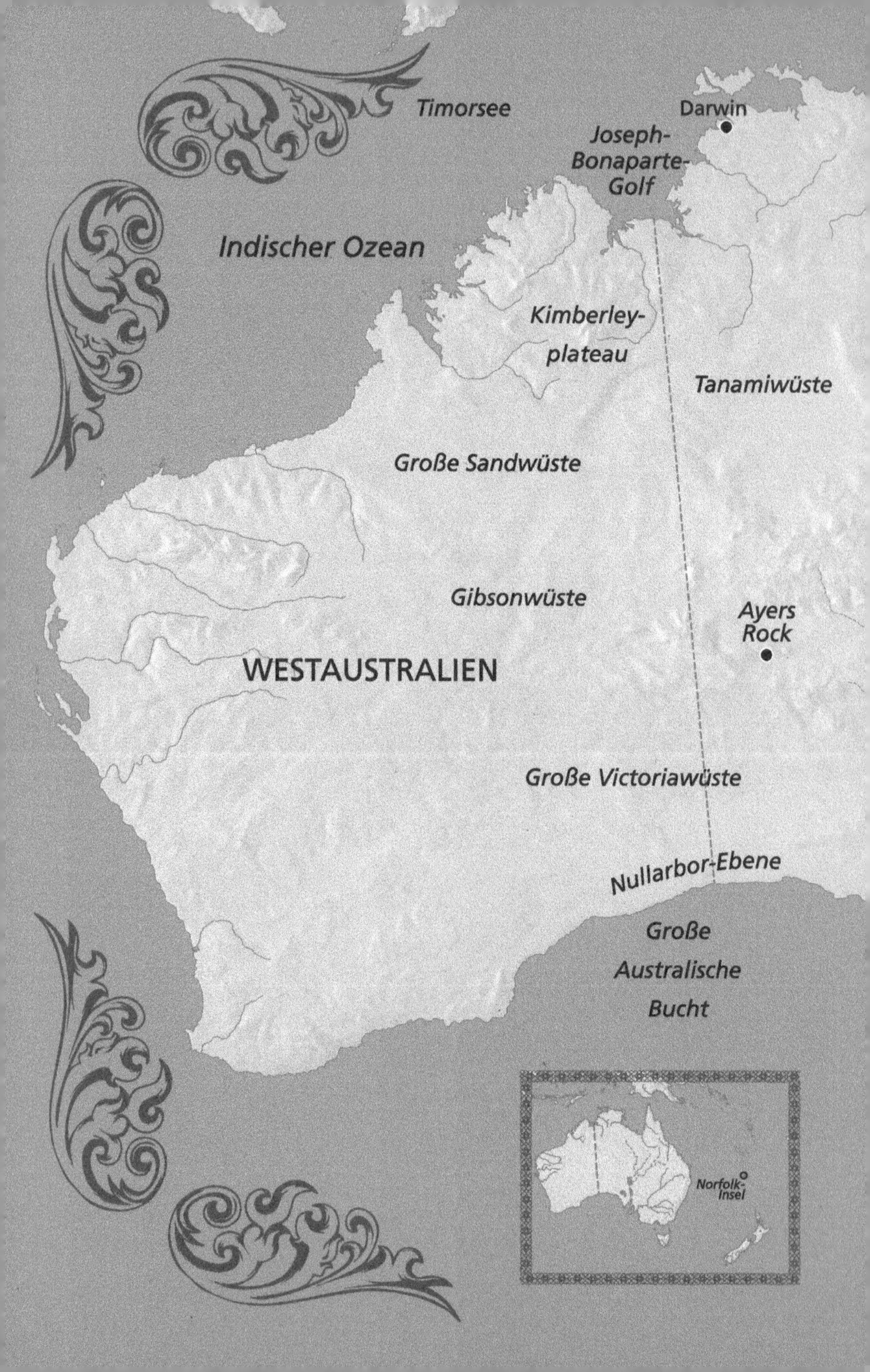
Timorsee
Darwin
Joseph-Bonaparte-Golf
Indischer Ozean
Kimberley-plateau
Tanamiwüste
Große Sandwüste
Gibsonwüste
Ayers Rock
WESTAUSTRALIEN
Große Victoriawüste
Nullarbor-Ebene
Große Australische Bucht
Norfolk-Insel

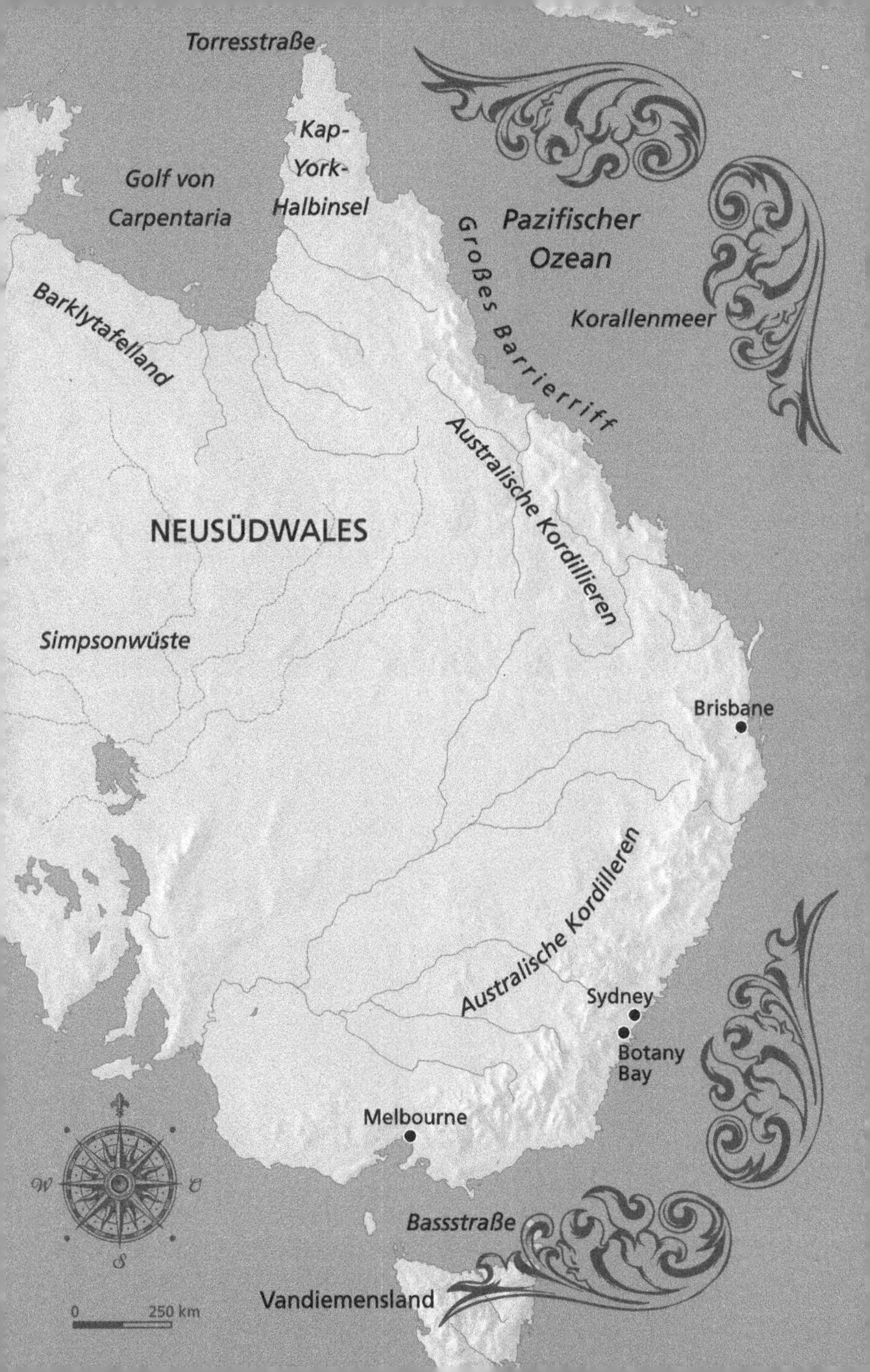

Torresstraße
Kap-
York-
Halbinsel
Golf von
Carpentaria
Pazifischer
Ozean
Großes Barrierriff
Korallenmeer
Barklytafelland
Australische Kordillieren
NEUSÜDWALES
Simpsonwüste
Brisbane
Australische Kordilleren
Sydney
Botany
Bay
Melbourne
W
O
S
Bassstraße
Vandiemensland
0
250 km

Die wichtigsten Figuren

(historische Persönlichkeiten sind mit * gekennzeichnet)

In Sydney Cove

Molly Monday, zu sieben Jahren Deportation verurteilte junge Straßenhure
Hannah Douglas, Mollys beste Freundin
Rose Naiden, zur Deportation verurteilte »Königin der Diebe«
Andrew Naiden, ihr auf der *Neptune* anreisender Ehemann
Michael Riley, Arzt im Hospital von Sydney Cove
Dr. John White*, Wundarzt im Krankenhaus
Edward Young, Sekretär des Gouverneurs
Sir Arthur Phillip*, Gouverneur von Sydney Cove
Reverend Richard Johnson*, erster Geistlicher in Australien
Dorothy Johnson, ehemalige Bordellbesitzerin

Auf Norfolk

Laurie Hodginson, Dorothys Lieblingshure, die nach Norfolk verbannt wird
Deborah Travers, nach Norfolk verbannte Kräuterkundige und Lauries Vertraute
Joseph Heath, der »Rattenmann«, Siedler in Norfolk im Dreiergespann mit Laurie und Deborah
Major Ross*, oberster Befehlshaber auf Norfolk
Sarah Walsh, geborene Whitlam*, zur Deportation verurteilte Diebin, die ihr Fähnchen in den Wind hängt

John Coen Walsh*, Sarahs Ehemann
Maud, Tochter von Sarah und John Nicol
Steven Dalton, der Dritte im Bunde beim Ehepaar Walsh

Auf hoher See

John Nicol*, liebeskranker Steward auf der *Lady Juliana*
Ben Benson, Seemann auf der *Lady Juliana*
Will March, Mollys Bruder, auf den Weltmeeren unterwegs
Jack Barns, Steuermann auf der *Lady Juliana*

1. Kapitel

Sydney Cove, Juli 1790

»Ob drüben im Busch Menschenfresser lauern? Ich habe geträumt, dass wilde Männer mich an einem Spieß über Flammen rösten.« Hannah drückte sich enger an Molly. Ihre Freundin war zwar nicht größer und genauso mager, stand aber breitbeinig in der Menschenmenge, die Arme vor der Brust gekreuzt, das Kinn erhoben. Mollys schwarzes Haar flatterte im Wind. Sie hielt es sich mit einem blassroten Tuch aus der Stirn.

Der Juli war der kälteste Monat in Sydney Cove. So viel hatten die beiden jungen Frauen in den wenigen Tagen seit ihrer Ankunft schon mitbekommen. Hier am Ende der Welt tickten die Uhren anders.

»Sei keine Närrin, Hannah«, zischte Molly durch den Mundwinkel, ohne ihr das Gesicht zuzuwenden. »Wovor wir uns wirklich fürchten müssen, ist diese Kolonie. Wenn es tatsächlich Kannibalen im Urwald gibt, dann werden sie sich an uns klapprigen Gestellen die Zähne ausbeißen.«

Sie standen inmitten aller Kolonisten von Sydney Cove und lauschten der Predigt von Reverend Richard Johnson. Hinter ihnen wackelten die zusammengezimmerten Hütten knarrend im Wind, links dehnte sich der Busch, rechts bildete der Sandstein bizarre Felsformationen. Pazifikbrecher donnerten im ewigen Rhythmus der Gezeiten gegen die Steinwände.

Nichts war hier, wie es schien. Zwar wirkte die Landschaft

lieblich, erwies sich aber als gänzlich unfruchtbar. Den Männern der ersten Flotte, die vor zwei Jahren hier an Land gingen, war es nicht ein einziges Mal gelungen, eine Ernte von Mais oder Bohnen einzubringen. Sie waren weit davon entfernt, sich selbst zu versorgen, wie es sich die englische Regierung erhoffte. Nach zwei Jahren sahen sich die Sträflinge immer noch auf Gedeih und Verderb dem Wohlwollen und dem Mitgefühl der englischen Regierung ausgeliefert. Jedes Schiff empfingen sie mit neuer Hoffnung, dass es Lebensmittel, Saatgut, Nutztiere brachte, aber in manchen Monaten schien es, als hätte die Heimat sie vergessen.

Der Boden hier war sandig, sumpfig, von Geröll und Steinplatten durchsetzt. Wo die Erde fruchtbarer erschien, war sie mit undurchdringlichem Buschwerk bestanden, das tief wurzelte und sich der Rodung widersetzte. Ohne Werkzeuge, mit bloßen Händen und behelfsmäßigen Schaufeln mühten sich die Männer ab, diesem Kontinent Ackerland abzuringen, aber sie kamen nur Meter um Meter voran. Größere Bäche, Seen oder Teiche gab es kaum, das Regenwasser bildete auf dem harten Boden nur Schlammlöcher.

Viele Jahre würden ins Land ziehen, bevor sich dieses armselige Neusüdwales selbst unterhalten konnte. Und in dieses Elend waren vor wenigen Tagen weitere unglückliche Gestalten wie Molly und Hannah getaumelt.

Die mehr als zweihundert weiblichen Sträflinge von der *Lady Juliana* befanden sich in einem recht guten gesundheitlichen Zustand. Sie erkannten nun, dass sie trotz des Bordellbetriebs an Bord und des Rechts der Seemänner, sich Geliebte zu nehmen, über die einjährige Fahrt von London hierher nicht klagen konnten. Sie hatten hinreichend zu essen gehabt, durften an Deck die Sonne genießen und schlenderten die meiste Zeit ohne Ketten auf dem Schiff herum.

Als sie jedoch in der Bucht einliefen und die halb verhungerten Offiziere der Kolonie an Bord kamen, begriffen die herausgeputzten Frauen, die auf gute Partien hier an Land gehofft hatten, dass sie eine Fracht waren, die niemand brauchte. Die Menschen warteten auf Mais und Mehl, um dem Hungertod zu entkommen. Stattdessen hatten sie nun über zweihundert Esser mehr zu versorgen.

Übel war es auch den Männern ergangen, die auf den drei Schiffen *Neptune*, *Scarborough* und *Surprize* kurz nach der *Lady Juliana* Neusüdwales erreicht hatten. Unter ihnen befanden sich zahlreiche Bekannte, Ehemänner, Brüder und Liebhaber der Gefangenen von der *Lady Juliana.* Molly kannte kaum einen von ihnen, aber Rose Naiden, die »Königin der Diebe«, hatte ihren Mann Andrew wiedergefunden – mehr tot als lebendig.

An Land brach das blanke Entsetzen aus, als Matrosen die Sträflinge in Ketten wie Säcke über die Reling ins Wasser warfen. Von den mehr als tausend Männern waren fast die Hälfte während der Überfahrt gestorben oder standen kurz davor und waren zu krank, um zu essen und sich selbst zu versorgen. Die meisten derjenigen, die noch atmeten, waren arbeitsunfähig.

Nach Wochen im stinkenden Unterdeck ohne Bewegung verloren manche an der frischen Luft sofort das Bewusstsein, andere starben auf dem Weg zum Ufer. Dort angekommen, konnten viele nicht gehen oder stehen und wurden von anderen geführt. Manche krochen auf allen vieren. Barmherzige Kolonisten trugen halb tote Männer auf dem Rücken.

Hannah und Molly hatten sich während dieses blutigen Schauspiels an den Händen gehalten und ihren Augen nicht getraut. »Was für ein Unterschied zwischen ihnen und uns«, hatte Molly gewispert.

Die männlichen Sträflinge waren der Schiffshölle entronnen, um jetzt jämmerlich dahinzuvegetieren. Mitgefühl unter den Gefangenen suchte man vergeblich. Die menschenunwürdige Überfahrt hatte jedes Gefühl in den Sträflingen abgetötet. Molly hatte beobachtet, wie jemand einem Verletzten, der kurz vor dem Sterben stand, ein Stück Brot aus der Hand nahm und rief, der andere werde ohnehin sterben und daher nütze es ihm nichts. Kaum hatte jemand seinen letzten Atemzug getan, kamen andere und stritten sich um die Lumpen, die er trug.

Sydney Cove war eine Kloake. Die Heimat hatte ihre verbrecherische Klasse so weit wie möglich von sich geschleudert.

Es gab in der Kolonie kein Gebäude, das groß genug gewesen wäre, um die gesamte Gemeinde von Sträflingen, Soldaten und Frauen zu fassen. Also hatte sich der einzige Geistliche auf eine felsige Anhöhe gestellt, die ein knorriger Baum mit seinem dichten Blattwerk überdachte, und predigte unter Gottes weitem Himmel mit ausgestreckten Armen. Sein breites Gesicht mit dem Backenbart und dem zurückgehenden Haupthaar schimmerte in der frischen Luft rosig, an seiner Nase hing ein Tropfen.

Er hob den Zeigefinger in Richtung Himmel. »Ihr geht vom Eigentum der *Lady Juliana* in das der Kolonialregierung unter Gouverneur Arthur Phillip über. Die Regeln von Buße und Sühne, die ihr vom Schiff her kennen solltet, haben hier ebenfalls Gültigkeit. Zuerst kommt der Stock, dann die Bibel! Diebstahl wird mit Peitschenhieben bestraft, Fluchtversuche mit dem Galgen!«

Molly mahlte mit dem Kiefer, während sie dem Pfarrer lauschte, dem es eine Genugtuung zu sein schien, ihren Aufenthalt in dieser Sträflingskolonie in den schwärzesten Farben darzustellen. Um sich herum hörte sie vereinzelte Schluchzer, manche Frauen schlugen die Hände vors Gesicht.

Hannah neben ihr schluckte und krallte sich in Mollys Arm. Sie trug ihre bis weit über die Schultern fallenden dunkelblonden Haare zu einem taudicken Zopf geflochten. Molly wandte sich ihr zu und sah, dass ihre steingrauen Augen feucht schimmerten. »Was waren wir für törichte Hühner, von einem Paradies zu träumen. Aber wenigstens sind wir endlich angekommen«, flüsterte Hannah ihrer Freundin zu. »Vielleicht haben wir ein Auskommen, wenn wir tun, was verlangt wird. Vielleicht finden wir einen Mann, der uns beschützt.«

In Mollys Lachen schwang nicht die Spur von Erheiterung mit. Es klang wie das Lachen einer viel älteren Frau. »Dein Wort in Gottes Ohr«, sagte sie. »Glaubst du nach all den Jahren wirklich an Männer, die uns Schutz bieten?«

Hannah hob das Kinn. »Ja, das tue ich. Und du solltest es auch. Hast du vergessen, was Ben Benson für dich getan hat? Und glaubst du, dass dein Bruder als Mann ein Ungetüm wird?«

Molly spürte, wie ihre Wangen erglühten. »Ben Benson war eine Ausnahme. Und Will ... wird einmal ein besonderer Mann.« Sie hob die Nasenspitze. »Aber ich werde nicht tatenlos darauf warten, bis er alt genug ist, mich von hier wegzuholen. Ich werde ...«

»Tatenlos zu bleiben ist sowieso kein guter Plan.«

Die Freundinnen fuhren herum und blickten direkt auf die von einem fadenscheinigen, aber sauberen Schnürhemd bedeckte breite Brust eines Mannes. Sie hoben die Köpfe, um das Gesicht darüber zu sehen, das zu dieser ungewöhnlich tiefen Stimme passte. Der Mann war drei Hand breit größer als sie. Mit seinen verstrubbelten weizenblonden Haaren, dem schelmischen Schmunzeln und den blitzenden Augen wirkte er auf trügerische Art jugendlich. Seine sonore Stimme stand in einem faszinierenden Gegensatz dazu. Molly schätzte ihn im Bruchteil einer Sekunde auf Anfang zwanzig und gefährlich intelligent. Was hatte er von ihrem Gespräch mitbekommen? Hatten sie irgendetwas verraten, woraus er ihnen einen Strick drehen konnte?

»Was geht das dich an?«, fuhr Molly ihn an und wies mit dem Kinn auf ihn.

»Mich kratzt das nicht, ob zwei junge Ziegen mit der Neunschwänzigen ausgepeitscht werden wegen Faulenzertums und Arbeitsverweigerung. Im Gegenteil, das ist gewiss ein rechtes Spektakel und eine willkommene Abwechslung im Trott.«

»Was plusterst du dich so auf?«, raunzte Molly und musterte den jungen Mann vom Scheitel bis zur Sohle. »Wer bist du überhaupt? Und wie lange bist du schon hier? Ich schätze, du bist ein rechtes Großmaul.«

Der Mann grinste. »Und du eine kleine Gifthexe. Dabei solltest du dich gut mit mir stellen. Wenn dich das Fieber packt und du ins Hospital kommst, bist du auf mein Wohlwollen angewiesen, wenn du überleben willst.«

»Du arbeitest im Hospital?«, fragte Hannah. Sie hatte bislang geschwiegen und den Mann nur im Schatten von Molly gemustert. Im Gegensatz zu Molly war Hannah für ihre Sanftheit bekannt. Sie schenkte dem Fremden sogar ein Lächeln, wie Molly mit Wut im Bauch feststellte.

Der Blonde legte die Rechte an die Brust und verbeugte sich. »Mein Name ist Michael Riley. Ich arbeite seit meiner Ankunft als Arzt im Krankenhaus, Seite an Seite mit John White, der mit der ersten Flotte gekommen ist. Ein recht steiler Aufstieg, möchte ich meinen.« Er lachte einmal kurz auf.

»In der Heimat war ich Pfleger. Aber meine medizinischen Kenntnisse reichen aus, um hier gemeinsam mit anderen Ärzten und Schwestern das größte Übel abzuwenden.«

»Soso, ein Scharlatan also, der vorgibt, mehr zu sein, als er ist«, stellte Molly fest.

Michael hob nur die Schultern und zog eine gleichgültige Miene. »Nenn es, wie du magst. Ich trage meinen Teil zur Gemeinschaft bei.«

»Seit wann bist du hier?«, wollte Molly wissen.

»Ich bin vor wenigen Tagen auf der *Neptune* angekommen.«

Molly lachte ungläubig und setzte wieder ihre überheblichste Miene auf. »Wir haben die Männer, die mit den Gefangenenschiffen gekommen sind, gesehen. Ihr Blut hat die Bucht rot gefärbt. Von denen konnte keiner mehr aufrecht gehen. Also erzähl uns keinen Unfug.«

Michael zuckte die Schultern. »Glaubt mir oder lasst es. Tatsache ist, im Hospital wird jede Hilfe gebraucht. Mit den Massen an Verletzten und Sterbenskranken von der *Neptune,* der *Scarborough* und der *Surprize* ist die Krankenstation heillos überfüllt. Wir mussten bereits Patienten nach draußen verlagern. Aber gut, wie du dich gebärdest, juckt dich das Schicksal der anderen nicht.« Er blickte Molly direkt in die Augen. »Dann mach es wie die anderen Weiber von der *Lady Juliana* und such dir einen Mann, dem du den Haushalt führen und Kinder gebären kannst.«

»Das lass meine Sorge sein«, zischte Molly zurück, spürte aber auf einmal Hannahs Arm und wie ihre Freundin ein Stück vor sie trat.

Hannah legte den Kopf in den Nacken, um Michael Riley anblicken zu können. Mit fünf Fingern fuhr er sich durch die Strubbelhaare, ein Schmunzeln spielte um seine schmalen

Lippen. An seinem Kinn wuchsen nur wenige Bartstoppeln, was sein jugendliches Aussehen unterstrich. Vielleicht war er sogar jünger als zwanzig, ging es Molly durch den Sinn.

»Ich interessiere mich für die Arbeit im Hospital«, sagte Hannah mit ungewohnt fester Stimme.

Molly kannte sie nur nachgiebig und anpassungsbereit. Normalerweise tat Hannah genau das, was sie, Molly, für das Richtige hielt. Und war ihre Freundin damit bislang schlecht gefahren? Nein, war sie nicht. Warum also sollte sie daran etwas ändern?

»Das kann nicht dein Ernst sein, Hannah«, fuhr Molly ihr über den Mund. »Willst du die Erste sein, die sich ansteckt, sobald ein Fieber oder der Durchfall herumgeht? Die suchen da dumme Gänschen wie dich, damit sie die Pflege der Verseuchten übernehmen.«

Michael wies mit dem Finger auf sie, und seine Augen blitzten. »Auf solche wie dich können wir verzichten. Wir brauchen Menschen mit Herz, nicht mit einem Eisbrocken in der Brust. Täglich stehen wir vor der Herausforderung, all diese Kranken zu versorgen. Wir sind hoffnungslos überfordert. Und Medikamente gibt es kaum. Erst im Mai hatten sie hier eine Pockenepidemie, der sie machtlos gegenüberstanden. Wir wickeln die nackten Kranken in Decken, solange keine Kleidung genäht ist. Im Busch stocken wir die Vorräte an Heilkräutern gegen Durchfall und Lungenkrankheiten auf. Das ist unsere tägliche Arbeit hier – vielleicht der wichtigste Dienst in dieser Kolonie.«

»Pah«, machte Molly und fuhr herum, weil in diesem Moment Reverend Johnson die Stimme hob. Seine Predigt war an ihr vorbeigerauscht, aber nun verkündete er mit seiner Bassstimme: »Falls es sich noch nicht herumgesprochen hat – zweihundertzweiundzwanzig zusätzliche Esser, die uns die

Lady Juliana gebracht hat, können wir in dieser Kolonie nicht durchbringen. Erst recht nicht, bis all die Kranken wieder so weit genesen sind, dass sie sich in der Landwirtschaft und im Häuserbau einbringen können. Die Kolonialregierung hat deswegen beschlossen, dass ein großer Teil der Huren nach Norfolk verschifft wird.«

Ein Raunen ging durch die Menge.

Viele mochten seit Januar 1788 verstorben sein, seit Kapitän Arthur Phillip auf seinem Flaggschiff *Sirius* eine aus elf Schiffen bestehende Flotte mit rund tausend Menschen nach Sydney Harbour gebracht hatte. Aber die Masse an Menschen, die mit den Gefangenenschiffen und der *Lady Juliana* in diesen Tagen eingetroffen war, die konnte die Kolonie nicht tragen. Das erkannte auch Molly.

Was bedeutete es, wenn ein Teil der Frauen verschifft werden sollte?

Über Reverend Johnsons speckige Wangen ging ein Grinsen. »Seht es als Ehre und Bevorzugung an. Norfolk ist eine hübsche Insel mit fettem Mutterboden und üppigen Pflanzen, etwa eintausendfünfhundert Seemeilen von hier entfernt. Man hört nur Gutes aus dieser Außenkolonie!«

»Glaub dem Pfaffen kein Wort«, flüsterte Michael so laut in Hannahs Ohr, dass Molly es mithören konnte. »Norfolk wird von dem grausamen Major Ross befehligt – dort soll es noch gnadenloser zugehen als hier in Sydney Cove.«

»Wenn ich als Krankenschwester im Hospital arbeite, werde ich hier gebraucht, oder?«, fragte Hannah und ließ den Blick nicht von ihm.

»Ich werde jeden Eid schwören, dass wir auf dich nicht verzichten können«, antwortete er.

»Mann, was bist du für ein Prahlhans«, ging Molly dazwischen. Das konnte doch nicht sein, dass er hier vor ihren Augen und Ohren Hannah einwickelte. »Erzähl uns lieber, wie es dir gelungen sein soll, auf der *Neptune* ungeschoren davonzukommen. Wie du dich hier in die Brust wirfst, hat man dir da kein Härchen gekrümmt. Wie kam es denn zu der Sonderbehandlung? Wem musstest du zu Gefallen sein?«

An Michaels Schläfe schwoll eine Ader blau an, sein Atem ging flach und schnell, und die Hände hielt er zu Fäusten geballt, während er Molly anstierte.

Unbewusst trat sie einen Schritt zurück. Vielleicht war sie doch zu weit gegangen, einen ihr völlig Fremden derart zu reizen. Aber sie konnte nicht aus ihrer Haut – sobald ihr einer prahlerisch gegenübertrat, verwies sie ihn in seine Schranken.

»Molly, was soll denn das!«, fuhr Hannah sie da an. »Du kennst Michael gar nicht, und …«

»Aber du kennst ihn, ja?«

»Ich möchte mich weder mit irgendeinem stinkenden Bauern hier vermählen, noch möchte ich auf diese … diese Hureninsel, von der der Reverend gesprochen hat. Ja, ich werde im Krankenhaus arbeiten, wenn ich dort gebraucht werde.«

Michael entspannte sich sichtlich, während Hannah sprach und er sie musterte. Nun streckte er ihr die Rechte entgegen. Seine Finger waren lang und feingliedrig und für die hiesigen Verhältnisse auffallend sauber. Keine Hände, die das Zupacken gewohnt waren, ging es Molly durch den Sinn. Mit einem Flattern im Magen bemerkte sie, wie Hannah ihre Finger in Michaels Rechte legte und wie er sie hielt.

Was passierte hier? Wie war es diesem durchtriebenen Burschen nur gelungen, im Handstreich Hannah auf seine Seite zu ziehen, ihre beste Freundin!

Molly erinnerte sich daran, wie sie Hannah zum ersten Mal begegnet war, auf der Mauer vor *Dorothy's Guesthouse* mitten in London. Sie waren beide zehn Jahre alt gewesen. Molly hatte sich damals auf der Straße mit Diebstahl durchgeschlagen und aus einem sicheren Versteck heraus Hannah beobachtet, die eine Schleife in ihren lockigen Haaren trug, dazu ein froschgrünes Kleid und nackte schwarze Füße. Damals hatte Molly nicht gewusst, was der alte Herr mit Dreispitz und Perücke, der dem Mädchen im Froschkleid von der Mauer herunterhalf, mit ihr im *Guesthouse* anstellte. Aber sie erfuhr es wenige Tage später am eigenen Leib, als sie sich genau wie Hannah dem Schutz von Dorothy Johnson unterstellte. Wahrscheinlich würde sie heute noch in Londons Hurenviertel arbeiten, wenn da nicht die Sache mit dem einäugigen Hafenarbeiter gewesen wäre, den Hannah und sie um einen Käse erleichtert hatten.

Ihrer Deportation nach Australien hatte Molly zunächst guten Mutes entgegengeblickt – warum sich nicht ein neues Leben am Ende der Welt aufbauen? Aber inzwischen wusste sie es besser, und in ihrem Herzen nistete sich die Erkenntnis ein, dass sie bis aufs Blut darum kämpfen würde, sich eine bessere Heimat zu suchen. Allein deswegen, um ihrem Bruder Will, der als Schiffsjunge auf der *Lady Juliana* arbeitete, einen warmen Ort zu schaffen, wenn es ihn nach seinen Reisen über die Weltmeere aufs Festland zog.

Es schmerzte ein wenig, dass ihre alte Heimat vielleicht niemals mehr wieder ihre neue Heimat sein würde. Geflohenen Straftätern drohte in England die Todesstrafe. Wenn sie nach England zurückkehren wollte, musste sie sich eine neue Identität zulegen, aber solche Überlegungen konnte sie anstellen, wenn es so weit war. Erst einmal weg von hier, wohin auch immer.

Kaum etwas in Mollys Leben hatte Bestand – alles war in Wandlung, Tag für Tag, aber dass Hannah zu ihr gehörte, das gab ihr die Sicherheit, nach der sie sich, verborgen in ihrem

Inneren, sehnte. Nie hatte sie eine Sekunde lang daran gezweifelt, dass Hannah ihr gegenüber bis zu ihrem Tod loyal sein würde. Und nun ließ sie sich von dem Geschmeichel des jungen Aufschneiders blenden.

»Molly, wir werden hier irgendetwas tun müssen. Bevor uns die Aufseher unsere Arbeiten zuteilen, können wir selbst wählen«, sagte Hannah. »Ich bitte dich inständig, komm mit ins Krankenhaus. Ich vertraue Michael.« Wie sie zu ihm aufblickte, verursachte Molly Magendrücken.

Molly presste die Lippen zu einem schmalen Strich zusammen. In die Pflicht genommen zu werden, Verantwortung zu übernehmen, ständiger Überwachung ausgesetzt zu sein – nein, das Hospital war nicht der richtige Ort für sie. Sollte Hannah dort ihr Auskommen finden, sie selbst brauchte günstigere Bedingungen, um ihre Pläne zu durchdenken und in die Tat umzusetzen.

Von der ersten Sekunde an, da sie die Kolonie betreten hatten, war Molly klar, dass sie in dieser Trostlosigkeit nicht ausharren würde. In ihrem Kopf drehten sich die Gedanken nur um eine einzige Idee: Wie konnte sie die Flucht hinaus aufs Meer und später heim nach England schaffen?

2. Kapitel

Wie viele Tote würde der Pfaffe noch begraben müssen? Arme Teufel oder Glückspilze? Dorothy Johnson fand, dass einem Sträfling Schlimmeres passieren konnte, als gleich in den ersten Tagen in dieser Seuchenbucht draufzugehen.

Zu bemitleiden waren eher die kreischenden Würmer, denen Reverend Johnson mit eigener Hand geweihtes Wasser über die Stirn träufelte, um sie zu taufen. In was für ein verfluchtes Leben waren sie hineingeboren.

Echtes Mitleid war Dorothy seit vielen Jahren fremd. Anteilnahme hatte sie noch nie empfunden, nur einen gewissen Beschützerinstinkt. Ein wenig davon für ihre ehemals jüngsten Huren im Stall, Molly und Hannah, und eine extra große Portion für Laurie Hodginson, zu der sie sich nach Reverend Johnsons Ansprache auf die Suche machte.

Die mehr als tausend Kolonisten schlichen nach der Predigt mit gesenkten Häuptern auseinander. Die Gesichter lagen im Schatten, die Leute sprachen nur gedämpft miteinander, die Schritte stapften schwer über den roten Lehm. Zur Freude hatte hier keiner einen Grund, obwohl der Frachter *Justinian* vor wenigen Tagen Lebensmittel und Saatgut, Werkzeuge und Wein gebracht hatte.

Kaum einer hier glaubte daran, dass sie es aus eigenen Kräften schaffen würden, die Kolonie zum Blühen zu bringen. Auch Dorothy machte sich nicht die geringsten Illusionen. Das hatte sie noch nie getan.

Während der Fahrt mit der *Lady Juliana* von London über Santa Cruz de Tenerife, Rio und Kapstadt bis nach Sydney Cove hatte sie sich keine Sekunde lang dem schönen Traum hingegeben, sie würden im Garten Eden landen. Dorothy hatte mit den Jahren genug gesehen und gehört, um einschätzen zu können, was ein Dasein in einer weit vom Vaterland entfernt liegenden Bucht bedeutete. Sie kannte Kolonisten, die heimgekehrt waren, hatte ihnen in ihrer Herberge in die todesmüden Augen geblickt, die geschundenen Hände und Füße gesehen und die zahnlosen Münder. Ein Leben unter diesen Bedingungen ließ jeden Menschen, gleich ob Mann oder Frau, an seine Grenzen gehen. Dorothy war nicht bereit, ihre Grenzen kennenzulernen.

Tatsächlich hatte sie in den ersten Tagen in der Bucht darüber nachgedacht, ihrem Leben selbst ein Ende zu setzen. Nach dem Abschied von Ben Benson, dem Seemann auf der *Lady Juliana*, der aus irgendeinem nicht nachvollziehbaren Grund einen Narren an ihr gefressen hatte, erschien ihr ihre Zukunft grau und trüb, egal, wohin es sie verschlug. Sie hatte tatsächlich mehr für diesen alten stinkenden Bären empfunden, als sie sich all die Monate auf der *Lady Juliana* eingestanden hatte. Aber nun waren sie wieder getrennt, und wie es schien, war es ein Abschied für immer. Unwahrscheinlich, dass das Hurenschiff ein weiteres Mal den Anker vor Australien warf.

Dorothy lenkte ihre Schritte in Richtung des Strandes, während die anderen Kolonisten wieder ihrer Arbeit auf den Feldern, in der Nähhütte, an den Proviantlagern, im Haus des Gouverneurs und im Krankenhaus nachgingen. Der Schmied trottete zu seiner rauchenden Esse, die Holzsäger in den Busch, die Muschelsammlerinnen an den Strand.

Schon von Weitem sah sie Lauries schmalen Rücken. Sie

saß im Sand, die nackten Füße ausgestreckt, sodass die schäumenden Uferwellen ihre Zehen berührten. Wo sollte sie sonst sein, ging es Dorothy durch den Sinn, während sie ihre Schritte beschleunigte. Ob sie überhaupt Reverend Johnsons Ansprache gelauscht hatte? Zuzutrauen wäre es ihr, dass sie sich dem Befehl, sich vor dem Gottesbaum zu versammeln, widersetzt hatte. Nicht weil Laurie grundsätzlich als bockbeinige junge Frau galt – das war sie weiß Gott nicht –, sondern weil sie sich nicht von dem Anblick der *Lady Juliana* lösen konnte, die am Nordufer lag und von zahlreichen Matrosen instand gesetzt wurde.

Das Schiff hatte mehrere Lecks am Rumpf davongetragen, Masten waren im Sturm gebrochen, Segel mussten geflickt sein. Bevor die *Lady Juliana* Kurs auf Kanton nehmen konnte, musste sie erst einmal wieder seetüchtig gemacht werden.

»Hier bist du«, begrüßte Dorothy ihre Lieblingshure, lüpfte ihren Rock bis über die Knöchel und ließ sich mit knackenden Knochen neben ihr nieder. »Hast du dir die Rede vom Pfaffen gespart?«

Laurie schaute nur kurz auf, um Dorothy mit einem Lächeln zu begrüßen, dann malte sie mit dem Zeigefinger wieder Zeichen in den Sand.

Laurie hatte im letzten Jahr viel ihrer Schönheit eingebüßt. Ihr Haar war dünner geworden, an einigen Stellen schimmerte die Kopfhaut durch. Unter ihren Augen lagen Schatten, grau wie Asche, und um ihren Mund hatte sich ein bitterer Zug eingegraben. Keine guten Voraussetzungen, um sich hier in der Kolonie einen der mächtigeren Männer als Versorger zu sichern. Die suchten sich nämlich die gesündesten und wohlgenährten jungen Weiber aus, die ihnen dicke Kinder mit rosigen Wangen und kräftigen Stimmen gebären konnten.

Aber Dorothy war sich nicht sicher, ob Laurie überhaupt mit dem Gedanken spielte, sich hier zu vermählen. »Je eher du ihn vergisst, umso besser für dein Seelenheil und dein Überleben«, erklärte Dorothy auf die barsche Art, die zu ihrem Wesen gehörte.

»Das sagst du so leicht. Ich kann meinem Herzen nicht befehlen, nicht mehr zu bluten«, gab Laurie zurück und hob den Kopf, um den Blick Richtung *Lady Juliana* gleiten zu lassen. Aus der Ferne sah man die Männer, die an Seilen am Bug hingen und hämmerten und teerten. An Deck liefen die Matrosen hin und her, aber Gesichter waren in der Entfernung nicht zu erkennen. »Jack hat wirklich versucht, aus den Diensten von Kapitän Aiken entlassen zu werden. Das hat er getan, Dorothy, nur für mich! Er wollte hierbleiben und sich ein Leben mit mir aufbauen, aber der Kapitän, dieser barbarische Teufel, hat ihn nicht gelassen.«

»Was man ihm nicht verübeln kann. Dein Jack war nicht der Einzige, der sich von seinem Liebchen trennen musste, das weißt du genauso gut wie ich. Die *Lady Juliana* wäre ein Geisterschiff geworden, wenn alle Männer ihren Dienst quittiert hätten. Der Kapitän hat nur vernünftig gehandelt.«

Auf der langen Fahrt hatte es nicht nur Hurengeschäfte und kurzfristige Liebschaften gegeben, es waren echte Beziehungen entstanden. Laurie hatte mit dem attraktiven Steuermann Jack Barns ein paar Wochen voller Liebe erlebt. Aber es gab viele weitere weibliche Sträflinge, die sich in einen der Seemänner verliebt hatten. Sarah Whitlam hatte sogar eine Tochter von Steward John Nicol bekommen, aber selbst dem jungen Vater war das Quittieren des Dienstes untersagt worden.

Anfangs hatten die Seemänner der *Lady Juliana* einige Male an Land gedurft, aber nachdem es zu einem Handgemenge gekommen war, weil die Paare sich anschließend nicht voneinander trennen konnten, hatte Kapitän Aiken weitere Besuche untersagt.

Nur zu den sonntäglichen Gottesdiensten kamen sie in Ruderbooten in die Bucht, um gleich im Anschluss wieder aufs Schiff überzusetzen, wo das Seevolk in drei Schichten arbeitete, um den Dreimaster fahrbereit zu machen.

Laurie blieb nichts als der Trost, in jeder freien Minute hier am Strand zu sitzen und wenigstens in Gedanken ihrem Geliebten nah zu sein. Der Stachel des Neides pikste in ihr, wenn sie daran dachte, dass es einer ihrer Reisegefährtinnen tatsächlich gelungen war, ihr Schicksal zu wenden. Claire Durand hatte hier in Sydney Cove ihren Geliebten Henry Wheeler wiedergetroffen, der ihr auf der *Justinian* hinterhergereist war. Als freie Frau, die Opfer der Intrige einer Londoner Pensionswirtin geworden war, konnte sie Sydney Cove wieder verlassen. Laurie bekam das Bild nicht aus der Erinnerung, wie Claire Arm in Arm mit Henry an der Reling gestanden und den zurückbleibenden Kameradinnen gewunken hatte.

Was hätte Laurie darum gegeben, an ihrer Stelle zu sein!

Dorothy wusste um Lauries Verfassung – sie war ihre einzige Vertraute –, aber sie wusste auch, dass es keinen Sinn machte, dem Vergangenen nachzutrauern. Sie mussten hier weg. »Der Pfaffe hat von einer Insel gesprochen, auf die ein Großteil von uns verschifft werden soll«, sagte sie zu Laurie und legte den Arm um ihre knochigen Schultern. »Wir sollten zusehen, dass wir zu den Auserwählten gehören, die dorthin dürfen. Schlimmer als hier kann es nicht sein.«

Laurie hob das Kinn. Ihre dünnen Haarsträhnen peitschten in der frischen Meeresbrise über ihre Wangen und Nase. »Eine weitere Schifffahrt? Das überlebe ich nicht.«

»Kindchen, es ist nicht sehr weit. Eintausendfünfhundert Seemeilen, heißt es. Kein Vergleich zu dem, was wir im vergangenen Jahr hinter uns gebracht haben.«

»Ach, Dorothy.« Laurie winkelte die Beine an und legte die Stirn auf die Knie. »Manchmal denke ich, es wäre besser gewesen, wir hätten die Kolonie niemals lebend erreicht.«

»So darfst du nicht denken!«, fuhr Dorothy sie an, obwohl sie selbst schon mit sich und diesem Schicksal gehadert hatte. Aber um ihrem Schützling Mut zu machen, sprang sie über ihren eigenen Schatten. »Natürlich scheint jetzt für uns der Weg unüberwindbar. Aber du bist jung und kräftig und hübsch, du wirst es schaffen, Laurie. Irgendwann wirst du eine patente Gutsherrin sein mit einem Stall voller wohlgenährter Kinder und einem tüchtigen Mann, der dich anbetet.«

Laurie lachte leise. »Ich wünschte, ich hätte deinen Glauben. Mit Jack ... mit Jack hätte alles gut werden können. Er war der erste Mann, zu dem ich Vertrauen hatte, und vielleicht war er auch der letzte.«

»Ach, papperlapapp. Zugegeben, die Gestalten hier in der Bucht sehen nicht sehr appetitlich aus. Aber vielleicht findet sich in Norfolk ein kräftiger Kerl, der sich um dich kümmert.«

»Du weißt nicht, ob sie uns auf diese Insel lassen.«

Dorothy tätschelte ihre Schulter. »Das lass mal meine Sorge sein, Schätzchen.« Sie erhob sich und reichte Laurie die Hand, um sie auf die Beine zu ziehen, obwohl die jüngere wesentlich gelenkiger war als die alternde Hure. »Jetzt lass uns erst einmal zusehen, dass wir eine Portion Brot und Ziegenmilch bekommen, bevor das Horn zur Ausgangssperre bläst. Wenn dir das Fleisch von den Rippen fällt, nützt der hübscheste Putz nichts auf der Suche nach einem schmucken Burschen.«

3. Kapitel

»Du lieber Himmel, wie sollen wir all diesen Menschen nur gerecht werden?« Hannah schossen die Tränen in die Augen, als sie an Michael Rileys Seite das Hospital erreichte. Es war ein niedriges Backsteingebäude, das größte zwischen den kreuz und quer stehenden Hütten aus Palmblättern, Pinienholz und Lehm.

Alle Türen des Gebäudes waren geöffnet, vor jedem Eingang lagen in Decken gewickelte wimmernde Gestalten, teils unter offenem Himmel, teils unter behelfsmäßig errichteten Schutzdächern. Viele trugen Verbände um den Kopf, manche hatten blutig aufgerissene Lippen, klaffende Wunden an Armen und Beinen, und alle waren klapperdürr. Es roch nach Alkohol, den die Helfer zum Desinfizieren benutzten, nach Blut und Eiter und nach menschlichen Ausscheidungen, obwohl die Pfleger sich nach Kräften um Sauberkeit bemühten.

»Wir müssen es wenigstens versuchen. Fromme Gebete bringen uns nicht weiter, Hannah. Danke, dass du dich entschieden hast zu helfen.« Michael ging voran zu einer Art Büro, in dem sich hinter verschlossenen Schranktüren braune Flaschen mit Medikamenten und Verbandsmull befanden – ein kostbares Gut, wie Michael ihr erklärte. Er nahm einen unförmigen sackartigen Kittel und eine Haube, die er ihr reichte. »Zieh das an. Es ist besser als das zerlumpte Kleid, und man erkennt dich gleich als Hilfskraft.«

Hannah nahm die schlichte Kleidung von ihm entgegen, hob den Kopf und biss sich auf die Lippe. Seit ihrer Kindheit war sie es gewohnt, dass Männer sie nackt begafften. Alle hatten sie sich an ihrem Körper ergötzt, und sie war ihnen zu Diensten gewesen, indem sie ihre Seele von ihrem Leib abspaltete und so tat, als wäre sie ein anderes Mädchen. Sie hatte ihre eigene Art entwickelt, an diesem Hurenleben nicht zugrunde zu gehen, aber diese Scham, die sie jetzt empfand, als Michael Riley sie mit seinem gutmütigen Blick umfing, die war neu für sie. Sie mochte sich nicht vor ihm ausziehen, und er war feinfühlig genug, um das zu erkennen. Triebhafte Begegnungen und Orgien kannte Hannah sowohl von der *Lady Juliana* als auch von der kurzen Zeit in der Kolonie, wo ebenfalls kein Paar Scheu verspürte, es vor den Augen aller am Strand oder am Rand des Urwalds auf einem Grasflecken zu treiben wie Tiere.

Es erfüllte Hannah mit einem winzigen Glücksgefühl, dass Michael und sie in dieser Bürokammer des Krankenhauses Verlegenheit verspürten. Sie ahnte, dass es so zwischen zwei Menschen sein musste, die unter besseren Bedingungen beheimatet waren als sie.

Michael wandte ihr den Rücken zu und machte eine Geste mit der Rechten. »Jetzt kannst du dich umziehen.« Seine Stimme vibrierte in der Kammer wie der Ton eines kostbaren Instruments.

Hannah schlüpfte in Windeseile aus ihrem zerrissenen, von Salzwasser steifen und weiß fleckigen Kleid und zog die bequem und praktisch geschnittene Kutte an, die sie als Krankenschwester auswies. Der Stoff kratzte auf der Haut, aber er roch nach Seife und ließ ihr alle Bewegungsfreiheit. Sie nahm die Haube, setzte sie auf und steckte ihren Zopf darunter.

»Fertig«, sagte sie und drückte das Kreuz durch, als Michael sich umdrehte.

Das Lächeln, das seine Miene erhellte, ließ Hannahs Herz schneller pochen. Für einen Moment nahm sie das Wimmern und Schreien der Kranken nur wie durch eine Mauer gedämpft wahr.

»Hast du Erfahrung im Umgang mit Kranken?«, fragte Michael.

Hannah nickte. »Auf der *Lady Juliana* habe ich bei der Geburtshilfe assistiert. Ich habe keine Scheu vor Blut und Schmerzen. Ich kann Wunden auswaschen und Verbände anlegen, und ich kann erkennen, wann ein Mensch den Kampf gegen den Tod führt.« Sie wunderte sich selbst, mit welcher Nüchternheit sie sich die Geschehnisse aus der Vergangenheit in Erinnerung rufen konnte. Anfangs hatte sie mit den Müttern gelitten, die auf dem schwankenden Schiff ihre Babys auf die Welt pressten, hatte sich mehrfach übergeben müssen oder war in Ohnmacht gefallen, weil sie das Leid einfach nicht mehr ertragen konnte. Aber sie hatte nicht aufgegeben, weil es guttat, neben Rose Naiden und Claire Durand eine so wichtige Aufgabe auf dem Hurenschiff zu haben, und weil sie sich zum ersten Mal in ihrem Leben wirklich nützlich fühlte. Die Vorstellung, dass sie ihre Kenntnisse und Erfahrungen hier in der Kolonie zu aller Wohl einbringen konnte, erfüllte sie mit Stolz und ließ sie noch ein wenig aufrechter stehen.

»Das ist wunderbar, Hannah. Jemanden wie dich brauchen wir hier. Die Patienten werden dir deine Pflege danken, auch wenn wir mit dem Nötigsten auskommen müssen. Wir haben zu wenige Decken und Laken, Getreide, Essig, Seife und Kochgeschirr fehlen an allen Ecken und Enden. Und sieh dir nur die Mauern dieses Hauses an. Bei jedem Regenguss steht zu befürchten, dass sich der Mörtel auflöst und alles zusammenbricht. Aber wir geben nicht auf. Wir tun, was wir können für die Menschen. Und nun komm.«

Er ging ihr voran in den weitläufigen Raum, der mit Decken, auf denen sich die Verletzten wanden und krümmten, überfüllt war. Es gab kaum einen Spalt zwischen den provisorischen Lagern. Einige Male mussten sie über Leiber steigen.

Er zeigte ihr den Bereich, in dem Wundarzt John White soeben, untermalt vom hässlichen Ratschen einer Säge, ein Bein amputierte, und deutete auf den Winkel, in dem die Sterbenskranken lagen.

Es rumorte in Hannahs Eingeweiden. Die Männer hatten eingefallene Gesichter, ihre Wangenknochen traten wie bei Totenschädeln hervor. Die Lippen waren blutleer, die Augen lagen in nachtschwarzen Höhlen. Manche bewegten die Münder flüsternd und murmelnd, als sprächen sie Gebete oder letzte Erinnerungen an geliebte Menschen, die sie nie mehr wiedersehen würden.

Hannah ging in die Hocke und beugte sich zu einem der Männer, der nicht viel älter als Michael sein konnte. Sein Mund war zahnlos, das Gesicht in unzählige erzgraue Falten gelegt. Seine Miene hatte bereits das Wächserne des nahenden Todes angenommen. Sie legte ihre Fingerspitzen auf seine Stirn, fühlte die Kühle seiner Haut, trocken wie Papier.

Seine Lider flatterten, bevor er sie hob. Hannah spürte Panik in sich aufsteigen, als sie den Tod in seinem Blick erkannte. Angst wühlte in ihrem Magen, aber sie zwang sich zu einem Lächeln und streichelte über die Stirn und die Wangen des Sterbenden. Da hob der Mann seinen Arm und umfasste mit knöchernen Fingern ihr Handgelenk.

Hannah fühlte sich, als wäre sie in eine eiserne Falle geraten, doch sie rührte sich nicht, ertrug den Druck und den Blick. Die Lippen des Sterbenden bewegten sich. Hannah ging näher heran, neigte ihm das Ohr zu, aber sie las seine letzten Worte mehr von seinen Lippen, als dass sie sie hörte.

»Du … bist … zu … mir … gekommen«, raunte der Mann, bevor sich ein Lächeln um seinen Mund legte und sein Kopf zur Seite sackte.

Hannahs Augen füllten sich mit Tränen. Sie befreite sich aus dem Griff des Mannes und erhob sich.

Michael stand hinter ihr und berührte ihre Schulter. Für einen Moment legte sie die Finger auf seine Rechte. »Er hat von seiner Liebsten gesprochen«, murmelte sie.

Michael nickte. »Er hat dich für sie gehalten.«

Er ging in die Knie, fühlte mit zwei Fingern am Hals des Mannes, legte das Hörrohr auf seine Rippen und hob dann einen Arm, um zwei kräftige Männer heranzurufen, die soeben mit einer Trage das Krankenhaus erreichten. Offenbar erledigten die beiden den Transport der Toten und waren unentwegt im Einsatz zwischen dem Krankenhaus und dem Friedhof.

»Der meistbeschäftigte Mann in diesen Tagen ist Reverend Johnson«, sagte Michael, während er Hannah am Arm fasste und sie weiterführte. »Mit mehr Medikamenten, mit mehr Helfern hätten wir den einen oder anderen wohl retten können.«

Hannah sah zu ihm auf. »Du hattest großes Glück. Bist du tatsächlich auf einem der Sträflingsschiffe gekommen?«

»Ja, auf der *Neptune,* wie gesagt. Und ja, ich hatte Glück.« Seine Wangen wurden feuerrot, als würde er sich dafür schämen, dass es ihm besser ergangen war als den Mitgefangenen. »Einer der Aufseher hatte sich die Schulter ausgekugelt, als er bei hohem Seegang gegen eine Planke stieß. Ich habe nicht lange gefackelt und sie ihm kurzerhand wieder eingerenkt. Er hat geschrien wie am Spieß, aber danach hatte ich den Ruf weg, ein begnadeter Medikus zu sein. Sie haben mich zum Assistenten des Schiffsarztes ernannt, und von da an verbrachte ich die Weiterfahrt in einer winzigen Kabine statt im Unterdeck bei den Ratten und Exkrementen. Im Unterdeck konnte ein Mann nicht aufrecht stehen, so niedrig war es, weißt du. Ich habe kein einziges Mal erlebt, dass es gesäubert wurde. Es stank höllisch. Die Sträflinge lagen in Ketten, und ihre Beine waren mit einem Eisenstab verbunden, sodass sie nur in winzigen Schritten vorankamen, wenn sie gehen wollten.« Michaels Stimme klang belegt, während er sich die Erinnerungen von der Seele sprach.

»Wenn du helfen konntest, hattest du dir diese Sonderbehandlung verdient.« Hannah glaubte, ihn trösten zu müssen. Offenbar war es ihm peinlich, dass er selbst die Überfahrt heil überstanden hatte, während seine Kameraden litten.

Überall zwischen den Patienten liefen Helferinnen herum. Hannah zählte mindestens zehn, aber sie wusste, dass dies nicht genug waren. Hier wurde sie gebraucht.

Michael deutete mal nach links, mal nach rechts, machte sie auf die Verletzten aufmerksam, deren Verbände gewechselt werden mussten, zeigte ihr die Kranken, die sie mit in Wasser eingeweichten Brocken vom Fladenbrot füttern sollte, und führte sie zu dem Wasserbecken, in dem Verbände, Hemden und Hosen notdürftig gesäubert werden konnten.

Den Toten zog man, falls sie überhaupt noch etwas trugen, die Kleidung aus – sie war zu wertvoll, um sie mit ihnen zu begraben. Die *Lady Juliana* hatte zwar eine Ladung Stoffballen gebracht, aber es dauerte seine Zeit, bis die geschwächten Sträflinge daraus Hemden und Hosen geschneidert hatten.

Durch den Hinterausgang gelangten sie auf eine flache Wiese, auf der weitere Patienten kreuz und quer durcheinanderlagen. Manche bibberten in der frischen Brise. Alle hofften sie, dass ihnen geholfen wurde, manche winselten, manche schrien vor Pein. Die Krankenschwestern flitzten im ständigen Wechsel zwischen dem Gebäude und den Freiflächen hin und her.

Plötzlich stutzte Hannah. Drüben auf dem lehmigen Boden vor einem Felsen kauerte eine Frau vor einem Patienten. Die Haare hatte sie unordentlich aufgesteckt, das Kleid war im Nacken eingerissen. Hannah sah nur ihren Rücken, aber sie erkannte sie an der Art, wie sie ihren Kopf hielt, und an ihren Gesten, mit denen sie den vor ihr liegenden Mann tröstete und streichelte.

»Rose!«, rief sie und lief auf ihre mütterliche Freundin zu.

»Wir sehen uns später!«, rief Michael ihr nach. Als Hannah sich kurz zu ihm umdrehte, sah sie, dass er sich zu dem Kranken direkt neben ihm beugte, der den Arm nach ihm ausstreckte und dem das Blut aus den Ohren lief.

Rose Naiden erhob sich, als Hannah ihren Namen rief, und öffnete die Arme, als sie auf sie zukam. Sie drückten sich, und Hannah genoss für einen Moment die Wärme an der Brust dieser Frau, die ihr während ihrer Zeit auf der *Lady Juliana* neben Molly der wichtigste Mensch gewesen war. Rose Naiden, vor ihrer Verurteilung die »Königin der Diebe« in London, hatte sich auf der *Lady Juliana,* unterstützt von Claire Durand, als Hebamme betätigt. Hannah war ihre Helferin gewesen. Die Erinnerung an manch entsetzliches, manch freudiges Ereignis verband sie miteinander.

Seit ihrer Ankunft in der Kolonie hatten sich ihre Wege getrennt. Sie waren wahllos in den Unterkünften bei anderen Kolonisten untergebracht worden, solange keine weiteren

Hütten gebaut waren. Wie Hannah nun wusste, würden nicht für alle Wohnstätten errichtet werden, wenn das Government tatsächlich den Plan in die Tat umsetzte, einen Gutteil der Neuankömmlinge auf die Insel Norfolk zu verschiffen.

Hannah hatte Rose aus den Augen verloren, aber es war ja klar, dass sie hier im Hospital anzutreffen war.

»Wie geht es Andrew?«, fragte Hannah und beugte sich hinab, um das bärtige, zahnlose Antlitz des Mannes zu betrachten, der mit wachem Blick zu ihr aufsah. Jetzt stützte er sich sogar auf die Ellbogen und streckte ihr eine Hand entgegen. Hannah ergriff sie. »Ich bin Hannah Douglas«, stellte sie sich mit klopfendem Herzen und einer unbändigen Freude in der Brust vor.

Andrew war zu Tode geschwächt gewesen, als Rose ihn am Strand von Sydney Cove wiedergetroffen hatte. Sie hatten ihn über Bord der *Neptune* geworfen. Fast wäre er auf den letzten Metern im seichten Wasser vor Erschöpfung ertrunken.

Andrew Naiden war einer von vierhundert Überlebenden der Sträflingsschiffe. Im Stillen hatte Hannah mit seiner Genesung nicht mehr gerechnet. Aber nun war er offenbar dank der Pflege seiner Frau auf dem Weg der Besserung. Seine Wangen leuchteten in einem hellen Rotton, der Blick seiner seeblauen Augen war durchdringend. Hannah ahnte, dass er vor der Tortur, die er auf dem Gefängnisschiff erlitten hatte, ein attraktiver Mann gewesen war.

Aber ob ansehnlich oder nicht, Rose' Liebe zu ihm war ungebrochen. Sie hockte sich neben Hannah und ergriff Andrews Hand. »Er ist über den Berg, Hannah. Ich kann dir gar nicht sagen, wie glücklich mich das macht. Endlich habe ich meinen geliebten Mann wieder.«

Andrew trug einen Verband um die Stirn, der allerdings so sauber war wie kaum ein anderer Wickel in diesem Hospital.

Sein rechtes Bein lag fachmännisch geschient und ausgestreckt, das linke hielt er angewinkelt. An seinen Hand- und Fußgelenken, die über viele Monate in Ketten gelegen hatten, schimmerten leuchtend rotblaue Narben und Schorf.

»Ich freue mich für euch«, flüsterte Hannah. »Sicher werdet ihr beide zum Gedeih der Kolonie beitragen. Wer weiß, vielleicht teilt der Gouverneur euch schon bald ein eigenes Stück Land zu, das ihr selbst bewirtschaften könnt, und …« Hannah schwieg, als sie bemerkte, dass Rose sie mit eingefrorener Miene und zusammengekniffenen Augen anstierte.

»Du glaubst nicht wirklich, dass wir einen Tag länger als nötig hier bleiben? Wer hier bleibt, ist zum Verrecken verurteilt. Ich bin zu jung für den Tod. Ich habe noch viel vor in meinem Leben, mit Andrew an meiner Seite. Ich bin nicht so einfältig, all meine Hoffnungen auf dieses scheußliche Land zu setzen.«

Hannah schluckte. »Wer zu fliehen versucht, wird gehängt.«

»Lieber den schnellen Tod am Strick, als hier über Wochen und Monate zu verhungern.«

Hannah nickte zum Zeichen, dass sie verstanden hatte.

Alle wollten sie weg. Keiner ihrer Freunde liebäugelte mit dem Versuch, sich diesen Bedingungen hier anzupassen und auszutesten, welche Möglichkeiten es gab.

Himmel, es gab dem Hörensagen nach Eingeborene, die hier offenbar seit Ewigkeiten überlebten! Warum sollten die Weißen schwächer und ungeschickter sein als sie?

Hannah hatte das Gefühl, ein Stein liege in ihrem Bauch, als sie sich erhob und sich von Rose und Andrew verabschiedete, um ihre neue Tätigkeit aufzunehmen und die Kranken zu versorgen.

Rose und Molly schienen genau zu wissen, dass der Weg ins Glück über den Pazifik führte – wohin auch immer.

Und was war mit ihr? Glaubten ihre Freunde, dass auch sie ein weiteres Mal aufs offene Meer hinausdrängte in dem aussichtslosen Versuch, ein besseres Land zu finden?

Ein stechender Kopfschmerz zog hinter ihrer Stirn heran, als sie die Fragen verdrängte. Sie wollte noch keine Antworten darauf finden, sie wollte hier ankommen und sehen, was sie tun konnte. Aber irgendwann würde sie eine Entscheidung treffen müssen.

4. Kapitel

Alles hier war Molly fremd. Diese eigenartigen wuchtigen Bäume mit dem silbrig schimmernden Blattwerk und den Stämmen voller abgefetzter Borke; der beigebraune Sandstein überall, von den Winden zerfressen; die urigen Gewächse mit gezackten Blättern und Zapfen, die an aufgerissene Mäuler erinnerten; turmhohe Palmen, in deren Schatten Moose und Farne gediehen, die sie nie zuvor gesehen hatte.

Molly hatte sich aus der Gruppe gelöst und Hannah widerstrebend mit dem Quacksalber ziehen lassen. Sie selbst hatte Wichtigeres zu tun. Je vertrauter sie sich mit ihrer Umgebung machte, desto besser konnte sie ihren Ausbruch vorbereiten.

Gewiss würde sie sich nicht irgendeinen Kerl ans Bein binden. Sie war davon überzeugt, auf männlichen Schutz verzichten zu können – zeit ihres Lebens hatte sie sich auf ihre eigene Kraft verlassen. Wenn sie überhaupt einen Mann heiraten würde, dann nur einen, der mehr zu bieten hatte als Muskeln und Triebe. Und er musste genau wie sie wegwollen und sich nicht die Finger in diesem unwirtlichen Land blutig kratzen, in der unsinnigen Hoffnung, jemals etwas ernten zu können.

Auf nackten Füßen schlich sie über den mit einer Sandschicht bedeckten Boden, an den Feldern vorbei, auf denen nicht ein Gaul zu sehen war. Zum Glück. Molly liebte Pferde, und diese schönen Tiere hätten hier nicht weniger gelitten als die Menschen.

Die Äcker wirkten viel zu klein, als dass sie die Masse an Menschen mit Getreide versorgen konnten. Kein Wunder, dass die Kolonisten kurz vor dem Verhungern standen. Und dann sollten weitere Mäuler gestopft werden?

Molly brauchte nicht lange darüber nachzudenken, um zu erkennen, dass dies ein Ding der Unmöglichkeit war. Jeder musste hier selbst zusehen, dass er zurechtkam und die größten Brocken ergatterte. Sei es, indem er sich wichtigmachte – wie der Quacksalber –, oder durch Diebstahl.

Molly ließ die letzte Hütte hinter sich und hielt auf den bewachsenen Teil hinter der Bucht zu. Der Lärm Tausender Vögel hallte in ihren Ohren und schwoll an, als sie sich näherte.

Sie verharrte einen Moment, hob den Blick ins Geäst und kniff die Augen gegen die Sonne zusammen. Vögel in allen Farben des Regenbogens hockten zwischen den Zweigen. Als sie einen weiteren Schritt machte, stob eine grüne Wolke voller zierlicher Sittiche auf. Der Schwarm war so dicht, dass er einen Schatten auf sie warf. Schützend hielt sich Molly den Ellbogen vor das Gesicht.

Sie würde sich an ihre neue Umgebung gewöhnen, würde herausfinden, wo die Gefahren hier lauerten und welche Buschbewohner harmlos waren.

Sie blickte sich um. War ihr Spaziergang jemandem aufgefallen? Nein, die Soldaten an den Proviantstätten und den Feldern lungerten gelangweilt auf herumliegenden Felsbrocken, und die Sträflinge hatten sowieso keinen Blick für das, was um sie herum geschah. Deren Sorge galt nur, woher sie die nächste Mahlzeit bekamen.

Dass keiner der Wachleute sie aufhielt, freute und beunruhigte Molly gleichermaßen. Das konnte doch nur bedeuten, dass keiner es für wert hielt, das Hinterland zu bewachen, weil von dort sowieso entweder alle reumütig, ihrer Hoffnung beraubt, zurücktrotteten oder den Tod fanden.

Trotzdem setzte Molly ihren Weg fort, vorbei an den imposanten Baumstämmen, durch das Farn und Moos und in das dichter werdende Gebüsch hinein. Mit zitternder Hand schob sie einen Ast zur Seite. Ein Duft wie von scharfer Minze stieg ihr in die Nase, und sie erkannte, dass der Baum, den sie soeben passiert hatte, diesen Geruch verströmte. Er mischte sich mit dem nach trockener Erde, einem eigenartig süß-würzigen Harz, reifen Früchten und dem ständig wehenden salzigen Wind, der über den Pazifik flog.

Molly versuchte möglichst kein Geräusch zu verursachen, lauschte nach links, nach rechts, alle Sinne aufs Äußerste gespannt. Wie weit mochte dieser Urwald sich ausdehnen? Welche Geheimnisse barg er?

Sie verharrte im Schritt, als sie links eine von hartem Gras bewachsene Lichtung bemerkte.

Um Himmels willen, was waren das für Viecher darauf? Molly griff an ihren Hals, während sie sich gleichzeitig hinter einem borkigen Baumstamm verbarg und vorsichtig in Richtung der Wiese lugte. Riesenhafte Hasen? Nein, nur Kopf und Ohren erinnerten an die Nager, die Molly aus ihrer Heimat kannte. Das Fell war mausgrau, die Hinterläufe ausgeprägt. Sie schienen eine Art Tasche am Bauch zu haben. Da! Aus einem dieser Beutel lugte ein Paar Ohren hervor – sie trugen ihre Babys auf diese Art! Mollys Angst verflüchtigte sich, diese Tiere erschienen ihr nicht gefährlich. Als sie auf einen brechenden Ast trat, hoben sie die Köpfe und sprangen in weiten Sätzen ins Gebüsch davon.

Molly setzte ihren Weg fort, wachsam in alle Richtungen blickend. Hier hörte sie ein Grunzen und Kratzen, da einen lang gezogenen Klageton und ein Schaben. Und alles überlagerte das unaufhörliche Zwitschern und Schnalzen der Vögel, von denen hin und wieder eine Wolke in den Himmel stieg, und das Zirpen Tausender Grillen. Ein farbenprächtiges Konzert, wie es Molly noch nie gehört hatte.

Während ihre Angst nachließ, fühlte sie sich wie in ein Wunderland versetzt. Was es hier alles zu entdecken gab! Bislang war ihr nichts begegnet, was ihr wirklich Furcht eingeflößt hätte. Aber Achtsamkeit gehörte zu Mollys besonders ausgeprägten Eigenschaften.

Sie ließ den Blick an den Stämmen nach oben unter das dichte Blattwerk streifen. Auf einem armdicken Ast hockte etwas wie ein – Bär? Ein kleiner Bär mit felligen Ohren und einer stumpfen Nase, der sich gerade mit dem Maul eines der silbrigen Blätter abriss, um es zwischen den Zähnen langsam zu zermalmen. Das Tier war fast nicht zu erkennen. Mit seinem plüschigen grauen Fell verschmolz es mit seiner Umgebung. Ein Pflanzenfresser, wie es schien, und damit keine Gefahr für Molly.

Sie befühlte die Borke der Bäume, rieb die Blätter zwischen den Fingern und sog den intensiv frischen Geruch ein. Sie spürte das borstige Gras unter ihren Fußsohlen und strich über ein herabgefallenes Palmenblatt. Als sie sich mit einem Lächeln auf den Lippen erhob, flog ihr ein Schwall von ranzig-fischöligem Geruch in die Nase. Ihre Bewegung erfror.

Mit aufgerissenen Augen und geballten Fäusten starrte sie auf die drei Wesen, die sich vor ihr aufbauten. Mollys Pulsschlag donnerte. All ihre Sinne sprangen gleichzeitig auf Alarmbereitschaft. Im Bruchteil einer Sekunde kam ihr Hannahs Befürchtung in den Sinn, im Busch könnten Kannibalen die Messer wetzen.

Wenn Molly sich jemals einen Menschenfresser vorgestellt hatte, dann hatte er ausgesehen wie diese drei Männer, die mit ihrer dunkelbraunen ledrigen Haut splitternackt vor ihr standen. Sie stanken wie ein Fass voller vergorener Fischabfälle, aber Molly wagte nicht, sich die Nase zuzuhalten.

Sie waren nur wenig größer als Molly, ihre Körper wirkten stämmig und muskulös. Ob ihre Hautfarbe tatsächlich so dunkel war, schien zweifelhaft, denn nun erkannte sie, dass die drei Fremden unaussprechlich schmutzig waren, wie sie es selbst in den schlimmsten Zeiten im Gefängnis von Newgate oder auf dem Hurenschiff bei keinem menschlichen Wesen je gesehen hatte. Ein stinkendes Gemisch aus Fischöl, Tierfett, Schweiß, Ocker, Sand und Staub schien ihre Haut zu bedecken. Auf den Brustkörben leuchteten in einem hellen Sandton gezackte Zeichen, die an Skelette erinnerten. Die Gesichter wirkten abstoßend auf Molly mit den wulstigen, aufgeworfenen Lippen. Auf den Oberlippen härtete Rotz. Aber besorgniserregender als das Aussehen der Fremden empfand Molly die Waffen, die sie in die Höhe reckten – Speere mit offenbar aus Knochen geschnitzten Spitzen.

Wie flink konnte sie laufen? Gab es überhaupt eine Chance, die Kolonie zu erreichen, bevor sie über sie herfielen? Ob diese Menschen sie wohl vorher töteten oder ob sie sie ohne großes Federlesen lebend in die blubbernden Kochtöpfe warfen?

Sie wirbelte herum, bereit, um ihr Leben zu fliehen – und landete mit der Nase an einer weichen Schulter.

Zwei Hände umgriffen ihre Oberarme. Molly riss den Mund auf, um zu schreien, wie sie nie zuvor geschrien hatte, zu schlagen, zu treten und zu strampeln wie eine Wildkatze in der Falle, aber da fühlte sie eine Hand, die sich auf ihren Mund drückte.

Als sie die Augen öffnete, sah sie in das Gesicht eines Weißen, der ihr einen warnenden Blick von der Kraft eines Faustschlags zuschoss. Seine Haut roch entfernt nach Seife und nach irgendetwas Metallischem. An seinen Schläfen lagen Fächer von Lachfältchen, obwohl seine Miene in diesem Moment mit zusammengepressten Lippen und blitzenden Augen ernst und warnend zugleich wirkte.

Molly schloss den Mund, konnte aber nicht verhindern, dass sie keuchte, während sich ihre Brust hob und senkte. Ihr Retter wirkte keineswegs stattlich genug, um es mit den drei kräftigen Eingeborenen aufzunehmen, aber er schien zu wissen, was zu tun war. Molly nahm es dankbar an, als er sie an seine Seite zog und den Arm um ihre Schulter legte wie eine Eisenzwinge. Mit der Rechten machte er verscheuchende Gesten in Richtung der Wilden. Dabei stieß er Laute in einer fremden Sprache aus.

Einer der Ureinwohner grinste. Molly war bass erstaunt, in diesem verdreckten Gesicht eine Reihe blitzend weißer Zähne zu erkennen.

Sie antworteten etwas in ihrer eigenen Sprache und drehten sich einen Wimpernschlag später um, bückten sich und flitzten in den Busch zurück. Äste knackten, Blätter raschelten, dann standen Molly und ihr Retter allein auf der Lichtung.

Erst jetzt erkannte Molly, dass die nimmermüden Vögel um sie herum ihr Schnattern und Plappern vorübergehend eingestellt hatten, nur um jetzt mit unveränderter Lautstärke wieder loszulegen. Die Lichtung vor Molly lag leer und friedlich, als hätte es die Begegnung mit den Wilden nicht gegeben. Mollys Herzschlag überschlug sich fast vor Anspannung.

»Du bist nicht die Erste und nicht die Letzte, die glaubt, es gäbe einen Fluchtweg durch den Urwald«, sprach der Mann sie nun an. »Allerdings frage ich mich, wie tumb jemand sein muss, um nicht nach den ersten Schritten zu erkennen, dass wir Weißen in diesem Urwald rettungslos verloren sind.«

»Wie kommst du darauf, dass ich fliehen wollte? Ist es verboten, sich mit seiner Umgebung vertraut zu machen?«

»Wie sollte ich vermuten, dass du nicht fliehen willst? Jeder will flüchten, aber kaum einer stellt sich findig genug dabei an.«

Molly stutzte und musterte den Mann. Seine Schultern waren schmal, das geschnürte Hemd fiel an ihm herab wie ein Sack. Seine Hände, mit denen er ihren Mund umfasst und ihre Oberarme gepackt hatte, waren feingliedrig ohne Schwielen, als hätte er in seinem Leben noch keinen Finger gekrümmt. Die schwarzbraunen Haare hatte er sich aus der Stirn gekämmt und im Nacken zu einem Schwanz gebunden, der ihm bis auf die Schultern fiel. Auf Wangen und Kinn schimmerte ein leichter Bartwuchs, den man für einen Schatten halten konnte. Das Attraktivste an ihm war seine lange, gerade Nase. Sie verlieh seinen Zügen etwas Gebieterisches, ein Eindruck, den seine warm blickenden braunen Augen wieder zunichtemachten.

Ein Prahlhans oder ein ernst zu nehmender Verbündeter? Mollys Neugier war geweckt.

»Was treibst du hier im Busch?«, fragte sie und bemühte sich, den zickigen Ton, der im Umgang mit Männern zu ihrem Wesen gehörte, aus ihren Worten herauszuhalten. Sie rang sich sogar ein Lächeln ab, das der Mann erwiderte. Molly schätzte ihn auf knapp unter zwanzig Jahren. Die weiche Haut seiner Wangen und seiner Stirn verriet die Jugendlichkeit, die er noch nicht komplett abgelegt hatte.

»Das zeige ich dir gern, wenn du mir verrätst, wer du bist.«

»Ich bin Molly Monday. Ich bin auf der *Lady Juliana* hergekommen.«

Ein Schatten flog über die Miene des Mannes, auf seinen Wangen bildeten sich rötliche Kreise.

Molly ahnte, was hinter seiner Stirn vor sich ging. Er wusste, dass die *Lady Juliana* ausschließlich Huren in die Kolonie gebracht hatte. Wer vor der Deportation eine gewöhnliche Diebin oder Betrügerin gewesen war, wurde spätestens während der Überfahrt zur Dirne.

Molly biss sich auf die Unterlippe. In London hatte sie sich in Dorothys Hurenhaus ihren Lebensunterhalt verdient – sie war eine Hure von Beginn an. Aber hieß das, dass sie es bleiben musste bis an ihr Lebensende? Allein ihr Bruder Will war es wert, dass sie ihren Lebenswandel korrigierte, solange es möglich war. Sie hob das Kinn. »Ich bin keine Hure.«

Der Mann spitzte die Lippen, während er nickte und sie von oben bis unten musterte. »So siehst du auch nicht aus«, murmelte er.

Molly war selbst überrascht, dass ihr Herzschlag vor Freude einen Hüpfer machte. Wenn sie nicht die Aura einer Dirne hatte, dann war nicht alles verloren. Er reichte ihr die Hand. »Ich bin Edward Young. Ich bin mit der ersten Flotte nach Sydney Cove gekommen. Ich stehe in den Diensten des Gouverneurs als sein Schreiberling.«

Molly spürte erneut, wie zart sich seine Finger anfühlten. Sein Händedruck war warm und trocken.

»Dann komm mal mit, Molly Monday. Ich zeige dir, womit ich mir die Zeit vertreibe, wenn Reverend Johnson seine unheilvollen Reden schwingt.«

Molly folgte ihm zögernd.

Nur zehn Schritte von der Stelle entfernt hatte Edward seinen Platz an einem zwischen den Bäumen herumliegenden Felsbrocken. Und Molly hatte ihn nicht bemerkt! Ein ausgewachsener Mensch, einen Steinwurf entfernt, war ihr entgangen. Was mochte sie sonst noch verpasst haben?

Vor dem Fels ragte ein Holzgerüst aus rohen, kräftigen Ästen auf, mit Flachsfäden umwickelt. Eine Staffelei?

Molly trat vorsichtig näher, um nicht versehentlich gegen die morsche Konstruktion zu stoßen, und warf einen Blick auf das Blatt, das daran befestigt war.

»Du bist Landschaftsmaler?«, fragte sie, während sie die Kohlezeichnung betrachtete, auf der das eigenartige Muster der Blätter festgehalten war und auch eines der hasenähnlichen Tiere. Edward hatte die Herde offenbar von der anderen Seite der Lichtung so intensiv bestaunt wie sie.

»Ja, ich versuche es.« Er grinste schief. »Die Buchführung des Gouverneurs enthält nicht viele erfreuliche Aspekte. Die Listen für den Proviant und das Arbeitsmaterial zu führen ist wichtig, macht mich aber nicht glücklich. Das Malen ist ein schöner Ausgleich, wann immer es sich ergibt.«

»Darf ich?« Molly ließ sich auf dem steinernen Platz nieder und griff nach der Kohlezeichnung. Edward setzte sich dicht neben sie. Der Stein bot kaum Platz für zwei. Es störte Molly nicht, dass Edward notgedrungen nah an sie heranrückte. Er roch immer noch angenehm nach Waschmittel und, wie sie jetzt erkannte, nach Ölfarben, die sich auf einem Brett zu ihren Füßen befanden. Seine Nähe beruhigte sie nach der Begegnung mit den Wilden, von der sie vermutlich zeit ihres Lebens Albträume haben würde. Andererseits konnte man sie durch ein paar Worte vertreiben – so angriffslustig waren sie also nicht.

»Du solltest nicht allein in den Busch gehen«, sagte Edward nun, während sie seine Zeichnung betrachtete. »Die Iora sind zwar harmlos und haben sich an uns gewöhnt, aber sie beim Jagen zu stören ist keine geistvolle Idee.«

»Iora?« Molly sah auf.

»So heißt der Stamm, der sich vornehmlich hier in der

Bucht aufhält. Die Ureinwohner haben zahlreiche Stämme, die sich teilweise gegenseitig bekriegen. Uns finden sie einfach nur seltsam.« Edward lachte auf, die Fältchen an seinen Schläfen vervielfachten sich. Sein Lachen klang angenehm. Ein tröstliches Geräusch hier im Urwald. »Als wir die ersten Schritte auf dieses Land setzten, kamen die Wilden aus dem Busch, und wir zückten die Musketen. Aber Gouverneur Phillip hat die Ruhe bewahrt und sie mit einer Handvoll Glasperlen milde gestimmt. Sie fanden uns nicht weniger bizarr als wir sie. Einer der Soldaten musste auf Geheiß des Gouverneurs die Beinlinge herunterlassen, weil sie sehen wollten, ob wir weiblich oder männlich waren.«

Molly stimmte in sein Lachen ein, obwohl ihr alles andere als leicht ums Herz war.

Sie hatte Sir Phillip inzwischen einige Mal gesehen. Er war um die fünfzig Jahre alt, eher schmächtig, hatte eine spitze Nase und eine leicht herabhängende Unterlippe. Seine Augen besaßen einen eigenartigen melancholischen Ausdruck, der besser zu einem Dichter als zu einem ruhmreichen Kapitän gepasst hätte. Er machte einen zuverlässigen und aufrichtigen Eindruck auf die Sträflinge. Aber dass er hart durchgreifen konnte, davon erzählten die zahlreichen Hinrichtungen und Folterungen am Dreibein. Sir Phillip ließ keine Gnade walten, wenn sich jemand gegen die Gemeinschaft stellte. Seiner Überzeugung nach konnten sie es nur gemeinsam schaffen, in dieser Ödnis zu überleben.

Molly wusste um seine hohen Verdienste als Kapitän eines Schiffes der Portugiesen, die mit den Spaniern Krieg führten. Er hatte über vierhundert portugiesische Sträflinge über den Atlantik nach Brasilien gebracht, ohne einen einzigen Mann einzubüßen. Es hieß, durch diese Leistung habe er sich zum Gouverneur einer Strafkolonie qualifiziert. Eine Gattin hatte

Sir Phillip nicht, und ob er der Kolonie bis zu seinem Tod vorstehen wollte oder ob es ihn in die Heimat zog, das konnte Molly nicht einschätzen.

»Ich habe inzwischen begriffen, dass für diese Wilden dieses Land der Mittelpunkt der Welt ist, während wir Siedler uns fühlen, als wären wir ans Ende gereist«, unterbrach Edward ihre Gedankengänge. »Für die Eingeborenen sind wir die Plage. Wir bringen ihnen Krankheiten, an denen sie sterben, und wir stehlen ihre Werkzeuge und Waffen, weil sie keine Vorstellung von Besitz haben und ihre Sachen überall herumliegen lassen.« Edward zuckte die Schultern. »Manche meinen, es sei nur eine Frage der Zeit, bis es hier keine Wilden mehr gibt, weil die Weißen sie verdrängt haben. Ich sehe das anders. Es kann überhaupt nicht mehr die Rede davon sein, dass dieses Land wie geschaffen ist für eine Kolonie. Meiner Meinung nach war Kapitän Cooks Eindruck, als er dieses Land entdeckte, völlig falsch – und seine Fehleinschätzung wird ungezählten Menschen den Tod bringen. Wie es jetzt aussieht, werden viele von uns den Hungertod sterben, während diese Wilden genau wissen, was im Urwald essbar ist und was nicht. Sie haben spezielle Techniken beim Jagen entwickelt.« Wieder lachte er auf. »Stell dir vor, sie werfen Steine auf die Vögel, um sie zu erlegen. Oder sie legen sich stundenlang bewegungslos in die Bruthitze, nur ein Stück Fisch in der Hand, und wenn ein Vogel sich den Köder holt, schlagen sie zu. Außerdem sind sie mit ihren Speeren dermaßen geschickt im seichten Wasser, dass ihnen kein Fisch entgeht. Die Frauen drehen aus Borkenfasern Angelschnüre und schnitzen aus Muscheln Haken. Und sie bauen ihre Kanus selbst. Die lecken zwar wie Siebe und sind gebrechlich, aber dafür sind sie leicht zu tragen und ebenso leicht zu ersetzen. Die Iora legen, wie gesagt, nicht viel Wert auf Besitz.«

Molly hörte ihm atemlos zu und sog alles Wissenswerte auf wie ein Schwamm. »Wir könnten uns viel von den Wilden abschauen. Dann käme mal frisches Fleisch auf den Tisch statt diese ekelhaften Erbsen, das versalzene verdorbene Pökelfleisch und das von Maden wimmelnde Mehl.«

Edward wiegte den Kopf. »Die Ureinwohner haben sich offenbar seit vielen Tausend Jahren, unbehelligt von uns, dieser Umgebung angepasst. Sie klettern wie Katzen auf die Bäume und haben beim Speer- und Steinwurf eine Treffsicherheit, die wir nie erlangen könnten. Bis wir den ersten Ara erlegt hätten, wären wir verhungert.«

»Wo wohnen sie?«, wollte Molly wissen.

»Diese Stämme haben offenbar weder Könige noch andere Anführer. Es gibt keine Siedlung. Sie ziehen umher, schlafen mal in den Baumkronen, im Gebüsch oder in den Sandsteinhöhlen am Ufer. Ich glaube, sie sind unfähig, sich Hütten zu bauen, aber die Natur ist ihnen wohlgesinnt. Die weichen Felsen an der Küste zerbröckeln ständig. Auf diese Art entstehen Höhlen, in denen sie zu Dutzenden übernachten können. Dass sie nutzen, was dieses Land ihnen bietet, passt zu ihrer unsteten Lebensweise. Sie scheinen kein Zuhause zu kennen. Ein Volk von Jägern, immer auf der Suche nach Verwertbarem. Sie lassen ihre Kanus und Werkzeuge herumliegen, weil sie es einfach nicht gewohnt sind, dass es ihnen jemand wegnimmt. Es gab schon einige Auseinandersetzungen mit den Eingeborenen, weil sich Kolonisten an ihren Waffen bereichert haben.«

»Du weißt viel«, sagte Molly und musterte das Profil des jungen Mannes. Er war nicht auffallend attraktiv, wirkte eher schmächtig und blass, aber seine Intelligenz und seine Auffassungsgabe nahmen Molly für ihn ein. Sie war weit davon entfernt, auf ihr Bauchgefühl zu hören. Von jeher traf sie Entscheidungen mit dem Verstand nach sorgfältigem Abwägen, welche Vorteile es ihr brachte. Und Edward sammelte mehr und mehr Pluspunkte …

Er zuckte die Schultern. »Ich interessiere mich für meine Umgebung und bin wissensdurstig. Außerdem hatte der Gouverneur lange Zeit einen jungen Ureinwohner als Dolmetscher und Gehilfen in seinen Diensten. Von Arabanoo haben wir viel gelernt über das Land, die Leute, ihre Sprache, ihre Gewohnheiten.« Edward stieß ein Seufzen aus, als würde er mit einer unangenehmen Erinnerung kämpfen. »Mein Vater würde sich im Grabe umdrehen, wenn er erführe, was aus mir geworden ist. Nicht nur verurteilter Sträfling, sondern auch noch Schreiberling.«

»Was hat er sich für dich erhofft?«, erkundigte sich Molly.

»Er war Kapitän auf einem Walfänger. Von frühester Kindheit an hat er mich auf seinen Touren mitgenommen. Ich habe es gehasst. Das Navigieren und Steuern fand ich faszinierend, aber das Abschlachten der Tiere hat mir über viele Jahre Albträume beschert. Ich wusste seit meiner Kindheit, dass ich niemals in die Fußstapfen meines Vaters treten würde.«

»Du hättest trotzdem zur See fahren können«, warf Molly lauernd ein. Dieser Bursche schien direkt vom Himmel vor ihre Füße gefallen zu sein.

Edward hob die Schultern. »Ja, hätte ich, ich wäre bestimmt ein guter Offizier und Kapitänsanwärter geworden. Mein Vater hat mir mannigfaltige Kenntnisse vermittelt. Aber«, er musterte sie mit einem verschmitzten Grinsen, »es ist anders gekommen, und nun sitze ich hier mit einer vorlauten jungen Lady und lasse mich aushorchen.«

Molly erwiderte sein Grinsen und konnte ihre Aufregung kaum noch unterdrücken. Genau so einen Mann hatte sie gesucht. Sie verfluchte sich dafür, dass sie das alte Spiel zwischen Männern und Frauen mit schwärmerischen Augenaufschlägen und lockenden Blicken nie geübt hatte. Die Situation war zu brisant, um zu testen, ob sie vielleicht ein Naturtalent im Kokettieren war. Auf gar keinen Fall wollte sie Edward vergraulen, indem sie sich dabei wie eine Närrin gebärdete.

Während Edward nun eine Mappe mit seinen diversen Zeichnungen hervorzog und Molly die Tiere zeigte, die er gemalt hatte, ging ihr durch den Sinn, dass ihr wahrhaftig nichts Besseres passieren konnte, als einen einflussreichen und klugen Gefährten zu haben wie Edward. Seine Position in der Kolonialregierung war unschätzbar wertvoll, wenn es darum ging, an geheimes Wissen und Karten zu gelangen, die ihr Entkommen ermöglichten.

Dummerweise machte Edward nicht den Eindruck, als würde er planen, sich abzusetzen. Warum auch? Er schien es hier nicht übel getroffen zu haben, abgesehen davon, dass er genau wie die Sträflinge und Soldaten wenig zu essen bekam. Hager, wie er war, schien er nicht allzu üppige Portionen zu benötigen.

»… und dieses Beuteltier hier nennen die Ioras Känguru. Schau, hier habe ich eine Herde beobachtet und sie in schnellen Strichen zu Papier gebracht. Auch einen von diesen putzigen Baumbewohnern habe ich malen können. Das ist ein Koala. So liebenswert, wie sie aussehen, so kräftig können sie beißen und kratzen, wenn man ihnen zu nah kommt. Drollig sind auch diese riesigen Vögel mit dem kugelrunden Bauch und den langen kräftigen Beinen. Das sind Emus. Schau, hier sieht man die Federzeichnung. Als besonders schwierig erweist es sich, die Flora naturgetreu zu Papier zu bringen. Mir will einfach nicht dieser Silberton gelingen, der die Eukalyptusbäume kennzeichnet. Meine zu Papier gebrachten Gewächse erinnern an die Ulmen und Eichen unserer Heimat, und …«

»Wir könnten heiraten.« Jetzt war es heraus. Ohne Umwege, ohne Charme. Mollys Herzschlag stolperte. Fast hätte sie sich lieber mit Händen und Füßen gegen die Wilden gewehrt, als Edward diesen Vorschlag zu machen. Liebesdinge waren unbekanntes Terrain für Molly.

Edward unterbrach den Vortrag über seine Liebhaberei, die Flora und Fauna des Busches, und starrte Molly an. Sie hielt seinem Blick stand, schluckte allerdings trocken dabei. Das Lärmen der Vögel und das Rauschen der Blätter in der Meeresbrise bildete die Hintergrundmusik, während sich Edward und Molly lange schweigend anschauten.

Molly bemerkte die Veränderung, die in seinem Gesicht vor sich ging. Sein Erstaunen wurde zu einem warmherzigen Ausdruck, der dann zu einer misstrauischen Miene wechselte, bevor wieder etwas wie Zuneigung in seinem Blick zu schimmern schien. »Du hast die blauesten Augen, die ich je bei einem Menschen gesehen habe«, sagte er.

»Danke.« Mollys Stimme klang heiser, aber ihre Zuversicht wuchs. Wenn ihm ihre Augen gefielen, würde er vielleicht ihr Angebot annehmen?

»Wie kommst du darauf, dass ich noch kein Weib gewählt habe?«

Molly spürte, wie ihr das Blut aus den Wangen wich. Wie peinlich wäre es, wenn sie sich diesem Mann an den Hals warf, obwohl er vergeben war. Sie rettete sich in Schnodderigkeit. »Du machst nicht den Eindruck, als würdest du dich für ein Leben zu zweit interessieren.«

»Das willst du in den wenigen Minuten, die wir uns kennen, erkannt haben? Alle Achtung, Molly Monday.« Seine Stimme troff vor Spott, doch dann grinste er wieder. »Aber du hast recht. Ich habe tatsächlich bislang keine Gefährtin gewählt. Du wirst es mir nicht glauben, aber ich habe keine gefunden, die es mir wert gewesen wäre, mich auf eine Heirat einzulassen. Mir gefiel keine.«

Molly lächelte ihn an und neigte den Kopf. »Und das hat sich nun geändert?« Innerlich gratulierte sie sich – wenn es darauf ankam, konnte sie also tatsächlich Charme spielen lassen.

Edward betrachtete sie mit leicht zusammengekniffenen Augen, als würde er abschätzen, ob ihm Molly zusagte. »Du bist hübsch«, sagte er, »scheinst aber nicht besonders helle zu sein.«

Molly blähte die Wangen und stieß ein Prusten der Entrüstung aus.

Edward lachte auf. »Eine kluge Frau wäre niemals allein in den Busch marschiert. Aber von deiner Cleverness abgesehen – um dich reißen sich doch die Kolonisten, die auf ein Weib gewartet haben.«

Molly hob die Schultern. »Mag sein. Ich habe mich bislang aus dem Heiratschaos herausgehalten. Der Reverend traut fast stündlich ein neues Paar. Ich wollte nicht jeden nehmen …« Sie stockte, als ihr bewusst wurde, dass sie damit Edward ein Kompliment gemacht hatte. Das war durchaus nicht ihre Absicht gewesen.

Edward griff nach ihrer Rechten und hielt sie in beiden Händen. Sie erkannte sowohl Belustigung als auch Zuneigung in seinen Zügen. »Es wäre mir eine Ehre, dich zur Frau zu nehmen, Molly Monday.«

Verlegenheit rötete ihrer beider Wangen, während sie sich anschauten. Die Welt stand kopf, befand Molly. Nicht nur hatte sie todesmutig einem ihr Fremden einen Antrag gemacht, sie waren sich innerhalb weniger Minuten einig geworden.

Genau wie auf der *Lady Juliana* galten hier in Sydney Cove eigene Gesetze und Vorstellungen von Moral, aber

Molly war entschlossen, sich anzupassen wie ein Tier, das die Farbe zu wechseln vermochte. Ihre Erfahrung hatte sie gelehrt, dass es sich leichter leben und planen ließ, wenn man kein Aufsehen erregte und sich an die herrschenden Regeln zumindest zum Schein hielt. Edward würde ihr helfen, aus dieser Kloake zu fliehen. Er wusste nur noch nichts von seiner Bestimmung.

Molly spitzte die Lippen und senkte die Lider. Sein Mund fühlte sich zarter an, als sie vermutet hatte, doch als seine Zungenspitze ihre Lippen behutsam teilen wollte, verschloss sie sich. Sie wandte sich von ihm ab, wischte sich mit dem Handrücken über den Mund und strahlte Edward an. »Worauf warten wir? Auf zu Reverend Johnson in die Schlange vor dem Hochzeitsbaum.« Sie packte Edwards Hand und zog ihn lachend mit sich. Ein wenig fühlte es sich an, als wären sie tatsächlich ein verliebtes Paar, das sorglos durch die Natur sprang. Aber sie waren nur ein Schreiberling, der keine Träume mehr zu haben schien, und eine aufmüpfige junge Frau, die lieber sterben wollte, als in dieser Kolonie sesshaft zu werden.

5. Kapitel

In der Hütte, in der die Strafgefangenen Näharbeiten verrichteten, saß Dorothy in einem Umkreis von mehreren Fuß allein und stach die Nadel in den Stoff. Ein ums andere Mal traf sie dabei ihre Finger. Ihr Daumen war inzwischen dick umwickelt, damit das Blut nicht auf das Leinen tropfte.

Obwohl sie keine Zuhörerin hatte, schimpfte Dorothy vor sich hin, belegte die Wachsoldaten mit den übelsten Flüchen, verfluchte die Dreckskerle, die ihre gierigen Pranken nach den Weibern ausstreckten, und machte sich lautstark über Arthur Phillip lustig. Immer mal wieder kam einer der müde wirkenden Wachmänner und stieß ihr den Lauf der Muskete in den Rücken, damit sie das Maul hielt, aber es nützte nichts.

Die anderen Frauen, die meisten jünger als Dorothy, saßen in Gruppen zu dritt oder viert zusammen und tuschelten miteinander, während ihre Finger flink Nadel und Faden schwangen.

Dorothy scherte sich einen Dreck darum, ob man ihr zugeneigt war oder nicht. Alle sollten sie in Ruhe lassen. Alle außer Laurie. Doch ihre Lieblingshure hatten sie für die Feldarbeit eingeteilt. Laurie war jung und kräftig, ihre körperlichen und seelischen Qualen, die sie auf der *Lady Juliana* erlitten hatte, hatte sie rückstandslos überwunden. Nicht nur durch die Zuneigung des Steuermanns Jack Barns, der ihr ein paar Wochen der Liebe beschert hatte, sondern zweifellos auch durch Dorothys nimmermüde Fürsorge.

Dorothy hätte was darum gegeben, wenn Laurie hier an ihrer Seite gesessen hätte. Aber wann hatte man sie zuletzt nach ihren Wünschen gefragt? Erschöpfte und halb verhungerte Wachleute setzten die Anweisungen der Kolonialregierung mit gegrunzten Befehlen und Hieben mit den Musketen durch.

Dorothy war es satt, sich zu widersetzen. Die eine Pflicht war so demütigend wie die andere – hier hatte man nur die Wahl zwischen Not und Elend.

Zum Glück war es ihr gelungen, in ihrem Bündel, das sie vom Schiff mit herunternahm, ein paar Flaschen Rio-Fusel zu schmuggeln, die sie mit niemandem zu teilen gedachte. Nur besoffen ließ sich das Dasein in der Kolonie ertragen.

An diesem Morgen hatte sie bereits ein Viertel einer Flasche geleert. Dennoch war sie sicher auf den Beinen, ihre Hände gehorchten ihr, nur hinter ihrer Stirn breitete sich ein betäubender Nebel aus.

Und sie besaß die Münzen, die sie auf der *Lady Juliana* den Freiern ihrer Huren abgeknöpft hatte. Zwar bestand die teurere Währung in dieser Kolonie aus Schnaps und Fleisch, aber manch ein Wachmann sorgte für bessere Zeiten vor und war einem Sack voller Geldstücke nicht abgeneigt, wenn es darum ging, eine bevorzugte Behandlung für gewisse Strafgefangene durchzudrücken. Dorothy hoffte, dass sie den richtigen Soldaten bestochen hatte, der dafür sorgen sollte, dass sowohl sie selbst als auch Laurie nach Norfolk verschifft wurden. In Norfolk, glaubte sie, konnte es nur besser sein als in diesem Loch.

Durch die geöffnete Tür der Palmenhütte sah sie Laurie in ihrem grauen Kittel in gebückter Haltung auf der Scholle mit bloßen Händen wühlen. Dorothy kniff die Augen zusammen, als einer der Bauern, die mit Holzhacken hantierten, sich Laurie von hinten näherte und ihr einen saftigen Schlag aufs Hinterteil versetzte, als wollte er einem zu Tode erschöpften Gaul Beine machen.

Laurie richtete sich mit einem Ruck auf, die Hand im Reflex erhoben, um dem Flegel eine Backpfeife zu verpassen. Sie ließ den Arm sinken. Der Bauer lachte dröhnend und wandte sich genau wie Laurie wieder seiner Arbeit zu, als sich ein Wächter näherte, um den Streit im Keim zu ersticken.

Dorothy lag viel daran, Laurie an den besten Mann zu vermitteln. Auf der *Lady Juliana* war ihr das nach einigen leidvollen Umwegen letzten Endes gelungen. Auch in dieser Kolonie schien es darauf hinauszulaufen, dass ein Weib am besten gestellt war, wenn es sich dem Schutz eines Ehemannes unterordnete.

Unglücklicherweise hatte Dorothy aber in Sydney Cove nicht einen Kerl entdeckt, der vertrauenswürdig, geschweige denn anziehend wirkte. Alles ein verrohtes, stinkendes Pack. Keiner war hier gut genug für ihre Laurie.

Und für sie selbst?

Sie spuckte aus, wann immer es ihr in den Sinn kam, ein Kerl könnte sich an ihr vergreifen. Einer von ihnen beiden würde eine solche Begegnung nicht überleben. Dorothy rechnete sich mit einer teuflischen Freude aus, dass nicht sie diejenige war, die dabei draufging.

Die alten Dämonen hatten wieder von ihr Besitz ergriffen. Kein Mensch konnte es ihr recht machen, und bei dem geringsten Anlass geriet sie in einen Jähzorn, der vernichtend sein konnte.

Eine Zeitlang hatte Dorothy angenommen, sie sei zur Ruhe gekommen. Diese vorübergehend milde Gesinnung hatte viel mit dem alten Seebären Ben Benson zu tun, der ihr aus irgendeinem Grund zugetan war. Er mochte sie, und nach anfänglichem Misstrauen nahm Dorothy ihm sogar ab, dass er eine gewisse Zuneigung für sie empfand. Aber Ben Benson war nicht mehr da – er arbeitete drüben am Nordstrand auf der *Lady Juliana*, würde in den nächsten Tagen aufs weite Meer hinaussegeln, hin zu anderen Häfen, und sie würde er vergessen.

Die vorübergehende Weichheit, die sich ihres Herzens bemächtigt hatte, war der Härte gewichen, die schon immer Dorothys Charakter bestimmt hatte.

Nichts war ihr geblieben, nur Laurie, die sich drüben auf dem Acker ihrer Haut erwehren musste.

Das Beziehungsgeflecht, das sich auf dem Hurenschiff entwickelt hatte, löste sich auf. Sie waren alle in unterschiedlichen Hütten untergekommen, manche in der Frauensiedlung, andere hatten sich gleich vom erstbesten Kolonisten zum Weib wählen lassen und unter den argwöhnischen Blicken des alten Pfaffen ewige Treue geschworen.

Dorothy hasste diese Näharbeit, zu der sie verdammt war, aber sie zehrte weniger an den Kräften als die Feldarbeit, zu der sie Laurie und andere kräftige Frauen verpflichtet hatten. Schlecht dran waren auch diejenigen, die man zum Fällen der Bäume und zum Ausgraben steinharter Wurzelstöcke verdonnert hatte. Die körperliche Schwerstarbeit und die magere Verpflegung brachten viele der Strafgefangenen an ihre Grenzen. Manch einer rettete sich durch einen Zusammenbruch ins Krankenhaus, andere fielen gleich tot um.

Wie würde es auf Norfolk sein? Eine abgespaltene Gruppe von Kolonisten, die vielleicht Wohlstand genossen, während sie hier in Sydney Cove ums Überleben rangen?

Dorothy hatte inzwischen mitbekommen, dass die eintausendfünfhundert Seemeilen östlich entfernt liegende Insel über begehrte Schätze der Natur verfügte. Sir Phillip hatte gleich nach seiner Ankunft in Sydney Cove mit der ersten Flotte das von James Cook entdeckte Eiland besiedeln lassen. Es wäre einer Katastrophe gleichgekommen, die dort wachsenden himmelhohen Tannen und den erstklassigen Flachs etwa an die Franzosen zu verlieren, die sich zu dieser Zeit in der Gegend um Australien herumtrieben. Die Insel schien in jeder Hinsicht fruchtbarer zu sein als der Sandboden von Sydney Cove.

Die gewaltigen Norfolktannen eigneten sich hervorragend als Schiffsmasten, und die an den Felsen wachsende Flachslilie konnte man für die Herstellung von Segelleinwand nutzen. Pläne kursierten, dass ein befestigter Hafen einen Posten bilden konnte, wo sich Kriegsschiffe mit Holz, Segeltuch und Tauwerk ausrüsten würden.

Unter solchen Voraussetzungen sollte eine kleine Insel doch erblühen, und die Bewohner würden alsbald von dem sich im Hafen entwickelnden Handel profitieren. Manche hofften gar, Norfolk würde sich zum wichtigsten Knotenpunkt für die um Indien reisenden Engländer mausern. Nirgendwo sonst konnte man gebrochene Masten durch neues Holz ersetzen.

Proben des Flachses waren bereits nach England gesandt worden, Leinwand und Garn erwiesen sich als außergewöhnlich widerstandsfähig.

Die Nachrichten zwischen Norfolk und Sydney Cove flossen spärlich, aber das, was Dorothy bislang mitbekommen hatte, ließ sie hoffen, dass sie es dort besser antreffen würde als in dieser Bucht. Fragte sich nur, wann und mit welchem Schiff sie übersetzen würde.

Dorothy reckte den Hals, als sich draußen auf dem Appellplatz eine Versammlung bildete, die einer der Wachsoldaten mit kräftiger Stimme zusammenrief. Es war tatsächlich der

Soldat, dem sie ihren Geldsäckel an die Brust gepresst hatte, damit er Laurie und sie auf der Liste nicht vergaß.

Auf diesem Platz befand sich das aus drei schräg stehenden Pfählen konstruierte Gerüst, auf dem man Aufrührerischen und Faulenzern *das rote Hemd anzog*. So nannten sie es hier, wenn sie die Menschen mit der neunschwänzigen Katze auspeitschten. Der Galgen dagegen wartete auf unbelehrbare Diebe und diejenigen, die zu fliehen versuchten.

Die Feldarbeiter ließen ihre Werkzeuge fallen und streiften die Hände an den Beinlingen ab, die Fischer schlurften vom Wasser heran. In der Nähhütte drängten die Frauen nach draußen, um zu hören, was die Kolonialregierung verkündete.

»... verschifft werden die folgenden Weiber ...«, vernahm Dorothy und quetschte sich an den anderen Näherinnen vorbei, um nicht zu verpassen, wenn ihr Name fiel.

Mit weit über die Bucht hallender Stimme las der Wächter in alphabetischer Reihenfolge die Namen der Sträflinge, die am nächsten Tag nach Norfolk übersiedeln sollten. Dorothy unterdrückte ein Juchzen, als Laurie Hodginsons Name fiel, und presste sich die Fäuste an den Mund. Dann lauschte sie gespannt – und erstarrte, als der Melder mit »Susannah Lawson« fortfuhr. Er hatte Johnson vergessen, Dorothy Johnson!

In der Menge kam Tumult auf, Frauen kreischten, Freundinnen fielen sich um den Hals, weil sie gemeinsam verschifft wurden. Der Wächter musste immer lauter sprechen, um den Lärm zu übertönen, aber Dorothy hatte nur eines herausgehört: Laurie würde nach Norfolk gebracht, und sie sollte in dieser Kloake bleiben! Das konnte nur ein Versehen, ein Missverständnis sein – was sollte sie hier? Sie musste mit Laurie übersiedeln, sonst war alles verloren!

Als der Wächter seine Rolle zusammenfaltete und sich die Menge aufzulösen begann, hielt Dorothy es nicht mehr in der Hütte. Sie sprang auf, raffte die zerrissenen Röcke und stampfte über den Sandboden dem Boten hinterher. Sie krallte die Finger in seine Schulter, als sie ihn erreichte, und zwang ihn, sich zu ihr umzudrehen.

Der Mann wirbelte herum, die Muskete schussbereit, und blitzte Dorothy an. »Rühr mich nicht an, Hure!«, schnauzte er. Sämtliche Frauen der Kolonie galten ausnahmslos als Huren und wurden dementsprechend behandelt. Dorothy hatte nicht den Charme, sich einen besseren Status zu erwerben.

»Ich … ich …« Dorothy japste. Ihre Schultern hoben und senkten sich, während sie sich die Seite hielt. »Ihr habt meinen Namen nicht vorgelesen. Das muss ein Versehen sein. Ich gehe mit nach Norfolk.«

»Das bestimmst du nicht! Es ist festgelegt, wer verschifft wird. Wenn du nicht dabei bist, dann hat das Government dies entschieden.« Er musterte sie mit herabgezogenen Mundwinkeln von oben bis unten. »Wahrscheinlich rechnet keiner damit, dass du den nächsten Sommer überlebst.«

»Ich bin kräftig, ich kann arbeiten!«, kreischte Dorothy und wäre dem Mann am liebsten an den Hals gegangen. Seit sie die *Lady Juliana* verlassen hatten, hatte Dorothy kaum einen Bissen zu sich genommen. Der Fusel half ihr, das Hungergefühl zu unterdrücken, und ihre Portionen Mehl und Pökelfleisch steckte sie Laurie zu, damit diese nicht verfiel. Das hatte dazu geführt, dass die Kleider an Dorothy schlotterten wie an einem Holzgerüst, während Laurie gedieh.

»Dann tu das. Hier in Sydney Cove. Die Entscheidung der Kolonialregierung ist endgültig.«

Als Dorothy mit geballten Fäusten einen weiteren Schritt auf ihn zutrat, rammte er ihr den Kolben der Muskete in den Leib. Stechender Schmerz durchzuckte Dorothy. Sie presste die Fäuste auf den Bauch und sackte zusammen, als würden ihre Beine jemand anderem gehören. Ihre Stirn sank in den Sand, während sie sich krümmte. Alles war verloren, alles.

6. Kapitel

Geht ihr den Bund der Ehe ein ohne anderweitige Verpflichtungen und Zwänge?«

Molly hob den Kopf. »Ja.«

Edward drückte ihre Hand. Sie hielt sich eingehakt an seiner Seite.

Auch Edward nickte. »Ja.«

Reverend Johnson wandte sich wieder an Molly. Seine Haltung und seine Stimme strahlten so viel Würde aus, wie es angesichts des zerlumpt wirkenden Brautpaares und der Tristesse in der Kolonie nur möglich war. Molly wusste, dass es das Gewissen des Gottesmannes erleichterte, wenn eine weitere irreguläre Verbindung in den Hafen der Sittlichkeit und der Moral lief. »Willst du den hier anwesenden Edward Young zu deinem rechtmäßig angetrauten Ehemann nehmen?«

Molly gelang es, ihre Zustimmung mit Inbrunst zum Ausdruck zu bringen. Sollte sie nun vor dem Pfaffen als anständige Gattin gelten, Gott wusste vermutlich, dass ihre Vermählung mit Edward nur einem Zweck diente – die besten Bedingungen für ihre heimliche Abreise zu schaffen.

Viele der Frauen hatten sich bereits vermählt, die meisten aus der Not heraus, einen Fürsprecher zu brauchen. Einige hofften, durch eine Heirat mit einem Bekannten aus London sich ein Stück Verbundenheit mit der alten Heimat zu erhalten. Manche angelten sich einen der Wachsoldaten in der Erwartung, eine bevorzugte Behandlung zu genießen. Dabei erhielten alle Bewohner von Sydney Cove die gleichen Rationen, unabhängig davon, ob sie Sträflinge oder von der Regierung eingesetzte Soldaten waren.

Molly dagegen brauchte jemanden, dem sie Auskünfte entlocken konnte, wenn es darum ging, sich einen Kompass, einen Sextanten oder Seekarten zu besorgen. Und sie brauchte jemanden, der jederzeit an den Schlüssel zum Vorratslager gelangen konnte.

Edward Young schien ihr unter diesen Voraussetzungen wie ein Geschenk des Himmels.

Nachdem Edward sein Ja gegeben hatte, unterschrieben sie das Heiratsdokument. Ihre Trauzeugen – Hannah und Michael – setzten ihre Signaturen daneben. Hannah war des Schreibens nicht mächtig und zeichnete ein Kreuz. Das musste reichen. Der Reverend hob beide Arme und richtete den Blick für einen Moment in den steingrauen Himmel. »Im Namen des Allmächtigen erkläre ich euch zu Mann und Frau.«

Edward wandte sich ihr zu, um ihr einen Kuss auf die Lippen zu drücken, aber Molly drehte sich, sodass er nur ihre Wange streifte.

Sie trat einen Schritt zur Seite, um dem Paar hinter ihnen Platz zu machen. Molly kannte sie. Es war Sarah Whitlam mit ihrer Tochter Maud auf dem Arm. Neben ihr hielt sich in gebeugter Haltung ein Bärtiger mit breitem Kreuz und hohen Wangenknochen. Molly hatte schon von ihm gehört. John Coen Walsh genoss den Ruf als einer der begehrtesten Männer hier in Sydney Cove. Er war nicht nur stark wie ein Bär, sondern galt zudem als zuverlässig und fleißig, und hässlichere Männer hatte man auch schon gesehen. Sarah jedenfalls wirkte alles andere als unglücklich, mit ihm den Bund der Ehe einzugehen. Sie war trotz der Strapazen und trotz ihres fadenscheinigen Kleids eine der hübschesten der Frauen. Ihr Mund war zu einem Lächeln geschwungen, während sie darauf wartete, an die Reihe zu kommen. Immer wieder hob sie den Blick zu ihrem Mann, als wollte sie ihm zeigen, wie sehr sie ihn anbetete.

Auf den Felsen in der Nähe hatte es sich ein Bursche gemütlich gemacht, der das Hochzeitsspektakel beobachtete. Er kaute auf einem Grashalm herum. Molly wusste nur, dass er Pitt hieß und keine Gelegenheit ausließ, sich vor der Arbeit zu drücken. Es war nur eine Frage der Zeit, wann er seine erste Begegnung mit der Peitsche haben würde. »He, Sarah, hast du dir das reiflich überlegt? Der alte Sack macht schneller schlapp als einer wie ich, der voll im Saft steht!«, rief er.

Sarah hielt John zurück, der dem Frischling offenbar eine Tracht Prügel verpassen wollte. Molly hörte, wie sie ihm zuflüsterte: »Der ist es nicht wert, dass du wegen einer Rauferei mit ihm eine Strafe riskierst.« Laut und mit vorgerecktem Kinn rief sie zu den Felsen hinüber: »Schwing keine Reden, Pitt, du bist noch feucht hinter den Ohren und weißt wahrscheinlich nicht einmal den Unterschied zwischen Männlein und Weiblein!«

Die Umstehenden lachten, und Pitt erglühte bis zu den Ohren. Er war mindestens zwei Jahre älter als Sarah, aber für diese nicht gut genug. Ihre Absage schien ihn an einer empfindlichen Stelle getroffen zu haben.

Gemeinsam mit Edward schritt Molly die Reihe der Verlobten ab, die sich über mindestens fünfzig Yards schlängelte. Sie freute sich, als sie unter den Paaren Annie und Charlotte entdeckte, die sie von der *Lady Juliana* her kannte. Annie hatte eine unglückliche Liebschaft mit dem Regierungsbeauftragten Sir Thomas Edgar gehabt und eine schlimme Niederkunft. Das Baby war missgebildet gewesen. Sie hatten es auf See bestattet. Annie stand an der Seite eines jungen Soldaten. Molly gönnte es ihr, wenn sie diesmal mehr Glück in der Männerwahl hatte.

Auch Charlotte, ehemals Helferin des Schiffsarztes, machte einen zufriedenen Eindruck. Der Mann an ihrer Seite war vielleicht zehn Jahre älter als sie, aber er wirkte mit seiner Brille und den Resten einer Weste über seinem Schnürhemd wie ein Gelehrter. Er schien stolz auf seine hübsche Verlobte zu sein.

Molly wusste nicht, was ihre früheren Gefährtinnen bewog, sich genau diese Männer auszuwählen, aber sie hatte den Eindruck, dass sie es schlechter hätten treffen können, und wünschte ihnen Geborgenheit in ihren Ehen.

Auch sie selbst würde zufrieden sein. Edward war zwar kein Mann, von dem sie ins Schwärmen geriet, aber sie musste sich auch nicht vor ihm fürchten. Kein Mann, den seine Triebe beherrschten.

Was mochte Edward bewogen haben, auf ihr Angebot einzugehen?, schoss es Molly durch den Sinn, als sie sich nun vom Hochzeitsbaum entfernten.

Edward hatte sich zunächst schockiert gezeigt, als sie ihm auf seine diesbezügliche Frage geantwortet hatte, dass sie fünfzehn Jahre alt sei. »Ich hätte dich auf mindestens achtzehn geschätzt«, erwiderte er, und Molly sah für einen kurzen Moment den Zweifel in seiner Miene, ob es richtig war, eine so junge Frau zu ehelichen.

Sie hätte ihm sagen können, dass sie in ihrem Leben schon mehr Erfahrungen mit Männern gemacht hatte als die meisten Zwanzigjährigen, aber eine solche Erklärung hätte sie von ihrem Ziel entfernt. Ihre Vergangenheit ging ihn nichts an, und dass sie in der Lage war, eigene Entscheidungen wie eine Erwachsene zu treffen, hatte sie oft genug beweisen müssen.

»Du möchtest dich meinem Schutz unterstellen, nicht wahr?«, hatte er dann geschlussfolgert und mit den Fingerknöcheln über ihre Wange gestrichen.

Molly hatte runde Augen wie ein Rehkitz gemacht und genickt. Den Beschützer in ihm zu wecken war nicht das Übelste, was ihr widerfahren konnte. »Ich bin Freiwild für alle anderen, wenn ich noch länger allein bleibe. An deiner Seite würde ich mich geborgen fühlen.«

Er hatte sie angeschaut, viel zu lang nach Mollys Geschmack, und sie hatte vor ihm die Lider gesenkt. Es erschien ihr, als wollte er ihr in die Seele schauen, und sie hatte allen Grund, das zu verhindern. Er nahm ihre Hand und hauchte einen Kuss darauf.

Molly konnte sich nicht erinnern, wann je ein Mann sie auf diese Art berührt hatte. Es fühlte sich intimer an als alles, was sie als junge Hure mit den Kerlen getrieben hatte. Sie entzog ihm ihre Finger und hoffte, dass er es als mädchenhafte Verlegenheit deutete, was es auf eine gewisse Art auch war, wie sie sich zähneknirschend eingestand. Sie war nie eine gewesen, die mit Wimpernklimpern und vorgetäuschten Ohnmachtsanfällen die Männer zu erobern versuchte. An manchen Tagen hatte sie sogar gemutmaßt, dass der liebe Gott sich bei ihr vertan hatte. Vielleicht hätte sie als Junge auf die Welt kommen sollen, und am Ende hatte es ein Missgeschick gegeben, sodass sie jetzt im Körper eines Mädchens gefangen war, dessen Weiblichkeit sich inzwischen deutlich unter der Kutte abzeichnete.

Es gefiel ihr und verunsicherte sie zugleich, dass Edward sie wie ein ehrenwertes Mädchen respektierte. Die Anerkennung, die er ihr zollte, glaubte sie nicht verdient zu haben, aber sie genoss es, in diesem Licht gesehen zu werden, und würde den Teufel tun, Edward sein höfliches Benehmen auszutreiben. Will wäre stolz auf mich, ging es ihr ein ums andere Mal durch den Sinn.

Ihr Herz wummerte bei der Erinnerung an ihren Bruder, der drüben am Nordstrand auf der *Lady Juliana* auf seine Abreise wartete. Für ihn wollte sie eine anständige Frau werden, eine, für die er Respekt empfand. Dass sie sich wiedersehen würden, stand für Molly außer Frage. Das Schicksal konnte nicht so hart sein, sie auf ewig zu trennen, nachdem sie sich auf der *Lady Juliana* als Bruder und Schwester erkannt hatten.

Edward schien mit dem Missgeschick, dass sie statt eines Jungen ein Mädchen geworden war, durchaus einverstanden zu sein. Zumindest entnahm sie das seinen Blicken, die liebevoll ihr Gesicht umfingen und anschließend ihren Leib hinabglitten. Gut, wenn er es wollte, würde sie ihm zu Gefallen sein. Das war eine von Mollys leichtesten Übungen. Als ihr Ehemann hatte er das Recht auf die körperliche Liebe mit ihr und sie die Pflicht, seinen Wünschen gerecht zu werden. Molly hegte den nicht unbegründeten Verdacht, dass es ihr gelingen könnte, Edward so gierig auf sie zu machen, dass er ihr aus der Hand fraß. Genau das, was sie brauchte – ein Mann, der ihr die Sterne vom Himmel holen würde oder, pragmatischer gedacht, der sie in die Freiheit führte.

Nach den Trauungszeremonien zog es die frisch Vermählten und alle anderen Kolonisten an den Strand. Es hatte sich herumgesprochen, dass die *Lady Juliana* den Anker eingeholt und die Segel gesetzt hatte. Das Schiff, das die Huren hierhergebracht hatte, war instand gesetzt und trat die Weiterfahrt an. Das nächste Ziel würde ein Hafen in China sein.

Während Edward und Michael voranschritten, ließen sich Hannah und Molly zurückfallen. »Du hast Glück, Molly. Edward scheint sich wirklich in dich verguckt zu haben. Und dann hat er eine so verantwortungsvolle Position.«

»Die hat dein Michael auch. Warum hast du ihn noch nicht geheiratet?«, erwiderte Molly.

Hannahs Wangen verfärbten sich dunkelrot. »Er hat mich nicht gefragt.«

Molly verdrehte die Augen. »Als käme es auf solche Kleinigkeiten an. Sag ihm, dass du einen Beschützer brauchst, und gut ist es.«

Hannah biss sich auf die Unterlippe. »Auch als Dienstherr ist er mein Beschützer und braucht mich hier in Sydney Cove. Immerhin stand ich nicht auf der Liste derjenigen, die nach Norfolk gebracht werden.«

Molly nickte. »Ja, hier ist zwar die Hölle, aber von hier kommen wir weg. Schau, da drüben, das Boot des Gouverneurs.« Ein Lächeln glitt über Mollys Mund, während sie gegen den kalten Wind, der vom Meer her wehte, die Arme vor der Brust verschränkte. »Es hat genau die richtige Größe für ein halbes Dutzend Leute, die ihr Glück wagen wollen. Es scheint mir hochseetauglich zu sein. Aber das werden andere besser wissen.«

Hannah neben ihr zuckte zusammen. »Du willst wirklich der Kolonie entkommen, Molly? Bist du des Teufels? Du wirst jämmerlich in den Fluten ertrinken und von den Haien gefressen werden, wenn dich nicht vorher eine Kugel aus den Musketen der Soldaten trifft.«

Molly wandte sich ihr zu, die Stirn gerunzelt. »Du hast nicht wirklich vor hierzubleiben, Hannah, oder? Das bedeutet unseren sicheren Hungertod. Die Vorräte reichen nur für wenige Monate, und einzig der liebe Gott weiß, wann die englische Regierung Nachschub schickt. Wir sind hier verdammt.«

Hannah senkte den Blick und spielte am Nagel ihres Daumens. »Wir werden hier gebraucht. Wir müssen alle gemeinsam …«

Lautes Rufen und Winken unterbrachen die Freundinnen. Die Menschen um sie herum hoben die Arme und wedelten mit Tüchern, obwohl die Matrosen auf der *Lady Juliana* von der Reling aus vermutlich nur Punkte am Strand sahen.

Auch Molly winkte, als wäre es ein geheimer Zwang, ihrem Bruder ein Lebewohl zu schicken. Sie kniff die Augen zusammen, um zu erkennen, ob er in der Takelage hangelte, aber es war unmöglich, etwas zu erkennen.

Zwei Schritte von ihr entfernt stand Dorothy und stützte die schluchzende Laurie. Molly traf den Blick ihrer früheren Dienstherrin. Ihr fiel auf, wie trübe ihre Augen wirkten. Sie schien nicht sicher auf den Beinen zu stehen, obwohl sie den Griff um Laurie nicht lockerte.

Dorothy und ihre Lieblingshure. Damals in England war diese Frau, die berühmt dafür war, nie zu lächeln, Mollys Welt gewesen. Sie war der Mensch, der ihr eine Art von Zuhause angeboten hatte, obwohl das bedeutete, dass sie widerliche Dinge mit wildfremden Kerlen treiben musste. Molly war es das wert gewesen. Sie hatte in jungen Jahren nicht viel Geborgenheit erfahren und wusste Dorothys zupackende Art zu schätzen. Aber hier in der Kolonie waren sie sich fremd geworden, wenige Tage hatten dazu gereicht. Sie wohnten in unterschiedlichen Baracken, und jede sah zu, wie sie zurechtkam. Molly lächelte Dorothy an, fand aber, wie erwartet, kein Echo bei der alten Hurenmutter. Sie konzentrierte sich darauf, Laurie über den endgültigen Verlust ihres Geliebten hinwegzutrösten. Jack Barns reiste mit der *Lady Juli-*

ana weiter, und nach dem Hörensagen plante er nicht, seine Seemannsbraut irgendwann heimzuholen.

Anders der Steward John Nicol, wie Molly wusste. Er hatte versucht, seinen Dienst zu quittieren, und wäre mit Sarah Whitlam, der Mutter seiner Tochter, als freier Siedler in der Kolonie geblieben. Aber der Kapitän hatte dem einen Riegel vorgeschoben – er konnte während der Weiterfahrt auf keinen Seemann verzichten.

Molly blickte nach links, wo Sarah Whitlam mit ihrer Tochter stand. Ihr bulliger neuer Ehemann hatte den Arm um beide gelegt. Sarahs Miene wirkte wie aus Stein gemeißelt, während sie der *Lady Juliana* hinterherblickte.

Was zählte eine Ehe unter diesen Bedingungen? Was mochte hinter Sarahs Stirn vor sich gehen?

Molly kratzte es nicht. Jede und jeder griff nach dem, was das Leben noch zu bieten hatte. Von Liebe konnte in diesem fernen Winkel der Welt ohnehin keine Rede sein.

7. Kapitel

Auf dem Pazifik, August 1790

Hier, trink das.« Steward John Nicol reichte dem Seemann Ben Benson einen Becher mit süßem Tee, den er aus der in Sydney Cove heimischen Stechwinde aufgebrüht hatte.

Ben nahm ihm das Gefäß aus der Hand und schlürfte, ohne seinen Blick von der Küste Australiens zu lassen. Weiße Sandbuchten wechselten sich mit rauen Klippen und Wäldern ab. Möwen schwebten kreischend über dem Schiff. Der Wind wehte ruhig und gleichmäßig. Die Segel blähten sich vor dem blassblauen Himmel. Ein paar Matrosen fanden sich am Heck zusammen, um Tee zu trinken und Seemannslieder zu brummen. Einer packte seine Fidel aus und begleitete den Gesang.

Es versprach eine friedliche Fahrt zu werden. Die Weiber, die sie von London um die halbe Welt herum hierhergebracht hatten, hatten für immensen Aufruhr an Bord gesorgt. Manch einer jubilierte, sie endlich los zu sein. Keine Stutenkämpfe, keine Verlockungen, kein Gekeife, kein Quengeln mehr. Und man stolperte auch nicht bei jedem Schritt über ausgestreckte Frauenbeine.

Die *Lady Juliana* hatte die Kolonistenbucht hinter sich gelassen. Sie umfuhren Australien in Richtung Norden auf ihrem Weg nach China.

»Das Kraut scheint gegen alles zu helfen«, sagte der Steward, während seine schütteren Haare im Fahrtwind flatterten. Er nippte mit gespitzten Lippen an dem dampfenden Getränk. Es schmeckte süß und herb zugleich. »Ich habe in Sydney Cove eine Greisin mit schlohweißen Haaren gesehen, die ihr Neugeborenes in den Armen hielt. Es hieß, das Kraut habe ihr zur Fruchtbarkeit verholfen.«

Ben Benson spie einen Schwall des Getränks über die Reling in den Pazifik.

Nicol klopfte ihm zwischen die Schulterblätter. »Sarsaparille soll auch das Herz- und Halsweh lindern.«

Ben Benson wischte sich mit dem Handrücken über Mund und Bart. »Du meinst, wegen Dorothy?« Er stieß ein Lachen aus. »Ich mochte sie, ja, weil unter ihrem stacheligen Schutzpanzer ein weicher Kern steckt. Ich hatte gehofft, ihr die Lebensfreude wiedergeben zu können. Vielleicht ist mir das für die Wochen und Monate, die wir gemeinsam auf dem Schiff verbracht haben, gelungen. Aber ich sorge mich nicht um sie und verspüre keinen Kummer. Eine wie sie kommt überall durch. Sie wird ihr Glück in der Kolonie machen. Aber du, du siehst aus wie ausgespuckt. Blass und knochig. Du vermisst dein Mädchen, nicht?«

John klammerte sich an die Reling, als in diesem Moment eine Welle das Schiff zum Schlingern brachte. Er stand breitbeinig und sicher und ertrug das Schaukeln des Dreimasters wie ein fest verwurzelter Baum. Ob Ben Benson der Richtige war, um ihm sein Herz auszuschütten? Alles in ihm drängte danach, sich die Last von der Seele zu reden.

Kapitän Aiken hatte ihm auf seinen Wunsch hin eine andere Koje zugewiesen. Zu viel in seinem privaten Raum auf diesem Schiff erinnerte ihn an die seligen Stunden mit Sarah und den Verlust, den er erlitten hatte. Ihm war nichts als eine Locke geblieben, die sie für ihn abgeschnitten hatte und die er in seinem Tagebuch hütete wie eine Kostbarkeit.

Für ihn war und blieb Sarah Whitlam ein gefallener Engel,

dem Unrecht widerfuhr. Sie hätte niemals verurteilt und deportiert werden dürfen. Andererseits hätte er sie dann vermutlich niemals kennengelernt, die Liebe seines Lebens, wie John Nicol Sarah bei sich nannte.

Sieben Jahre sollte sie in der Kolonie ihre Strafe abbüßen, aber John Nicol wusste, dass die Regierung keinen Penny dafür aufbrachte, die Frauen und Kinder danach zurück in die Heimat zu befördern. Seine Geliebte musste in diesem Sodom, in dem vermutlich mehr gesündigt wurde als irgendwo sonst auf der Welt, ausharren, bis er sie in die Heimat brachte. Nur die Männer, deren Strafe abgesessen war, und ihre Familien hatten eine Chance, die Fahrt nach England anzutreten.

»Ja, ich vermisse sie. Es vergeht keine Minute, in der ich nicht an sie denke. Auf eine solche Frau habe ich gewartet, und nun ist sie mir wieder genommen worden. Ich kann nicht mehr schlafen, nicht mehr essen, mir ist die Lebenslust verloren gegangen. Ohne Sarah ist alles grau in grau für mich.«

Ben wandte ihm sein wettergegerbtes Gesicht zu und musterte ihn eine Weile schweigend. »Willst du desertieren?«, fragte er geradeheraus.

John Nicol zuckte zusammen und fühlte, wie seine Stirn heiß wurde. Tatsächlich hatte er mit dieser Idee geliebäugelt, aber einen solchen Plan teilte man nicht mit dem gemeinen Seevolk. Er hatte den Gedanken allerdings bald wieder fallen lassen, als ihm klar wurde, dass er dann auf seine Heuer verzichten würde, die er dringend brauchte. Er überging Bensons Frage. Sollte er sich seinen Teil denken. »Der Gedanke, dass ich Sarah als Gefangene zurücklassen muss, ist der schlimmste. Hätte ich sie freiwillig wegen einer Reise verlassen, hätte ich mit Freude an sie gedacht und hätte die Tage gezählt, bis ich sie wiedersehe. Aber sie zurückzulassen in der übelsten Gesellschaft, die England hervorgebracht hat, raubt mir den Nachtschlaf und den Frohsinn.«

»Zu desertieren ist kein gutes Vorhaben«, erwiderte Ben Benson unbeeindruckt.

John Nicol schluckte. Warum ließ der Grobian das Thema nicht einfach fallen?

»Es wäre schlicht verrückt, so weit entfernt von der Heimat ohne einen Penny in der Tasche auf sein Glück zu vertrauen. Und vor den sieben Jahren kannst du Sarah sowieso nicht heimholen. Also kannst du nach England heimkehren und abwarten, bis es so weit ist.«

John Nicol richtete sich kerzengerade auf. Es behagte ihm nicht, dass der Matrose sich Gedanken über seine Situation machte. Und es lag ihm fern, sich mit dem Seebären zu verbrüdern. Er musste dies alles allein durchstehen und darauf hoffen, dass seine Seele vor Sorge nicht zugrunde ging. »Genau das habe ich vor«, sagte er deswegen nur, nahm Ben den halb leeren Becher ab, schüttete den Rest des Tees über die Reling und machte auf dem Absatz kehrt.

John Nicol hatte seine Pflichten zu erledigen, musste die Vorräte überprüfen und in der Kapitänskajüte den Tisch für das Dinner vorbereiten. Er würde seinen Dienst nicht vernachlässigen und einen Eisenring um sein wundes Herz legen.

Alles würde er daransetzen, so bald wie möglich wieder bei Sarah und seiner Tochter zu sein. Bis dahin konnte er nur hoffen, dass Sarah in dieser verruchten Gesellschaft den mannigfaltigen Versuchungen des Bösen widerstand. Dass sie der Engel blieb, den er in der Kolonie zurückgelassen hatte. Zu diesem Zweck hatte er ihr eine Bibel geschenkt. Er hatte ihre beiden Namen hineingeschrieben und wünschte sich, die Heilige Schrift würde ihr Glücksbringer und ihr Wegweiser sein in diesen stürmischen Zeiten.

8. Kapitel

Norfolk, September 1790

Laurie Hodginson konnte sich nicht erinnern, sich jemals einsamer gefühlt zu haben. Mit dem Rücken gegen die Bordwand kauerte sie an Deck des Versorgungsschiffes *Supply,* das zwischen Sydney Cove und Norfolk pendelte. Die Beine hielt sie angewinkelt, die Arme herumgewunden. Hin und wieder knabberte sie am Nagel ihres Daumens, der bereits bis zum Fleisch abgebissen war.

Um sie herum wankten andere Frauen im Rollen des Schiffes. Manche fielen und rappelten sich auf, andere lagen dösend zwischen den Tauen, Fässern und Luken.

Laurie konnte sich nicht die geringste Vorstellung von dem Ort machen, an den sie und hundertfünfzig andere gebracht wurden. Auffällig war, dass das Government besonders die starken, jungen Weiber ausgewählt hatte, um nach Norfolk verschifft zu werden. Es hieß, dort müsse die Kolonie erst noch aufgebaut werden, aber die Chancen dort stünden besser, da die Insel reich an natürlichen Schätzen und fettem Mutterboden war. Man träumte vom Handel mit dem Flachs, aber auch vom Anbau von Gewürzen, feinster Baumwolle, Zuckerrohr, Kaffee und Tabak.

Doch selbst wenn die Insel erblühte – würden die Sträflinge davon profitieren? Oder würden sie nur einmal mehr wie Sklaven eingesetzt werden, die den Mächtigen zuarbeiten mussten?

Es hatte Laurie schier zerrissen, als sie von Dorothy Abschied nehmen musste. Ihre mütterliche Freundin hatte einen solchen Aufstand veranstaltet, dass zwei Soldaten sie packen und wegzerren mussten. Laurie schloss in ihre Nachtgebete den Wunsch ein, die Peitschenhiebe, zu denen Dorothy verurteilt wurde, würden sie nicht in Stücke reißen. Das nackte Grauen packte sie, als sie daran dachte, welche Höllenqualen Dorothy wohl genau in diesem Moment auf dem Dreibein aushalten musste, wie sich ihr Rücken in eine blutige Masse verwandelte, begafft von den anderen Kolonisten, unter der grausamen Behandlung eines sadistischen Vollstreckers. Manche starben, ehe die volle Strafe erreicht war, anderen wurden die Hiebe in Abständen verabreicht, damit die Wunden in der Zwischenzeit vernarbten. Manche wurden so übel zugerichtet, dass sie Krüppel blieben. Laurie hatte in Sydney einen Mann gesehen, dessen freigelegte Schulterknochen wie Elfenbein zwischen dem vernarbten Fleisch glänzten.

Laurie konnte sich ein Leben, in dem sie auf sich allein gestellt war, nicht vorstellen. Immer war Dorothy an ihrer Seite gewesen, um ihr die Entscheidungen abzunehmen und für sie zu kämpfen. Auf der *Lady Juliana* hatte sie in den Armen von Jack Barns Schutz gefunden.

Jetzt, auf der Überfahrt nach Norfolk, rächte es sich, dass sie niemals Kontakt zu anderen gesucht hatte. Dorothy und sie waren unzertrennlich, eine weitere Freundin war niemals vonnöten gewesen.

Die Frauen an Bord der *Supply* lachten und plauderten miteinander, manche stritten sich, manche debattierten lautstark, aber alle hatten sie Leute, die zu ihnen gehörten.

Sie hatte niemanden.

Eine fiel ihr wegen ihres hellblonden Haares auf, das in wilden Locken ihre Züge umrahmte und im Nacken zu einem Knoten geschlungen war. Die anderen feuerten Deborah Travers an, wenn sie mutig aus der Gruppe nach vorn trat, um vom Kapitän oder Steward besseres Essen, mehr Wasser oder einen Waschtag forderte. Sie sprach mit fester Stimme, richtete sich vor den Uniformierten auf und stemmte dabei die Fäuste auf ihre Hüften. Laurie beneidete sie um den Mut.

Bei einem zufälligen Blick auf eine Seekarte hatte Laurie erkannt, dass Norfolk nur ein winziger Punkt wie Fliegendreck war. Was mochte sie dort erwarten? Für welchen Dienst würde man sie einteilen? Würden die Männer schon bereitstehen, um ihre neuen Frauen in Empfang zu nehmen?

Laurie schluchzte auf. Sie hatte grausame Erfahrungen mit Freiern gemacht. Nur Jack Barns hatte ihr den Glauben an die Liebe zurückgegeben. Sie war nicht naiv genug zu glauben, dass ihr ein solcher Mann ein zweites Mal über den Weg lief. Sie fürchtete sich vor der Begegnung mit den Kolonisten, und sie fürchtete sich vor den Nächten, in denen sie mit einem von ihnen unter einer Decke schlafen würde. Laurie hatte Übung darin, sich beim Sex in eine andere Welt hineinzuträumen, sodass sie die Stöße, Griffe und harten Küsse der Männer nur wie durch Glas mitbekam. Aber sie hatte keine Übung darin, die Ehefrau eines Kerls zu spielen. Auf Dauer würde sie sich nicht in zwei Wesen aufspalten können.

Nach einer Woche erreichten sie Norfolk. Die Strafgefangenen drängten sich an die Reling, um ihre neue Heimat zu begutachten. Sie sahen die von Ranken umschlungenen viel gepriesenen Tannen, die bis an die Klippen reichten, und an der Küste eine Gruppe schäbiger Kerle, die ihnen entgegengrinsten.

Aber das Schlimmste war die Brandung, die hier mit Urgewalt gegen die Klippen schäumte, sodass es unmöglich erschien, an Land zu kommen. Die Seeleute spannten eine Sicherungsleine vom Schiff bis zur Insel. Laurie fiel fast in

Ohnmacht, als sie erkannte, dass sie sich an diesem Seil bis zu den Riffen hangeln sollten.

»Das schaffst du«, sagte Deborah, die unvermittelt neben sie getreten war. Sie lächelte sie von der Seite an, als würde sie selbst nicht die geringste Angst verspüren. »Du bist jung und gesund. Die älteren und schwachen Frauen sollten lieber anfangen zu beten, aber du? Halt dich dicht an mir, wir helfen uns gegenseitig.«

Laurie erwiderte ihr Lächeln dankbar.

Es dauerte fünf Tage, bis sich alle durch die Brandung ans Ufer gehangelt hatten. Wie Deborah vorausgesagt hatte, schafften es die beiden Ältesten unter ihnen nicht. Die Pazifikbrecher rissen ihre Hände von der Leine. Ihre Hilfeschreie verschluckte das schäumende Meer wie ein gefräßiges Tier.

Auch als sie geschwächt und außer Atem an Land stolperte, hielt sich Laurie instinktiv an Deborahs Seite.

Als sich die Menge aus triefend nassen Gefangenen, denen der Todesschrecken ins Gesicht geschrieben stand, am Hafen versammelte, löste sich ein Mann mit einer umgebundenen Muskete und einer zerschlissenen Uniform aus der Gruppe der Kolonisten und stellte sich auf eine Kiste, um seine Autorität zu betonen. Alle wandten sich ihm zu.

Auf dieser Insel sah es keineswegs komfortabler aus als in Sydney Cove. Die Hütten waren allerdings aus Baumstämmen gezimmert, was sie solider wirken ließ. Aber die Menschen wirkten geschwächt und ausgemergelt wie in Sydney Cove auch. Sie drängelten sich nun alle zusammen. Hier und da griffen Hände nacheinander, sei es, um nicht getrennt zu werden, sei es, um eine neue Beziehung zu knüpfen. Insgesamt aber verhielten sich die fremden Männer zivilisierter, als Laurie es sich ausgemalt hatte. Das mochte an dem Befehlshaber liegen, der nun die Stimme erhob.

Laurie fühlte Abscheu, als sie ihn anblickte. Seine Augen waren winzig, seine Lippen schmal und zu einem zynischen Lächeln verzogen. Ihm strahlte die Lust am Gebieten aus jedem Knopfloch.

Der Mann stellte sich als Major Ross vor, hieß sie auf eine spöttische Art willkommen und erklärte seinen Plan: »Anders als die Dummbeutel in Sydney Cove betreiben wir hier kaum Ackerwirtschaft. Die ist nämlich wegen der klimatischen Bedingungen und der mangelhaften Kenntnisse der Leute zum Scheitern verurteilt. Nein, wir hier setzen auf die Schweinezucht. Damit wollen wir die Selbstversorgung aller Strafgefangenen sicherstellen, sodass niemand mehr von den kargen Vorräten in den Lagerhäusern abhängig sein muss.«

Ein Raunen ging durch die Menge. Kaum eine von ihnen hatte Erfahrungen mit der Zucht von Nutztieren. Und Schweine? Um Himmels willen, Laurie würde kein Schwein anrühren!

Major Ross erhob wieder die Stimme, um gegen den aufkommenden Lärm anzuschreien. »Eine weitere Gegebenheit wird euch Weibern hier auf Norfolk begegnen. Wir haben nämlich nicht genug Schweine, um jedes Paar mit einem auszustatten. Deswegen seid ihr aufgefordert, euch in Dreiergespannen zusammenzutun. Wo es keine Einigung gibt, werde ich das Machtwort sprechen.« Anzüglich ließ Ross die Peitsche knallen, die er in der Linken hielt.

Laurie hatte das Gefühl, alles Blut sacke in ihre Beine. Sie fühlte sich einer Ohnmacht nah, wankte kurz und fühlte dann, wie Deborah sie an den Armen packte.

»Reiß dich zusammen«, zischte sie und schüttelte sie, sodass Lauries Kopf auf den Schultern wackelte. Um sie herum plapperten und kreischten die Frauen, während sich nun überall Männer die beiden Weiber wählten, mit denen sie künftig gemeinsam hausen und wirtschaften sollten.

Ein hochgewachsener muskulöser Mann mit wildem Haar- und Bartwuchs, der sein Gesicht fast unkenntlich machte, baute sich vor Laurie und Deborah auf. Er trug über einem fadenscheinigen Hemd und löchrigen Beinlingen einen Umhang aus zusammengenähten Fellen wie einen Königsmantel, von dem ein bestialischer Gestank ausging. Seine Füße waren mit von Hanfsträngen umwickelten Fellen bedeckt. Ob er vielleicht in der Hierarchie der Inselkolonie weit oben stand? Ein Mann mit Einfluss war nie eine schlechte Partie. Die linke Pranke legte der Kerl Laurie in den Nacken, die Rechte Deborah. Laurie spürte den harten Griff seiner Finger und fühlte sich wie eine Katze, die zu Tode geschüttelt werden sollte. Sie verdrängte den Impuls, ihren kargen Mageninhalt vor die Füße des Mannes zu spucken. Doch im Gegensatz zu Deborah wagte sie es nicht, sich aus der Umklammerung zu befreien. Deborah hatte die Hand mit einem Ruck abgeschüttelt und starrte den Mann nun an.

»So, ihr zwei Hübschen, dann folgt mir zu meiner Hütte. Ich bin Joseph Heath und künftig euer Gebieter.«

»Von Dreiergespannen war die Rede, nicht von Gebietern und Sklavinnen!« Spucketropfen flogen aus Deborahs Mund bei ihren Worten.

»Wie ihr in unserer kleinen Gemeinschaft zurechtkommt, liegt bei euch. Wenn ihr tut, was ich verlange, wird euch kein Haar gekrümmt.«

»Lass es gut sein«, flüsterte Laurie und warf ihr einen flehenden Blick zu. »Ob dieser oder ein anderer, das ist doch einerlei.«

»Das wird sich erst noch herausstellen«, gab Deborah zwischen zusammengebissenen Zähnen zurück.

Aber sie folgten Joseph, als er voranschritt, während sich die Menge am Hafen auflöste und jeder seinen Platz in der Kolonie einnahm. Immer wieder ging Lauries Blick zu dem breiten Kreuz des Mannes, der sich als ihr »Gebieter« aufgespielt hatte. Er war ungewöhnlich schwabbelig, hatte sogar einen Bauchansatz, während alle anderen Kolonisten klapperig wie Skelette waren. Entweder er zehrte von dem Leibesfett, das er vor der Deportation besaß, oder er verfügte über besondere Kanäle, um an zusätzliche Mahlzeiten zu gelangen. Vielleicht war das gar kein schlechtes Zeichen. Er würde sie an ihrer Seite gewiss nicht verhungern lassen.

Mit allem hatte Laurie gerechnet, aber nicht damit, künftig zu einem Dreiergespann rund um ein Schwein zu gehören. Wie sie mit diesem Joseph zurechtkommen sollten, machte ihr Sorge, aber dass Deborah an ihrer Seite war, erfüllte sie mit Zuversicht und Freude.

Während sie Joseph folgten, drückte sich Laurie an ihre Leidensgenossin und tastete nach ihrer Hand. Ihre Finger fanden sich und verschränkten sich ineinander.

9. Kapitel

Sydney Cove, September 1790

Molly sah Edward selten vor Sonnenuntergang. In den Diensten der Kolonialregierung war er von morgens bis abends beschäftigt.

So verbrachte sie tagsüber, nachdem sie ihre Hütte geputzt und Wäsche gewaschen hatte, die Stunden bei eintöniger Gemeinschaftsarbeit. Das einzig Gute daran war, dass sie dabei ihre alten Gefährten traf.

Sie lebte mit Edward in einer Hütte – nicht minder baufällig als alle anderen Behausungen – unterhalb der Residenz des Gouverneurs. Diese war zwar zweistöckig, aber die Einrichtung weit von Luxus entfernt, abgesehen davon, dass sie als einziges Gebäude Glasfenster besaß. Die anderen Hütten hatten Fenster aus geflochtenen Zweigen. Sir Arthur Phillip bewies einen ausgeprägten Gerechtigkeitssinn und verteilte die wenigen Güter unter allen Bewohnern tatsächlich gleichmäßig, egal, ob an Ärzte oder Soldaten, Huren oder Halunken.

Viele Bekannte traf Molly beim Sammeln der Muscheln, die die Frauen in angehobenen Röcken trugen und zu einem Haufen brachten. Andere zerstampften die Muscheln und verarbeiteten sie zu Mörtel, aber es war viel zu wenig Material, um allen Hütten mehr Stabilität zu verleihen und die neuen auf eine solidere Basis zu stellen.

An anderen Tagen wurden sie ausgeschickt, um Schilf zu schneiden, das zum Dachdecken benötigt wurde.

Alles war hier behelfsmäßig. Es gab zu wenige solide Bäume, aus denen sie ihre Hütten hätten zimmern können, und noch weniger gab es Pflanzen, die Früchte trugen, um ihren Speiseplan zu bereichern.

Hannah hatte leider nur selten Zeit für sie. Mollys beste Freundin fühlte sich als Krankenschwester berufen und ließ sich von Michael Riley vereinnahmen. Molly vermisste sie an manchen Tagen.

Allerdings versuchte Hannah stets an den geheimen Treffen zwischen Molly, Rose und Andrew teilzunehmen. Die drei hatten nicht viele Worte gebraucht, um herauszufinden, dass sie der Wunsch nach Freiheit einte. Wenn sie sich um die Feuerstelle vor der Naidenhütte hockten und miteinander tuschelten, dann ging es stets um ihre Flucht. Die Hütte, die Andrew in mühseliger Arbeit mit Stämmen von Akazienbäumen, mit Gras vermischtem Lehm und einem Dach aus geflochtenen Zweigen zu einem behaglichen Ort gemacht hatte, war zum geheimen Treffpunkt der Freunde geworden. Kein anderer von ihnen wohnte komfortabler.

An lauen Sommerabenden saßen sie auf roh gezimmerten Holzhockern um das Feuer herum. Wenn die Sonne zu erbarmungslos brannte, der Wind zu stürmisch blies oder der Regen sich sintflutartig über Neusüdwales ergoss, bot die Unterkunft genügend Platz und Schutz für die vier. Für Molly war Rose' Hütte fast etwas wie ein zweites Zuhause in Sydney. Das Holz und das Zweigwerk schienen zu schimmern, wann immer sie sich die Köpfe darüber heiß diskutierten, wie ihr Vorhaben gelingen konnte und was sie in der Ferne zu erwarten hatten. Eine Aura von Lebensfreude und Zuversicht schien alle in dieser Hütte zu beseelen und mit neuem Mut zu erfüllen.

Molly nahm es als gutes Zeichen, dass Hannah sich nicht ausschloss. Irgendwann würden sie wieder viel mehr Zeit miteinander verbringen und sich ihrer Freundschaft versichern. In Freiheit.

Ihrer alten Dienstherrin Dorothy dagegen ging Molly weiterhin tunlichst aus dem Weg. Ihr Leben in der Kolonie hatte sie vollends voneinander entfremdet.

Dorothy hatte sich im Handumdrehen den Ruf einer Aufrührerischen eingebrockt. Sie pöbelte die Wachsoldaten an und krakeelte betrunken.

Ihre rebellische Haltung hatte ihr bereits eine Sitzung auf dem Dreibein beschert. Der größte Teil der Kolonisten hatte sich an jenem Nachmittag auf dem Appellplatz versammelt, um der Auspeitschung beizuwohnen, aber Molly hatte sich in ihrer Hütte unter die Bettdecke gelegt und sich die Ohren zugehalten, um das Kreischen ihrer alten Beschützerin nicht zu hören. Bei jedem Peitschenknall und dem darauffolgenden gellenden Schrei hatte Molly mit Dorothy gelitten und vor ihrem geistigen Auge gesehen, wie sich die Hautfetzen an ihrem Rücken lösten. Die zehn Schläge waren eine milde Strafe im Vergleich zu dem, was die Kolonialregierung denjenigen zuteilwerden ließ, die sich am gemeinschaftlichen Vorratslager unrechtmäßig bedienten.

Hannah hatte Molly später erzählt, dass Dorothy in einem Winkel des Hospitals vor sich hin vegetierte und keinen an sich heranließ. Aus einer Eingebung heraus hatte Hannah ihr an einem Abend einen Becher Rum gereicht und dadurch tatsächlich das erste Lächeln der Hurenmutter hervorgezaubert. Sie hatte das Gefäß in einem Schluck geleert und sich danach seufzend auf die Seite gelegt.

Hannah äußerte Molly gegenüber die Befürchtung, Dorothy könnte den Verstand verloren haben, seit Laurie nach Norfolk gebracht worden war. »Ich glaube, sie ist all dem Elend hier nicht gewachsen, Molly«, hatte Hannah ihr zugeflüstert. »Sie begreift nicht, dass wir alle an einem Strang ziehen müssen, wenn wir die Siedlung aufbauen wollen. Und sie glaubt, dass sie sich eine bevorzugte Stellung durch ihren Widerspruchsgeist erringen kann. Aber das Gegenteil ist der Fall. Die Soldaten malträtieren sie, wann immer sie ihnen eine Gelegenheit bietet. Ich sorge mich um sie, Molly. Können wir nicht irgendwas für sie tun?«

»Wann hat es je etwas genützt, auf Dorothy Einfluss nehmen zu wollen?«, hatte Molly erwidert. »Schon auf der *Lady Juliana* war sie den Aufsehern ein Stachel im Fleisch. Sie ist verbittert und hartherzig. Ich fürchte, wir können nur zusehen, wie sie sich ihr eigenes Grab schaufelt.«

Hannah hatte mit trauriger Miene genickt und sich eine Träne weggewischt. »Es tut mir leid um sie«, flüsterte sie.

»Mir auch.« Zu ihrem eigenen Erstaunen merkte Molly, dass es die Wahrheit war. Wenn sie jemals an etwas wie ein Zuhause dachte, dann war es eng mit Dorothy verknüpft. Sie hatte ihr Versprechen, ihnen Schutz zu geben, eingehalten, auch wenn sie eigene Vorstellungen davon hatte, was die Mädchen im Gegenzug für sie tun mussten. Eine Geschäftsfrau, die sich über jedwede Moral und Anständigkeit hinwegsetzte, die sich aber gegenüber den Menschen, die zu ihr gehörten, loyal verhielt.

An diesem Abend Ende September rührte Molly aus madigem Maismehl und Wasser den Teig für das *damper* an. Edward würde jeden Moment heimkehren. Es war ihnen in den drei Monaten ihrer Ehe zur Gewohnheit geworden, dann gemeinsam zu essen.

Er war keineswegs der Weichling, für den sie ihn anfangs gehalten hatte. Wenn sie nachts nebeneinander in dem mit grobem Leinen bedeckten Grasbett in ihrer Hütte schliefen, er seinen Leib an ihren Rücken drückte und seine Hand auf ihren Bauch legte, dann fühlte sie seine strammen Bauchmuskeln, die kräftigen Oberschenkel und die sehnigen Arme.

So betteten sie sich jeden Abend – er hinter ihr liegend und sie sanft umschlingend.

In den ersten Nächten hatte Molly angenommen, er wolle in dieser Haltung ihre Leidenschaft wecken. Sie hatte sich in seinen Armen gedreht und mit den Händen zwischen seine Beine gefasst, um ihm Vergnügen zu bereiten. Sie hatte sich auf den Rücken gelegt und die Beine gespreizt, während sie an die Decke starrte und darauf wartete, dass er zu ihr kam.

Aber nichts dergleichen geschah.

Edward schien sich damit zu begnügen, ihr Zärtlichkeiten zu schenken. Mal küsste er sie auf die Wangen, die Nasenspitze und den Mund, mal streichelte er ihren Bauch, wie eine Mutter den Leib ihres Babys streicheln mochte, um es zu beruhigen.

Nicht ein einziges Mal erlebte Molly, dass Edward das Liebesfeuer packte. Er schien nur ihre Nähe zu genießen und das Gefühl, in dieser Kolonie nicht allein zu sein.

Nach den ersten Versuchen, ihm eine mögliche Scheu zu nehmen, ließ es Molly dabei bewenden. Es war ungewohnt für sie, die Zärtlichkeit von männlichen Händen über sich ergehen zu lassen, und seine gelegentlichen sanften Küsse verwirrten sie mehr, als dass sie sie genießen konnte.

Nachdem sie den Klumpen Brotteig in die Asche am Rand des Feuers gesteckt hatte, legte sie eine der Makrelen vom heutigen Fang auf eine Schaufel, die sie über die Flammen hielt. Schon wieder Fisch. Was für ein schäbiger Ersatz für das Roastbeef, das an den besseren Tagen früher in *Dorothy's Guesthouse* auf den Tellern gelegen hatte. Kleine Stücke bloß, höchstens zwei, drei Bisse, aber Molly würde ein Fass voller stinkender Fische gegen einen Mundvoll Rindfleisch eintauschen.

Von ihren Plänen ahnte Edward bislang noch nichts, aber für diesen Abend nahm sich Molly vor, ihm auf den Zahn zu fühlen. Was konnte er beitragen? Wie konnte er ihr nützlich sein?

Edward litt in den Diensten des Gouverneurs nicht weniger Hunger als alle anderen Kolonisten. Das Leben, das sie hier führten, war schäbig und frei von jedem Wohlstand. Sie rangen alle von Tag zu Tag um ihre Existenz. Selbst denjenigen Sträflingen, die bei ihrer Ankunft kräftig und gesund gewesen waren, ging es immer schlechter. Skorbut, Cholera, Ruhr und Grippe grassierten und waren nur schwer einzudämmen und zu kurieren.

Molly hegte die nicht geringe Hoffnung, dass sie Edward für ihre Fluchtpläne gewinnen konnte. Und falls er ablehnen sollte, glaubte sie zu wissen, dass er ihr keine Steine in den Weg legen und sie nicht verraten würde.

Die Makrele auf der Schaufel begann zu brutzeln und Röstaromen zu verbreiten, das Fladenbrot nahm Farbe an. Molly drehte beides mit angefeuchteten Fingern, damit es nicht verbrannte. Ihr lief das Wasser im Mund zusammen, während sie den Duft einsog. Endlich den leeren Magen füllen, egal womit. Obwohl die Sonne bereits den Horizont berührte, würde dies ihre erste Mahlzeit sein, genau wie für Edward. Sie hob den Kopf und blickte zur Gouverneursvilla hinauf. Noch nichts zu sehen von ihm.

Molly hatte die Erfahrung gelehrt, dass es sich mit gefülltem Bauch besser schlafen ließ als mit leerem. Deswegen verteilte sie ihre gesamte tägliche Portion auf nur eine Mahlzeit am Abend. Selbst die sättigte sie nicht vollends, sondern ließ sie davon träumen, wie wohlig sich eine fette Hühnersuppe in ihrem Magen anfühlen würde.

Die beste Versorgung ihres Lebens hatte Molly bislang auf der *Lady Juliana* erlebt. Davor hatte sie in den dunklen Winkeln von London ihr Brot gestohlen oder von Dorothy ihre Happen bekommen. An das Essen im Waisenhaus, in dem sie aufgewachsen war, konnte sie sich kaum erinnern, außer, dass ihr heute noch übel wurde, wenn etwas zu Brei verkocht und vermengt war. Aber selbst einen solchen Fraß würde sie dem nagenden Hungergefühl vorziehen, das zu ihrem ständigen Begleiter geworden war.

Während die Sonne ein orange glühendes Licht über die Bucht warf und das trügerische Bild eine Idylle heraufbeschwor, nahm sich Molly aus der Hütte ihr Flickentuch, das ihr als Umhang gegen die kühle abendliche Brise diente, und band das rote Halstuch um ihre Haare.

Sie hockte sich auf einen der Steine und ließ den Blick über die Kolonie streifen. Überall trafen sich die Menschen am Lagerfeuer, von überall her hörte man das Geplapper, das die abendliche Mahlzeit begleitete. Ein Duft nach Bratfisch und brennendem Holz zog über die Dächer. Auf den Äckern ruhte die Arbeit, aber drüben am Provianthaus marschierten ohne Unterbrechung die Wachsoldaten und lösten sich in den Schichten ab.

Aus dem Haus des Gouverneurs fiel flackerndes Licht durch die Fenster. Drüben am anderen Ende der vier Reihen von armseligen Hütten ragten die krummen Holzkreuze des Friedhofs empor. Dort sollte irgendwann einmal eine Kirche erbaut werden, aber noch fehlten dafür die Ziegel.

Schritte näherten sich. Ein Lächeln teilte Mollys Lippen, als sie zu Edward aufblickte. Es war ein gutes Gefühl, auf jemanden zu warten, der zuverlässig jeden Abend zu ihr zurückkehrte und der ihr kein Leid zufügte.

Edward ließ sich auf dem Stein neben ihr nieder, umfasste

Mollys Kinn und drehte sich so, dass er ihr einen Begrüßungskuss auf die Wange geben konnte.

Molly ließ es geschehen, trotz der Verlegenheit, die sie bei all seinen Zärtlichkeiten überfiel.

Die Makrele und das Brot teilten sie auf der Schaufel in Stücke und aßen mit den Fingern. Mit vollen Backen grinsten sie sich an, während sie einzelne Gräten herausfischten.

»Ich frage mich, warum wir uns nicht an Fisch satt essen können«, sagte Molly mit vollem Mund und wischte sich mit dem Zeigefinger über die Lippen. Die Sonne war inzwischen untergegangen, im Schein des Lagerfeuers betrachtete sie Edwards Gesicht. Er hatte den Zopf im Nacken gelöst. Seine Haare fielen ihm bis auf die Schultern und gaben seinen Zügen etwas Weiches. »Nicht, dass es meine Leibspeise wäre, aber besser als nichts, um den Hunger zu stillen.«

»Weil der Fang in den seichten Wässern innerhalb der Bucht nicht ergiebig genug ist. Wir brauchten Tonnen von Fisch, aber es gibt hier keinen, der als Fischer Erfahrung hat.« Die mangelhafte Planung der Kolonie war ein Reizthema für Edward. Molly hatte schon einige Male erlebt, wie er sich in seine Wut über die Misswirtschaft hineinsteigerte. Sie mochte es, wenn er seine Gelassenheit für ein paar Minuten ablegte. Die Röte in seinen Wangen und das goldene Funkeln in seinen Augen standen ihm gut zu Gesicht. Edward fuhr fort: »Wer immer den Aufbau dieser Kolonie geplant hat, war ein Tölpel sondergleichen. Wie anders ist es zu erklären, dass es nur einen einzigen Bauern gibt, der seine Kenntnisse einbringen kann? Es gibt nur zwei Ziegelmacher, zwei Maurer und einen Steinmetz. Wie sollen diese Leute es schaffen, für alle Kolonisten solide Behausungen zu errichten? Unsere Vorräte, die wir mit der ersten Flotte mitbrachten, hätten für zwei Jahre reichen sollen. Man glaubte, dass wir genügend Getreide und Gemüse anbauen würden, um uns im Laufe der Monate selbst zu versorgen. Aber, Himmel, wie sollte das gehen ohne Zugtiere und Ackergeräte? Und die Schafe, Ziegen, Schweine, Hühner, die sich rasch vermehren und von deren Fleisch, Eiern und Milch wir uns versorgen sollten – sie sind das Klima hier nicht gewohnt, sind anfällig für Seuchen oder gehen am Futtermangel zugrunde. Die ungenügende Vorausplanung wird unser aller Untergang sein.« Edward steigerte sich in seine flammende Rede hinein.

Molly nickte. Aber ihr eigenes Interesse galt nicht der Landwirtschaft und dem Häuserbau – für sie waren Auskünfte über das Boot wichtiger.

»Warum versucht man es dann nicht im tieferen Gewässer? Es geht doch um unser aller Überleben.«

»Du meinst, auf dem Segelboot des Gouverneurs?«

Genau das meinte Molly und strengte sich an, dass ihre Miene nicht verriet, wie viel Aufmerksamkeit sie diesem Boot bereits geschenkt hatte. Sie musste es langsam angehen, wenn sie Edward für ihre Pläne gewinnen wollte. »Genau das meine ich. Es ist doch hochseetauglich, oder?«

»Allerdings, das ist es. Nachdem die *Supply* nach Norfolk abgereist ist, stellt dieses Boot unsere einzige Verbindung zur restlichen Welt dar. Sir Phillip wird den Teufel tun und diesen wertvollen Besitz irgendwelchen Kolonisten, die sich für Fischer halten, anvertrauen.«

Molly gab sich den Anschein, als würde sie das überzeugen. »Wahrscheinlich ist niemand von den Sträflingen in der Lage, es zu navigieren.«

Edward hob die Schultern und wiegte den Kopf, während er einen Schluck Wasser aus dem Becher nahm, den Molly ihm reichte. »Zwar habe ich keine praktische Erfahrung in der Schifffahrt, aber in der Theorie sehr wohl. Meine Kindheit und Jugend auf dem Walfänger haben mich geprägt.«

»Was hast du getan, bevor du deportiert wurdest?«

Edward senkte den Blick. »Ich war Buchhalter im Kontor einer Textilfabrik. Aus den Abrechnungen ging hervor, dass mehrere Pfund aus der Kasse entwendet wurden. Da ich die beste Möglichkeit gehabt hatte, mich an dem Geld zu vergreifen, wurde ich verurteilt. Ich hatte keine Chance.«

»Wie entsetzlich muss es sein, unschuldig verurteilt zu sein. Wir hatten so ein Täubchen an Bord. Claire hieß sie. Sie hat erst hier in Sydney erfahren, dass der Prozess gegen sie neu aufgerollt worden war und sie für unschuldig erklärt wurde. Ihr Geliebter war ihr bis hierher hinterhergefahren. Sie ist auf der *Justinian* wieder heimgereist, als ehrbare Lady.«

Edward verzog einen Mundwinkel. »Ich hatte keine Geliebte, die mir einen solchen Dienst hätte erweisen können.«

»Du hast es hier nicht schlecht getroffen«, erwiderte Molly, erneut mit einem lauernden Unterton.

Edward zog eine Braue hoch. »Du meinst, weil ich nicht zu der schweren körperlichen Arbeit herangezogen werde? Sicher, mein Dienst hier ist weniger kräftezehrend, aber du ahnst nicht, was ich darum geben würde, nach England heimzukehren. Ich vermisse mein Land. Ich zähle die Tage in den fünf restlichen Jahren, die mir bleiben.«

Molly senkte die Lider und widmete sich den Resten ihres Mahls. Hinter ihrer Stirn arbeitete es. Als sie Edward heiratete, hatte sie die Vorstellung, dass er ihr unbewusst nützliche Auskünfte geben konnte. Dass sie ihm vielleicht den Schlüssel zu Sir Phillips Haus entwenden konnte, um an benötigte Instrumente und Karten zu gelangen. Dass sie ihm vielleicht entlocken konnte, wann der günstigste Zeitpunkt war, um in das Proviantlager einzudringen und Nahrungsmittel für ihre Reise zu stehlen. Aber so, wie es sich jetzt anhörte, schien Edward selbst der Flucht von hier nicht abgeneigt zu sein.

Sie sah ihn an. Er erwiderte ihren Blick, und ein Lächeln umspielte seine Lippen.

Als sie später gemeinsam auf dem Bett lagen und er sich in gewohnter Haltung wieder an sie schmiegen wollte, drehte sie sich in seinen Armen. Das Licht des Vollmonds fiel durch die Ritzen der Fensteröffnung und der Tür. Ein silbriger Schimmer erhellte den Raum, sodass sie seine Augen sehen konnte.

»Warum hast du eigentlich zugestimmt, als ich dich gefragt habe, ob du mich heiraten willst?«, fragte Molly, ohne den Blick von ihm zu nehmen.

Die Fältchen an seinen Schläfen vermehrten sich. In seinem früheren Leben schien er oft gelacht zu haben. »Weil es sonst ein anderer getan hätte.«

»Das ist alles?«

Er stieß ein leises Lachen aus. »Und weil ich dich hübsch und mutig und beschützenswert finde.«

»Ich kann auf mich selbst aufpassen«, behauptete Molly.

»Gegen die Regeln in der Kolonie kommst du nicht an. Du hast es besser hier, wenn du mein Weib bist.«

»Aber du begehrst mich nicht. Warum … besteigst du mich nicht?« Molly kannte Dutzende von Ausdrücken für die Liebe, aber »besteigen« erschien ihr am vornehmsten. Ihr Gesicht erglühte wie im Feuer, als Edward lachte. Sie stemmte die Hände gegen seine Brust und wollte sich von ihm abwenden, aber er hielt sie fest. Unvermittelt wurde er wieder ernst. Er streichelte ihre Wange.

»Doch, ich begehre dich. Ich finde dich unwiderstehlich. Und ich würde nichts lieber tun, als dir beizuliegen.«

»Was hält dich ab?«

»Du bist jung, Molly, verdammt jung. Du solltest keine Erfahrungen mit der Liebe zwischen Mann und Frau haben.«

O mein Gott, wie sehr er sich irrte, schoss es Molly durch den Kopf. »Ich …«, begann sie, aber er legte zwei Finger auf ihre Lippen, damit sie schwieg.

»Ich will nicht wissen, wie du dein altes Leben geführt hast. Das ist vorbei und vergessen. Du bist jetzt mein Weib, und wir nehmen uns alle Zeit der Welt, die wir brauchen, damit wir auch in unseren Herzen vermählt werden.«

Molly schluckte. Eine tiefe Zufriedenheit erfüllte sie. Edward war bereit, ihre Ehre wiederherzustellen, wie ihr Bruder Will es sich gewünscht hatte. In einem Winkel ihres Seins hatte sie nie die Hoffnung aufgegeben, eines Tages eine anständige Frau zu werden.

Das Gras unter dem Leinen pikste, als Molly näher an Edward heranrückte und einen Arm und ein Bein um ihn schlang. Es fühlte sich gut an, mit ihm vereint zu sein. Sie mochte den Duft seiner Haut und seiner Haare, er roch wie frisch geschnittenes Holz und Moschus und manchmal nach dem Eukalyptus, den er zu malen versuchte.

»Willst du es wirklich allein versuchen?«

Seine Worte klangen wie Paukenschläge in der nächtlichen Stille, die nur ein paar Vögel im nahe gelegenen Busch mit kehligen Rufen füllten.

»Was meinst du?« Ihre Stimme kippte, als sie ihre Aufregung zu unterdrücken versuchte.

»Deine Flucht.«

Molly hatte das Gefühl, alles Blut flösse aus ihrem Kopf. Woher wusste er von ihren Gedanken? Womit hatte sie sich bloß verraten? Sie war doch so vorsichtig gewesen.

»Wie … wie kommst du darauf, dass ich fliehen will?«,

fragte sie mit belegter Stimme und rückte ein Stück von ihm ab, unfähig, seinem Blick standzuhalten.

»Hältst du mich tatsächlich für einen Einfaltspinsel? Glaubst du, mir wäre entgangen, wie du an meinen Lippen hängst, wenn ich dir Details über meine Arbeit beim Gouverneur erzähle? Oder wie deine Lider geflattert haben, als wir über das Boot gesprochen haben? Du bist kein Mädchen, das sich tatenlos seinem Schicksal ergibt. Genau wie du unsere Heirat in die Wege geleitet hast, wirst du deinen Ausbruch organisieren. Ich frage mich nur, welchen Teil du mir dabei zugedacht hast.«

Molly atmete tief und ließ die Luft langsam durch einen Lippenspalt wieder ausfließen. »Würdest du denn ebenfalls aus der Kolonie fliehen wollen?« Ihr Herzschlag wummerte gegen ihre Rippenbogen, dass sie meinte, man müsste es sehen und hören. So viel hing von Edwards Antwort ab. Sie war selbst überrascht darüber, wie sehr sie hoffte, er würde zustimmen. Mit Edward an ihrer Seite schien alles ein bisschen sicherer zu sein.

»Wo du bist, will auch ich sein«, sagte er mit einem Schmunzeln und streichelte eine Locke von ihrer Wange. »Aber ich stürze mich nicht ins Ungewisse«, fügte er an. »Wir müssen einen grundsoliden Plan haben, bevor wir loslegen.«

Molly lächelte ihn erleichtert an und wickelte ihrerseits eine Strähne seines Haares um den Finger. »Gemeinsam werden wir es schaffen. Ich bin sicher, Rose, Andrew und Hannah werden dich mit Freuden als unseren Kompagnon aufnehmen.«

»Hast du mit deinen Freunden bereits Pläne gefasst?«

Molly schüttelte den Kopf. »Wir sind uns lediglich einig, dass wir keinen Tag länger als nötig in Sydney Cove bleiben. Aber wie wir das bewerkstelligen sollen, wissen wir noch nicht. Gut, wenn du dabei bist, Edward.«

Sie war auf der Hut.

Die Erfahrung hatte sie gelehrt, keinem Menschen, nur sich selbst zu trauen. Es bestand die Möglichkeit, dass Edward ein gemeines Spiel mit ihr trieb und danach trachtete, ihre Pläne zu durchkreuzen, um sich beim Gouverneur Lorbeeren zu verdienen.

Erst wenn die Küste Australiens hinter ihnen am Horizont verschwand, während sie auf dem Boot des Gouverneurs in die Freiheit segelten, würde sie Edward glauben, dass auf ihn Verlass war. Bis dahin musste sie das Risiko eingehen, dass ihr Weg in die Freiheit am Galgen endete.

10. Kapitel

Norfolk, November 1790

»Du faules Miststück, dir werde ich Beine machen!« Joseph Heath holte mit der Peitsche aus und ließ sie knallend auf Deborahs Rücken sausen.

Deborah ging gleich beim ersten Schlag zu Boden, wie Laurie von der Hütte aus beobachtete, und fiel in die weiche Erde, die sie mit den eigenen Händen und einer kleinen Schaufel aufgelockert hatte.

Hinter der Baracke, in der Laurie mit Deborah und Joseph hauste, sollte ein Gemüsegarten entstehen. Zunächst wollten sie es mit Mais versuchen. Ein Beutel kostbaren Saatguts stand ihnen zur Verfügung. Der Befehlshaber von Norfolk, Major Ross, versprach sich jedoch keinen der Gemeinschaft zuträglichen Gewinn davon. Jeder durfte sein Glück versuchen, aber im Übrigen sollten sie sich um die Schweine kümmern.

Das Problem war, dass keiner genau wusste, wie man eine solche Zucht planen konnte. Es gab fünf Eber unter den Inselschweinen, die sie regelmäßig mit den Säuen zusammenpferchten. Eine Meute von Kolonisten scharte sich um die Tiere und lauerte unter Pfiffen und Anfeuerungen darauf, dass das männliche Schwein das weibliche begattete.

Die Begegnung brachte selten den gewünschten Erfolg. Eine trächtige Sau war ein Grund zum Feiern in der Kolonie. Andererseits minimierten sie die Anzahl der Schweine regelmäßig durch Schlachtung, weil Fleisch und Speck zur Grundversorgung der Inselbewohner gehörten.

Laurie bezweifelte, dass die Schweinezucht die bessere Möglichkeit war, das Überleben der Menschen zu sichern, als der Getreideanbau in Sydney Cove. Aber sie äußerte ihre Meinung nicht, zum einen, weil sie ohnehin nichts zu melden hatte, zum anderen, weil kein Mensch ihr je einen klugen Gedanken abgenommen hatte. Sie kannte nur Hohngelächter und Spott, sobald sie sich einmal zu Wort meldete, und darauf legte sie keinen Wert.

Deborah war eine, die sie nicht verhöhnte. Sie draußen im Hausgarten im Schmutz liegen zu sehen und ihre Schreie zu hören, während Joseph sie misshandelte, war fast mehr, als Laurie ertragen konnte. Sie hielt sich die Ohren zu und kniff die Augen zusammen, aber die Tortur war noch nicht vorbei. Fünf-, sechs-, siebenmal knallte die Peitsche auf Deborahs Schultern, Rücken und Hintern.

Während es zu Deborahs Aufgaben gehörte, den Gemüsegarten anzupflanzen und den Schweinekoben zu säubern, war Laurie für den Küchendienst eingeteilt und musste als Hirtin ihr Gemeinschaftstier in den Wald treiben, damit es sich dort an Unkraut und Eicheln, Mäusen und Würmern fett fraß.

Joseph tat nichts anderes, als die jungen Frauen bei ihren Pflichten zu beaufsichtigen und die Peitsche einzusetzen, wann immer es ihm beliebte. Laurie war bislang verschont worden, weil sie es gewohnt war, sich nach den Wünschen von Männern zu richten. Sie gab einfach keinen Anlass, sie zu bestrafen, aber sie wusste, dass Joseph, wenn es ihm gefiel, auch ohne Anlass auf sie einprügeln würde.

Deborah verhielt sich widerborstiger. Sie bummelte beim Arbeiten, sie erwiderte trotzig und unerschrocken Josephs Blick, wann immer er sie demütigen wollte, und sie stahl von dem Speck, aus dem Laurie Eintopf kochen sollte. Mit diebischer Freude bissen die beiden dann nachts unter ihrer Bettdecke in die zähen Streifen und rissen mit den Zähnen Stücke davon ab wie von einer köstlichen Delikatesse.

Eines hatte sich Joseph zur Aufgabe gemacht – die Insel von der Rattenplage zu befreien. Die Nagetiere flitzten und trippelten überall herum. Laurie würde sich ihr Lebtag nicht daran gewöhnen, eine Ratte mit der Handkante vom Tisch zu stoßen oder über ein vorbeihuschendes Tier zu stolpern. Sie kreischte und presste sich an Deborah, wann immer ihr einer der Nager begegnete. Deborah griff dann zu einem kräftigen Stock, den sie zu diesem Zwecke in der Hütte bereithielten, aber sie traf selten eines der Tiere.

Wesentlich mehr Erfolg hatte Joseph, wie Laurie inzwischen zu ihrem Entsetzen herausgefunden hatte. Er hatte sich eine Art engmaschiges Netz aus Hanfsträngen gewebt und mit einer komplizierten Wickeltechnik eine Falle daraus konzipiert, die er mit Brocken von Schweinefleisch als Lockstoff bestückte. Dann legte er sich auf die Lauer und fing an manchen Tagen mehr als ein Dutzend der quiekenden Viecher. Er erstach sie mit dem einzigen Messer, das zum Haushalt gehörte, zog ihnen das Fell ab und spannte es zum Trocknen auf einen Holzrahmen, der nach dem Stand der Sonne ausgerichtet war. Den Rest der Tiere spießte er auf einen Stock und briet ihn über den offenen Flammen vor der Hütte. Der Gestank des verkokelten Fleisches und Josephs Schmatzen und Ablutschen der dünnen Knochen verursachte Laurie jedes Mal heftiges Leibdrücken. An ihren Lippen bildeten sich Bläschen vor Ekel. Deborah dagegen spie ihre Verachtung in markigen Flüchen auf den Kerl aus. Seit sie seine Essenspraktiken zum ersten Mal gesehen hatten, nannten sie Joseph die »Ratte«. Laurie fand, einen treffenderen Namen gab es für ihn nicht.

Während Laurie wegen seiner Essgewohnheiten täglich mit

ihrem Abscheu und ihrem Widerwillen rang, waren es für Deborah die Nächte, in denen Joseph zu ihnen kam, die sie als besonders widerwärtig empfand. Laurie hatte im Laufe ihres Lebens als Hure gelernt, nicht zu zerbrechen, wenn Männer sich an ihr befriedigten. Ihr Geist weilte in anderen Sphären, während Kerle über ihr grunzten und stöhnten. Deborah hingegen musste die körperliche und seelische Qual ertragen, wenn sich Joseph auf sie warf.

Die ersten Nächte hatte er sich über beide gleichzeitig hergemacht. Er hatte ihnen befohlen, sich dicht nebeneinanderzulegen, und war von einer zur anderen gerutscht. Dann waren ihm Ideen eingefallen, die seine Lust vervielfachten, griff der einen an die Brust, während er die andere vögelte, oder ließ sie beide rücklings vor ihm hocken. Allerdings waren Josephs Fantasie enge Grenzen gesetzt, und er war nicht kräftig genug, um in diesem Rhythmus über Wochen fortzufahren.

Die beiden Frauen entdeckten schnell, womit sie ihn ausschalten konnten. Der Rum, den die *Supply* mitgebracht hatte, war unter den Sträflingen verteilt worden, und Deborah und Laurie nutzten ihre Rationen, um Joseph ins Reich der Träume zu schicken. Lieber selbst auf den Rausch des Vergessens verzichten als eine weitere Nacht voller Schmerzen und Demütigung ertragen.

Draußen ließ Joseph nicht von Deborah ab. Vielleicht, weil sie weniger verzweifelt schrie, als er es sich erhofft hatte.

Laurie nahm die Hände von den Ohren, als sie durch einen Schlitz der zusammengekniffenen Augen entdeckte, dass ein weiterer Kolonist auf Joseph und Deborah zustapfte. Mit einem gezielten Griff entwendete der Mann Joseph die Peitsche. Laurie kannte John Coen Walsh nur vom Sehen. Hier arbeitete jeder für sich allein und sah zu, dass sein Schwein trächtig wurde. Sie wusste, dass er mit Sarah Whitlam verheiratet war und dass zu ihrem Schweinetrio ein vielleicht siebzehnjähriger Junge gehörte. Sie bewohnten das Nachbargrundstück. Bei ihrem Gang an der Baracke vorbei zum Wald hörte sie manchmal Gelächter von drinnen und das muntere Kreischen von Sarahs einjähriger Tochter. Nicht jeder hatte Pech in seinem Schweinegespann, hatte Laurie gedacht und sich gefragt, warum ihr der liebe Gott einen wie Joseph geschickt hatte. Aber zum Ausgleich hatte er ihr ja Deborah zur Seite gestellt, und das wog einiges auf.

»Es reicht, Heath«, knurrte John, der größer und sehniger als Joseph war.

»Du hast mir gar nichts zu befehlen«, schnauzte Joseph wutentbrannt und wollte ihm die Peitsche wieder entwinden. Aber John hielt sie und verpasste dem anderen einen kräftigen Schlag gegen die Brust, sodass er nach hinten taumelte. Deborah hatte sich inzwischen aufgerichtet und kam zögernd, die beiden Männer belauernd, auf die Füße.

»Du hast nicht das Recht, die Weiber zu Tode zu quälen. Du bist ein Sträfling wie sie. Die Züchtigung obliegt der Kolonialregierung.«

»Dieses Miststück gehorcht mir nicht.« Er wies mit dem Kinn auf Deborah und spuckte dann einen Schwall braunen Schleims auf den Boden.

»Kein Grund, sie totzuprügeln«, gab John zurück. Er hatte das Kinn vorgeschoben. Seine Augen sprühten Funken vor Wut. »Wenn du sie nicht in Ruhe lässt, mache ich Major Ross Meldung. Der freut sich immer über einen, den er ans Dreibein fesseln kann.«

Laurie knetete ihre Finger, während sie atemlos lauschte, und ihr Herz flog dem Nachbarn zu. Ach, wäre sie doch nur in seiner Hütte gelandet.

Joseph erbleichte und ließ die Hände sinken. »Misch dich

nicht in meine Angelegenheiten«, spie er dem anderen hin. Dann wandte er ihm den Rücken zu und stapfte davon, vermutlich, um sich mit Rum zu betäuben und sein freudloses Dasein zu vergessen.

Laurie wagte es nicht, zu Deborah zu laufen, um sie zu stützen, aus Angst, Josephs Zorn erneut zu entfachen. John packte Deborah unter dem Arm und sprach flüsternd auf sie ein. Sie hielt sich krumm, als könnte sie den Schmerz beim Aufrechtgehen nicht aushalten.

Deborah nickte ein paarmal, während John sprach, und rang sich ein Lächeln ab. Laurie erlebte Deborah selten lächeln. Umso schöner war es jetzt, wie sich ihr soeben noch vom Leiden verzerrtes Gesicht zu einer freundlichen Miene verzog. Dann setzte sie sich wankend in Richtung Hütte in Bewegung.

Laurie erhob sich rasch, um sie an der Hüttentür, die nichts weiter als ein Stück Stoff war, mit ausgestreckten Armen in Empfang zu nehmen. Deborah fiel fast gegen sie vor Erleichterung, der Peitsche entkommen zu sein. Laurie stöhnte auf. Sie ächzte, als sie die Verletzte zu ihrer Lagerstatt im hinteren Teil der Hütte zog. Es war nur ein Grasbett mit einer muffigen Decke darauf. Behutsam bettete Laurie Deborah so darauf, dass ihr Rücken weder Stoff noch harten Boden berührte. Aus mehreren gekreuzten Striemen sickerte das Blut in Deborahs Arbeitskleid. Mitleid überflutete Laurie, während Deborah stöhnte. »Dieser Hurensohn«, zischte sie dabei zwischen zusammengebissenen Zähnen.

Laurie überlegte, was zu tun war, womit sie Deborahs Qual lindern konnte. Einige Male hatte sie schon mitbekommen, dass andere das Meereswasser einsetzten, damit sich die Wunden rasch schlossen. Es würde furchtbar brennen, aber wenn es half …

Sie erhitzte einen Trog mit Salzwasser über der offenen Feuerstelle auf dem Vorplatz der Hütte, bis das Wasser handwarm war. Dann tunkte sie Lumpen ein, die sie kräftig auswrang. Bevor sie Deborah die Stoffstreifen auf den Rücken legte, schälte sie sie behutsam aus ihrem Kleid. Ohne das sackartige Gewand wirkte Deborah verletzlich wie ein Kind. Ihre Hüftknochen stachen hervor, ihr Schlüsselbein war deutlich auszumachen. Ihre Brüste waren klein und spitz, die Oberschenkel zerbrechlich wie zwei Stöcke. Laurie bot selbst einen nicht weniger erbärmlichen Anblick, wenn sie aus ihrem Kleid stieg.

Sie schlug den ersten Stoffstreifen aus und drückte ihn behutsam auf die Wunden. Deborah sog zischend die Luft ein, biss aber die Zähne zusammen. An ihrer Stirn bildeten sich Schweißperlen, die bald in Rinnsalen über ihre Schläfen liefen.

Während Laurie den Rücken pflegte und säuberte, wurde Deborah, auf der Seite liegend, immer ruhiger. Laurie legte die zweite Decke auf ihre Beine, damit sie nicht fror. Und immer wieder streichelte sie über die Schulter ihrer Freundin, um sie zu beruhigen.

Da griff Deborah nach ihrer Hand und legte ihre Wange hinein. »Gut, dass du da bist, Laurie«, flüsterte sie.

»Ich lasse dich nicht im Stich«, versprach Laurie und spürte Tränen aufsteigen. Jetzt bloß nicht heulen. Sie hatte keinen Grund dazu. Sie war nicht diejenige, die die Hiebe erhalten hatte.

»Sobald die Wunden gesäubert sind und das Blut aufgehört hat zu fließen, nimm die Salbe, die du unter meiner Kopfseite findest«, sagte Deborah. Ihre Züge verzerrten sich, sie musste höllische Schmerzen leiden. »Komm, leg dich zu mir«, flüsterte sie.

Laurie kletterte über sie auf die andere Seite und bettete

sich neben sie in der gleichen Haltung, die Beine angewinkelt, sodass sich ihre Knie berührten, die Hände zu lockeren Fäusten geballt an der Brust. Ihre Gesichter waren sich so nah, dass sie den Atem spürten. Ein Rascheln zu ihren Füßen zeigte an, dass eine Maus aus dem Grasbett trippelte. Das Geräusch war zu leise, um von einer der Ratten zu stammen. Laurie hatte gelernt, das zu unterscheiden.

Deborahs Iris hatte die Farbe von stürmischer See, mit glitzernden Sprenkeln in dunklem Grau. Aus ihrem Zopf hatten sich viele Locken gelöst. Sie war blass um die Nase, ihre Lippen waren rissig und spröde. Laurie erhob sich, um ihr einen Becher Wasser zu holen, den sie ihr behutsam an den Mund setzte.

Deborah trank und leckte sich anschließend über die Lippen. Sie hob einen Arm, damit sich Laurie wieder legte, und umschlang ihren Leib, um sie ein bisschen dichter an sich heranzuziehen.

»Die beste Medizin bist du«, sagte Deborah dabei und hob einen Mundwinkel im Versuch eines Lächelns.

So etwas Schönes hatte nie zuvor jemand zu Laurie gesagt. Der Gedanke, einem anderen gutzutun, hatte etwas sehr Tröstliches in der Armseligkeit der Kolonie.

Sie entspannte sich neben der Verletzten. Als Deborahs Atemzüge gleichmäßig wurden, fiel auch Laurie in den Schlaf.

Als sie die Augen wieder aufschlug, drang der Rest des Tageslichts durch die Ritzen der Hütte. Joseph war noch nicht zurückgekehrt. Laurie vermutete, dass er sich bei einem seiner Kumpane den letzten Rest Verstand wegsoff. Sollte er – jede Minute, die sie Ruhe vor dem Widerling hatten, war eine gute Minute.

Mit einem leisen Grunzen trabte das Schwein in die Hütte. Das Grundstück der Dreiergemeinschaft war eingezäunt. Innerhalb dieser Grenze durfte sich das Tier frei bewegen. Es kam auf die beiden Frauen zu. Seine Nase zuckte beim Schnobern. Laurie gab ihm einen sachten Schubs mit dem Fuß, als es sie kitzelte.

»Geh, Schwein, such dir was zu fressen.« Sie würde heute nicht mehr in den Wald hineinwandern, um das Tier zu den Bucheckern zu führen. Sollte es sich auf dem Grundstücksgelände eine Ratte suchen, die es zum Abendessen verspeisen konnte. Laurie würde nicht von Deborahs Seite weichen, solange sie ihr guttat. Und Joseph war nicht da, um zu überprüfen, ob sie ihrer Pflicht als Hirtin nachkam.

Das Schwein trollte sich, schnüffelte in der Küche herum und drehte ihnen die Hinterseite zu. Der Ringelschwanz wackelte.

Deborah erwachte stöhnend. Laurie streichelte ihr über die Wange, als sich ihre Lider flatternd öffneten.

»Soll ich dich jetzt mit der Salbe einreiben?«

Deborah nickte, und Laurie begann sogleich nach dem Tiegel zu suchen. Wenige Augenblicke später hielt sie ihn in der Hand, öffnete den Deckel und schnupperte daran. Angeekelt zog sie die Nase kraus. Es roch nach ranzigem Schweinefett und widerlich süßen Kräutern.

»Nimm nur wenig auf die Fingerkuppen und tupf es dünn auf«, erklärte Deborah. In ihre Wangen kehrte allmählich die Farbe zurück.

Die Prozedur war erneut von heftigen Schmerzen begleitet. Ein ums andere Mal erschrak Laurie, als Deborah zusammenzuckte oder aufschrie, aber sie fuhr fort mit ihrer Arbeit, bis jede einzelne offene Stelle unter einer dünnen Fettschicht glänzte.

»Was ist das für eine Salbe? Woher hast du sie?«, fragte Laurie, als sie sich wieder neben ihre Freundin legte.

»Ich habe sie selbst gemischt. Ich kenne mich mit Heilkräutern aus.«

Laurie hob eine Braue. Sie wusste wenig über Deborahs Vergangenheit. »Erzähl«, bat sie.

»Meine Großmutter war eine Heilkundige. Wir lebten auf einer Farm südlich von London. Mein Vater ernährte uns mit der Landwirtschaft, meine Mutter half, so gut sie es vermochte. Sie war nicht kräftig, weißt du.« Deborah stöhnte und suchte sich eine bequemere Position. Ihre Stimme klang brüchig, aber Laurie hoffte, dass sie die Erinnerung an bessere Zeiten von den Schmerzen ablenkte. Deborah fuhr fort: »Mein Vater hatte sich immer einen Sohn gewünscht. Ich glaube, die ersten Jahre meines Lebens habe ich mich ihm zum Gefallen wie ein Kerl gebärdet. Aber das hielt meine Großmutter nicht davon ab, mich mit der Heilkunde vertraut zu machen. Ich kenne Hunderte von Kräutern und ihre Wirkung. Das ist nützlich, wenn man überleben will«, fügte sie mit einem schiefen Lächeln hinzu.

Es fühlte sich fast ein bisschen nach Geborgenheit an, hier mit Deborah in der halbdunklen Hütte zu liegen und sich Geschichten von früher zu erzählen. Seit sie das Trio mit Joseph bildeten, hatten sie kaum mal Gelegenheit gehabt, alleine miteinander zu reden und sich vertrauter zu werden. Joseph beanspruchte und beaufsichtigte sie stets auf seine Art.

»Erhol dich nur schnell wieder, Debbie. Tut es sehr weh?«

Deborah schüttelte den Kopf. »Es ist auszuhalten. Sorg dich nicht.«

»Gut, dass du in John Coen Walsh einen Fürsprecher hattest. Falls die Ratte noch einmal die Peitsche zückt, laufe ich zu ihm und bitte ihn um Hilfe.«

Deborah presste die Zähne zusammen. »Er ist nur ein Kerl. Auf die ist kein Verlass, Laurie. Vielleicht hat er heute nur aus einer Laune heraus gehandelt, und beim nächsten Mal feuert er Joseph an, weil es ihm Spaß macht zuzugucken, wenn jemand gequält wird.«

»Das glaube ich nicht«, erwiderte Laurie im Brustton der Überzeugung. »Er macht auf mich einen redlichen und großherzigen Eindruck. Sie lachen viel da drüben in der Nachbarhütte.«

»Lass dich nicht täuschen, Laurie. Wenn es darauf ankommt, kämpft jeder für sich allein.«

»Du hast keine guten Erfahrungen mit Männern gemacht«, stellte Laurie fest.

Deborah zuckte eine Schulter, wobei sich ihr Gesicht vor Schmerzen verzog. Laurie streichelte ihren Arm. »Doch, ich bin mit einem Jungen von der benachbarten Farm aufgewachsen. Nat hieß er und hatte Augen wie aus poliertem Schwarzholz. Als wir alt genug für eine Verlobung waren, hat er mir seine Braut aus London präsentiert. Das reicht mir an Erfahrungen mit den Männern.«

»Du warst in ihn verliebt«, sagte Laurie leise und voller Mitleid.

»Vielleicht«, erwiderte Deborah ruppig. »Er war der Erste und der Letzte, für den ich etwas wie Zuneigung empfand.«

»Wofür bist du verurteilt worden?«

»Ich habe als Dienstmagd auf einem Gutshof gearbeitet. Als der Hausherr mir Avancen machte und ich nicht darauf einging, behauptete er, ich hätte mich am Tafelsilber vergriffen. Ich habe tausendmal meine Unschuld beteuert, aber seine Gattin hat seine Aussage unterstützt. Sie war wohl froh, eine Rivalin um die Gunst ihres Mannes loszuwerden, dabei hat mich der Kerl nicht mehr interessiert als das Schwarze unter meinen Nägeln. Er hätte mich einfach in Ruhe lassen sollen, aber nein, es kam zur Anzeige. Der Richter hat kurzen Prozess gemacht und mich zu sieben Jahren Deportation verurteilt. Ich glaube, Laurie, wir kommen hier nicht mehr weg. Selbst wenn wir unsere Strafe abgesessen haben, wird niemand für die Kosten unserer Rückkehr zahlen. Wir sind das, was die englische Gesellschaft ausgespuckt hat. Sie erwarten, dass wir hier unsere eigene Welt aufbauen. Mit uns wollen sie drüben in England nichts mehr zu tun haben.«

Laurie schluckte schwer. In ihrem Hals fühlte es sich an, als säße ein Klumpen darin. »Ich hatte einen Liebsten«, begann sie dann und erzählte Deborah von Jack Barns, der ihr auf der *Lady Juliana* gezeigt hatte, wie es sich anfühlte, wenn jemand dich wirklich liebt. »Vielleicht kehrt er zu mir zurück und holt mich heim.«

Deborah schnaufte. »Mit dieser trügerischen Hoffnung willst du weiterleben? Sei kein Schaf, Laurie. Niemand kann uns helfen, nur wir selbst.«

»Wie sollten wir das tun? Gegen die Ratte haben wir keine Chance. Wir sind zu einem Leben als seine Sklavinnen verdammt, bis er uns eines Tages totschlägt.«

Wie aufs Stichwort hörten sie in diesem Moment stampfende Schritte draußen vor der Hütte. Am ungleichmäßigen Gang erkannten sie, dass der Kerl betrunken hin und her wankte. Ein lauter Rülpser durchdrang die Stille der Nacht, bevor er sich ächzend an dem Vorhang vorbei in die Hütte zwängte.

Deborah und Laurie verhielten sich auf dem Lager ganz still, die Augen geschlossen. Lauries Atem stockte in ihrem Hals wie eine Blase, die nicht platzen will. Lass ihn nur mich nehmen, flehte sie innerlich. Deborah würde es vielleicht nicht überleben, wenn er sie grob auf den Rücken warf, um sie zu besteigen.

Laurie wollte sich schon aufrichten, um sich dem stinkenden Kerl lockend anzubieten, damit er gar nicht erst auf die Idee kam, es mit beiden zu treiben, da ertönte ein Krachen, als Joseph über einen der drei wackeligen Stühle stolperte und beim Fallen den Tisch mit herumriss. Wie ein Käfer blieb er auf dem Rücken liegen, schnaubte und sabberte. Einen Wimpernschlag später sackte sein Schädel zur Seite. Dröhnendes Schnarchen erfüllte den Raum.

Mit einem Seufzen ließ sich Laurie zurücksinken, kuschelte sich an Deborah und küsste sie, als sie die Augen öffnete. Wange an Wange schliefen sie ein. In dieser Nacht würden sie friedlich ruhen und sich wegträumen an einen besseren Ort.

11. Kapitel

Sarah Walsh stand am Fenster ihrer Hütte, während ihre Tochter Maud zu ihren Füßen mit einem Stock und einem aus Stoffresten gedrehten Ball spielte. Die Kleine hatte gerade ihren ersten Geburtstag gefeiert und stellte sich immer öfter auf, um ihre Umgebung tapsend zu erkunden.

Während Sarah am Fenster stand und hinauslugte, zog sich Maud an ihrem Rockzipfel hoch und hob die Arme. Doch Sarah beachtete sie nicht, sie beobachtete nur, wie ihr Mann sich mit dem Nachbarn anlegte.

Gewiss, es war unrecht, dass der Mann mit den Rattenfellen seine beiden Gefährtinnen auspeitschte. Und es war unklug, zumal die Frauen danach tagelang ihre Wunden lecken mussten und für die Arbeit ausfielen. Diese Deborah war wirklich eine kratzbürstige Wildkatze! Sarah hatte oft mitbekommen, wie sie den Rattenmann bis aufs Blut reizte. Kein Wunder, wenn der dann die Beherrschung verlor.

Dass er Laurie schlug, hatte Sarah noch nicht erlebt. Vermutlich, weil sie ihm keinen Grund lieferte. Laurie, das süße Mäuschen. Sarah kannte sie von der Schiffsreise hierher, obwohl sie wenig mit den Weibern aus dem Unterdeck zu tun gehabt hatte. Laurie hatte sich erst in den letzten Wochen auf der *Lady Juliana* einen Beschützer gesichert, den smarten Jack Barns. Die Frauen, die ihre Zeit als Seemannsbräute der höheren Offiziere an Bord des Schiffes verbrachten, hatten eine eigene Klasse gebildet und sich von den Gefangenen unter Deck abgeschottet.

Sarah gehörte von Anfang an zu den Auserwählten. Gut, sie hatte nicht den besten aller Männer abbekommen, aber Nicol war ein feiner Kerl gewesen. Er hatte ihr den Hof gemacht, als wäre er nicht der Steward und sie eine Gefangene. Immer hatte er ihr das Gefühl vermittelt, sie sei eine Art Engel, den das Schicksal versehentlich ins Elend geworfen hatte. Ohne den geringsten Zweifel hatte er ihr geglaubt, dass sie unschuldig verurteilt sei. Sarah hatte sich manches Mal selbst gewundert, für wie edelmütig Nicol sie hielt. Aber sie genoss es, ihm in dieser Rolle zu gefallen.

Wie zärtlich er Nacht für Nacht um ihre Gunst gebuhlt, wie romantisch er seine Liebe zu ihr umschrieben hatte. Sarah hatte seine Liebesgeständnisse mit Freude gehört und sich gleichzeitig gefragt, ob er erwartete, dass sie ihm gegenüber ähnlich gefühlvoll auftrat. Sie hatte sich alle Mühe gegeben – am liebsten war es ihm gewesen, wenn sie sich mädchenhaft zierte, wenn er den Eroberer der holden Maid spielen durfte. Sarah hatte schnell herausgefunden, wie sie Nicol mit den Waffen einer Frau an sich fesseln konnte.

Wenn er bei ihr gelegen und sie in sein beseeltes Gesicht geschaut hatte, bevor er sie küsste, hatte sie stets gehofft, dass es schnell vorbei war. Seine Hände waren ihr zu fleischig, seine Gesten zu weibisch, und seine Worte langweilten sie. Aber sie hatte die Beine für ihn breit gemacht und es ertragen, wenn er seine Liebe zu ihr seufzend und stöhnend vor Glück auslebte.

Wie er gestrahlt hatte, als sie im Hafen von Rio ihre gemeinsame Tochter zur Welt brachte! Obwohl die Schwangerschaft unter den Bedingungen auf dem Schiff beschwerlich verlief, hatte Sarah doch dem lieben Gott für das gemeinsame

Kind gedankt. Vielleicht würde die englische Regierung ein Einsehen haben und sie begnadigen, wenn sie einen solch glaubwürdigen Fürsprecher wie den Steward der *Lady Juliana* zum Mann hatte? Sarah hätte sich ein Leben an der Seite von Nicol vorstellen können. Als Seefahrer war er häufiger auf den Weltmeeren als daheim bei ihr und dem Kind. Sarah hätte tun und lassen können, was sie wollte. Vielleicht mit dem einen oder anderen Liebhaber, der ihr mehr Freuden schenkte als der Romantiker Nicol.

Aber es war anders gekommen. Kapitän Aiken hatte Nicol nicht aus dem Dienst entlassen, und Sarah musste sich sputen, um aus der Vielzahl der halb verhungerten Kolonisten denjenigen für sich herauszupicken, der ihr den besten Schutz bot und ihr eigenes Überleben und das ihres Kindes sicherte. Sie glaubte Nicol seine Schwüre, dass er so bald wie möglich zurückkehren würde, um sie heimzuholen. Aber »so bald wie möglich« war für Sarah zu lange, um sich ihrem Schicksal zu ergeben.

In John Coen Walsh, den sie wenige Tage nach ihrer Ankunft in Sydney Cove geheiratet hatte, hatte sie einen zuverlässigen und fleißigen Mann gefunden, der ihr zudem Lust bereitete, wenn er ihr beilag. Seine Pranken waren gröber, seine Küsse feuriger. Er fragte nicht lange oder zitierte Gedichte, bevor er zu ihr kam. Außerdem nahm er die kleine Maud an, die Sarah mit in die Ehe brachte.

Einen wie ihn würde Sarah nicht mehr hergeben, und sie würde ihn mit niemandem teilen.

Deswegen belauerte sie jetzt mit Argwohn, wie sich John auf die Seite der beiden jungen Frauen gegen den Rattenmann stellte. Gewiss war sie stolz auf ihn, wenn er sich ritterlich und unerschrocken gab, aber ein solches Prachtexemplar von Mann fiel natürlich anderen Weibern auf. Wenn Sarah die Lage richtig einschätzte, würden sowohl Deborah als auch Laurie lieber heute als morgen aus ihrem Dreierbund ausbrechen.

Da hatten sie aber die Rechnung ohne Sarah gemacht! Sie hatte Himmel und Hölle in Bewegung gesetzt, dass der Dritte in ihrem Bunde ein junger Mann – Steven – war und nicht etwa eine verführerische Sirene, die mit ihr um die Gunst des Gatten rivalisierte.

Steven Dalton hatte drüben in England Schmiere gestanden, während sein Bruder und sein Vater in ein Gutshaus einbrachen. Er hatte zusehen müssen, wie seine Verwandten den Tod am Galgen fanden, und war selbst zur Deportation verurteilt worden. Der Siebzehnjährige konnte kräftig mit anpacken beim Anbau, Roden und Hausbau, hundertmal tauglicher als ein sinnliches Weib, das ihren Gatten auf abwegige Gedanken brachte.

Wie zupackend und ideenreich ein Dreiergespann auf dieser Insel war, entschied über Wohl und Wehe. Sowohl John als auch Steven gehörten zu den findigsten Männern im Kampf ums Überleben.

Sarah wusste, dass der starke Wind und das Salzwasser dafür sorgten, dass die Ernten misslangen, seit die ersten Siedler vor zwei Jahren hier gestrandet waren. Und wenn doch das eine oder andere Gemüse in den Gärten wuchs, holten es sich die Ratten, die Raupen oder die schillernd bunten Papageien, die in den hohen Wäldern lebten.

Knapp tausend Menschen mussten auf dieser Insel versorgt werden. Wie sollte das allein mit Schweinen zu schaffen sein? Der Kutter und die löchrige Jolle, die an den Riffen vor sich hin schaukelten, waren der beständig hämmernden Brandung nicht gewachsen, um die vor der Küste wimmelnden Schnapperfische einzufangen, die ihren Speiseplan verbessert hätten.

John und Steven waren die Ersten gewesen, die bei ihren Streifzügen durch den dichten Wald eine der ergiebigsten Nahrungsquellen aufgetan hatten. Am Mount Pitt, der höchsten Erhebung der Insel, nisteten Vögel an den Flanken des Berges in so großer Zahl, dass der Fels kaum noch zu sehen war. Sarahs Männern war es gelungen, ein paar der Vögel einzufangen. Sie schlachteten sie und brieten sie über dem offenen Feuer. Sarah meinte, in ihrem Leben kein delikateres Fleisch gegessen zu haben. Am nächsten Tag brach eine Rotte von Siedlern auf, um mit dem Vogelfleisch die Gemeinschaftslager zu füllen.

Manch einer behauptete, ohne den Pittbergvogel wären sie alle hungers verreckt. Nach dem ersten ziellosen Gemetzel ließ Major Ross Buch führen über den Fang, damit die Beute gerecht unter den Menschen verteilt wurde. Dass sich Ross selbst den Löwenanteil sicherte, stand für Sarah fest. Sie fragte sich, wie lange es dauern würde, bis es keinen einzigen dieser Vögel mehr auf Norfolk geben würde. Ende August verschwanden die Vögel, aber es hieß, im März würden sie in Schwärmen zurückkehren, um erneut zu nisten.

Maud quengelte nun und hörte nicht auf, an ihrem Saum zu zupfen, fiel dabei auf den Po und jammerte. Sarah bückte sich, um sie auf den Arm zu nehmen, und schaukelte sie ein paarmal, damit sie Ruhe gab.

Sie atmete auf, als sie erneut durch das Fenster blickte und erkannte, dass der Streit beendet war. Als Laurie Deborah an der Hüttentür in Empfang nahm, stiefelte John auf ihr Haus zu, während der Rattenmann in die entgegengesetzte Richtung davonschritt, vermutlich, um sich irgendwo restlos zu besaufen. Er war bekannt für seine Trunksucht. Ihr Gatte drehte sich zu den Nachbarinnen um. An Lauries dankbarer Miene erkannte Sarah, dass er sie angelächelt und ihr zugenickt hatte.

Guck nicht zu lange, dachte Sarah wütend und atmete ein paarmal tief durch, um ihre aufwallende Eifersucht niederzuringen.

Sie entschied, dass heute der richtige Tag war, um John in ihr Geheimnis einzuweihen. Die Schwangerschaft war in einem frühen Stadium, viele werdende Mütter verloren ihre Kinder zu diesem Zeitpunkt noch. Die meisten dankten dem Himmel, wenn die Leibesfrucht rechtzeitig abging, bevor ein weiterer Esser das Licht der Welt erblickte. Nicht so Sarah. Für sie war ihr zweites Kind eine Art Versicherung, dass sich John niemals von ihr abwenden würde. Sie kannte ihn gut genug, um sein Verantwortungsbewusstsein einschätzen zu können und in ihre Planungen einzubeziehen.

»Was für ein Schuft«, bollerte John, als er sich bückte, um durch die niedrige Eingangstür in die Hütte zu gelangen. Sie hatten es gemütlicher als die meisten anderen Kolonisten mit einem Bett, das John aus Baumstämmen gezimmert hatte, und sogar einem Schrank, in dem sie das Holzbesteck und den Topf aufbewahrten. In jeder freien Minute arbeitete John daran, sein Heim für sich und seine Familie behaglich zu gestalten.

Sarah zauberte ihr schönstes Lächeln hervor, nachdem er sich auf einen der drei Stühle gesetzt hatte, die Ellbogen auf den Tisch stützte und das Kinn in die Hände. »Ich denke, ich werde dem Major Meldung machen. Das geht so nicht weiter mit dem Lumpensack. Der schlägt die Mädchen noch tot.«

»Ach, scher dich doch nicht um die anderen«, gurrte Sarah, als sie mit wiegendem Gang auf ihn zutrat. Sie nahm Maud von ihrer Hüfte, setzte sie auf den Boden und sich selbst auf Johns Schoß. »Willst du wirklich über unsere Nachbarn reden, statt eine wahrhaft wundervolle Neuigkeit zu hören?« Sie umfasste sein Gesicht und küsste ihn auf den Mund.

John runzelte die Stirn, während er sie musterte. »Du meinst …«

Sie nickte strahlend. »Ja, wir bekommen ein Baby!«

John schluckte und holte zitternd Luft. »Wie sollen wir das Würmchen durchbringen …«

Sarah küsste ihn auf Wangen, Stirn und Nase, strahlend vor Zuversicht. »Du bringst uns alle durch, John, mich und Maud und alle Kinder, die wir gemeinsam haben werden. Wir sind eine richtige Familie.«

Endlich zeigte sich ein Lächeln auf Johns Zügen. »Ja, wir sind eine Familie. Gemeinsam werden wir es schaffen. Beten wir, dass die Vögel bald wieder nisten.«

Sie küssten sich lange und feurig.

Nicht einen Gedanken mehr verschwendete Sarah an John Nicol, den Mann, der auf der *Lady Juliana* mit vor Kummer bleischwerem Herzen davongesegelt war und den nur die Hoffnung aufrecht hielt, seinen Engel bald wieder umarmen zu können.

12. Kapitel

Sydney Cove, November 1790

Bist du vom Wahnsinn befallen? Wie konntest du so naiv sein, Molly!« Andrew Naiden hieb mit der Faust auf den flachen Felsbrocken, der ihnen vor ihrer Hütte am Rande der Siedlung in Sydney Cove als Tisch diente. Die nächste Behausung war hinter Büschen einen Steinwurf entfernt.

Rose, Molly, Hannah und Andrew führten ihre Besprechung im Flüsterton und schauten sich immer wieder um, ob sie von niemandem belauscht wurden. Das entfernte Donnern der Pazifikbrecher drüben an den Klippen und das beständige Schwappen der Wellen am Strand bildeten zusammen mit den nächtlichen Geräuschen der Buschtiere die Begleitmusik. Es roch nach gebackenem Brot, verbranntem Holz und faulenden Fischresten. Die Meeresbrise vermochte den Geruch mit ihrer salzigen Frische nicht zu überdecken.

Rose Naiden packte ihren Mann sofort am Arm und mahnte ihn zur Ruhe.

Seit Andrew Naiden von seinen zahlreichen Verletzungen genesen war, was er vor allem Rose' erstklassiger Pflege verdankte, zeigte sich sein Temperament bei jeder Gelegenheit. Molly erlebte ihn oft aufbrausend und hitzköpfig, dann wieder warf er seine Frau fast um, als er sie im Überschwang küssen wollte. Ein leidenschaftlicher Mann, der gut daran täte, sich eine bessere Fassade zuzulegen, befand Molly. Andrew schien nicht in der Lage, seine Gefühle zu unterdrücken.

Nachdem sein Bart gestutzt und die Haare geschnitten waren, sah er wieder passabel, fast attraktiv aus. Nur die Lücken in seinem Gebiss wirkten diesem Eindruck entgegen.

Molly mochte Andrew, aber seine Impulsivität fand sie gefährlich. Und in diesem speziellen Fall ungerecht. Die Nachricht, dass Edward sich ihnen anschließen wollte, hatte sie zurückgehalten, bis Andrew wiederhergestellt war. Und nun war es so weit – Andrew war trotz seiner Qualen auf dem Gefängnisschiff der Gesündeste und Kräftigste von ihnen. Das musste er auch sein, wenn ihn Molly und Hannah als Anführer akzeptieren sollten.

»Ich habe mir das wohl überlegt, bevor ich Edward eingeweiht habe«, gab sie mit unbewegter Miene zurück. »Ich gebe dir Brief und Siegel darauf, er wird uns unterstützen.«

Andrew lachte spöttisch auf. »Wenn du dich dabei mal nicht übernimmst, Mädchen. Er steht in den Diensten des Gouverneurs, er fühlt sich ihm verpflichtet. Es wird ihm einen schönen Bonus einbringen, wenn er unsere Abreise vereitelt.«

»Niemand bekommt hier einen Bonus. Sir Arthur sorgt dafür, dass keiner bevorzugt wird. Er hungert selbst, weil er sich keine größeren Rationen zuteilt.«

»Pah, du sprichst von ihm wie von einem geliebten König! Bist du sicher, dass du nicht doch hierbleiben willst, Molly?« Andrews Stimme troff nun vor Hohn.

»Jetzt beruhige dich, Andrew«, meldete sich Rose zu Wort und reichte ihrem Mann einen Becher voll mit heißem Wasser verdünnten Rum. »Ich vertraue Molly, wenn sie sagt, dass wir auf Edward zählen können. Würdest du dich mit einem weiteren Mann nicht sicherer fühlen?«

Andrew nahm den Becher entgegen und trank ein paar Schlucke. Für einen Moment hörten sie nur das Prasseln des Feuers zwischen ihnen, untermalt von Andrews geräuschvollem Schlürfen. Rose, Andrew, Molly und Hannah starrten in die Flammen, als könnte ihnen das Feuer Antworten geben auf die zahlreichen Fragen, die ein Ausbruch mit sich brachte.

»Was meinst du, Hannah?«, wandte sich Molly an ihre Freundin. Hannah war das schwächste Mitglied ihrer Gruppe. Sie war weder zäh und robust wie Molly noch raffiniert und lebensklug wie Rose. Aber in ihrer Vierergemeinschaft würden sie sie mitziehen auf ihrem Weg in die Freiheit.

Hannah hob die Schultern. »Ich glaube dir, dass wir Edward vertrauen können. Er ist dein Mann.«

»Das heißt nichts«, gab Molly barsch zurück. »Aber er ist derjenige, der am besten an all die Geräte und Karten kommen kann, die wir dringend benötigen, um auf dem Meer unseren Weg zu finden. Außerdem hat er Erfahrung in der Seefahrt.«

»Die habe ich auch«, murmelte Andrew, aber sein Widerstand schien zu schmelzen. »Gut, Rose hat recht. Ich allein mit drei Ladys – ein zuverlässiger weiterer Mann wäre eine wertvolle Unterstützung. Ich bezweifle, dass dein Edward der Richtige dafür ist, aber uns bleibt keine Wahl, als das Risiko einzugehen.«

»Er ist der Beste, den wir finden können«, behauptete Molly und hielt Andrews bohrendem Blick stand. Sie spürte, dass sein Misstrauen nicht verraucht war, aber irgendwann würde er erkennen, dass sie in Edward einen wertvollen Verbündeten hatten.

»Was ist mit dir, Hannah? Hast du auch jemanden eingeweiht, ohne es vorher mit uns zu besprechen?«, fuhr Andrew Hannah an.

Hannah blähte die Wangen und schüttelte den Kopf, dass ihr Zopf hin und her peitschte. »Ich rede mit niemandem über das, was wir hier besprechen.«

Molly musterte sie von der Seite. Wie eng mochte Hannahs

Verbindung zum Quacksalber sein? Konnten sie ihr wirklich glauben, dass sie ihn nicht ins Vertrauen zog?

»Wann … wann wollen wir denn loslegen?«, fragte Hannah mit dünner Stimme und zupfte an dem Grasbüschel im roten Sand neben sich.

»Frühestens in drei Monaten. So viel Zeit brauchen wir, um uns einen Vorrat an Lebensmitteln, Waffen und Munition zuzulegen.«

Hannah riss die Augen auf. »In drei Monaten schon!«

»Wenn wir bis dahin nicht verhungert sind. Wie sollen wir an Vorräte kommen?«, erkundigte sich Molly bei Andrew.

»Ich werde eine Grube in unserer Hütte ausheben, die uns als Lager dienen wird. Esst nur das Allernötigste, gebt den Rest ab und versucht den Fisch gegen haltbare Lebensmittel einzutauschen. Am besten geeignet ist das Pökelfleisch. Seht zu, dass ihr reichlich davon sammelt. Einen Sack Mehl werden wir vielleicht aus dem Proviantlager stehlen können. Wir haben unsere Kunst nicht verlernt, nicht wahr, Rosie?« Er zwinkerte seiner Frau zu. In London waren die beiden ein berüchtigtes Diebespaar gewesen.

»Zu unserem nächsten Treffen werde ich Edward mitbringen«, erklärte Molly und fixierte Andrew. »Er muss von Anfang an dabei sein, wenn unser Plan Erfolg haben soll.«

Andrew wies mit dem Zeigefinger auf sie. »Dann sag ihm, er soll eine Seekarte für uns besorgen. Als Zeichen dafür, dass er auf unserer Seite ist.«

Molly und Andrew maßen sich mit Blicken. »Das wird er tun, verlass dich darauf«, erklärte sie schließlich. Dabei war sie sich selbst nicht sicher, ob Edward der richtige Mann für ihr Unternehmen war. Sicher, er verfügte über die besten Verbindungen, aber er war kein Abenteurer wie Andrew, und ob sein Mut reichte, würde sich zeigen müssen.

Sorgen machte sich Molly auch um Hannah. Diese hatte sich verändert, seit sie im Krankenhaus an Michael Rileys Seite arbeitete.

Molly wusste nicht, welchen Einfluss Riley auf ihre Freundin hatte, aber sie spürte mit einem schmerzhaften Stich im Leib, dass sie sich von ihr entfernte, dass es einen anderen bedeutsamen Menschen in ihrem Leben gab.

Nun, auf der Reise übers Meer würden sie wieder zusammenwachsen und Freundinnen für immer bleiben. Molly hoffte, dass sich Hannah von ihren Verpflichtungen und Gefühlen, die sie entwickelt haben mochte, lösen würde. Denn kaum etwas in dieser Welt zählte mehr als die Freundschaft. Nur die Freiheit.

13. Kapitel

Das ist zu gefährlich für dich! Lass mich gehen!« Edward fasste Molly an den Schultern, schüttelte sie und stierte sie an.

Molly befreite sich mit einem Ruck. »Behandle mich nicht wie eine Prinzessin!«, fauchte sie ihn an. »Wenn jemand weiß, wie man stiehlt, dann ich. Ich habe mein Leben lang nichts anderes getan.«

»Weswegen du verhaftet und zur Deportation verurteilt wurdest«, konterte Edward mit verbissener Miene. »Wenn du jetzt erwischt wirst, binden sie dich an das Dreibein. Fünfzig Peitschenhiebe sind die Mindeststrafe bei erstmaligem Diebstahl.«

»Und wenn sie dich erwischen, knüpfen sie dich wegen Hochverrats auf. Du bist der engste Vertraute des Gouverneurs, du kommst nicht mit einer Verurteilung wegen Diebstahls davon.«

Edward stieß die Luft aus und ließ für einen Moment den Kopf hängen. Molly wusste, dass dies ihr stärkstes Argument war im Ringen darum, wer die dringend benötigte Seekarte aus dem Haus des Gouverneurs holen sollte. Außerdem brauchten sie Pergament und Tinte, um die Karte abzuzeichnen. Das Original würden sie wieder zurückbringen, damit Sir Phillip keinen Verdacht schöpfte und möglicherweise sein Boot, das sie in die Freiheit bringen sollte, verstärkt bewachen ließ.

Tagsüber, während seiner Arbeit beim Gouverneur, hatte Edward keinen Zugriff auf die Karten. Sie mussten das Risiko eingehen und heimlich bei ihm einsteigen.

Diese Nacht, in der die Mondsichel und die Sterne die meiste Zeit hinter dicken schwarzen Wolken verborgen waren, schien bestens geeignet, um das kühne Unternehmen durchzuführen.

Sir Phillip hatte am Abend mit den ranghöchsten Offizieren bei einem kargen Mahl zusammengesessen, um die Situation der Kolonie und die Bittbriefe und Beschwerden an die englische Regierung zu besprechen. Edward persönlich hatte dafür gesorgt, dass der Rum reichlicher floss als üblich. Den ganzen Abend über hatte er dafür Sorge getragen, dass der Becher des Gouverneurs stets bis zum Rand gefüllt war, bis Sir Phillip ihn schließlich heimgeschickt hatte.

Edward kannte den Kolonievorsteher gut genug, um zu wissen, dass er wenig Alkohol vertrug. Er trank selten mal einen Schluck, nur bei besonderen Anlässen. Welche Mengen er heute in sich hineingekippt hatte, würde ihm wahrscheinlich erst am nächsten Morgen auffallen, wenn ihm der Schädel brummte. Die Nacht jedenfalls würde er durchschlafen wie ein Toter, da war sich Edward sicher. Er selbst hätte sich, wie Molly wusste, ohne langes Zögern daran begeben, durch das Fenster in das Haus einzusteigen und die Karte zu entwenden. Molly dagegen traute er diesen Einbruch nicht zu.

Es galt, ihn eines Besseren zu belehren, befand Molly. Sie gestand sich ein, dass es ihr tatsächlich leidtäte, wenn Edward am Galgen enden würde.

»Entweder gehe ich, oder wir vergessen den Plan«, erklärte sie nun und hielt seinem Blick stand. Er senkte als Erster die Lider.

»Du bist nicht zu halten.« Er holte tief Luft. »Also gut, dann hör zu. Ich erkläre dir, worauf du achtgeben musst.«

Mollys Herz klopfte, als sie nun in der dunklen Hütte näher an ihn heranrückte, weil Edward zu flüstern begann. Sie lauschte atemlos, versuchte sich jedes Detail einzuprägen, nickte hin und wieder, obwohl er das wahrscheinlich nur an dem Lufthauch spürte, weil man die Hand nicht vor Augen sah.

Es war weit nach Mitternacht, als Molly sich schließlich erhob. »Ich bin bereit«, sagte sie und ließ Edward für einen Wimpernschlag ihre Hand, als er sie drückte.

»Pass auf dich auf«, flüsterte er.

Gebückt verließ Molly die Hütte. Die Nacht war warm. Aus dem Busch vernahm sie das Rascheln und Gurren von Tieren, während hinter ihr das Tosen des Meeres hallte. Sämtliche Hütten, das Hospital, das Frauenhaus lagen in völliger Dunkelheit.

Nur schemenhaft konnte Molly den Weg erkennen, den sie zum Haus des Gouverneurs zurücklegen musste. Sie verursachte auf nackten Sohlen nicht das geringste Geräusch und spürte den warmen Sand unter ihren Füßen. Jetzt in der Nacht hatten sich die menschlichen Gerüche nach Schweiß und Ausscheidungen, nach Räucherfleisch und Fisch verflüchtigt. Die Luft roch nach Salz und Algen und Minze. So mochte es hier immer geduftet haben, bevor sich die Weißen in der Bucht niedergelassen hatten.

Als in diesem Moment eine Wolke den Blick auf den Sichelmond freigab, erhellte fahles Licht das größte Haus der Kolonie mit den beiden Säulen vor dem Eingang.

Molly schlich an der Seitenwand vorbei zum hinteren Teil, wo sich das Ziegengehege und ein vertrockneter Garten mit kümmerlichem Gemüse befanden. Hier musste es einen

Wachmann geben, wie Molly von Edward wusste. Die Ziegen gehörten zum wertvollsten Besitz der Kolonie. Sie nachts unbeaufsichtigt zu lassen wäre sträflich nachlässig.

Molly drückte sich an die Backsteinmauer und linste um die Ecke. Ein Wachmann lehnte im Sitzen an einem der Pfähle, die zum Weidezaun gehörten. Die Muskete hielt er senkrecht neben sich stehend, die Stirn war ihm auf die Knie gesunken. So viel zu seiner Wachsamkeit, ging es Molly durch den Sinn.

In das Haus einzudringen bildete den schwierigsten Teil ihrer nächtlichen Aktion. Es gab nur ein Fenster, durch das sie einzusteigen vermochte, und dieses gehörte zum Schlafraum des Gouverneurs. Alle anderen Fenster waren nachts verriegelt, aber Sir Phillip konnte bei den warmen nächtlichen Temperaturen nicht ohne einen Luftzug schlafen. Deswegen ließ er dieses unverschlossen und eine Handbreit geöffnet.

Molly drückte sich gegen die Rückwand und machte seitliche Schritte, bis sie zum Einstieg gelangte. Der Wachmann hatte seine Position nicht verändert.

Sie spürte ihren Puls brausen, ihre Nerven summten in Alarmbereitschaft. Sie kannte dieses Gefühl von ihren Diebeszügen in den Straßen Londons, es war ihr vertraut seit frühester Kindheit. Es war so intensiv, dass es Ängste und Leid verblassen ließ.

Als sie das Fenster erreichte, drehte sie sich um und dem Wachmann den Rücken zu. Jetzt kam es darauf an, das Glas weit genug hochzuschieben, dass sie sich durchzwängen konnte.

Molly setzte die Finger an und biss sich auf die Unterlippe, als sie erst vorsichtig, dann mit aller Kraft schob. Das Glas bewegte sich um wenige Millimeter. Es schabte in den Scharnieren. Das Geräusch klang überlaut in Mollys Ohren, aber vermutlich waren ihre Sinne so geschärft auf Gefahr, dass sie alles andere ausblendete. Sir Phillip schnarchte und schnaufte in einem regelmäßigen Rhythmus.

Molly trat der Schweiß auf die Stirn, als sie ein weiteres Mal ansetzte und mit aller Kraft stemmte. Der Rahmen ruckelte ein Stück höher. Der Spalt war jetzt groß genug für sie.

Molly wandte sich um – der Wachmann schlief. Sie stellte sich auf einen Stein, um in das Innere des Raums blicken zu können. Auf seinem Bett lag Sir Arthur in einem weißen Nachthemd lang ausgestreckt, die Beine gespreizt, die Arme neben sich hängend, den Mund weit offen. Er schnarchte, dass sich die Balken bogen.

Molly setzte die Handballen auf den Mauervorsprung und nahm Schwung. Wie eine Katze kam sie auf dem Sims zum Hocken. Sie steckte zuerst ihre nackten Füße durch den Schlitz, dann schob sie ihren Körper geschmeidig hinterher.

Im Schlafraum stank es nach Rum und schlechtem Atem. Mollys Blick klebte an Sir Phillips im Schlaf entspannter Miene. Seine Unterlippe vibrierte beim Ausatmen. Wie ein Geist schlich sie an ihm vorbei, öffnete lautlos die Tür zum Arbeitszimmer und lief über die nackten Bohlen.

Alles war so, wie Edward es ihr beschrieben hatte.

Am Fenster stand der Eichenholzschreibtisch, der zu Sir Phillips kostbarsten und liebsten Besitztümern zählte. Er war mit der ersten Flotte hierhertransportiert worden. Er beherbergte die einzigen Schränke, die abzuschließen waren. Den Schlüssel für den linken Unterschrank ertastete Molly, wie von Edward vorhergesagt, oben auf dem Regal, in dem sich mehrere in Leder gebundene Bücher befanden, die Buchhaltung der Kolonie.

Der Schlüssel fühlte sich glatt und kalt an, als sie ihn mit den Fingerspitzen ertastete. Ein Glücksgefühl durchströmte sie, als sie ihn schließlich in den Händen hielt. Das Mondlicht vermochte das Innere des Hauses kaum zu erhellen, aber Mollys Augen hatten sich inzwischen wie die einer Katze an die Dunkelheit gewöhnt.

Ein Brett unter ihren Füßen knarzte. Molly verharrte. Hielt den Atem an. Lauschte. Aus dem Schlafraum drangen Geräusche. Allmächtiger. Hatte sie den Gouverneur geweckt? Sie ließ den Blick fieberhaft durch den Raum streifen auf der Suche nach einem Versteck, aber da verstummte das Gemurmel und Knacken wieder. Nur noch ein Schmatzen war zu hören. Offenbar hatte Sir Phillip nur geträumt.

Mit drei Schritten flitzte sie zu dem Eichentisch, ging in die Hocke und steckte den Schlüssel in das Schloss des Unterschranks. Er ließ sich mühelos öffnen. Molly sog die Luft ein, als sie ordentlich nebeneinandergelegt ein halbes Dutzend Pergamentrollen vor sich sah.

Edward hatte ihr erklärt, dass diejenige, die den Indischen Ozean und seine Länder abbildete, die längste der Karten sei. So fiel es ihr nicht schwer, die richtige Rolle herauszufischen.

Sie verschloss den Schrank wieder, legte den Schlüssel zurück, wo sie ihn gefunden hatte, nahm ein Blatt Pergament aus der unverschlossenen Schublade des Schreibtisches sowie eine Feder und Tinte. Geschafft!

Ein zweites Mal musste sie durch den Schlafraum des Gouverneurs und sich mit ihrem Diebesgut durch den Fensterritz quetschen, aber das gelang ihr geräuschlos. Draußen nahm sie sich die Zeit, das Fenster wieder auf die Höhe zu schließen, in der sie es vorgefunden hatte. Nichts durfte Sir Phillips Misstrauen wecken.

Nach der Seekarte würde er in den nächsten Tagen aller Wahrscheinlichkeit nach nicht suchen. Zurzeit beschäftigten den Koloniervorsteher die Erfassung der Ernten und die Berufe der Kolonisten, die für die Siedlung von Nutzen sein konnten. Seine Aufmerksamkeit galt dem Gedeihen der Kolonie und wie er die Leute am Leben halten konnte – dafür benötigte er keine Karten vom Ozean. Bis er sie wieder brauchte, würde Molly sie auf gleichem Weg zurückgebracht haben. Und eine Kopie wäre unter sicherem Verschluss in Andrews und Rose' Hütte.

Sie jubelte innerlich, als sie zu ihrer eigenen Hütte zurücksprang. Sie hatte das Stehlen noch nicht verlernt. Niemals waren ihre Talente wichtiger gewesen als in dieser Nacht.

Edward empfing sie, als sie in das Haus trat. Er sah aus, als wäre er seit ihrem Abtauchen ruhelos in der Hütte herumgetigert und hätte die Finger vor Anspannung gewrungen. Jetzt überraschte er sie, indem er sie spontan in die Arme schloss und an sich zog. Schweißperlen schillerten an seiner Schläfe, seine Hände waren klamm. Einen Moment lang ließ sie sich halten, dann stemmte sie sich gegen seine Brust. »Jetzt lass mal gut sein. Es war ein Leichtes, an die Karte zu kommen.«

»Ich bin fast verrückt geworden vor Sorge um dich«, gestand Edward.

»Unnötig«, gab Molly kühl zurück. »Es war ein Kinderspiel für mich.«

Nachdem sie das Diebesgut am Kopfende des Lagers verstaut und sich für den Rest der Nacht gebettet hatten, drehte Molly ihm den Rücken zu. Sie hoffte, dass er nicht merkte, wie heftig ihr Puls ging und dass sie wahrscheinlich lange kein Auge schließen würde. Nicht etwa, weil die Aufregung der Diebestour noch nachwirkte, sondern weil Edward ihr auf seine Art nah kam wie nie ein Mann zuvor. Das machte ihr mehr Angst als ein nächtlicher Einbruch.

14. Kapitel

Das Leid der Kinder schnitt Hannah ins Herz. Alles auf dieser Krankenstation war bedrückend, aber wenn barmherzige Kolonisten halb verhungerte Mädchen und Jungen ins Hospital brachten, litt Hannah besonders. Frauen erhielten zwei Drittel der Männerration, Kinder nur ein Drittel, aber in manchen Familien teilte man offenbar die Portionen für die Kleinen unter den Erwachsenen auf.

Wie konnten Menschen so grausam sein? Die nächste Generation war ihrer aller Zukunft. Sie sollte die Kolonie aus dem, was die Eltern ihr hinterließen, zum Blühen bringen.

Zum Glück gab es aber diejenigen, die trotz der Not ihre Menschlichkeit nicht verloren und die knochendünnen Geschöpfe auf ihren Armen ins Hospital brachten, wo sie mit Fladenbrot und Maisbrei aufgepäppelt wurden. Hier waren sie in Sicherheit, hier machte ihnen keiner die Mahlzeit streitig, hier konnten sie sich unter Hannahs liebevoller Pflege wieder erholen.

Hannah hielt den Hinterkopf der kleinen Betsey und flößte ihr mit einem Holzlöffel in süßem Gebräu eingeweichte Brotbrocken ein. Täglich kochte sie aus dem Steinkraut einen Tee, der allen Kranken zur Verfügung stand.

Betsey waren die meisten Haare und Zähne ausgefallen. Auf ihrem kahlen Schädel wuchsen einzelne Büschel von blondem Flaum, ihr Gesicht war eingefallen und knochig wie das einer Greisin, die Arme dünn wie Bleistifte. Der Bauch wölbte sich aufgedunsen unter den hervorstechenden Brustrippen. Sie war nur ein Häuflein Haut und Knochen. Ihr Körper war vermutlich unfähig, sich gegen die ansteckenden Krankheiten, die ständig auf der Station grassierten, zu wehren. Aber ihre Überlebenschancen waren hier größer als bei ihren Eltern, denen Hannah Dutzend Peitschenhiebe für dieses Vergehen gegen die Menschlichkeit wünschte. Doch Misshandlung der eigenen Kinder wog in der Bucht weniger schwer als der Diebstahl eines Bechers voller Mais. Nicht anders als in ihrer Heimat, dachte Hannah. Sie fragte sich, wohin dieses Unrecht die Menschen führen würde. Nichts war schutzbedürftiger als Kinder und Kranke.

Im Krankenhaus ihren Beitrag leisten zu dürfen erfüllte Hannah mit Dankbarkeit. Zum ersten Mal verspürte sie das Gefühl, dass ihr Dasein einen Sinn hatte. Hier wurde sie gebraucht.

Sie arbeitete zwölf Stunden am Tag und sackte mit Einbruch der Dämmerung nach einem schnellen Mahl im Frauenquartier auf ihr Lager, das sie sich mit einem Dutzend anderen teilte. Hannah unterhielt kaum Kontakt zu ihnen, genau wie sie die Freundschaft zu Molly arg vernachlässigte. Wenn Molly sie nicht massiv drängen würde, wenigstens an den Besprechungen mit Andrew und Rose teilzunehmen, würde sie diese ausfallen lassen und lieber einen weiteren Verband anlegen, eine Wunde von Eiter säubern und einen Arm schienen.

Hannah kämpfte mit den Tränen, während sie unablässig den Brotbrei in Betseys Mund zu flößen versuchte. Ein Teil lief über Kinn und Wangen wieder heraus, aber die Nahrungsaufnahme war überlebensnotwendig für dieses Kind. Den Geruch nach Urin und Schmutz, den Betsey verströmte, nahm Hannah kaum wahr. Ihre Nase hatte sich inzwischen an die widerwärtigsten Düfte, die Menschen ausdünsten konnten, gewöhnt. Aber dass das Gesicht des Kindes eine wächserne Farbe annahm und die Lippen grau wie Asche waren, das bemerkte Hannah mit großer Furcht. Unter der Haut der Rippenbogen war das schwache Pochen des Kinderherzens zu erkennen. Die Lider bedeckten die Augäpfel, ohne zu flattern. Betsey erinnerte mit den Haarbüscheln und den starren Zügen an eine unfertige Puppe.

»Lass es dir nicht zu nahegehen, Hannah«, vernahm sie Michaels Stimme. Er ging neben sie in die Knie und betrachtete wie Hannah das Antlitz des Mädchens.

»Wie soll ich das schaffen?« In Hannahs Stimme schwangen ihre ungeweinten Tränen mit.

Michael setzte das Hörrohr auf die Brust des kranken Kindes und lauschte. Über seine Miene flog ein Schatten. »Sie haben sie zu spät gebracht.«

Hannah hörte nicht auf, den Löffel an die blutleeren Lippen zu führen, obwohl sich der Kindermund nicht mehr bewegte. Der letzte Rest Spannung wich aus dem Körper. Hannah fühlte sich, als stürbe ein Teil von ihr mit diesem Mädchen, das sie zu Lebzeiten gar nicht gekannt hatte. Behutsam bettete sie den Kopf auf die gefaltete Decke, die als Kissen diente. Sie nahm die Finger, die sich wie dünne Zweige anfühlten, und faltete sie auf dem toten Leib. Dann zog sie die Decke aus Hanf über den Leichnam, bis nichts mehr anzeigte, dass hier ein Mädchen seinen letzten Atemzug getan hatte. Die Träger standen schon drüben an der Tür, die zum Freiplatz des Hospitals führte. Sie würden Betsey wegbringen wie all die anderen, denen Hannah nicht mehr hatte helfen können.

Ihre Beine fühlten sich weich wie Grütze an, als sie sich gleichzeitig mit Michael erhob. Sie schwankte kurz, lag im nächsten Atemzug an seiner Brust und ließ den Tränen freien Lauf.

Er hielt sie umschlungen und wiegte sie wie ein Kind, das Trost brauchte. Aber sie war kein Kind mehr, ihre weiblichen Rundungen zeichneten sich deutlich unter ihrem Leinengewand ab.

Hannah schluchzte, schlang ihrerseits die Arme um Michaels Taille und genoss die Wärme und den beruhigenden Klang seiner Stimme.

»Ich habe versagt«, murmelte sie, als ihr Schluchzen allmählich verebbte. »Ich hätte sie keine Sekunde aus den Augen lassen sollen, ich hätte sie ohne Unterlass füttern sollen. Vielleicht, wenn ich sie getragen hätte, statt sie auf dem Lager …«

»Pssst, Hannah.« Michael schüttelte den Kopf. Seine blonden Strähnen müssten dringend mal gekämmt werden. Widerspenstig standen sie in alle Richtungen ab. »Dich trifft keine Schuld. Du hast ihr die letzte Lebensstunde mit deiner Fürsorge versüßt, mehr konntest du nicht für sie tun. Wir müssen uns damit abfinden, dass die Menschen auch zum Sterben zu uns kommen, obwohl es unsere Aufgabe ist, ihre Genesung voranzutreiben. Aber wir sind keine Götter, Hannah, wir sind nur Menschen.«

»Ich weiß nicht, wie ich das aushalten soll. Ich träume jede Nacht von den Toten.«

Er strich ihr die Haare, die sich unter ihrer Haube gelöst hatten, hinter die Ohren. »Du wirst das lernen müssen, Hannah, und du wirst das schaffen. Ich kenne keine, die geschickter und feinfühliger mit den Patienten umgeht als du. Du bist ihr größter Schatz, Hannah, selbst wenn du ihren Tod nicht verhindern kannst.«

»Du meinst, man gewöhnt sich ans Sterben?«

Michael wiegte den Kopf. »Du musst den Tod als zum Leben gehörend akzeptieren. Wenn du um jeden Patienten trauerst, dem wir nicht mehr helfen können, geht deine Seele daran zugrunde.«

»Ich weiß nicht, ob mir das gelingt«, murmelte Hannah und hielt dem Blick seiner Augen stand. Sie hatten die Farbe von regenschweren Wolken.

»Ich brauche dich, Hannah«, sagte er. Ein paar Atemzüge lang sahen sie sich nur an, als wollten sie sich gegenseitig auf den Grund der Seele blicken. Hannah spürte, wie der Schmerz über den Verlust des Mädchens in ihrem Magen wühlte, aber gleichzeitig durchdrang sie auf einmal eine Zuversicht, dass sie innerlich zu glühen schien.

Ja, hier gehörte sie hin. Hier in dieses Krankenhaus. Und vielleicht in die Arme dieses Mannes, den sie mehr bewunderte als jeden anderen Menschen in ihrem Leben.

Drei Stunden später zog Hannah das Gewand aus und schlüpfte in ihr einziges Kleid, das bereits an vielen Stellen gerissen oder löchrig war. Sie musste sich darum kümmern, es zu flicken, aber wann sollte sie die Zeit dafür nehmen? Viele hier hielten zugeschnittene Bahnen von grobem Stoff schlicht mit Hanfbändern umwickelt an ihren Leibern. Nähgarn war kostbar.

Jeder Schritt fühlte sich an, als trüge sie Schuhe aus Blei, und in ihrem Nacken saß ein Schmerz, der sich wie ein kleines Nagetier verbissen hatte.

Nachdem sie sich von Michael und dem Wundarzt John White verabschiedet hatte – sie war wie immer die letzte der Helferinnen, die den Dienst beendete –, wäre sie am liebsten nur in das Frauenquartier gestolpert, um in einen Schlaf der Erschöpfung zu fallen. Aber heute war ein weiteres Treffen mit Andrew, Rose und Molly geplant.

Molly hatte sie am späten Nachmittag, kurz nach Betseys Tod, besucht und mit vor Übermut blitzenden Augen erzählt, dass es außerordentliche Neuigkeiten gebe und dass sie das Treffen am Abend auf keinen Fall verpassen dürfe. »Es geht voran«, hatte Molly ihr ins Ohr gezischelt und ihr übermütig einen Kuss auf die Wange gedrückt.

Molly schien nicht die geringsten Anzeichen dafür wahrzunehmen, wie mitgenommen und ausgehöhlt sich Hannah fühlte. Sie sah nicht, wie gebeugt Hannah ging, sie bemerkte ihre hängenden Lider nicht und schenkte ihrer leisen, nach innen gekehrten Stimme keine Beachtung, als Hannah sich schwach widersetzen wollte. Molly überrollte sie mit ihrem Elan. All ihr Sinnen und Trachten war danach ausgelegt, diese Bucht zu verlassen und sich in das wilde Abenteuer zu stürzen.

Nicht zum ersten Mal fragte sich Hannah, ob sie sich überhaupt noch so vertraut waren, wie es Freundinnen sein sollten. Molly schien davon auszugehen, dass sie, Hannah, dieselben Wünsche und Ziele verfolgte, dass sie von nichts anderem als der Freiheit träumte.

Aber wann hatte sich Hannah tatsächlich das letzte Mal danach gesehnt, außerhalb der Kolonie auf freiem Fuß zu leben? Sehnte sie sich etwa nach der Zeit als Straßenhure zurück? Was hatte das Leben ihr sonst zu bieten? Wie sollte eine wie sie, eine wegen Diebstahls verurteilte Hure, je wieder in der Gesellschaft Fuß fassen? Hatte sie es hier in der Kolonie nicht tausendmal besser, solange es ihr nur gelang, sich an das Sterben um sie herum zu gewöhnen?

Tief in ihrer Seele wusste Hannah, dass es nicht nur ihre Arbeit als Krankenpflegerin war, die sie an diese Kolonie band. Genauso wenig, wie sie sich vorstellen konnte, jemals wieder als Hure zu arbeiten, mochte sie sich ausmalen, jemals wieder ohne Michael Riley zu sein. Das Wissen, dass sie Tag für Tag Hand in Hand mit ihm arbeitete, fühlte sich an wie ein kostbarer Edelstein, den sie in der Kleidertasche trug und den sie berühren konnte, wann immer es ihr schlecht ging.

Was war das, das da unter ihren Rippen nistete und eine Welle des Wohlbehagens ausströmte, wenn sie an ihn dachte? War das tatsächlich etwas wie Liebe? Fühlte es sich so an, wenn man sich zu einem anderen Menschen, einem Mann, hingezogen fühlte?

Die tiefsten Gefühle ihres jungen Lebens hatte Hannah stets für Molly empfunden. Molly, die Starke, die Tapfere, die Gerissene, die, die immer einen Ausweg wusste, die nie den Mut sinken ließ und sie an der Hand hielt, wenn sich Stürme zusammenbrauten.

Etwas hatte sich verändert.

Seit sie im Hospital arbeitete und täglich spürte, dass sie imstande war, anderen Gutes zu tun, bemerkte sie eine eigene Stärke in sich. Zum ersten Mal erlebte sie sich selbst als jemanden, der seinen Platz in einer Gesellschaft hatte, und sei es nur diese Sträflingskolonie.

Sie hatte aufgehört, die Treffen mit Molly herbeizusehnen. Immer häufiger stellte sie das, was Molly tat und dachte, infrage, wenn auch nur für sich.

Ohne sie jemals um ihre Meinung gebeten zu haben, ging Molly davon aus, dass Hannah sich genauso viele Gedanken um die geplante Flucht machte wie sie selbst. Aber stimmte das? Galten Hannahs Gedanken nicht in erster Linie den Kranken? Würde sie es überhaupt mit ihrem Gewissen vereinbaren können, sie hier im Stich zu lassen?

Und würde es ihr nicht das Herz zerreißen, Michael Lebewohl sagen zu müssen?

Hannah hatte die Wahrheit gesagt, als Andrew sie fragte,

ob sie mit irgendjemandem über ihren geheimen Plan gesprochen habe. Sie wusste, dass es für Michael nicht infrage kam, die Kranken hier ihrem Schicksal zu überlassen. Er würde sie dafür hassen, wenn sie selbst es tat.

Die Dämmerung lag bereits über der Bucht. Im letzten Licht der Sonne schimmerten die Schaumkronen der Wellen am Strand und der Brecher drüben an den Riffen. Die meisten Kolonisten saßen an diesem lauen Sommerabend vor ihren Hütten. Sie hoben kaum die Köpfe, als Hannah an ihnen vorbeiging über einen der beiden Pfade, die die Siedlung durchkreuzten. Alle nahmen stumm und mürrisch ihr Abendmahl ein, gierig schmatzend sich die Brocken in den Mund schiebend.

Hannah trug ihr Brot in der Kleidertasche. Sie würde die Hälfte davon gleich im Kreis ihrer Freunde vertilgen, die andere Hälfte würde sie Andrew geben, der die Reste in einer Kiste sammelte. Dort trockneten sie aus, waren aber dennoch nahrhaft und auf ihrer Fahrt über den Ozean Gold wert. In dem Loch, das Andrew in seiner Baracke ausgehoben hatte, stapelte sich bereits eine kleine Menge an Trockenfleisch, Mais und hartem *damper.*

Ihr Magen zog sich in einem Krampf zusammen, als sie an das Essen dachte. Es würde ihre erste Mahlzeit an diesem Tag sein, und es würde sie erneut eine gewaltige Portion Überwindung kosten, einen Teil davon aufzusparen. Die paar Bissen hielten keine zwei Stunden satt. Wahrscheinlich würde sie nachts wieder mit knurrendem Magen aufwachen und sich mit Schlucken von Tee beruhigen müssen.

Molly, Andrew und Rose blickten ihr entgegen, als sie heranschlurfte.

»Du bist blass wie eine Leiche, Mädchen«, begrüßte Andrew sie.

Hannahs Leibdrücken nahm zu. In welch lockeren Sprüchen andere mit dem Tod umgingen. Sie musste sofort wieder an Betsey denken, aber sie unterdrückte ihren aufwallenden Kummer und kämpfte sich ein Lächeln heraus.

»Ich bin nur müde, aber es wird schon gehen«, sagte sie und ließ sich im Schneidersitz neben dem Feuer nieder, auf dem zwei Fische brutzelten. Davon würde sie etwas abbekommen. Ihr lief das Wasser im Mund zusammen. »Was ist mit Edward?«, wandte sie sich an Molly, während sie in ihre Tasche griff und einen ersten köstlichen Bissen von dem Brot nahm.

»Ich denke, der Gouverneur hat ihn aufgehalten. Er weiß, dass wir uns heute treffen. Er wird gleich nachkommen.«

Andrew musterte Molly mit gerunzelter Stirn. »Wie viel hast du ihm bereits erzählt?«

Molly hob die Schultern. »Alles. Und er ist einverstanden.«

Andrew stieß einen verächtlichen Laut aus. »Einverstanden zu sein reicht nicht. Er muss brennen für unsere Sache, sonst nützt er uns nichts.«

Mollys Gesicht überzog sich mit einer leichten Röte. Hannah musterte sie von der Seite, während sie genüsslich auf ihrem Brot kaute.

Rose wendete mit einem Holzspatel die Fische auf dem Feuer. Die Flammen zischten, als Fett herabtropfte. Molly wedelte sich vor der Nase herum, wie um den Qualm zu vertreiben, aber Hannah spürte, dass sie ihre Verärgerung verbergen wollte.

»Nicht jeder ist ein Heißsporn wie du, Andrew«, stieß Molly da auch schon aus. Falls sie sich bemüht hatte, ihren Zorn zu zügeln, war dies gründlich misslungen. Ihre Augen blitzten. »Das heißt aber nicht, dass Edward mit weniger Leidenschaft dabei ist. Wir können uns auf ihn verlassen.«

»Pah, das wird er erst einmal beweisen müssen«, erwiderte Andrew und hielt seinen Holzteller vor Rose, damit sie endlich die ersten Fischstücke verteilte. Aber Rose schüttelte den Kopf. Es war wichtig, dass sie die Meerestiere rundum durchgebraten aßen. Wundarzt White hatte diese Anweisung durchgegeben, nachdem ein paar Kolonisten mit üblen Leibschmerzen, wässrigem Durchfall und hohem Fieber nach dem Verzehr von halb rohem Fisch bei ihm gelandet waren. Er vermutete da einen Zusammenhang. Dennoch schlugen viele Kolonisten seine Warnungen in den Wind. Nicht so Rose, die Hannah in diesem Moment zuzwinkerte.

»Das hat er bereits bewiesen!«, sagte Molly triumphierend und hob das Kinn. Alle Blicke wandten sich ihr zu. Das Flackern in ihren Augen verriet ihre Unsicherheit. »Die Seekarte ist bereits in unserem Besitz. Er wird sie nachher mitbringen«, erklärte sie und nahm mehrere Schlucke Wasser aus ihrem Becher.

Rose stieß ein freudiges Juchzen aus, Andrew pfiff durch die Zähne, nur Hannah musterte Molly skeptisch. Als ihre langjährige Freundin spürte sie, dass Molly entweder die Unwahrheit sagte oder dass sie etwas zu verbergen hatte. Irgendwas stimmte nicht.

Hannah kam nicht weiter dazu, in Mollys Miene zu lesen, da in diesem Moment Edward auftauchte. Er atmete schnell, offenbar war er gelaufen, und er hielt sein Schnürhemd am Saum, als verberge er etwas darunter.

»Tut mir leid, ich habe es nicht früher geschafft. Rose, Andrew, Hannah«, er nickte allen dreien zu, bevor er Molly einen Kuss auf die Wange drückte. Sie wandte sich ab, aber nicht schnell genug. »Schaut hier.« Er fasste unter sein Hemd und zog die Karte, Pergament, Tinte und Feder hervor. Ein stolzes Lächeln umspielte seinen Mund.

»Das ist brillant, Edward«, sagte Andrew bewundernd. »Ich muss mich bei dir entschuldigen. Ich hätte nicht vermutet, dass du den Mut aufbringst, deinen Dienstherrn zu bestehlen.«

Edward lachte. »Den Mut brauchte ich nicht aufzubringen«, erwiderte er und warf einen Blick zu Molly, deren Lider flatterten und die zischend die Luft einsog. »Molly hat das in der vergangenen Nacht erledigt.«

Schweigen senkte sich über die Gruppe. Rose und Hannah fixierten Molly, Andrew kniff ein Auge zu, während er Edward betrachtete. Molly knibbelte mit den Nägeln an ihren Fingern.

»Es ist richtig, ich bin zwar ins Haus des Gouverneurs eingebrochen, aber wir haben uns vorher gemeinsam überlegt, wie ich am besten vorgehe. Ohne Edwards Hinweise hätte ich es nie geschafft. Ich habe mehr Erfahrung als Diebin. Da war es nur klug, dass ich das übernehme.«

Edward strubbelte ihr durch die Haare. »Ich habe mir solche Sorgen gemacht – aber unnötig. Sie hat sich offenbar äußerst geschickt angestellt. Sir Phillip hatte nicht die geringste Ahnung. Er war heute zwar verkatert, aber in keiner Weise beunruhigt. Er hätte es mir erzählt, wenn ihm etwas aufgefallen wäre.«

Andrew räusperte sich. »Wir sollten keine Zeit verlieren und gleich heute Abend die Karte kopieren. Vielleicht können wir sie noch in dieser Nacht wieder zurückbringen, bevor er sie vermisst.«

Molly nickte. »Ich mache das. Ich kenne ja jetzt den besten Weg.«

»Weißt du auch, wo er die Instrumente verwahrt, die wir brauchen? Fernrohr, Kompass, Sextant …«

Edward antwortete an ihrer Stelle. »Ich weiß das. Und ich

werde Molly genauestens instruieren. Aber die Geräte sollten wir tatsächlich erst eine Nacht vor der geplanten Abreise entwenden. Wenn Sir Phillip merkt, dass sie fehlen, wird er Himmel und Hölle in Bewegung setzen, um sie aufzufinden. Er wird jeden Stein in der Kolonie umdrehen lassen. Das Risiko sollten wir nicht eingehen.«

Rose verteilte den Fisch, und eine Weile aßen alle. Sie zupften die Brocken mit den Fingern ab und leckten sich Daumen und Zeigefinger nach jedem Bissen. Rose seufzte genüsslich. Andrew schloss für einen Moment vor Behagen die Augen.

»Haben wir schon einen Zeitpunkt für die Abreise bestimmt?«, erkundigte sich Hannah.

Andrew tauschte einen schnellen Blick mit Rose, der Hannah nicht entging.

»Nun«, Andrews Stimme klang belegt. »Wir wollen das Risiko, das einer von uns das Abenteuer nicht überlebt, gering halten. Deswegen … Rose trägt unser Kind. Es wird in etwa sechs Monaten auf die Welt kommen.«

Molly stieß einen schweren Seufzer aus, Hannah jubelte und fiel Rose um den Hals, deren Teint rosiger und deren Haare voller wirkten als vor der Schwangerschaft. Dass mir das nicht aufgefallen ist, dachte Hannah.

»Ich frage mich, was es da zu jubilieren gibt, wenn so ein Wurm in diese Welt drängt«, maulte Molly vor sich hin. »Ich hatte angenommen, wir könnten bald los.«

»Das geht unmöglich, solange Rose schwanger ist!«, sagte Hannah. »Wir wissen doch nicht, wie lange es dauert, bis wir ein Land erreichen, in dem wir uns niederlassen können. Stell dir vor, sie würde das Kind unterwegs gebären müssen! Das wäre der sichere Tod für Mutter und Kind.«

Andrew nickte ihr dankend zu. »So sehen wir das auch. Wir haben uns dieses Kind nicht gewünscht, aber wenn der

Allmächtige es uns schenkt, nehmen wir es an und geben unser Bestes, es großzuziehen.«

»Es ist ohnehin besser«, meldete sich Edward zu Wort, »wenn wir nichts überstürzen. Wir brauchen viele Monate, bis wir einen ausreichenden Vorrat an Lebensmitteln haben, und müssen den idealen Zeitpunkt abpassen, um in See zu stechen.«

»Nichts überstürzen?« Molly schlug sich die Hand vor den Mund, weil sie offenbar selbst gemerkt hatte, dass sie zu laut war. »Himmel, wie lange wollt ihr denn warten?«

»Der günstigste Zeitpunkt ist Anfang des Jahres vor dem Monsun«, erklärte Edward.

»Und im kommenden Jahr wird das nichts«, stellte Molly fest und verschränkte die Arme vor der Brust.

»Im Februar übernächsten Jahres wäre das Kind etwa zehn Monate alt, kein empfindliches Neugeborenes mehr, sondern hoffentlich ein strammer Junge.« Andrew grinste.

»Es wäre immer noch gefährlich mit dem Baby«, gab Rose zu bedenken, »aber ich würde das Risiko eingehen.«

Molly presste die Lippen aufeinander. Hannah sah ihr an, dass es ihr gegen den Strich ging, eine so lange Zeit zu warten. Molly wäre gewiss lieber heute als morgen abgereist.

Hannah dagegen frohlockte ob der Aussicht, noch mehr als ein Jahr im Krankenhaus helfen zu dürfen. In Michaels Nähe. Und wer wusste schon, ob sich die Zeiten nicht zum Besseren wendeten und ob sich alle Pläne in nichts auflösten.

»Eines vergesst ihr«, zischte Molly und riss ein Stück vom Brot ab. »Wer gibt uns die Sicherheit, dass wir bis dahin nicht alle draufgegangen sind? Wir wissen alle, wie es um die Versorgung der Kolonie bestellt ist. Wenn nicht bald Nachschub kommt, werden wir hier alle verrecken.«

»Und wenn wir die Abreise überstürzen, werden aller

Wahrscheinlichkeit nach Rose und das Baby draufgehen. Ist es dir das wert?«, fuhr Andrew sie an. Seine Augen schossen Blitze.

Molly senkte den Blick und spürte in der nächsten Sekunde, wie Edward den Arm um sie legte, als wollte er sie vor dem scharfen Anraunzer beschützen. »Nein, natürlich geht unser aller Sicherheit vor«, murmelte sie kleinlaut, aber Hannah spürte ihre innere Unruhe und Ungeduld.

»Du kommst hier weg, Molly«, sagte sie leise. »Ganz bestimmt. Ich spüre es mit jeder Faser.«

Molly warf ihr einen skeptischen Blick zu, und Hannah fragte sich schon, ob sie zu viel von ihren eigenen Gefühlen preisgegeben hatte. Aber Molly ging nicht darauf ein, wie häufig in letzter Zeit, als wäre das, was Hannah von sich gab, einfältig und unwichtig.

Nach der Mahlzeit beugten sich die beiden Männer über die Karte und begannen darüber zu diskutieren, ob sie den Weg über den Indischen Ozean oder den Pazifik wählen sollten. Sie hatten beide geringe Erfahrungen als Seemänner, und mit welchen Gefahren sie in welchem der Weltmeere rechnen mussten, wussten sie erst recht nicht. Aber ein Maßnehmen mithilfe der Finger ergab, dass es günstiger war, Australien östlich zu umfahren, über den Pazifik. Während dieser Fahrt könnten sie den größten Teil der Strecke an der australischen Küste entlangsegeln und erst am Ende auf die offene See hinaus, um zum Beispiel Timor zu erreichen, das, wie Edward wusste, unter der Kolonialregierung der Niederländer stand.

»Nach Timor hat es auch Kapitän William Bligh nach der Meuterei auf seiner Bounty in einem Beiboot geschafft«, erzählte Edward. »Ein beachtliches Bravourstück.«

Molly starrte ihn an. »Woher weißt du so etwas?«

Edward grinste. »Kaum eine Meldung oder Nachricht, die

den Gouverneur erreicht, geht an mir vorbei. Mich hat es schwer beeindruckt, dass der Kapitän und eine Handvoll seiner Getreuen es bis nach Kupang geschafft haben.« Er zeigte den anderen auf der Karte, wo Timor lag. Sie könnten dicht genug am Ufer entlangsegeln, um jederzeit einen der Strände anzupeilen und die Nahrungsmittel- und Trinkwasservorräte aufzufüllen.

»Aber das Gebiet ist nicht erkundet«, wandte Rose ein. »Was, wenn uns Eingeborene angreifen? Was haben wir ihnen entgegenzusetzen?«

»Wir sollten genügend Büchsen und Munition dabeihaben, um uns unserer Haut erwehren zu können«, sagte Andrew und runzelte die Stirn. »Die Frage ist nur, wie wir die benötigten Musketen in unseren Besitz bringen sollen. Das dürfte schwieriger sein, als die Vorräte anzusammeln.«

Die anderen schwiegen betroffen, aber dann kam wieder Leben in Edward. Er drängte darauf, dass sie die Karte mit allen winzigen Inseln, die zum Teil noch kein Weißer betreten hatte, abzeichneten. Das sollten sie in dieser Nacht schaffen.

Edward war derjenige, der den Umgang mit Feder und Tinte am besten gewohnt war. Also übernahm er diese Aufgabe, argwöhnisch belauert und bei der geringsten Abweichung korrigiert von Andrew.

Hannah rückte derweil an Molly heran und hakte sich bei ihr ein. Sie hatten die Beine angewinkelt und lehnten mit den Rücken gegen eine Anhöhe, die die Baracke von Rose und Andrew begrenzte. Dahinter wuchsen ein paar Büsche und Gestrüpp, das sie von den Nachbarn trennte.

»Schön zu hören, dass du die Liebe entdeckt hast«, wisperte Hannah verschwörerisch. »Ist er gut zu dir?«

Molly erstarrte und rückte dann von Hannah ab. »Hast du zu viel aus der Rumbuddel getrunken?«, fuhr sie sie an.

Hannah zuckte zusammen. Sie kannte Mollys barsche Art, aber sie selbst war nie von ihr angefahren worden. Das tat weh. »Ich … ich dachte nur, weil du Edward verteidigst und weil du möchtest, dass Andrew ihn schätzt, und …«

»Ach, papperlapapp. Wir sind eine Gruppe, wir müssen zusammenhalten. Es bringt nichts als Scherereien, wenn sich die Männer anfeinden. Deswegen ist es mir wichtig, dass Andrew den richtigen Eindruck von Edward hat. Was denkst du dir bloß?«

»Ach so.« Hannah senkte den Blick und schämte sich, weil sie Mollys Verhalten romantisch gedeutet hatte. »Ich hatte das falsch verstanden. Ich dachte wirklich, ihr liebt euch. Er schaut dich so verträumt an.«

»Hannah, beim Allmächtigen, hör auf mit diesen Schwärmereien. Edward ist nützlich, ohne ihn würden wir nie an das benötigte Material kommen. Und er ist klug. Seine Meinung ist für uns alle überlebenswichtig.« Molly stieß ein Lachen aus, das Hannah in den Ohren pfiff. »Und du Dummerchen fantasierst da gleich eine Liebesgeschichte dazu.«

Hannah hob den Kopf. »So abwegig, wie du es darstellst, ist es nicht. Ihr seid verheiratet. Es heißt, manche Eheleute würden sich tatsächlich lieben«, fügte sie mit ätzendem Spott hinzu.

»Ach, Hannah, wie lange kennen wir uns? Du solltest wissen, dass ich auf ein solches Schmalz keinen Wert lege. Ich schätze Edward, ja, wir sind ein gutes Gespann.«

»Sieht auch er das so? Warum sollte er dich geheiratet haben? Wofür sollte er dich schätzen?«

Darauf wusste Molly nicht sofort eine Antwort, wie Hannah bemerkte. Schließlich zuckte sie die Schultern. »Er wird seine Gründe haben, die mich allerdings nicht interessieren.«

Hannah biss sich auf die Lippe. Ihr Magen schnürte sich

zusammen bei diesem Gespräch mit Molly, das ihr einmal mehr bewies, dass sie sich voneinander wegentwickelten. Sie verstand Mollys Gedankengänge nicht, und umgekehrt schien es genauso zu sein. Es klang fast so, als wären sie zwei Fremde.

Da spürte sie Mollys Hand auf ihren Fingern und wie sie sie drückte. Als Hannah aufblickte, hatte sich Mollys Miene verändert. In ihren Augen funkelte wieder die Zuneigung, die Hannah vor wenigen Wochen das Wichtigste auf der Welt gewesen war. »Verzeih mir, Hannah, ich wollte dich nicht verletzen. Es tut mir leid, wenn ich missmutig klinge. Ich bin einfach nur davon überzeugt, dass romantische Gefühle unsere Mission verderben könnten. Ich will hier weg, verstehst du? Nichts zählt mehr als unsere Freiheit. Und ich habe die Hoffnung, meinen Bruder wiederzutreffen. Als freie und anständige Frau.«

»Das wirst du, Molly, das wirst du«, sagte Hannah innig-lich und froh darüber, dass die schlechte Stimmung zwischen ihnen verflogen war. Sie umarmten sich. Hannah genoss das vertraute Gefühl und Mollys Wärme.

»Was ist mit dir und Michael?«, fragte Molly dann. »Wollt ihr etwa auch heiraten?«

Hannahs Ohren erglühten. »Er hat mich nicht gefragt.« Ihre Stimme klang heiser wie nach einer Halsentzündung.

»Dann frag du ihn. Was ist dabei? Hier steht die Welt kopf, Hannah, hier gelten andere Maßstäbe als in unserer Heimat. Schnapp ihn dir, bevor es eine andere tut. Das ist ja sowieso nicht für ewig. Außerhalb der Kolonie haben die hier geschlossenen Ehen vermutlich keine Geltung.«

Hannah schluckte schwer bei der Vorstellung, dass Michael sich mit einer anderen vermählen könnte. Aber ihn um die Heirat zu bitten? Lieber würde sie sich die Zunge abbeißen, als etwas so Frivoles zu tun! Obwohl sie sich gleichzeitig nichts mehr ersehnte, als Michaels Frau zu sein.

Molly hatte sie unablässig gemustert und runzelte nun die Stirn, als wäre ihr plötzlich ein Einfall gekommen. »Oder frag ihn besser nicht. Nachher kannst du deinen Mund nicht halten, wenn ihr beieinanderliegt, und er erfährt von unserem Plan. Ich vermute, ihn zieht nichts weg von der Kolonie, oder?«

Hannah nickte. »Sich um die Kranken hier zu kümmern ist sein Lebensinhalt«, sagte sie leise. Und meiner auch, fügte sie in Gedanken hinzu. Aber sie wagte es nicht, dies Molly gegenüber zu gestehen.

»Was war das?« Andrew hob die Nase wie ein Wolf, der Witterung aufgenommen hatte. Jede Sehne, jeder Muskel seiner Statur schienen von einer Sekunde auf die andere angespannt. Edward sah sich nach rechts und links um.

Rose blieb gelassen. »Was hast du gehört?«

»Da war ein Rascheln und Trippeln.« Andrew sprang auf die Füße, lief um die Hütte herum, die Hände zu Fäusten geballt, dann zwischen die Büsche, die die nächste Behausung abgrenzten. Als er an seinen Platz zurückkehrte, löste sich seine Anspannung. »Wahrscheinlich nur ein Tier, das sich aus dem Busch verlaufen hat«, murmelte er und beugte sich gemeinsam mit Edward wieder über die Karte.

Dorothy atmete flach, während sie auf dem Boden hinter einem Felsbrocken kauerte. Sie unterdrückte ein Keuchen, um sich nicht zu verraten, und glaubte fast zu ersticken, während sie den offenen Mund auf ihre übereinanderliegenden Handflächen presste.

Hinter ihrer Stirn ratterte es, während sie fieberhaft nach einer glaubwürdigen Erklärung suchte, warum sie sich im

Schatten der Naidenhütte herumgetrieben hatte. Vielleicht hatte sie von dem Bratfisch etwas erbetteln wollen, vielleicht hätte sie nach einem Messer oder einem Topf fragen wollen. Aber das alles erklärte nicht, warum sie jetzt hier lag und sich verbarg.

Sie hörte Andrews Schritte, die näher kamen, aber nicht nah genug, um sie hinter dem Stein zu entdecken. Ihr Puls brauste, dass sie das Gefühl hatte, ihr Herz würde seinen Dienst quittieren. Schweißtropfen lösten sich von ihren Schläfen und sickerten in den roten Staub. Ihre Beine begannen zu zittern. Ihre Hüfte pochte nach dem Sprung hinter den Stein und der harten Landung. Die Knochen wurden brüchig mit den Jahren.

Sie entkrampfte sich, als sie Andrews Stimme hörte, nachdem er wieder zu der Gruppe gegangen war. »Wahrscheinlich nur ein Tier.« Dem Allmächtigen sei Dank, der Gedanke, dass sie belauscht worden sein könnten, lag ihm offenbar fern. Gut so.

Diese Schweine. Sie wollten sich aus dem Staub machen. Keiner kam auf die Idee, dass sie vielleicht ebenfalls den Wunsch verspüren könnte, ein solches Abenteuer auf sich zu nehmen.

Alles war besser, als hier vor sich hin zu vegetieren. Sich schweigend ihrem Schicksal zu ergeben war nie Dorothys Lebensmotto gewesen, und hier in der Siedlung am Arsch der Welt machte sie aus ihrem Herzen keine Mördergrube. Das hatte ihr bereits mehrfach eine Sitzung mit der Neunschwänzigen eingebracht, die Wunden würden noch lange nicht verheilt sein.

Wenn man sie gefragt hätte, wäre Dorothy lieber heute als morgen zu neuen Ufern aufgebrochen. Am stärksten zog es sie zu Laurie auf diese Norfolkinsel, dort konnte es doch nur besser sein als hier in Sydney Cove! Notfalls würde sie aber auch mit dieser verbrecherischen Bande bis nach China fahren – Hauptsache weg von hier!

Die Schmach darüber, dass sie sie nicht eingeweiht hatten, nagte in Dorothys Eingeweiden. Die beiden jungen Zicken – was wären sie ohne sie geworden? Auf den Straßen Londons wären sie erbärmlich zugrunde gegangen, verhungert oder erfroren, vergewaltigt oder totgeprügelt. Ihr war es doch zu verdanken, dass sie ein Zuhause gefunden hatten. Dass sie sich so dämlich anstellten, sich beim Diebstahl erwischen zu lassen, und deswegen zur Deportation verurteilt wurden – nun, das mussten sie auf ihre eigene Kappe nehmen.

Dorothy erwartete nicht viel vom Leben, aber Dankbarkeit von den beiden Hühnern wäre mehr als angemessen. Molly war schon immer durchtriebener und undurchschaubarer als Hannah, wahrscheinlich hatte sie die andere gegen sie aufgehetzt.

Dorothy schmeckte bittere Galle in ihrer Mundhöhle, während sie sich allmählich entspannte. Sie wagte es, sich ächzend zu erheben und über den Stein zu lugen. Sie hörte das Gemurmel vor der Naidenhütte, konnte aber von hier aus kein Wort mehr verstehen. Sie hatte genug erfahren.

Das Wissen um die Verschwörung der fünf Menschen würde künftig ihr wertvollster Schatz sein. Sie musste Augen und Ohren offen halten und durfte keines der Treffen verpassen, um jedes Detail mitzubekommen. Ihre Stunde würde kommen, in der sie sich den anderen als Mitfahrerin präsentierte. Und wenn sie sie ablehnen würden, würde sie damit drohen, sie bei der Obrigkeit zu verpfeifen, wofür alle fünf gehängt werden würden.

Wie genau sie sich ihre Flucht vorstellten, wie sie auf hoher

See überleben sollten, das war Dorothy nicht klar. Aber mit den beiden Männern erschien ihr der Erfolg aussichtsreich.

Hinter Dorothys Stirn tanzten Sterne, wann immer sie daran dachte, wie Rose Naiden darauf reagieren würde, wenn sie sich den Flüchtlingen anschloss. Hier in der Kolonie sahen sich die beiden Frauen selten, und wenn, dann machten beide einen Bogen umeinander. Auf der *Lady Juliana* hatten sie sich nicht aus dem Weg gehen können, da hatte es manches Handgemenge und böse Wort zwischen ihnen gegeben.

Dorothy gedachte nicht als Bittstellerin aufzutreten, sie würde ihren Platz im Boot des Gouverneurs mit erhobenem Kopf einfordern. Wenn glückliche Umstände auf hoher See eine Gelegenheit liefern sollten, würde sie keine Skrupel kennen, Rose mit einem kräftigen Schubs über Bord zu befördern, wo sich die Haie an ihr gütlich tun konnten.

Was die Zukunft ihr brachte, würde sich zeigen, aber Dorothy war entschlossen, sich nicht ins Abseits schieben zu lassen.

Die Gerechtigkeit würde siegen. Dafür würde sie, Dorothy Johnson, persönlich Sorge tragen.

15. Kapitel

Norfolk, April 1791

Die Ratte ließ nicht von Deborah ab. Sie brauchte ihn nur trotzig anzuschauen, da hob er schon die Faust. Es erzürnte ihn maßlos, dass er die junge Frau nicht brechen konnte. Bei Laurie, glaubte er, hatte er mehr Erfolg gehabt. Sie gab sich zutraulich und anschmiegsam wie ein Kätzchen.

Laurie war diese Rolle selbst so zuwider, dass sie sich kaum noch ohne Selbstekel im Spiegel betrachten konnte. Wie feige sie war, wie duldsam. Und dies nur, weil sie Angst vor den Schmerzen hatte, die er ihr zufügen konnte.

Ihre ganze Bewunderung galt Deborah, die sich lieber selbst den Dolch in die Brust gestoßen hätte, als vor Joseph Heath zu kriechen. Diese Haltung hatte ihr ungezählte Prügel und Hiebe eingebracht, die wulstige Narben auf Rücken, Armen und Beinen hinterlassen hatten.

Aber aus ihren Augen verschwand das Feuer nicht, um das Laurie sie beneidete.

Laurie tat, was sie konnte, um Deborahs Leiden zu lindern. Sie pflegte sie, bestrich die Wunden mit der Kräutersalbe, die Wunder zu wirken schien, und legte immer wieder Wickel und Verbände an. Nur damit Deborah bald wieder auf den Beinen stand, um den alten Sack erneut zur Weißglut zu reizen.

Und noch etwas hatte Laurie entdeckt, womit sie ihre Gefährtin verwöhnen konnte.

Es hatte zufällig begonnen, als sie Seite an Seite nebeneinanderlagen, sich anschauten und Laurie Deborah über die Wange streichelte. Ihr Mund war ihrem Mund immer näher gekommen, dann hatten sich ihre Lippen berührt.

Es fühlte sich nicht wie ein Schwesternkuss an, sondern war kribbelnd, wie Laurie es bislang nur mit Jack Barns erlebt hatte. Statt ihre Lippen gleich wieder zu lösen, schob Laurie die Zungenspitze ein Stück weit vor und strich damit sacht über den Mund ihrer Freundin, bis sie ihn öffnete und sich ihre Zungen in einem zärtlichen Tanz fanden.

Lauries Hände wanderten über Deborahs Hüften und Taille, an die Stellen, die nicht von Prellungen und Wunden gezeichnet waren, über ihren Bauch, hoch zu ihrer Brust und dann wieder hinab zu ihrem Leib und tiefer.

Lauries Hals wurde trocken, als sie mit ihren Fingern zum ersten Mal das weiche Vlies zwischen Deborahs Beinen berührte und dann mit den Fingern weiterglitt. Ein Seufzer des Entzückens entschlüpfte Deborah, als Laurie sie an ihrer empfindlichsten Stelle zu streicheln begann.

Es war eine dieser Nächte, in denen die Ratte sich bei seinen Kumpels betrank, in der der Mond durch die geflochtenen Zweige am Fenster sein gelbes Licht warf. In der Hütte war es bis auf das unterdrückte wohlige Seufzen und Stöhnen still, eine friedliche Aura schien sich in dem schäbigen Raum auszubreiten.

Nur einen Moment lang ließ sich Laurie von dem Gedanken ablenken, ob der liebe Gott ihr Tun wohl als widernatürlich bestrafen würde. Aber musste er es nicht gutheißen, wenn es für sie beide den einzigen Genuss bedeutete, den sie sich in diesem schäbigen Leben schenken konnten?

In den ersten Nächten hatte Laurie ausschließlich Deborah befriedigt. Nach den ersten zarten Annäherungen war Laurie mutiger geworden und hatte ihre Lippen bis zwischen ihre Beine gleiten lassen. Mit zärtlichen Küssen schaffte sie es in Minutenschnelle, sie zu den höchsten Lustgefühlen zu führen.

Als es Deborah besser ging und ihre Wunden verschorften, übernahm auch sie mal die Führung. Laurie war sich sicher, niemals zuvor erhebendere Glücksgefühle kennengelernt zu haben als in diesen gestohlenen Stunden der Intimität.

Dieses Geheimnis zwischen ihnen hüteten die beiden wie einen Goldschatz. Tagsüber warfen sie sich Blicke voller Liebe zu. Wenn der Rattenmann nicht hinschaute, berührten sich ihre Finger kurz, wie um sich zu versichern: Solange wir zusammenhalten, kann uns nichts passieren.

Dennoch, die Schindereien ließen nicht nach. An einem Tag im April, als die untergehende Sonne ihren goldenen Schein in die Hütte warf, während sich Joseph draußen einen Rattenbraten einverleibte, brach es aus Deborah heraus, während Laurie deren grün und blau geschwollenen Augen mit einem feuchten Lappen abtupfte.

»Es geht so nicht weiter«, sagte Deborah mit zusammengebissenen Zähnen. Sie zischte, als die Freundin ihr schmerzendes Lid berührte. »Eines Tages hat er mich totgeprügelt. Was wird dann aus dir?«

Laurie stiegen die Tränen hoch. »Wer soll uns helfen? Major Ross findet, er hat ein Recht darauf, uns zu züchtigen, wenn er uns für faul und widerborstig hält. John von nebenan hat sich zurückgezogen und schert sich nicht mehr um uns. Wir haben hier keinen Fürsprecher, Debbie.«

»Wir brauchen keinen Fürsprecher. Wir haben uns selbst«, erwiderte Deborah mit fester Stimme und nahm Lauries Gesicht in beide Hände, um ihr in die Augen blicken zu können. Sie war so aufgebracht, dass sie für einen Moment die Qualen zu vergessen schien.

»Wir sind ihm nicht gewachsen! Er wiegt mehr als wir beide zusammen. Ich bin nicht zum Kämpfen geboren«, entgegnete Laurie.

»Dafür sind wir schlauer als er«, sagte Deborah und versuchte ein Grinsen, das aber sogleich zur schmerzverzerrten Grimasse wurde. »Ich kenne sämtliche Kräuter und Pilze, ich habe nichts von dem vergessen, was ich bei meiner Großmutter gelernt habe. Ich weiß genau, welches Kraut und welchen Pilz man besser nicht essen sollte.«

Laurie rückte ein Stück von ihr ab. Hinter ihrer Stirn flimmerte es, als sie begriff, was Deborah ihr gerade vorschlug. »Wir sollen ihn umbringen?«

Deborah hob eine Schulter. »Wenn wir es nicht tun, wird er uns zerstören. Mich körperlich und dich seelisch.«

Laurie schluckte, während sie Deborahs Blick standhielt und die Konsequenzen einer solchen Tat durchdachte. Was bedeutete es, wenn sie zu Mörderinnen wurden?

Deborah schien ihre Gedanken zu erraten. »Wir würden es natürlich geschickt genug anstellen, damit es niemand als Mord erkennt.«

»Wie willst du das schaffen?«

»Nun, ich werde mich, sobald ich wieder gehen kann, in den Wald begeben und schauen, welche der in England heimischen Giftpflanzen und Pilze ich hier finden kann. Hier wächst vieles, was wir von zu Hause nicht kennen, aber vielleicht finde ich das eine oder andere Kraut.«

»Wie willst du ihm das Gift verabreichen, ohne dass er es merkt und Zeter und Mordio schreit?«

»Wir müssen es in winzigen Portionen in seinen Eintopf mischen, sodass die Kräuter und Pilze den Geschmack kaum verändern. Dann wird es ihm auch nicht auffallen. Er wird nicht gleich nach der ersten Mahlzeit umstürzen wie ein gefällter Baum. Es wird ein paar Tage dauern, bis genug Gift durch sein Blut fließt, dass es sein Herz zum Stillstand bringt.«

»Ich weiß nicht. Ich habe Angst, Debbie.« Laurie biss sich auf die Unterlippe. »Ich habe Angst, dass er uns durchschaut und wir beide an den Galgen geknüpft werden.«

»Selbst wenn – lieber einen schnellen Tod als dieses langsame Dahinsiechen. Vertrau mir, Laurie. Er wird nichts merken.«

Bereits drei Tage später war Deborah wieder so weit hergestellt, dass sie ihr Vorhaben in die Tat umsetzen konnte. Sie nutzte die Chance, als Joseph am Hafen arbeitete, wo die *Supply* weitere Kolonisten und hoffentlich ein paar Lebensmittel und Arbeitsmaterialien gebracht hatte. Sie warf sich ihren löchrigen Umhang mit der Kapuze über und schlich gebeugt davon. Laurie sah ihr nach, bis sie zwischen den Bäumen mit dem Wald zu verschmelzen schien.

Dann machte sie sich daran, die Hütte zu fegen und die Feuerstelle auszuputzen. Sie erfüllte ihre Pflichten sorgfältig, damit die Ratte keinen Verdacht schöpfte, dass etwas gegen ihn im Gang sein könnte. Sie gab dem Schwein, das wieder einmal neugierig in die Behausung trippelte, einen Klaps aufs Hinterteil, damit es sich nach draußen trollte. Dann schwang sie den Besen.

Unablässig kreisten ihre Gedanken um Deborah und ihren teuflischen Plan. Würde Joseph tatsächlich nichts rausschmecken, wenn sie ihm Pilze in seine Mahlzeit rührte? Würde er, sobald das Gift in seinen Adern die erforderliche Menge erreicht hatte, einen schnellen Tod sterben? Oder würde er toben und seine letzten Atemzüge dafür nutzen, sie und Deborah mit in den Tod zu reißen?

Furcht erfüllte Laurie, und die Schreckensbilder von der *Lady Juliana* blitzten in ihrem Kopf wieder auf. Sie hatte die

Qual, die sie durch den sadistischen Koch auf dem Schiff erlebt hatte, weit in ihr Unterbewusstsein geschoben, aber nun drängten die Erinnerungen nach oben und ließen sie würgen.

Laurie atmete tief ein. Es war an der Zeit, Mut zu beweisen. Sie würde alles daransetzen, dass ihr Plan glückte. Sie stellte den Topf, den sie mit Wasser und gebundenen Zweigen ausgeschrubbt hatte, auf den niedrigen Tisch, als sie Schritte hinter der Hütte vernahm. Sie lächelte unbewusst, als Deborah sich um die Ecke schob und fragend die Brauen hochzog.

»Er ist noch nicht wieder da«, flüsterte Laurie ihr zu.

Sie küssten sich und umarmten sich für einen Moment.

»Der Wald ist reich wie eine Apotheke«, schwärmte Deborah und griff in ihre Kleidertasche, um ihre Schätze zu präsentieren.

Laurie blickte auf das Sammelsurium an unschuldig wirkenden Kräutern in allen Grünschattierungen und auf die daumennagelgroßen Pilzköpfe, die rötlich und orange schimmerten. Ein erdiger Geruch vermischt mit einem bitteren Aroma stieg ihr in die Nase, als sie sich über Deborahs Hände beugte, um an den Pflanzen zu schnüffeln.

»Wird er das nicht merken? Sie riechen.«

Deborah schüttelte den Kopf und wühlte mit dem Finger in den Pflanzen, bevor sie auf einen rötlichen Pilz deutete. »Der hier ist hochgiftig. Ein winziger Brocken davon reicht, um einen gestandenen Mann zu Fall zu bringen. Wir trocknen die Kräuter und Pilze und mörsern sie zu feinem Staub. Du brauchst nur täglich auf seinem Teller eine Prise zu streuen, und das Gift entfaltet seine Wirkung. Die Menge wird so gering sein, dass es keinen Unterschied im Geschmack geben wird. Davon abgesehen, merkt der sowieso nicht, was er frisst. Der hat längst jeden Geschmacksnerv verloren.«

Drei Tage später, nachdem er Deborah ein weiteres Mal

aufs Übelste ausgepeitscht hatte, bekam der Rattenmann seine erste mit Gift gewürzte Speise. Laurie hatte eine Fischsuppe gekocht und die fein zerstoßenen Pflanzenpartikel in seine Holzschüssel rieseln lassen.

Joseph schmatzte und rülpste. Laurie und Deborah mussten sich beherrschen, um nicht unentwegt an seinen Lippen zu hängen und auf seine Reaktionen zu lauern.

Aber nach dem Essen fühlte sich Joseph lediglich müde und legte sich zu einem Nickerchen auf seinen Strohsack.

»Meinst du, es wirkt?«, zischelte Laurie Deborah zu, während sie die Reste der Suppe auslöffelten.

Deborah nickte, und ein Schmunzeln ließ ihre Augen leuchten. »Verlass dich drauf, Liebste.«

16. Kapitel

Sydney Cove, Mai 1791

Mit grauen Gesichtern und krummen Rücken verabschiedeten sich die Krankenschwestern, Pfleger und Wundarzt John White, als die Sonne am Horizont versank. Es ging wieder auf den australischen Winter zu, die Tage wurden kürzer, die Nächte kühler. Alle dankten dem Himmel, dass die Zeit der Bruthitze vorbei war. Im Sommer konnte man in Sydney Cove keine zehn Minuten unter freiem Himmel sein, ohne sich die Haut zu verbrennen.

In der Luft hing der Duft der immergrünen Bäume, und die Pazifikwellen brachten eine frische Brise mit. Im Hospital aber wurde der natürliche Duft dieses Ortes durch den scharfen Geruch nach Alkohol und Blut, nach eiternden Wunden und menschlichen Dünsten überlagert. So rochen das Leid und der Tod.

An diesem Nachmittag hatte Hannah ihren Dienst erst spät angetreten. Sie war zur Nachtschicht eingeteilt und freute sich darauf. Nachts ging es ruhiger zu. Die meisten Patienten schafften es, ein paar Stunden zu schlafen, auch wenn sie vor Schmerzen hin und wieder stöhnten und wimmerten.

Hannah liebte diese ruhigen Stunden, nicht nur, weil sie weniger Arbeit für sie bedeuteten, sondern auch, weil sie diese Schicht meist mit Michael allein ableistete.

Es gehörte zu ihren schönsten Stunden in Sydney Cove, ihm zuzuarbeiten. Sie reichte ihm die Verbände, wenn er ein Bein oder einen Arm fixieren musste, sie hielt ihm Wasser,

Alkohol und die medizinischen Instrumente hin, wenn er eine Operation vornahm, tupfte ihm die Stirn ab, wenn er schwitzte. Dabei ließ sie kaum einen Blick von seinem Gesicht, das ihr inzwischen vertrauter war als jedes andere auf der Welt.

Der Hunger war nach wie vor das größte Problem. Hannah ertrug es kaum, wenn sich die alten Menschen und die Kinder nicht mehr auf den Beinen halten konnten.

Sie selbst kam zurecht, hatte nie viel gebraucht, von kleinem Wuchs und zierlich, wie sie war. Seit sie die Bekanntschaft von Michael gemacht hatte, kam es ihr oft so vor, als wäre ihr Magen zugeschnürt. An manchen Tagen musste sie sich sogar zwingen, die winzige Portion zu essen, weil sie wusste, dass sie lebensnotwendig war. Manchmal fühlte es sich an, als würden sie die Gefühle, die sie für Michael entwickelt hatte, mehr sättigen als jeder Fetzen Pökelfleisch und Fladenbrot.

»Es verspricht eine ruhige Nacht zu werden«, sagte Michael und setzte sich an den Tisch im Materialraum.

Hannah hatte für sich und ihn einen Tee von dem süßen Kraut aufgebrüht. Der köstliche Duft dampfte aus den Bechern. Sie wärmte ihre Finger an dem Gefäß, als sie sich Michael gegenübersetzte, schlürfte leise, nachdem sie den Becher an den Mund geführt hatte, und blickte ihn über den Rand hinweg an. Er runzelte die Stirn, unter seinen Augen lagen bleigraue Schatten. Seine Wangen waren unrasiert. Um seinen hübschen, schmallippigen Mund lag ein bitterer Zug, den Hannah gern weggestreichelt hätte. Sie wollte ihn lächeln sehen, aber in diesen Zeiten gab es nicht viel zu lächeln.

Sie nickte. »Ja, heute sind uns sieben von den Schwerkranken weggestorben«, sagte sie leise. »Gut möglich, dass es in der Nacht ruhiger wird als üblich. Soll ich nachsehen, ob jemand Hilfe braucht?«

Michael schüttelte den Kopf. In diesem Moment teilte tatsächlich ein Lächeln seine Lippen, und Hannah sah seine Zähne, die er im Gegensatz zu den meisten Menschen in Sydney Cove regelmäßig pflegte. Sie fand sein Lächeln hinreißend. Wie es sich wohl anfühlen würde, wenn er seinen Mund auf ihren senken würde und …

»Bleib sitzen, Hannah, spar dir deine Kräfte für die Patienten auf, die diese Nacht nach uns rufen werden. Du bist ohnehin unermüdlich. Ich habe nie mit einer tüchtigeren Krankenschwester gearbeitet als mit dir. Du bist ein Gottesgeschenk für die Kranken in dieser Bucht.«

Sein Lob ließ Hannahs Wangen erglühen. Sie senkte den Blick. Als sie wieder aufsah, schaute er sie immer noch an. Hannahs Puls raste. Was glomm da in seinen Augen? Konnte das wahrhaftig etwas wie Zuneigung sein? Nicht die Art Zuneigung, die ein Dienstherr seiner Untergebenen entgegenbringen mochte, sondern die Art, die ein Mann für eine Frau empfand?

Ihre Blicke versanken für ein paar Sekunden ineinander. Dann streckte er seine Rechte mit geöffneter Handfläche über den Tisch.

Hannah zögerte. Verstand sie die Geste richtig? Es war schwierig für sie, die Zeichen der Liebe zu deuten. Stets hatte sie nur die Gier der Männer befriedigt. Ältere Herren hatten sich an ihrem jungen Leib ergötzt und behauptet, sie machten Liebe mit ihr. Was sie jetzt hier mit Michael erlebte, erschien ihr wie etwas unendlich Kostbares, etwas Zerbrechliches. Sie fürchtete sich, es zu zerstören, durch eine falsche Geste, ein falsches Wort, einen flackernden Blick.

Zögernd legte sie ihre Fingerspitzen in seine Hand. Er bedeckte sie mit seiner Linken und streichelte darüber, dass es Hannah heiß wurde. Etwas so Zärtliches hatte sie nie zuvor erlebt. Sie wünschte, sie könnte ihre Finger bis in alle Ewigkeit geborgen zwischen seinen Händen belassen.

Michael erhob sich. Als er vor ihr aufragte, zog er sie sanft hoch, sodass sie vor ihm zum Stehen kam. Sie musste den Kopf in den Nacken legen, um ihn anzuschauen. Gleichzeitig drohten ihre Beine, ihr den Dienst zu versagen. Vielleicht war es doch der Hunger, der sie schwächte, vielleicht war es aber auch die Zuneigung, die sie in diesem magischen Moment durchflutete.

Michael berührte mit seinem Mund sacht ihre Lippen. Sie ließ es geschehen, spürte dieser Berührung nach. Als er sich ein zweites Mal ihren Lippen näherte, schlang sie die Arme um seinen Hals und küsste ihn mit einer Inbrunst, die sie selbst überraschte.

Es fühlte sich an, als wären Dämme gebrochen. All ihr Sehnen der vergangenen Wochen, all ihr Hunger nach Liebe vereinigten sich in diesem Augenblick. Leidenschaft tobte in ihr und schaltete ihr Denken aus. Jetzt war nicht die Zeit für Zweifel und Ängste, jetzt war die Zeit, Michael zu zeigen, wie sehr sie ihn liebte und begehrte.

Sie war diejenige, die begann, an seinem Hemd zu rupfen, weil sie sich danach sehnte, seine nackte Haut zu berühren, weil sie seine Brust und Bauchmuskeln sehen, weil sie sie mit ihren Lippen liebkosen wollte.

Ihre Leidenschaft sprang auf Michael über. Nach der ersten Überraschung, dass er offenbar keineswegs eine behütete Jungfrau erobern musste, sondern sich mit einer Wildkatze angelegt hatte, riss er ihr das Gewand hinunter. Seine Hände glitten über ihren mageren Körper, ihre Brust. Brennend vor Begierde ließ er sich auf die Dielen des Bodens nieder. Sie küsste ihn ohne Unterlass, legte sich auf ihn und fühlte beglückt, wie sie sich miteinander vereinten.

Hannah sah Sterne vor Freude darüber, dass Michael ihre Gefühle erwiderte, und sie war entschlossen, sich an diesem stillen Abend das zu holen, was sie vermisst hatte. Stets hatten sich andere an ihr befriedigt, aber nun stand sie selbst im Mittelpunkt, bewegte sich mit überbordender Lust und ihr Stöhnen unterdrückend auf ihm. Ihre Lippen lösten sich nur voneinander, wenn sie Atem holen mussten, und die Erregung wuchs und wuchs. Überwältigt stellte Hannah fest, zu welchen Lustgefühlen sie fähig war. Ja, so war es richtig, so fühlte es sich an, Liebe zu machen.

Hannah wusste bereits in diesem Moment, dass sie nie genug davon bekommen würde. Als die höchste Lust in Schüben durch ihren Körper jagte, fühlte sie sich wie im Himmel, genoss jede Welle atemlos, bevor sie auf Michael erschlaffte.

Er schlang die Arme um sie, hielt sie und küsste sie aufs Ohr.

Ihr Atem ging im selben Rhythmus. Hannah wartete, bis sie sich ein wenig beruhigt hatte, dann stützte sie die Arme auf den Boden, um Michael ansehen zu können. Ihre Haare hatten sich aus dem Knoten gelöst und fielen wie ein Vorhang neben ihre Wangen. Michael hielt die Lider gesenkt, die Lippen zu einem Lächeln geschwungen. Hannah konnte sich kaum an ihm sattsehen und fragte sich, wann sie das nächste Mal zusammenliegen konnten. Sie würde die Minuten bis dahin zählen.

»Bist du … ich meine, bist du gekommen?« Hannah fürchtete sich davor, die falschen Worte zu verwenden und Michael abzustoßen. Aber offenbar hatte er sie verstanden und fand es nicht seltsam, dass sie fragte.

»Du hast es gar nicht mitbekommen, wie?« Er stieß ein Lachen aus. »Ja, wir sind gleichzeitig gekommen. So etwas habe ich noch nicht erlebt. Und ich dachte, ich müsste dich mit Geduld an die Liebe gewöhnen.«

Hannah spürte wieder, dass ihr die Hitze in die Wangen stieg. War sie zu temperamentvoll gewesen? Hielt er sie am Ende für die Hure, die sie zeit ihres Lebens gewesen war?

Michael bemerkte offenbar ihre Unsicherheit, strich ihr die Haarsträhnen hinter die Ohren, bevor er ihr Gesicht umfasste und sie zu einem langen Kuss zu sich hinabzog. »Du bist die lustvollste und sinnlichste Geliebte, die ich mir wünschen kann«, murmelte er dabei.

Jetzt sterben, dachte Hannah. Mit Michael vereint, von ihm gehalten, das Nachbeben ihrer Lust genießend, einschlafen und nicht mehr wach werden. Vielleicht war dies das Paradies.

Ein Wimmern holte sie in die Wirklichkeit zurück. Kurz darauf folgte ein Schmerzensschrei, und ein anderer Kranker rief nach Wasser.

Hannah rollte von Michael herunter. Flink zogen sie sich wieder an. Sie wurden gebraucht.

Bevor Hannah zu den Kranken eilen konnte, hielt Michael sie am Arm zurück. Sie sah zu ihm auf. Sein Gesicht war nun ernst, seine Wangen von der genossenen Freude leicht gerötet. »Ich … ich dachte, du seist zu jung, Hannah, sonst hätte ich dich schon viel früher gefragt. Du hast mir heute gezeigt, dass du kein junges Mädchen mehr bist, sondern eine Frau, und ich könnte mir keine Bessere als dich an meiner Seite vorstellen. Willst du mich heiraten?«

Hannahs Herzschlag setzte aus, um dann mit doppeltem Tempo wieder zu wummern. Wenn sie jemals in diesem Leben einen Wunsch frei gehabt hätte, dann hätte sie sich dies erhofft. Gleichzeitig aber schaltete sich ihr Verstand wieder ein, und der mahnte sie, dass sie andere Verpflichtungen hatte. Michael zu heiraten und gleichzeitig auf ein Entkommen zu hoffen – wie sollte sich das vereinbaren lassen? Wie sollte sie Molly je wieder in die Augen sehen können, wenn sie ihr gestand, dass sie sich mit Michael vermählen wollte? Nicht aus Zweckmäßigkeit, sondern tatsächlich aus Liebe …

Widerstreitende Gefühle tobten in Hannah. Ihr Gesicht nahm einen gequälten Ausdruck an. Sie hasste es, die Bestürzung in Michaels Augen zu sehen. Er hatte mit einem klaren Ja gerechnet, doch sie würde ihn enttäuschen müssen. Sie musste sich erst darüber klar werden, was sie wollte, und sie würde sich entscheiden müssen – zwischen Molly und Michael. Molly war die wichtigste Person in ihrem bisherigen Leben gewesen, aber Michael war der Mann, den sie liebte.

Warum bürdete es ihr das Schicksal auf, sich zwischen einem von ihnen zu entscheiden? Hannah fühlte sich, als würde sie in zwei Teile gerissen.

»Lass mir Zeit, Michael«, sagte sie und erkannte, dass er zusammenzuckte. »Komm, wir werden gebraucht.« Sie wandte sich ab und zog Michael hinter sich her. Sie konnte es nicht mehr ertragen, in sein Gesicht zu schauen und die Enttäuschung darin zu sehen.

Sie eilte mit einem Becher Wasser zu dem Patienten, der danach gerufen hatte, während Michael mit einer Flasche Laudanum und einem fertig zubereiteten Kräuteraufguss zu dem Kranken mit den Schmerzen lief.

Es wurde keine ruhige Nacht, wie Michael und Hannah vermutet hatten. Bei einem Mann brach die Bauchwunde auf, die er sich beim Arbeiten mit dem Pickeisen zugezogen hatte, ein anderer wurde mit dem Verdacht auf Pocken eingeliefert.

Ihm folgten in den frühen Morgenstunden weitere Menschen, die über Ausschlag und Fieber klagten.

Hannah war dankbar, dass sie in dieser Nacht gezwungen war, sich um andere zu kümmern. So konnte sie die eigenen Belange ausklammern. Ihre Gedanken hätten sich ohnehin nur im Kreis gedreht.

17. Kapitel

Norfolk, Mai 1791

Was für ein herziger kleiner Kerl!« Laurie wiegte Sammy in den Armen und streichelte mit dem Knöchel ihres Zeigefingers seine Wange. Sammy hatte eine Faust in den Mund gesteckt und juchzte. Auf seinem Kinn schimmerte ein Tropfen Muttermilch. Er gedieh wie das wohlgenährte Kind einer hochherrschaftlichen Familie und nicht wie der Sohn zweier armseliger Kolonisten.

Sarah Walsh schnürte sich die Bluse zu, nachdem sie das Kind gestillt hatte. »Mir fallen die Haare aus, so saugt er mich aus«, murrte sie dabei.

»Aber Muttermilch ist das Beste für die Neugeborenen«, erwiderte Laurie. »Gut, dass du genug Milch hast.«

Sarah nickte. »John gibt mir manchmal einen Teil seiner Ration ab.« Sie schnaufte. »Major Ross käme nie auf die Idee, dass stillende Mütter größere Portionen brauchen, weil sie für zwei essen müssen. Und auf die Idee, den Pfarrer auf die Insel zu bringen, damit er Sammy und die anderen Würmer tauft, kommt er auch nicht. Ein einziges Gomorrha, diese Insel.« Voller Verbitterung zog sie die Mundwinkel hinunter.

»Du kannst von Glück sagen, dass du einen treu sorgenden Ehemann gefunden hast«, murmelte Laurie und kitzelte lächelnd die Nase des Babys. Sie sah auf, als Sarah nicht sofort etwas entgegnete, und erschrak, als sie in ihr Gesicht blickte. Ihre Augen schossen Blitze, zwischen ihren Brauen stand eine steile Falte, das Kinn hatte sie angriffslustig vorgeschoben. Mit zwei schnellen Schritten war Sarah bei ihr und riss ihr das Kind aus den Armen.

»Das soll er auch bleiben!«, zischte sie. »Wage es nicht, deine schmutzigen Finger nach John auszustrecken. Ich schlag dich tot, wenn du das tust!«

Laurie zuckte zusammen, als hätte sie ihr einen Faustschlag verpasst. »Aber Sarah, ich wollte doch nicht ...«

»Halt's Maul! Glaubst du, ich weiß nicht, warum du hier jeden Tag hereinschneist? Tust so, als wäre dir mein Kind teuer, dabei hast du es doch nur auf John abgesehen! Aber gib dir keine Mühe. Mit dem Hinterteil zu wackeln und die Brust rauszustrecken ist vergebene Liebesmüh. John kriegt von mir alles, was er begehrt, der hat es nicht nötig, sich anderswo auszutoben. Er liebt mich, nur mich, verstehst du?«

Laurie hob beide Hände und trat, ohne den Blick von der tobenden Frau zu nehmen, zwei, drei Schritte rückwärts. »Ich wollte ihn dir nie streitig machen, Sarah!«, sagte sie.

Es war ungerecht und unverschämt, wie Sarah sich ihr gegenüber benahm. Sie hätte ihr die Stirn bieten müssen, aber sie wollte den Streit nicht ausufern lassen.

Sie verließ das Haus, um zu ihrer eigenen Hütte zu laufen, die zwar alles andere als wohnlich war, aber zumindest einen Rückzugsort darstellte.

Vor drei Wochen hatten Deborah und sie Sarah geholfen, das Baby auf die Welt zu bringen. Sarahs Tochter Maud hatte mit dem Daumen im Mund und unablässig heulend zugeschaut, wie ihr Halbbruder ans Licht der Welt drängte. Es war keine komplizierte Niederkunft gewesen, andernfalls wären Laurie und Deborah heillos überfordert gewesen. Aber Sarah hatte bereits eine Schwangerschaft hinter sich und wusste, was auf sie zukam, wann sie pressen, wann sie atmen, wann sie hecheln musste.

Trotzdem flossen Blut und Fruchtwasser in Strömen, und Sarahs Schreie hallten durch die Tannenwälder. Maud hatte sich irgendwann in ihr Bett gelegt und das Lumpenkissen über ihren Kopf gepresst. Vater John hatte sich gleich, als die Wehen begannen, in den Wald verabschiedet, um beim Fällen der Bäume zu helfen. Laurie hatte gedacht, dass es sinnvoller gewesen wäre, wenn er Maud mitgenommen hätte, damit sie ihre Mutter nicht dermaßen leiden sehen musste. Aber sie hatte schon mitbekommen, dass John Sarahs erstes Kind, dessen Vater mit der *Lady Juliana* weitergereist war, zwar akzeptierte, aber weit davon entfernt war, es wie sein eigenes anzunehmen. Maud war ihm egal, und das ließ er das Mädchen spüren.

Laurie fragte sich, wie die Kleine eine solche Gleichgültigkeit verkraften würde. Maud würde eine Menge Mut und Stärke aufbringen müssen, um nicht an den Verletzungen ihrer Kinderseele zugrunde zu gehen.

Zumal sie auch von Sarah nicht viel Liebe bekam. Es war offensichtlich, dass Sarah sich mehr an Sammy erfreute als an ihrer Tochter. Laurie ahnte nun auch, warum sie sich so verhielt. Sie nahm ihr nicht ab, dass ihre Liebe zu John stark genug war, dass sie vor Eifersucht die Fassung verlor. Sarah hatte schon immer gewusst, in welche Richtung sie ihr Fähnchen drehen musste, um voranzukommen.

Oder wie sonst sollte es zu erklären sein, dass sie kaum eine Woche nach der Ankunft in Sydney Cove nach John Nicol den nächsten Mann gewählt hatte? Hätte sie nicht vor Abschiedsschmerz zerbrechen müssen, als die *Lady Juliana* wieder in See stach? Nein, Sarah hatte keine Zeit verloren, sich ein weiteres Mal durch einen Mann Vorteile zu verschaffen. Sie hatte eine gute Wahl getroffen. John Coen Walsh war ein gemütlicher Kerl, den sie mit Klauen und Zähnen zu verteidigen gedachte.

Dass es im Nachbarhaus bei Laurie, Deborah und Joseph weniger harmonisch verlief, wusste Sarah. Deswegen schien sie anzunehmen, dass eine von ihnen ihr den Gatten abspenstig machen könnte. Sie kam nicht auf die Idee, dass sich Laurie und Deborah inzwischen ein Leben ohne Männer vorstellen konnten. Ein Leben, in dem sie sich selbst genug waren, ein Leben, in dem sie nicht täglich fürchten mussten, von einem Mann gequält zu werden.

Der Schreck über Sarahs überraschenden Angriff steckte Laurie in den Knochen, als sie ihre Hütte betrat. Gleichzeitig überraschten sie ihre eigenen Gedankengänge.

Stimmte es denn, dass sie nichts anderes im Leben brauchte, als mit Deborah zusammen zu sein? Wie Deborahs Wangen glühten und ihre Augen blitzten, wenn sie sich aufregte. Wie ihr Blick sich verschleierte, wenn sie sich zärtlich auf ihrer Lagerstatt berührten. Wie sie seufzte, wenn Laurie ihr Lust bereitete.

Es waren nicht nur die körperlichen Glücksgefühle, die sie an sie banden. In den wenigen Stunden, in denen sie sich nicht vor Joseph fürchten mussten, lachten sie manchmal miteinander, und wenn sie sich gegenseitig die Herzen ausschütteten, brauchte es nicht viele Worte, weil sie sich mit Blicken und Gesten verstanden.

Schamesröte stieg in Lauries Wangen, als sie sich eingestand, dass sie tatsächlich in Deborah verliebt war. Aber die Freude darüber, einen Menschen gefunden zu haben, dem sie sich zugehörig fühlte, wog schwerer. Selbst die Gefühle, die sie für Jack Barns auf der *Lady Juliana* empfunden hatte, verblassten gegen das, was sich nun zwischen Deborah und ihr entwickelt hatte.

Welche Folgen hatte das für sie? Würden sie sich jemals öffentlich als Liebespaar bekennen dürfen? Laurie stieß ein Lachen aus bei diesem Gedanken. Niemals. Sie mussten ihr nächtliches Treiben verbergen. Aber Seite an Seite zu kämpfen – das konnte ihnen keiner nehmen.

Trotz der Hungersnot, der Missernte, der Tyranneien der Kolonialregierung – die Zeiten könnten besser werden, wenn Laurie und Deborah zusammenhielten.

Zuvor mussten sie nur die Ratte aus dem Weg räumen.

Seit zwei Wochen nun würzte Laurie seine Mahlzeiten mit dem Giftpulver. Sie hatten die Pilze und Kräuter getrocknet und fein gemörsert und das Pulver in einem Stoffsack aus einem Lumpenrest gesammelt. Verschnürt mit Flachs lagerte es unter einem Stein hinter dem Haus. Das Gift in der Hütte aufzubewahren war ihnen zu riskant erschienen. Es gab kein Versteck in der Behausung, das Joseph nicht entdecken konnte.

Fast täglich war es Laurie in den letzten Wochen gelungen, eine Prise voll davon aus dem Versteck zu nehmen und diese in Josephs Schüssel rieseln zu lassen. Sie fand, dass das Pulver immer noch stark minzig und erdig zugleich roch, aber der Rattenmann verfügte tatsächlich nicht über Sinne, die fein genug waren, um diesen Unterschied herauszuschmecken. Vielleicht führte er es auf Lauries Kochkünste zurück, wobei es in der Küche einer Kolonistenhütte wenig Platz für Spielraum und Fantasie beim Zubereiten des Essens gab.

Auf jeden Fall schien die Ratte bislang nicht den geringsten Verdacht zu hegen. Allerdings fragte Laurie sich inzwischen, ob Deborah die richtigen Giftpflanzen gewählt hatte. Außer Magengrimmen hatte Joseph bislang keine Beschwerden verkündet. Gestern allerdings hatte er nach dem Essen Traumbilder heraufbeschworen. Laurie war sich nicht sicher, ob seine verrückten Rufe auf das Gift zurückzuführen waren oder ob er nicht eine generelle Tendenz zum Wahnsinn hatte. Er hatte die Arme über dem Haarschopf verschränkt, weil er in einem Hirngespinst Greifvögel auf sich zuschießen sah. Und er hatte um sich getreten, als würde er wütende Wespen verscheuchen. Nach seinen Halluzinationen war er übergangslos auf seinem Lager eingenickt, und nach dem Aufwachen sprach er seine Albträume nicht mehr an, entweder weil es ihm peinlich war oder weil er sich nicht mehr daran erinnerte. Den beiden Frauen konnte es egal sein. Hauptsache, sie waren den Alten bald los, sei es, weil er den Verstand verlor oder weil das Gift in ihm wütete.

Laurie betete, dass ihre Mühen nicht umsonst waren und dass ihr Mordplan aufging, wobei sie sich des Widerspruchs schmerzlich bewusst wurde.

Würde Gott einen solch teuflischen Plan gutheißen? Gewiss nicht. Aber vielleicht würde er es billigen, wenn Deborah und sie danach ein gottesfürchtiges Leben führten. Aber nein, dies war absurd. Der liebe Gott würde einer widernatürlichen Gemeinschaft, wie sie sie zu bilden gedachten, niemals seinen Segen geben. Laurie würde sich vom Allmächtigen lossagen müssen. Er würde ihr keine Hilfe mehr sein. Sie horchte in sich hinein und fand, dass dieser Gedanke nichts Erschreckendes hatte. Wann war Gott je an ihrer Seite gewesen?

Deborah war an diesem Tag zum Flachsbinden eingeteilt, Joseph machte mit anderen Kolonisten Jagd auf die letzten Sturmtaucher. Die Sonne stand tief, beide würden gleich heimkehren.

Laurie rührte in dem Topf, in dem seit mehreren Stunden Fisch siedete, und stieß die gekochten Stücke mit dem Holzlöffel in mundgerechte Brocken. Es war kein leckeres Mahl, aber auf Geschmack kam es hier schon lange keinem mehr an. Es ging nur darum, die Mägen zu füllen. Laurie freute sich auf den Tag, an dem es endlich einmal Schweinebraten und Schmalz geben würde. Seit Monaten war kein Tier mehr geschlachtet worden, da sich die Zucht als problematischer erwies als angenommen. Ihr eigenes Schwein erfreute sich bester Gesundheit und war zu einer Art Hausgenossen geworden, für den Laurie fast liebevolle Gefühle hegte, wenn es an ihren Beinen schnoberte oder sie mit der Schnauze anschubste, um zu signalisieren, dass es in den Wald zum Futtern gebracht werden wollte. Noch gaben sie die Hoffnung nicht auf, dass es trächtig werden und ferkeln könnte. Was für eine Freudenfeier, wenn sich ihr Tier vermehrte! Natürlich würden die kleinen Schweine dann in den Gemeinschaftsbesitz übergehen, aber von den Braten würden sie alle profitieren.

Deborah hielt nichts von der Schweinezucht. Sie glaubte, dass sie viel mehr Erfolg als Ackerbauern haben könnten, wenn sie es nur geschickt genug anstellten. Sie mussten fruchtbareren, weicheren Boden suchen, und er musste zwischen den Bäumen geschützt vor den Meeresstürmen liegen. Sie müssten auf irgendeine Art verhindern, dass die Vögel das Saatgut wegpickten, dann würden sie Erträge einfahren.

Joseph gegenüber hielt sich Deborah mit ihren Vorschlägen zurück. Auf die Meinung einer Frau gab er keinen Pfifferling, und es lag Deborah nichts daran, ihn in ihre Zukunftsplanung einzubeziehen. Genau wie Laurie lebte sie in diesen Tagen nur für den Moment, in dem Joseph zusammenbrach und nicht mehr aufstand. Ihr gemeinsamer Plan schweißte sie noch mehr zusammen, als es ihre Zuneigung ohnehin schon tat.

Laurie trat einen Schritt vor die Tür und sah sich nach links und rechts um. Es war trüber, als es um diese Abendzeit sein sollte. Gewitterwolken trieben über die Insel und verdeckten das letzte Licht der Sonne. Von Joseph und Deborah war nichts zu sehen.

Sie raffte ihren Rock, lief um die Hütte herum und hob den Stein, unter dem das Giftpulver lagerte. Ihre Finger zitterten, als sie die Verschnürung löste und sich eine Prise davon in den Handteller der Linken rieseln ließ.

Laurie starrte auf die winzigen Körner und Fasern. Das war die Menge, die sie bislang dem Essen beigemengt hatte. Vielleicht war es für eine Wirkung doch zu wenig. Wie lange sollten sie denn warten, bis der Rattenmann umfiel?

Sie griff ein weiteres Mal in den Beutel und ein drittes Mal. Dann verstaute sie das nun fast leere Säckchen wieder unter dem Stein und schloss die Finger um das Pulver. Sie spürte ihr Herz im Hals klopfen. In ihrem Magen schien ein Stein zu liegen.

Diese Menge war ein Risiko. Gewiss würde Joseph bemerken, dass sein Fischeintopf merkwürdig schmeckte, selbst mit seinen verkümmerten Sinnen. Aber vielleicht ging es ja schnell, und vielleicht hatten sie Glück, dass er starb, bevor er ihnen auf die Schliche kam.

Laurie platzierte die drei Schüsseln auf dem Boden und streute das Giftpulver in die für Joseph bestimmte. Sobald sie ihn draußen hörte, würde sie die Suppe in den Schüsseln verteilen, sodass sich auf seinem Teller das Pulver mit der Nahrung vermischte.

Näher kommende stapfende Schritte verrieten Laurie, dass der Rattenmann heimkehrte. Jetzt schnell die Brühe auffüllen. Sie hielt die Kelle mit beiden Händen, darauf achtend, keinen Tropfen zu verschütten. Es würde seinen Zorn auf sie ziehen, wenn er den Eindruck gewann, sie verschwendete leichtfertig Essen.

Laurie zwang sich zu einem Lächeln, als sie sich zu ihm umdrehte. »War die Jagd erfolgreich?«, fragte sie beiläufig.

Joseph brummte in seinen Bart. »Knapp zwei Dutzend Vögel haben wir gefangen, ein paar Eier dazu. Die Tiere werden gezählt und gerupft, und später am Abend kann sich jeder seine Ration abholen. Für uns wird es wohl nicht mehr als ein Bein oder ein Stück von der Brust sein. Diese Lumpensäcke von der Regierung nehmen sich selbst den größten Teil. Wir anderen können uns um die Reste die Köpfe einschlagen. Beim nächsten Mal gehe ich allein auf die Jagd. Dieses Gemeinschaftsgetue geht mir auf die Nerven. Als wären wir hier eine große Familie!« Er spie aus vor Hohn. »Hier ist sich jeder selbst der Nächste. Nur die Starken werden überleben.« Er stieß ein bollerndes Lachen aus, das in ein Husten überging. »Und ich habe die Absicht, zu den Starken zu gehören.«

Das werden wir sehen, dachte Laurie, während sie seine Schüssel zu dem roh gezimmerten Tisch brachte und vor ihn stellte. Ihre Finger waren ruhig, ihr Atem ging gleichmäßig. Eine so lange Rede hatte Joseph nie zuvor gehalten. Nun, wenn alles gut lief, waren das seine Abschiedsworte gewesen, dachte Laurie. »Iss nur schon. Deborah wird gleich hier sein.«

Wieder brummte Joseph und wies mit dem Kinn auf den freien Stuhl zum Zeichen, dass sie ihm Gesellschaft leisten sollte. Sein Blick glitt an ihrem Körper in dem unförmigen Sackgewand auf und ab. Er griff in seinen Schritt. »Das Essen stinkt«, murrte er. »Dafür sollst du gleich deine Bestrafung erhalten.«

Laurie schluckte. Sie wusste, was auf sie zukam. Wann

würde dies endlich ein Ende haben? Sie versuchte die Bilder des über ihr grunzenden Mannes zu verscheuchen, die in ihren Gedanken aufblitzten, versuchte nicht an die Qual zu denken, die er ihr mit seiner Penetration zufügte. Wenn doch nur das Gift endlich wirken würde!

Sie nahm sich ihre eigene Schüssel und begann zu löffeln. Josephs Schlürfen dröhnte ihr in den Ohren, gleichzeitig feuerte sie ihn insgeheim an, er möge seine Portion bis auf den letzten Löffel aufessen, möglichst noch die Schüssel auslecken, um den Rest des Giftpulvers in seine Blutbahnen zu bringen.

Joseph rülpste und schmatzte, dass Laurie vor Ekel mit dem Würgen kämpfte. Sie musste sich zwingen, einen der Fischbrocken in den Mund zu nehmen, schob ihn aber von links nach rechts, weil sie befürchtete, daran zu ersticken.

Plötzlich bemerkte sie, dass Josephs Bewegungen langsamer wurden. Sie starrte ihn an.

Seine Wangen und seine Stirn waren grau wie kalter Stein. Die Augen waren geweitet und glasig, sein Mund stand halb offen, aus dem Mundwinkel tropften ihm die letzten Schlucke der Fischsuppe. Seine Hand sank auf den Tisch. Der Löffel fiel klappernd auf die Dielen.

In der nächsten Sekunde packte er sich an den Hals, riss die Lider auf, dass die Augäpfel hervorquollen, und streckte die Zunge weit heraus. Er bot ein schauerliches Bild. Lauries Puls brauste durch ihre Adern. Ihr Brustkorb hob und senkte sich beim schnellen Atmen, während sie wie gebannt auf den Mann starrte.

Jetzt erhob er sich taumelnd und stieß dabei den Stuhl hinter sich um, der krachend zu Boden fiel. Ein Bein brach ab.

Als Joseph einen Schritt rückwärts setzte, stolperte er über den Holzstuhl und krachte der Länge nach rücklings auf den

Boden. Die Finger nahm er nicht von seiner Kehle, die Zunge hing wie ein pelziges Tier auf seinem Kinn.

Das war der Moment, in dem Deborah ihr Zuhause erreichte. Mit zwei schnellen Schritten stand sie breitbeinig über Joseph und grinste auf ihn hinab. »Verrecke, du Schwein«, zischte sie und spuckte ihm auf den Brustkorb.

Da löste Joseph seine Hand vom Hals und griff wie mit einer Eisenklammer um Deborahs Fußknöchel. Seine Finger verkrampften sich um ihr Fleisch, die Nägel drangen in ihre Haut ein. Deborah kreischte und wollte sich befreien, doch sie hing wie ein Tier in der Falle.

Laurie schrie auf, umfasste den Leib ihrer Freundin, wollte sie wegziehen, aber sie erreichte nur, dass sie Deborah mitsamt der Ratte ein paar Zentimeter über den Boden zog. Er ließ sie im Todeskampf nicht los, als wollte er sie in die Hölle mitnehmen, in die er zweifellos fuhr.

Deborah brüllte und trat mit dem anderen Fuß auf Josephs Arm, aber erst als ein Ruck durch den bulligen Körper ging, löste er sich. Joseph winkelte die Arme an, die Finger wie Vogelkrallen verkrampft. Er fiel in eine Starre, die ihn vom Kopf bis zu den Füßen zu erfassen schien, der Mund weit offen. Nun lief Schaum auf sein Kinn. Sein Blick war an die Decke gerichtet, aber er sah jetzt schon so aus, als nähme er nichts mehr wahr.

Deborah hockte sich links von ihm hin, Laurie rechts. Beide kamen nah an ihn heran und musterten die entstellte Fratze. Stinkender Atem wehte aus seinem Mund. Er lebte noch. »Es wird nicht mehr lange dauern, dann kriegt er keine Luft mehr«, wisperte Deborah und wischte sich mit dem Unterarm die Schweißperlen von der Stirn.

»Bist du sicher?«, wisperte Laurie zurück.

»Ganz sicher.« Deborah presste für einen Moment die

Lippen zu einem schmalen Strich zusammen, bevor sie sich ein triumphierendes Lächeln gönnte. »Gleich sind wir ihn los, wie versprochen«, sagte sie und blickte Laurie zärtlich an.

Laurie biss sich auf die Unterlippe. Mit dem Zeigefinger stupste sie gegen Josephs Arm, aber der hing da verkrampft und erstarrt und bewegte sich keinen Millimeter.

»Was tun wir jetzt?«, fragte sie.

Deborah hob die Schultern. »Wir warten, bis er seinen letzten Atemzug getan hat, und dann schreien wir um Hilfe.« Sie lachte auf.

Laurie musterte sie ängstlich. »Wenn er wieder aufwachen sollte, sind wir des Todes.«

»Der steht nicht mehr auf.«

Wenige Sekunden später wurde der Blick des Mannes starr.

Deborah nickte Laurie zu. Gemeinsam erhoben sie sich und schritten in der Dämmerung zum Haus von Major Ross. Erst auf den letzten Metern begannen sie zu laufen, damit sie außer Atem bei ihm ankamen, und machten Meldung, dass dem Mann in ihrem Dreiergespann offenbar beim Fischeintopf eine Gräte in den Hals geraten sei, und der Doktor müsse schnell nach ihm sehen.

Major Ross lief dunkelrot vor Wut an. »Was lauft ihr da zu mir, ihr tumben Gänse? Sehe ich aus wie einer, der einem Kranken helfen kann? Lauft ins Hospital, verdammt noch mal!«

Deborah und Laurie knicksten mehrmals und liefen dann davon. Als sie sicher sein konnten, dass er sie nicht mehr hörte, gestatteten sie sich ein Kichern.

Bis sie mit dem Medikus im Schlepptau in ihre Hütte zurückkehrten, war Joseph Heath nicht mehr zu helfen. Sein verkrampfter Körper war im Sterben erstarrt. Er bot einen entsetzlichen Anblick.

»Der ist hinüber«, stellte der Arzt fest.

Laurie und Deborah seufzten, falteten die Hände vor der Brust und setzten Trauermienen auf. Was für ein Unglück aber auch.

18. Kapitel

Sydney Cove, Juni 1791

Jeden Tag kämpfte Molly gegen ihre Ungeduld. Der Alltag in der Bucht verlief tagaus, tagein gleich trostlos. Morgens sammelte sie Muscheln mit den anderen Frauen, nachmittags half sie beim Fischen, abends verschlang sie den widerlichen Fraß, der ihren Magen nicht mal zur Hälfte füllte. Jeden Tag aufs Neue verfluchte Molly dieses Leben, in dem der einzige Lichtblick – wie sie sich eingestehen musste – ihr Ehemann war.

Edward verhielt sich ihr gegenüber freundlich, aufmerksam und zugewandt, selbst wenn sie ihn an ihren Launen teilhaben ließ.

Seit drei Tagen nun hatte sie hohes Fieber, Schüttelfrost und Brennen im Hals. Hin und wieder wurde sie von Hustenanfällen geschüttelt, die wie Flammen in der Brust bissen.

Edward hatte darauf beharrt, sie ins Krankenhaus zu bringen. Auch Hannah hatte sie gedrängt, sich unter ärztliche Aufsicht und ihre Pflege zu begeben.

Aber Molly hatte abgelehnt. Wenn sie jetzt noch nicht todkrank war, dann würde sie es nach dem Aufenthalt in diesem Seuchenhaus sicher sein. Ein Wunder, dass Hannah nach wie vor auf den Beinen stand! Sie sah sogar gesünder aus als in den ersten Tagen in der Kolonistenbucht, obwohl sie die gleiche Essensration wie alle anderen erhielt.

Am Morgen hatte Edward sie in seine Decke eingewickelt, hatte die Ränder um ihren Leib gezogen und ihr Gesicht gestreichelt wie ein besorgter Vater. Er hatte ihr einen Becher Wasser neben das Lager gestellt und versprochen, sie am Abend mit heißem Maisbrei zu füttern. So hatte er es die letzten drei Tage getan. Molly wusste, dass sie sich auf ihn verlassen konnte. Es fühlte sich seltsam wohlig an, umsorgt zu werden, aber so schlecht, wie es ihr ging, konnte sie es kaum genießen. Es erinnerte sie an die Zeit mit ihrem Bruder Will auf der *Lady Juliana*. Da hatten sie genug zu essen gehabt. Durch die Freundschaft mit Will, der in der Schiffsküche aushalf, hatten sie manchen Extrabissen ergattert, den sie zu dritt – Hannah, Will und Molly – in ihren Geheimverstecken an Bord vertilgten.

Zu Mollys zauberhaftesten Erinnerungen gehörte der Nachmittag, als Will und sie entdeckt hatten, dass sie Geschwister waren. Während das Fieber in ihr wütete und sie sich Stunde um Stunde schwächer fühlte, zogen vor ihrem geistigen Auge die Bilder aus der gemeinsamen Zeit mit Will vorüber.

Zunächst hatten sie nur nach anfänglicher Abneigung entdeckt, wie gut sie zusammenpassten. Sie lachten über dieselben Scherze, hatten beide ein loses Mundwerk, und ihnen lag das Herz auf der Zunge. Auch die Tatsache, dass sie, wie sie nach einigen Tagen herausfanden, im selben Londoner Waisenhaus von den unbarmherzigen Nonnen erzogen worden waren, wand ein unsichtbares Band zwischen ihnen. Dann hatte Will im Überschwang sein Hemd ausgezogen, und zum Vorschein war das Muttermal in Form eines vierblättrigen Kleeblattes gekommen, das Molly an gleicher Stelle trug.

Es war Hannah gewesen, die daraufhin erkannte, wie ähnlich sie sich äußerlich waren. Für Molly und Will gab es seitdem keinen Zweifel mehr: Sie waren Geschwister, hatten sich inmitten der widrigsten Lebensumstände als Blutsverwandte gefunden. Genauso wenig wie Will kannte Molly das Gefühl, zu jemandem zu gehören. Als sie sich umarmten, spürte Molly eine Geborgenheit, die ihr zeit ihres Lebens gefehlt hatte und die sie niemals mehr wieder missen wollte.

Zum Abschied hatte er ihr sein rotes Halstuch geschenkt, das Molly seitdem immer trug. Mal wand sie es um ihre Haare, mal wickelte sie es um ihren Hals, mal band sie es an ihr Handgelenk. Es war ein Teil von ihr geworden und erinnerte sie, wann immer ihr Blick darauf fiel, an den Menschen, der ihr am meisten bedeutete – ihren Bruder Will. »Ich trage dich in meinem Herzen«, hatte er ihr zugeflüstert, als sie sich zum letzten Mal umarmt hatten, bevor ihn die *Lady Juliana* auf ihrer Weiterfahrt von ihr weggebracht hatte.

Es verging kein Tag, an dem Molly nicht darüber sann, wie es Will erging. Auf dem Hurenschiff war er zuletzt Schiffsjunge gewesen, aber er träumte davon, in der Hierarchie des Seevolks aufzusteigen. Steuermann oder gar Kapitän wollte er werden, aber bis dahin war es ein langer Weg. Will war nur zwei Jahre älter als sie, also viel zu jung, um Verantwortung auf einem majestätischen Dreimaster zu übernehmen.

Sie fragte sich, ob er an seinen Träumen festhielt oder ob er entmutigt oder gar an irgendeiner der Krankheiten, die oft an Bord kursierten – Skorbut oder die Ruhr –, gestorben war. Vielleicht hatte er Schiffbruch erlitten und war ertrunken, ohne dass man Molly benachrichtigt hatte. Vielleicht würde sie es auch nie erfahren, weil sie selbst im Sterben lag. Eine eigenartige Ruhe durchflutete sie, als hätte der Tod bereits seine Krallen nach ihr ausgestreckt und es gäbe kein Entkommen.

Sie wollte glauben, dass Will ein ehrgeiziger, glücklicher, allseits wohlgelittener Seemann war, der unabänderlich an sein Versprechen hielt, irgendwann wieder mit seiner Schwester vereint zu sein.

Was Will wohl zu ihren Plänen sagen würde? Molly verzog die Lippen zu einem Lächeln bei der Vorstellung. Er war stets in Sorge um sie gewesen, dass sie sich mit ihrem Übermut, ihrer Abenteuerlust und ihrer Waghalsigkeit in Schwierigkeiten brachte. Aber sie würde allen beweisen, dass sie die Kraft hatte, sich selbst aus diesen Missständen zu befreien. Dann würde sie in allen Häfen der Welt nach Will fragen lassen, und sie würde nicht eher ruhen, bis sie ihn gefunden hatte.

Wenn sie nur diese verfluchte Lungenkrankheit überstand. Ein erneutes Husten schüttelte ihren Körper und ließ sie verkrampfen.

Wie viel Hoffnungen hatten sie damals auf der *Lady Juliana* gehabt. Molly gehörte zwar nie zu denjenigen, die von einer paradiesischen Zukunft geträumt hatten, aber ein menschenwürdigeres Leben als das, das sie nun gezwungen war zu führen, hatte sie sich dennoch erhofft. Im Vergleich zu dem, was sie hier erlitten, war die einjährige Überfahrt eine wunderbare Zeit gewesen, wenn man einmal den Zusammenstoß mit dem Koch außer Acht ließ, der es auf Molly abgesehen hatte und den sie und Ben Benson getötet hatten. Und wenn man die Stürme vergaß, bei denen sie manches Mal gedacht hatten, ihre letzte Stunde hätte geschlagen und sie würden in den Tiefen des Indischen Ozeans versinken.

Molly stieß schwer atmend die Luft aus. Salziger Schweiß tropfte von ihrer Stirn zwischen die Lider. Hinter ihren Augen schien ein Feuer zu glimmen.

Hier lag sie und blickte auf eine Vergangenheit als Waisenkind und Hure und eine Verurteilung zur Deportation zurück. Die einzige Freude in ihrem Dasein war die Erinnerung an ihren Bruder Will. Und ein bisschen Edward. Wenn sie in Freiheit und in Sicherheit wären, an irgendeinem Flecken auf der Welt, würden sich ihre Wege vermutlich trennen.

Ob er an ihrem Grab weinen würde, wenn sie dieses Fieber nicht überstand? Würde jemand Will von ihrem Tod benachrichtigen?

Gewiss, die Welt war unendlich groß, aber die Häfen waren zentrale Anlaufstellen für alle, die ihr Leben der See verschrieben hatten.

Sie griff nach dem Halstuch. Es lag gleich neben ihrem Kissen. Es war nur ein Stück Stoff, an dem die Erinnerungen an die hellen Tage ihres Lebens hafteten. Sie hielt es sich an die Nase, aber es duftete nicht mehr nach Will.

Ein Geräusch schreckte sie auf. Erst einen Wimpernschlag später merkte Molly, dass es das Klappern ihrer Zähne war. Ein Frösteln überlief ihren Körper, gleichzeitig brannten ihre Augen, und sie fühlte die Hitze auf ihrer Stirn. Sie zog sich die Decken ein bisschen höher und drehte sich auf die Seite, sodass sie aus der geöffneten Hüttentür nach draußen schauen konnte.

Wie durch einen Schleier sah sie einen Teil des Ackers, wo ein Dutzend Männer und Frauen arbeiteten, mehrere Hütten und Feuerstellen, und drüben am Appellplatz schien sich eine Menschenmenge zu sammeln. Die zerlumpten Gestalten drängelten sich rund um das Dreibein aneinander. Das konnte nur bedeuten, dass wieder einmal ein Missetäter ausgepeitscht wurde.

Bei den ersten Auspeitschungen waren die Schreie der Opfer wie Nadelstiche in Mollys Ohr gedrungen. Kaum ein Tag verging, an dem nicht ein Faulenzer oder Dieb, ein Flüchtling oder Aufsässiger Hiebe erhielt. Viele erholten sich von der Peitsche, die den Rücken bis auf die Knochen in Fetzen riss, nicht mehr. Menschenwürdiger war das Erschießen. Aber mit Munition ging man in Sydney Cove sparsam um.

Wenn es nach Molly gegangen wäre, wären sie schon längst

auf dem Pazifik und hätten Australien umrundet, um an einem besseren Ort in Freiheit den Anker zu werfen. An einem Ort, an dem es Früchte und Fleisch gab, Wein und Kuchen, an dem die Menschen gekleidet waren, statt halb nackt in Lumpen zu vegetieren, und an dem die Bestrafung den wirklichen Verbrechern vorbehalten blieb, nicht den halb verhungerten Kreaturen, die für die nächste Mahlzeit kein Risiko scheuten.

Ein ums andere Mal hatte sich Molly schon überlegt, ob sie ihre Pläne ändern, ob sie sich ohne Andrew und Rose auf den Weg machen sollte.

Rose hatte vor zwei Monaten einen Jungen geboren. Dave war viel zu leicht, als er auf die Welt kam, ein winziges Bündel aus Haut und Knochen, mit einem stets zum Schreien weit aufgerissenen Mündchen. Dabei war er bildhübsch – vielleicht das hübscheste Baby, das Molly je gesehen hatte. Seine Augen waren kohlschwarz und von langen Wimpern umkränzt, die Haare ringelten sich in dunklen Locken.

Die ersten Wochen hatte Rose um sein Leben gebangt. Er trank nicht genug, und sie hatte immer weniger Milch. Mehrmals hustete er sich fast die Lunge aus dem Leib. Durchfall schwächte ihn zusätzlich. Aber Rose kämpfte um den kleinen Jungen wie eine Löwenmutter.

Molly gestand sich ein, dass sie sich nicht so gut kannten, wie sie es angenommen hatte. Auf der *Lady Juliana* war Rose für ihre Scharfsinnigkeit, ihre spitze Zunge und ihre Raffinesse bekannt gewesen – eine Königin der Diebe. Aber seit sie wieder mit ihrem Ehemann vereint war und ein Kind geboren hatte, war von ihrem scharfen Verstand nicht mehr viel übrig geblieben. Sie hätschelte und pflegte den Kleinen, als glaubte sie tatsächlich daran, dass Dave ihre Zukunft sei.

Dabei sah doch jeder auf den ersten Blick, dass diesem

Kind kein langes Leben beschieden war. Es würde sterben wie viele andere auch. Wofür also all die Kämpfe und Mühen?

Molly war nicht abgebrüht genug, um dem Jungen tatsächlich den Tod zu wünschen. Nein, in ihrem Inneren fühlte sie Mitleid mit dem Baby. Wenn sie die Veranlagung hätte zu weinen, hätte sie vielleicht ein paar Tränen um das Kind vergossen, das sich gar nicht entwickeln wollte.

Andererseits fühlte sie sich von dem Jungen in ihrem eigenen Leben behindert. Es zehrte an ihren Kräften, in dieser Bucht auszuharren.

Einmal war sie bereits an der Ruhr erkrankt, und nun dieses fiebrige Hustenleiden. Wie lange würde sie die Kraft haben, sich ein solches Abenteuer zumuten zu können?

Auf eine andere Art dem Gefängnis zu entfliehen kam für Molly nicht infrage. Die Buschklepper, die versucht hatten, zu Fuß durch das Hinterland einen Weg nach China zu finden, hatte man allesamt wieder eingefangen.

Unter den Kolonisten hielt sich hartnäckig das Gerücht, dass nur wenige Tagesmärsche entfernt hinter den Bergen das Gelobte Land auf sie wartete. Viele von denen, die den Ausbruch durchs Hinterland versucht hatten, endeten bis aufs Skelett abgemagert, und nicht mal die Vögel und Dingos fanden noch einen Happen zu fressen an ihnen.

Inzwischen waren einige wenige Schiffe in den Hafen von Sydney Cove eingelaufen, aber die wenigsten hatten genug Proviant an Bord, um die Hungersnot unter den Kolonisten zu mildern, geschweige denn Werkzeuge und Saatgut, mit denen sie die Landwirtschaft vorantreiben konnten.

Seit zwei Tagen dümpelte ein holländischer Frachter im Hafen. Die Mannschaft war an Bord geblieben, lediglich der Kapitän und zwei Offiziere hatten zu einem Besuch bei Sir Phillip übergesetzt.

Ob manche das Schiff als Möglichkeit zur Flucht sahen? Wahrscheinlich. In den vergangenen Wochen hatten mehrere Kolonisten versucht, sich als blinde Passagiere auf den einlaufenden Frachtern zu verstecken, aber sie waren alle entdeckt worden. Die Kapitäne warfen Schwefelbomben durch die Belüftungs- und Fensteröffnungen der Schiffe, um die Flüchtlinge wie Kaninchen auszuräuchern. Die zahlreichen Versuche führten dazu, dass die Wachen rund um die Bucht und den Hafen verstärkt wurden.

Aber dennoch, der einzige Weg führte übers Meer, so wie Molly und ihre Freunde es beabsichtigten. In einem eigenen Boot.

Ein Schatten fiel durch die Hüttentür, und einen Herzschlag später trat Hannah ein. Molly versuchte ein Lächeln, aber die Miene ihrer Freundin blieb verschlossen.

Hannah war mindestens so zuverlässig und fürsorglich wie Edward. Obwohl Molly sich standhaft weigerte, sich ins Krankenhaus zu begeben, ließ Hannah es sich nicht nehmen, wenigstens einmal am Tag nach ihr zu schauen, um ihr kühle Umschläge zu machen und ihr mit Minze angereicherten Süßtee einzuflößen. Der Doktor hatte ihr gesagt, dass sie bei Fieber vor allem darauf achten sollte, dass die Patienten genügend Flüssigkeit bekamen. Hannah hielt sich penibel an seine Empfehlungen.

Sie brachte den köstlichen Duft des Tees in die Hütte. Molly sog trotz ihrer inneren Kälte genießerisch die Luft ein. Wenn Hannah den Raum betrat, roch es nach Genesung. Aber diesmal waren noch andere Düfte dabei, etwas Würziges und etwas Scharfes, das in der Nase brannte.

Hannah hockte sich an ihre Seite und legte sogleich einen feuchten Lappen, den sie mitgebracht hatte, auf Mollys Stirn. »Wie fühlst du dich heute, Molly?« Sie klang bedrückt.

»Frag nicht«, sagte Molly und fasste nach Hannahs Hand, um sie zu halten und zu streicheln. »Danke, dass du dich um mich kümmerst.«

»Komm du nur wieder auf die Beine.« Hannahs Stimme schien zu ersticken, während sie nun Mollys Brustkorb freilegte, um einen Wickel mit wenigen Stücken einer kostbaren Zwiebel aufzudrücken. Sie packte ein trockenes Stück Leinen darüber und verschloss Mollys Gewand wieder.

»Warum tust du das?« Molly drückte das Kinn auf die Brust, um den Wickel betrachten zu können.

»Ich habe mit Michael über deinen Husten gesprochen. Er wollte mitkommen, aber ich habe ihm gesagt, dass du nur mich als Krankenschwester annimmst.«

Molly fühlte ihre Wangen erglühen. Sie schämte sich, in Michael einen Rivalen um Hannahs Gunst zu sehen, während er sich offenbar Gedanken um ihr Wohlergehen machte. Aber ob der Zwiebelwickel wirkte?

Hannah zog einen Stoffbeutel von ihrer Taillenkordel und öffnete ihn. Zum Vorschein kamen drei goldbraune Klumpen. Molly erkannte, dass dies die Quelle des süß-würzigen Geruchs war. Sie ging näher mit der Nase heran. Es war wie Balsam, als sie es einatmete, und sie schloss einen Moment lang die Augen.

»Das ist Myrrhe«, erklärte Hannah. »Es ist unser wichtigstes Medikament hier. Es hilft gegen Durchfall und gegen Husten. Allerdings schmeckt es nicht besonders gut, und du musst es zerkauen.«

»Hat dir das auch der Schar… äh … Michael gegeben?«

Hannah nickte. »Keiner kennt sich besser mit den hiesigen Naturkräutern aus als er. Vertrau mir. Vertrau ihm.« Sie nahm einen der Brocken und steckte ihn Molly zwischen die Lippen.

Molly verzog das Gesicht zu einer Grimasse, während sie mit offenem Mund die Myrrhe zermalmte.

»Schluck runter!«, mahnte Hannah.

Mollys Kehlkopf schmerzte, als sie die Medizin hinunterwürgte und dann mit der Zunge die letzten Reste in ihrer Mundhöhle zusammensuchte, um alles in ihren Magen zu befördern. Ein paar Atemzüge lang kämpfte sie gegen Übelkeit, aber der Süßtee, den sie nun in kleinen Schlucken hinterhertrank, beruhigte ihren Leib.

Hannah beobachtete sie während der Prozedur mit verschlossener Miene. Sie war zwar nie ein Ausbund an Fröhlichkeit und Temperament gewesen, aber dermaßen bedrückt erlebte Molly sie selten.

»Was ist passiert?«, fragte Molly geradeheraus, als sie sich erschöpft wieder in die Decken sacken ließ. Sie hielt nichts davon, mit den Gefühlen und Fragen, die einem auf der Seele lasteten, hinterm Berg zu halten.

Hannah fuhr sich mit der Zunge über die Lippen. Molly erkannte, dass sie mit den Tränen kämpfte. Aber erst einmal umfasste sie Mollys zerzausten Hinterkopf, um sie anzuheben und ihr in winzigen Schlucken mehr Tee einzuflößen.

Zorn stieg in Molly auf, als ihr der Verdacht kam, Hannah könnte vielleicht wegen dieses jungen Quacksalbers trauern. »Jetzt sag mir nicht, dass du liebeskrank bist«, fuhr Molly sie an. »Für solchen Mädchenkram fehlt mir wirklich die Geduld.«

Hannah zog die Brauen zusammen. »Selbst wenn ich es wäre, würde ich es dir nicht erzählen. Ich habe den Eindruck, dass wir uns schon lange nicht mehr verstehen, wenn es um diese Dinge geht. Du bist kalt und unnahbar. Du warst früher anders, Molly.«

Molly stieß ein Lachen aus, ohne erheitert zu sein. »Ich

habe nie viel für romantische Gefühle übriggehabt. Für mich sind das alles Trugbilder und Täuschungen. Am Ende geht es in der Liebe nur darum, dass der Mann seine Triebe befriedigt, mehr ist es nicht. Was wirklich zählt, sind die Freundschaft und die Treue.«

»Ich glaube an die Liebe«, gab Hannah zurück.

»Weil du dich in den Quacksalber verguckt hast. Glaub mir, Hannah, das vergeht.« Mollys Stimme troff vor Spott. Sie mochte sich nicht ausmalen, was es bedeutete, wenn sich Hannah tatsächlich einbildete, diesen Mann zu lieben. Wie sollte sie sich mit ihrem dummen Herzweh von ihm lösen, wenn der Tag gekommen war? Und was würde es bedeuten, wenn Hannah ihn in ihren Plan einweihte, um ihn ebenfalls für ihr Vorhaben zu gewinnen? Wenn er ablehnte, hatten sie einen gefährlichen Mitwisser, der all ihre Pläne zunichtemachen konnte, indem er sie an die Kolonialregierung verpfiff. Und das würde er tun – vielleicht nicht aus abgründiger Schlechtigkeit, sondern allein, damit ihm Hannah erhalten blieb. Du lieber Himmel, so weit durfte es nicht kommen!

»Spiel dich nicht immer auf, als würdest du mehr vom Leben verstehen als ich«, giftete Hannah zurück. »Ich mache meine eigenen Erfahrungen.«

»Tu das, solange du unseren Plan nicht gefährdest. Ich für meinen Teil zähle nur die Tage, bis es endlich losgeht. Nur dafür lebe ich, verstehst du, Hannah?«

»Ja, ich verstehe dich«, sagte sie weicher und versöhnlich. Molly hatte den Becher Tee ausgetrunken und ruhte nun wieder auf dem Kissen. Sie hielt die Augen geschlossen, als hätten das Trinken und Reden sie erschöpft.

Vom Appellplatz her schwoll nun der Lärm an. Das Rufen der Leute schallte bis zu den beiden jungen Frauen in der Hütte.

Hannah kroch auf allen vieren zur Tür und spähte hinaus. »Es ist so weit«, flüsterte sie, kroch zurück und legte sich dicht neben Molly. Molly wälzte sich auf die Seite, sodass sie Arm in Arm liegen konnten. Sie sahen sich an, und Molly erkannte die Trauer in Hannahs Blick. »Es ist schon wieder Dorothy«, wisperte sie. »Ich weiß nicht, ob sie das überleben kann.«

»Oh, Herr im Himmel, wie lange wollen sie sie quälen? Dass sie sich aber auch nicht beherrschen kann. Manchmal meine ich, sie legt es darauf an, zu Tode gepeitscht zu werden.«

»Ich habe schon mal versucht, mit ihr zu reden, aber du kennst sie. Sie lässt keinen mehr an sich heran. Ich sehe sie nur noch besoffen torkeln. Wenn ihr ein Soldat über den Weg läuft, pöbelt oder spuckt sie ihn an. Seit Laurie nicht mehr da ist, geht es mit ihr stetig bergab.«

»Ich weiß gar nicht, warum sie sie nicht auf die Norfolkinsel schicken. Das kann doch wohl kein Problem sein, wenn sie sie damit los wären.« Molly hustete, das Reden strengte sie mehr an, als sie wahrhaben wollte.

Hannah griff sofort unter ihren Rücken und half ihr, sich halb aufzurichten, damit ihr das Husten leichter fiel. Molly hörte und spürte, wie sich vom Inneren ihrer Brust Brocken lösten. Es brannte zwar höllisch, aber es fühlte sich so an, als würde sie sich gesund husten. Ob der Zwiebelwickel eine durchschlagende Wirkung hatte? Oder die Myrrhe? Oder dieses Süßkraut war tatsächlich ein Zaubermittel, wie manche Kolonisten standhaft behaupteten. Vielleicht war Riley doch nicht so ein Aufschneider, wie sie vermutet hatte. Vielleicht verstand er tatsächlich etwas von der Heilkunst.

»Ich vermute, sie hat unter den Offizieren einen besonderen Feind, der ihr den Gefallen nicht tun will, auf die Insel überzusetzen. Zugegeben, Dorothy ist wirklich keine Frau mehr, der man gern einen Wunsch erfüllt. Sie setzt alles daran, dass man sie hasst. Mir fällt es an manchen Tagen schwer, ihr wenigstens guten Tag und guten Weg zu wünschen, wenn sie mir begegnet und mich mit mürrischer Miene fixiert, als könnte ich etwas für dieses Unglück hier.«

Vom Appellplatz drang ein lautes Knallen zu ihnen herüber und fast im gleichen Atemzug das schrille Jaulen der Gefolterten.

Molly und Hannah zuckten zusammen, schwiegen und litten die nächsten zehn Hiebe mit ihrer alten Gefährtin. Dann ergriff Molly wieder das Wort, weil sie es kaum ertrug, Ohrenzeugin dieser Qual zu sein.

»Ich hoffe nur, dass diese Strafe sie tatsächlich zur Besinnung bringt. Dass sie sich endlich unauffälliger verhält und sich anpasst. Uns ist allen manchmal zum Schreien, Heulen, Toben und Pöbeln. Wenn jeder seinem Zorn freien Lauf ließe, wäre ein Zusammenleben überhaupt nicht möglich. Ich werde noch einmal mit Dorothy reden. Vielleicht kann ich sie zur Besinnung bringen.«

Hannah grinste schief, rückte von ihr ab und setzte sich wieder auf den Boden neben sie, die Beine angezogen, der Po auf den Fersen. »Das glaubst du nicht wirklich, Molly. Dorothy lässt keinen an sich heran.«

Ein Rascheln vor der Hüttentür ließ sie innehalten. Da steckte Edward seinen Kopf in den Raum. Obwohl der Wind das Heulen, Johlen und Knallen auf dem Appellplatz zu ihnen trug, lag auf seinem Gesicht ein zufriedenes Lächeln. Seine Augen blitzten.

Molly konnte es ihm nicht übel nehmen. Das Auspeitschen fand fast täglich, manchmal sogar mehrmals am Tag statt, stets überwacht von einem Soldaten mit Kreide und Schiefertafel und einem Trommler, der den Rhythmus vorgab. Man tat am besten daran, es zu ignorieren, solange man nicht selbst unter die Knute geriet.

Edward begrüßte Hannah mit einem Nicken und beugte sich dann zu Molly auf ihrem Krankenlager, um ihr einen Kuss zu geben. Er hob das kühle Tuch auf ihrer Stirn an. Seine Miene drückte Zufriedenheit aus, als er es wendete und wieder platzierte. »Das Fieber scheint runterzugehen«, stellte er fest, während er sich mit gekreuzten Beinen neben Hannah setzte.

Wie um ihm das Gegenteil zu beweisen, hustete Molly erneut. Edward strich über ihre Schulter.

Als Molly sich beruhigt hatte, räusperte sich Edward und zog die Lippen nach innen, als müsste er sein Lächeln unterdrücken. »Es gibt gute Neuigkeiten.«

In der Stille, die sich zwischen den drei Menschen für einen Moment ausbreitete, waren nur das Kreischen vom öffentlichen Platz zu hören und das Rauschen des Windes.

»Mach es nicht so spannend«, bat Molly. Was konnte schon eine gute Neuigkeit sein? Würde sie heute eine halbe Unze mehr Mais bekommen?

»Wie ihr wisst, ist Kapitän Bruikwijk seit gestern Gast im Hause von Sir Phillip. Sie haben die Lage in der Kolonie besprochen, und der Gouverneur hat ihm Briefe an die englische Regierung mitgegeben. Er hat sich die Buchhaltung über die Lebensmittel, die Nutztiere, die Verstorbenen und Kranken angeschaut und war, wie ihr euch denken könnt, erschüttert. Gleichzeitig war er beeindruckt von der sorgfältigen Auflistung und den Zeichnungen, die ich mancher Akte zur Verdeutlichung beigelegt habe.« Eine leichte Röte stieg in Edwards Wangen, als wäre es ihm peinlich.

Molly starrte ihn an und wartete darauf, dass er weitersprach. In ihrem Leib begann sich ein Druckgefühl auszubreiten, eine Ahnung stieg in ihr auf. Sie fürchtete sich vor dem, was Edward für eine gute Neuigkeit hielt.

Edward fuhr fort: »Bruikwijk hat dann am Nachmittag offen angesprochen, dass er einen Sekretär wie mich vermisst. Er braucht jemanden für die Buchführung, das Logbuch, für Zeichnungen der Menschen, Pflanzen und Tiere, die er in den Häfen der Welt antrifft.«

Molly fühlte sich, als läge eine Schlinge um ihren Hals. »Glückwunsch, was für ein wunderbares Angebot«, sagte sie ohne Begeisterung und holte zitternd Luft. »Damit sind ja all unsere Pläne hinfällig.«

Aus dem Augenwinkel nahm sie wahr, dass Hannah den Kopf hob wie ein Luchs, der lauschte. Die Stimmung in der Hütte lastete wie ein Felsbrocken auf Mollys Brust. Edward würde hier wegkommen, Hannah würde bleiben wollen … Ach, auf einmal erschien ihr alles schwarz vernebelt. Es gab kein Entkommen für sie.

Edward griff nach ihrer Rechten und hielt sie zwischen beiden Händen wie ein kleines Tier, das er beschützen wollte. »Was glaubst du denn«, sagte er so liebevoll, dass Molly Schauer über den Rücken liefen. Diesmal kamen sie nicht vom Schüttelfrost. »Sir Phillip hat meinen Wechsel in die Dienste Bruikwijks selbstverständlich rundweg abgelehnt. Er führte an, dass er auf mich nicht verzichten wolle, aber er machte auch deutlich, dass ich hier ein Strafgefangener bin, dass ich zu sieben Jahren Deportation verurteilt worden bin und dass es nicht in seiner Macht steht, mich zu begnadigen, nur weil jemand meine Fähigkeiten zu schätzen weiß.«

»Oh, das tut mir leid«, entfuhr es Hannah. »Wie bedauerlich für dich«, sagte sie mit Inbrunst und musterte Edward voller Mitgefühl.

»Damit hast du dich sicher nicht abspeisen lassen«, erklärte Molly. »Eine solche Chance bekommst du kein zweites Mal. Du hast gewiss ein Gespräch unter vier Augen mit dem Holländer gesucht und eine Möglichkeit ersonnen, wie du seinen Wünschen gerecht werden kannst.« Molly bemühte sich, die Verbitterung aus ihrer Stimme herauszuhalten, aber es gelang ihr nicht. Zu ihrem eigenen Ärger fühlte sie nun auch, wie ihr die Tränen hochstiegen.

Edward schmunzelte. »Tatsächlich habe ich das private Gespräch mit ihm gesucht, aber keineswegs, um seinen Wünschen nachzukommen. Vielleicht hätte er mir eine heimliche Mitreise auf seinem Schiff ermöglicht, um mich später in seine Dienste zu nehmen, aber das hätte bedeutet, dass ich dich, Molly, hier zurücklassen müsste. Das hätte er nicht gewagt, ein Ehepaar oder gar dessen Freunde auf seinem Schiff mitzuschmuggeln.«

Molly lauschte atemlos. Hannah rückte näher an ihn heran, um kein Wort zu verpassen.

Während ihrer Unterhaltung hielten die Schreie drüben bei der Auspeitschung an, aber Molly hatte sie ausgeblendet. Sie konnten Dorothy sowieso nicht helfen, nur darauf hoffen, dass es bald vorbei war und dass sie sich schnell wieder erholte. Manche starben unter den Qualen, weil ihr Herz den Dienst versagte, andere holten sich bei der Versorgung der Wunden tödliche Infektionen.

»Was habt ihr also besprochen?«, erkundigte sich Molly.

»Nun, wie gesagt, er scheint einen Narren an mir gefressen zu haben, trat mir mit ausgesuchter Höflichkeit gegenüber und beteuerte, dass er meine Arbeit wertschätzt. Deswegen habe ich nicht widersprochen, als er bei unserem Spaziergang am Rande des Busches die Bemerkung fallen ließ, ein Mann wie ich würde doch den Teufel tun und seine sieben Jahre hier absitzen.«

Molly fuhr hoch, wobei ein Stich wie von einem Messer durch ihre Brust glitt. Sie verzog gequält die Miene, aber ihren Zorn schwächte die Pein nicht ab. »Du hast ihm unser Vorhaben verraten?«, zischte sie und sog schnaufend die Atemluft durch die Nase ein. Sie hatte das Gefühl zu ersticken.

Edward fasste sie an den Schultern und drückte sie behutsam wieder aufs Lager. »Natürlich nicht, Molly. Selbstverständlich habe ich beteuert, dass ich mir der Ehre bewusst bin, für Sir Phillip arbeiten zu dürfen. Aber er wusste aus der Buchhaltung, dass alle die gleichen Essensrationen bekommen. Er kann sich ausrechnen, dass dies einem allmählichen Verhungern gleichkommt.«

»Was hat er dir angeboten?«, hakte nun Hannah nach, die allmählich ungeduldig wurde, wie Molly bemerkte. Vermutlich zog es sie zu ihren Patienten und zu Michael zurück, wo sie gebraucht wurde. Aber das, was Edward zu erzählen hatte, wollte sie sich nicht entgehen lassen. Dazu war ihre Neugier zu groß.

»Nun, ich habe anklingen lassen, dass ich hoffe, dass sich meine Strafzeit verkürzt, ohne auf weitere Details einzugehen. Aber Bruikwijk hat sofort verstanden. Er hat mir, ohne dass ich ihn danach gefragt hätte, erklärt, dass er selbst auf seinem Schiff nichts mehr hat, was er mir überlassen könnte. Sämtliche Lebensmittel, die sie auf der Weiterfahrt nach Kanton entbehren können, haben sie bereits vom Schiff geschafft. Navigationsgeräte und Werkzeuge hätten sie selbst nur in einfacher Ausstattung an Bord. Ihr könnt euch vorstellen, wie nervös ich wurde, weil er sich so hartnäckig gab. Aber er hat sich nicht beirren lassen und mir erklärt, er rechne damit, in Kanton einen befreundeten Kapitän zu treffen – offenbar den Mann seiner Schwester. Dem will er eine Liste mit benötigten

Materialien und Lebensmitteln überreichen. Die *Hoikendorp* – so heißt das Schiff seines Schwagers – soll angeblich auf ihrer Rückfahrt über Kapstadt nach Amsterdam in den Hafen von Sydney einlaufen. Ich solle mich bereithalten, dann werde mir alles, was mir nützen könnte, ausgehändigt werden. Davon abgesehen, würde er sich freuen, wenn ich mich, sobald ich in Freiheit bin, wieder bei ihm melde.«

Edward beendete seinen Vortrag und hob nun triumphierend das Kinn. Molly und Hannah starrten ihn mit offenem Mund an. »Das ist … das ist unglaublich! Bist du sicher, dass es keine Falle war? Dass er vielleicht nur herausfinden wollte, ob du fliehen willst?«

Edward nickte. »Ja, bin ich. Ich habe mit keinem Wort angedeutet, dass ich die Flucht plane. Er hat mir von sich aus diese Unterstützung zugesichert. Wie ernst es ihm damit ist, muss sich allerdings erst herausstellen.«

»Wann soll denn dieses holländische Schiff bei uns einlaufen?«, fragte Hannah. Ihre Stimme klang piepsig wie die eines Vogels.

»In vier bis fünf Monaten. Ich soll mich bereithalten und Ausschau halten nach dem Kahn. Dann soll ich den Kontakt zum Kapitän suchen. Das kann ich unverfänglich tun. Erst wenn er mir signalisiert, dass er informiert ist, spreche ich ihn auf die versprochenen Güter an.«

»Wenn das wirklich stimmt«, Molly kaute auf ihrer Unterlippe und starrte für einen Moment an die Decke, »dann wären wir unserem Vorhaben ein gutes Stück nähergerückt. Und wir wären vielleicht besser ausgerüstet, als wenn wir das Zeug aus dem Proviantlager und aus dem Haus des Gouverneurs stehlen müssten. Ich kann nicht glauben, dass es so einfach sein soll, Edward.« Sie musterte ihn nachdenklich. »Ich habe das Gefühl, an der Sache ist ein Haken.«

Edward zuckte die Schultern. »Wir können nur gewinnen. Hoffen wir darauf, dass der Kapitän Wort hält. Wenn nicht, haben wir nichts verloren, nur die Hoffnung.«

Hinter Mollys Stirn tanzten Sterne. Ihre Lider waren inzwischen schwer wie Blei. Das lange Gespräch hatte sie, obwohl von brisantem Inhalt, geschwächt und erschöpft. Auf einmal verspürte sie den dringenden Wunsch, sehr lange zu schlafen und davon zu träumen, wie die Freiheit schmeckte.

Edward hob ihren Kopf an, schüttelte die Lumpen auf, die als Kissen dienten, und zog die Decke wieder stramm um sie. Er streichelte ihre Wange. »Schlaf jetzt, Molly. Ich weiß, das ist alles viel auf einmal, besonders, wenn man gegen das Fieber kämpft wie du. Werde schnell gesund.«

Hannah erhob sich und strich ihr Gewand glatt. Ein letzter Schrei klang herüber, heiser und kraftlos, dann brandete Applaus auf. Man hörte das Stapfen der Menschen, die sich nach dem Spektakel in ihre Hütten zurückzogen.

Molly öffnete die Lider halb, um Hannah zum Abschied anzuschauen. Ihre Freundin hatte die Stirn in Falten gelegt und die Lippen so aufeinandergepresst, dass sie blutleer wirkten.

»Ich will sehen, was ich für Dorothy tun kann«, murmelte sie, hob grüßend die Hand und verschwand in der Dämmerung.

Als Edward und Molly allein waren, schnappte Molly ein paarmal nach Luft. Die Augen hielt sie halb geschlossen. Edward wollte sich schon erheben, um sie ruhen zu lassen, da hob sie die Stimme. »Du hättest es dir einfacher machen können, Edward. Du hättest dich auf das holländische Schiff schleichen können und darauf vertrauen, dass der Kapitän dich schützen würde.«

»Ja, das hätte ich«, sagte Edward nur.

»Warum tust du es nicht? Du bist mir ein Rätsel.«

»Ich hoffe, du wirst es irgendwann lösen können, Molly. Ich wünsche es mir sehr«, erwiderte er.

Sekunden später nickte Molly ein. Das Brennen in ihrem Hals ließ merklich nach, das Fieber sank, der Schlaf war von den ersten Minuten an erholsam. Sie spürte, wie sie sich mit jedem Atemzug gesund schlief, und ihr letzter Gedanke galt Michael Riley, dem sie ihre Genesung möglicherweise verdankte. Sie spürte Lippen auf ihrem Mund, zart wie Schmetterlingsflügel, aber dass sie im Schlaf lächelte, merkte sie schon nicht mehr.

19. Kapitel

Norfolk, November 1791

Die Kolonisten von Norfolk versammelten sich am Hafen, als der Ruf über die Insel schallte, dass ein Schiff gesichtet wurde. Die *Supply* war nach wie vor das Verbindungsschiff zu Sydney Cove. Seine Ankunft wurde stets mit Jubelrufen begrüßt, obwohl es manchmal nur weitere Sträflinge waren, die als zusätzliche Esser hierher verbannt wurden.

Dass es hier nicht komfortabler zuging als auf dem Festland, hatte sich inzwischen unter allen Kolonisten herumgesprochen. Der Ruf von der »Hölle ohne Wiederkehr« hatte sich unter den Menschen verbreitet, und dass diese seltsame Gesellschaft aus Dreiergespannen rund um ein Schwein die übelsten Sünden heraufbeschwor.

Major Ross hatte angekündigt, dass Reverend Richard Johnson erwartet wurde. Er sollte dafür Sorge tragen, dass Anstand und Moral wieder Einzug hielten. Zu diesem Zweck sollten sich alle Paare zusammenfinden, die bereit waren zu heiraten. Der Pfarrer würde die Trauungen vornehmen. Die weiblichen Sträflinge mit Babys sollten sich versammeln, damit Johnson die Kinder taufen konnte.

Der Aufruf des Kolonievorstehers hatte eine Welle von gewalttätigen Rivalitäten verursacht. Männer kämpften mit Fäusten um das eine Weib, das zu ihnen gehörte, und Frauen rissen sich an den Haaren und zerkratzten sich die Gesichter, wenn es darum ging, den Kerl zu ehelichen, der zu der Dreiergemeinschaft gehörte.

Laurie und Deborah hatten das Treiben kopfschüttelnd beobachtet und dafür gesorgt, dass sie nicht in die Grabenkämpfe gerieten. Bloß nicht die Aufmerksamkeit eines Mannes erregen, der sie womöglich zur Heirat drängen wollte, nun, da Joseph Heath unter der Erde war.

»Wenn ich's könnte, würde ich dich heiraten«, hatte Deborah in Lauries Ohr geflüstert, als sie Seite an Seite auf ihrem Lager ruhten und sich anschauten.

Laurie spielte mit Deborahs Haaren, wickelte sie sich um die Finger und blickte ihr dabei verträumt ins Gesicht. »Wir brauchen nicht Gottes Segen dafür, um zu wissen, dass wir zusammengehören«, hatte sie erwidert.

Seit sie den Rattenmann zu Grabe getragen hatten, entwickelten sich das Ackerland und die Hütte zu neuem Glanz. Deborah hatte viele kluge Ideen, wie sie ihre Erträge steigern konnten. Wo die Arbeit auf dem Grundstück und am Gebäude über die Kräfte einer Frau ging, holten sie sich den siebzehnjährigen Steven aus der Nachbarschaft zu Hilfe. Der Junge war stark wie ein Bär und übereifrig gegenüber den beiden hübschen Nachbarinnen. Laurie vermutete, dass er heimlich in Deborah verliebt war. Wer sollte sich nicht in eine wie sie verlieben? Aber vielleicht war Steven auch nur froh, seiner eigenen Gemeinschaft zu entkommen, in der er sich in der Familienidylle der Walshs überflüssig fühlte.

Nachdem Ross angekündigt hatte, dass sich nun die Dreiergemeinschaften auflösen sollten, hatte Steven bei Laurie und Deborah gefragt, ob er nicht bei ihnen wohnen und mit ihnen gemeinsam wirtschaften könnte.

Laurie hatte das kategorisch abgelehnt. Seine Hilfe nahmen sie stets dankbar an. Wenn die Vorräte ausreichten, hießen sie ihn auch gern zu den Mahlzeiten willkommen. Aber er sollte sich nicht einbilden, dass er sich zwischen sie und ihre Freundin stellen konnte. Vermutlich würde Steven in seinem Leben nicht verstehen, was die beiden Frauen miteinander verband. Aber das musste er auch nicht. Er sollte einfach nur begreifen, dass er keinen Keil zwischen sie treiben konnte. Laurie würde um ihre Deborah bis aufs Messer kämpfen, wenn es darauf ankam. Einen treueren, stärkeren und liebevolleren Menschen als sie hatte es nie für sie gegeben.

Laurie stellte sich auf die Zehenspitzen, um über die Köpfe der anderen Kolonisten auf das Beiboot blicken zu können, in dem der Pfarrer wie eine Galionsfigur saß, unbeweglich und mit durchgedrücktem Rücken. Fünf Männer kämpften sich ab, den Geistlichen in dem Boot an der Leine entlang an Land zu bringen.

Johnson bemühte sich um eine würdevolle Miene, aber je näher er kam, desto häufiger schnappte er nach Luft, weil ein ums andere Mal Wellen über die Nussschale schwappten. Er klammerte sich an den Seiten fest und duckte sich, um nicht ins Meer gespült zu werden. Zwei Männer fassten ihn an den Seiten und halfen ihm, die letzten Meter ans Ufer zu stolpern, wo sich der Reverend erst einmal nach vorn beugte, um durchzuschnaufen.

Die Menschen applaudierten. Laurie hatte den Eindruck, dass manche dabei höhnisch lachten. Viele hielten es für wichtig, dass der Geistliche die gesellschaftliche Ordnung auf Norfolk herstellte, aber andere meinten, sie brauchten Brot und Fleisch nötiger als salbungsvolle Worte.

Nachdem Reverend Johnson sich in Major Ross' Behausung mit Schweinefleisch und Mais gestärkt hatte, rief er die heiratswilligen Menschen vor der Hütte zusammen. Mehr als dreißig Paare hatten sich gefunden und wollten ihre Verbindung segnen lassen.

Die Liebespaare hielten sich an den Händen. Manche schienen sich einig zu sein, manche Frauen jedoch wirkten weniger verzückt als eingeschüchtert.

Die Massentrauung dauerte bis in die späten Abendstunden. Am nächsten Tag stand die Taufe von mehr als einhundert Babys an. Laurie genoss die Abwechslung, die ihr dieses Spektakel bot. Gleichzeitig aber dankte sie dem Himmel, dass sie weder eine Ehe eingehen noch sich um ein Kind sorgen musste.

Ob diese Maßnahme die Ordnung auf der Insel tatsächlich wiederherzustellen vermochte? Hier tat inzwischen jeder, was ihm gefiel, und täglich gingen wegen der nichtigsten Anlässe die Auspeitscher dazwischen, ob mit oder ohne Befugnis von Major Ross. Manch einer lag bereits totgeschlagen unter der Erde, andere wanden sich verkrüppelt auf ihren Lagern, viele trachteten nur torkelnd und sabbernd danach, täglich ihre Ration Fusel zu bekommen, der ihnen für ein paar Stunden gnädiges Vergessen beschied.

Auf Norfolk herrschte ein Desaster. Den wenigsten gelang es, ein Leben außerhalb der verderbten Gesellschaft zu führen, wie es Laurie und Deborah taten. Sie hielten sich aus allem heraus, ließen sich selten bei öffentlichen Veranstaltungen blicken und arbeiteten zwischen den heimischen Wänden daran, zu einem bescheidenen Wohlstand zu kommen. Niemand kümmerte sich um sie, solange sie keinen Ärger machten.

Lauries Nachbarin Sarah reihte sich in die Schlange der Mütter mit den Täuflingen. Von ihrem Platz auf den Felsen erkannte Laurie, dass sich ihr Bauch unter dem Gewand wieder deutlich rundete. Offenbar erwartete sie ihr drittes Kind. Trotz ihrer Befürchtungen, Sammy könnte ihr alle Kraft aussaugen, sah Sarah aus wie das blühende Leben.

Kein Wunder. John Coen Walsh gehörte nach wie vor zu den

tüchtigsten Männern auf Norfolk. Genau wie Laurie und Deborah hatten es die Walshs geschafft, sich eine Ackerwirtschaft aufzubauen, von der die Familie ein Auskommen hatte. Sich auf die Regierung mit ihrem Schweineplan zu verlassen war von vornherein zum Scheitern verurteilt gewesen. Was zählte, waren Eigenverantwortung und Unabhängigkeit von den Proviantlagern und den Maßnahmen der Kolonialregierung.

John trieb mit seinem Getreide sogar Handel. Sobald ein Schiff im Hafen einlief, packte er sich Säcke von Mais auf den Buckel, die er den Seefahrern verkaufte. Missmutig begafften ihn dabei die Kolonisten, die weniger Fleiß an den Tag gelegt hatten und nach wie vor von der Hand im Mund und dem Vogelfleisch lebten.

Was war das für ein Gemeinschaftssinn, wenn er die kostbaren Nahrungsmittel von der Insel schaffte? Aber John ließ sich nicht beirren und steckte die Münzen ein, die sein Gewinn waren.

Laurie fragte sich, wofür er das Geld brauchte. Hier auf der Insel war es nichts wert, kaum einer besaß einen Shilling. Die beste Währung auf Norfolk waren Brot und Fleisch.

»Ich schätze, er spart darauf, sich und seine Familie von hier wegzubringen«, hatte Deborah einmal beim gemeinsamen Frühstück in ihrer Hütte vermutet, als sie durch das Fenster beobachteten, wie John seine Ware wieder schulterte und zum Hafen stapfte.

»Aber wie soll das gehen? Sarah und er sind zu sieben Jahren verurteilt. Sie haben ihre Strafe nicht einmal zur Hälfte abgesessen. Genauso gut können sie warten, bis sie wieder frei sind, und sich dann von der englischen Regierung abholen lassen.«

»Wo denkst du hin, Laurie. Hier wird niemand mehr abgeholt.«

Laurie verschluckte sich an dem Getreidebrei. »Woher willst du das wissen, Deborah? Ich glaube noch an Gerechtigkeit.«

Deborah stieß ein Schnaufen aus. »Findest du es gerecht, dass wir hierher verbannt wurden? Findest du es gerecht wegen eines gestohlenen Schinkens, ein paar lumpiger Pennys für viele Jahre der Heimat verwiesen zu werden? Ich habe den Glauben an die Gerechtigkeit verloren. Niemand wird uns helfen. Das können nur wir selbst tun.«

»Das tun wir ja auch, genau wie John.«

Deborah nickte. »Ich schätze, er setzt alles darauf, begnadigt zu werden. Major Ross hat eine hohe Meinung von ihm. Ich kann mir vorstellen, dass entsprechende Anträge bereits zum König unterwegs sind. Wenn John begnadigt wird, ist gleichzeitig seine Frau frei. Dann können sie die Insel verlassen, vorausgesetzt, sie haben bis dahin genug Geld gespart, um die Passage wohin auch immer zu bezahlen.«

»Wie ist es mit uns, Deborah? Willst du weg von hier? Wohin könnten wir? Nach England ist es weit. Ich weiß nicht, ob ich eine weitere Schiffsfahrt von dieser Länge durchstehe. Ich denke mit Grauen daran zurück.«

Deborah hob die Schultern. »China und Indien liegen näher. Wer versucht, Sydney Cove oder Norfolk zu verlassen, den wird es dahin ziehen. Vielleicht noch Kapstadt. Aber ich weiß nicht … Willst du das?«

»Ich will mit dir zusammen sein, egal wo.«

»So geht es mir auch. Hier schreibt uns keiner vor, wie wir zu leben haben. Die Männer lassen uns unsere Ruhe, und in welcher Art Beziehung wir leben, kratzt niemanden. Jeder hat genug mit seinem eigenen Auskommen zu tun. In den umtriebigen Hafenstädten wäre das anders. Dort würden sich die Leute das Maul zerreißen über zwei Frauen, die zusammenhalten und keinen Kerl an sich heranlassen.«

»Also hier weiterkämpfen?«

Deborah nickte. »Wir haben viel erreicht. Von mir aus bauen wir uns hier eine Zukunft auf.«

Das Schwein trottete in die Hütte und schnupperte an Deborahs Bein, bevor es weiter zu Laurie trabte und sich vor ihr auf die Hinterläufe setzte. Wie ein wohlerzogener Hund blickte es mit seinen Knopfaugen zu ihr auf. Laurie streichelte das Tier zwischen den Ohren und tätschelte seine Flanke. Es war inzwischen kein niedliches rosa Kleintier mehr, sondern ein ausgewachsenes Schwein, zahm wie ein Schoßhündchen. Es hatte immer noch nicht geferkelt und gehörte trotzdem zu ihnen wie ein Familienmitglied. Eines Tages würde es eines natürlichen Todes sterben, jedenfalls nicht durch die Hand eines Menschen, solange es die beiden Frauen verhindern konnten.

Nicht auszudenken, wenn sie sich einzig auf die Schweinezucht verlassen hätten, wie es ihnen die Kolonialregierung nahegelegt hatte. Sie wären alle verhungert.

Laurie streckte die offene Hand über den Tisch, und Deborah legte ihre Rechte hinein. Sie hielten sich und sahen sich dabei an.

»Wie sich die Kolonie auf der Insel auch entwickeln mag, wir bleiben hier«, sagte Laurie. »Wir haben uns bewiesen, dass wir es alleine am besten schaffen, ohne Mann, der uns drangsaliert.«

Deborah lächelte. »Ja, wir bleiben hier und zeigen all den Faulpelzen, Dummbeuteln und Großmäulern, dass man auf Norfolk ein behagliches Leben führen kann, wenn man nur tüchtig ist und die Landwirtschaft mit Verstand angeht.«

Laurie beugte sich über den Tisch, um Deborah einen Kuss geben zu können. Ihre Lippen waren kühl und weich. Es fühlte sich an wie ein Versprechen.

Zwei Wochen später stieß Sarah Walsh in ihrer Hütte einen Freudenschrei aus, untermalt vom fröhlichen Lachen und Quäken ihrer beiden Kinder. Das Ungeborene in ihrem Bauch strampelte, als wollte es sich an der allgemeinen Ausgelassenheit beteiligen.

Sarah vermutete, dass ihr Schrei bis weit über die Grenzen ihres Ackerlandes hinaus zu hören war. Sollten es doch alle wissen, dass sie Grund zum Frohlocken hatten.

Sie fiel ihrem Ehemann um den Hals, herzte und küsste ihn und drückte sich mit ihrem gewölbten Leib an ihn. Am liebsten hätte sie ihn in genau dieser Minute geliebt, aber das ging nicht vor den Kindern, und Steven hockte mit missmutiger Miene auf seinem Lager.

Mit wackeligen Beinen war John am Morgen zum Hafen gestiefelt. Diesmal nicht, um mit dem Überschuss an Getreide Handel zu treiben, sondern weil die *Supply* erneut angekündigt war. Sie sollte Ackergeräte und ein paar Ziegen bringen, die Major Ross eingefordert hatte, nachdem in Sydney Cove ein Versorgungsschiff eingelaufen war. Und sie sollte Post bringen.

Briefe brachte die *Supply* fast jedes Mal, und am Hafen drängelten sich die Kolonisten in freudiger Erwartung. Die meisten gingen danach wieder enttäuscht ihrem Tagwerk nach. Der Postweg aus der Heimat war lang, man konnte nie genau wissen, wann ein erwarteter Brief eintraf und ob er überhaupt je auf Norfolk landete.

John hatte sein Gnadengesuch gleich in den ersten Wochen seiner Deportation geschrieben. Er rechnete sich aus, dass nun die Zeit einer Antwort gekommen sein könnte. Einige Male war er bereits umsonst zum Hafen gelaufen, aber heute war es endlich so weit. Nachdem die Privatpost unter den Kolonisten verteilt worden war, die mit schmutzigen Händen danach gegriffen hatten, um sich die Umschläge an die Brust zu drücken, verlas Major Ross das offizielle Schreiben der englischen Regierung im Auftrag Ihrer Majestät König Georg III. Der König mochte an geistiger Verwirrung leiden, aber solange er fähig war, Gnadenerlasse auszusprechen, würden ihn die Kolonisten wie einen Heiligen verehren.

John glaubte seinen Ohren nicht zu trauen, als Major Ross tatsächlich seinen Namen vorlas. Der König hatte ihn begnadigt, und damit auch seine Familie. War er nun ein freier Mann? Konnte er leben, wo er wollte, tun, was ihm behagte? Major Ross kam mit einem für ihn unüblichen Schmunzeln auf Walsh zu und beglückwünschte ihn zu dieser Meldung. Erst da begann John zu begreifen, dass er weder träumte noch fantasierte. So erzählte er es Sarah, die unter Tränen in seinen Glückstaumel einfiel.

Die kleine Maud hob die Arme, weil sie aufgenommen und lieb gehalten werden wollte, aber Sarah streichelte ihr nur einmal kurz über den Scheitel. Dann nahm sie ihren in seinem Bettchen krähenden Sohn auf, während das Mädchen danebenstand. Sarah würde Maud nicht im Stich lassen, gewiss nicht, aber sie war das Kind eines anderen, ein Anhängsel aus ihrem früheren Leben, das ihr manchmal lästig war. Sie würde sie mitnehmen, wohin es sie verschlagen mochte, aber zu ihrer Familie gehörten vor allem ihr Mann, Sammy und das ungeborene Kind, das Anfang nächsten Jahres das Licht der Welt erblicken würde. Vielleicht wären sie da schon in einem freundlicheren Land? In einem Land, wo es sich menschenwürdig leben ließ.

»Was bedeutet das nun, John?«, fragte Sarah, nachdem sie sich – strahlend vor Glück – wieder beruhigt hatte. Sie schenkte ihrem Mann einen Becher Rum ein. Wenn dieser Tag nicht zum Feiern geschaffen war, welcher dann?

»Nun, der Erlass ist mit sofortiger Wirkung gültig. Das heißt, wir fangen jetzt schon an, unser Bündel zu packen, damit wir bereit sind, wenn ein Schiff einläuft, das uns mitnehmen kann.«

»Viel haben wir nicht zu packen«, sagte Sarah, während sie sich in der Hütte umschaute. »Was glaubst du, wo es hingeht?«

John zuckte die Schultern. »Die Schiffe, die hier einlaufen, reisen entweder nach Bombay oder Kanton oder Timor. Ich habe nicht die geringste Ahnung, was uns in einem der Länder erwartet und welches uns mehr Vorteile bietet. Aber ich glaube, jede Passage kann uns recht sein. Besser als auf Norfolk werden wir es überall antreffen.«

»Du hast hier viel geschafft. Das Feld, die Hütte, der Handel … Wir werden noch einmal von vorn anfangen müssen.«

John blickte zu Steven, der sich bislang nur zu einem Nicken als Gratulation durchgerungen hatte. »Willst du mein Erbe hier antreten, Steven?«, fragte er mit einem gutmütigen Zwinkern.

Sarah schreckte auf. »Du willst es ihm einfach überlassen? Er muss dafür bezahlen!«

»Schweig still, Weib«, sagte John, ohne den Blick von Steven zu lassen, auf dessen Miene sich ein rascher Wandel von gegensätzlichen Gefühlen abzeichnete. »Nun, Steven, was meinst du? Schaffst du das, was wir gemeinsam erarbeitet haben, alleine? Such dir eine patente kleine Frau, wenn die nächste Schiffsladung Sträflinge hier eintrifft, und bewirtschafte den Hof mit ihr gemeinsam. Träum nicht länger von den beiden Rosen in unserer Nachbarschaft – die haben mit uns Kerlen nichts zu tun, auch wenn's ein Jammer ist.«

Sarah sog zischend die Luft ein. Erneut spürte sie den bohrenden Stich der Eifersucht, weil ihr Mann so ehrfürchtig von den beiden Frauen sprach. Ob er es mit einer von ihnen getrieben hatte?

Es war bekannt, dass Laurie und Deborah jede männliche Annäherung zurückwiesen. Aber konnten sie bei einem Prachtkerl wie ihrem John wirklich widerstehen? Welche Frau wurde bei ihm nicht schwach?

Ein bitteres Brennen stieg in Sarahs Hals auf, aber sie riss sich zusammen, schluckte ein paarmal und versuchte dann zu lächeln. Was nützte es, sich gegen John aufzulehnen? Er würde doch tun, was er für richtig hielt. Gerade weil er kein Waschlappen war, liebte Sarah ihn schließlich.

Schon eine Woche später vernahmen die Walshs den Ruf, dass ein Schiff gesichtet wurde, das Kurs auf Norfolk nahm. Es schien von Sydney Cove zu kommen und brachte gewiss weitere Fracht, die den Kolonisten auf diesem abgeschiedenen Flecken von Nutzen sein konnte.

Sarahs Blut begann zu singen vor Freude. War das ihre Passage in die Freiheit? John trieb sie und die Kinder zur Eile an. Jeder packte sich ein Bündel auf die Schultern.

Sarah blickte sich ein letztes Mal in der Hütte um mit den aus rohem Holz gezimmerten Wänden, dem Lager, auf dem sie und John sich geliebt hatten, wann immer sie glaubten, dass der Rest der Familie schlief. Sie blickte zu Steven und runzelte die Stirn, als sie erkannte, dass seine Miene nicht die mindeste Trauer über den Abschied der Familie ausdrückte, sondern eher fröhliche Erwartung. Gewiss, der trat ein stattliches Erbe an, ging es Sarah bitter durch den Sinn. Kühl reichte sie Steven die Hand, um ihm Lebewohl zu sagen. John drückte den jungen Mann an seine Brust und tätschelte ihm den Rücken. »Lass dich nicht unterkriegen, Junge.«

Sarah schnürte sich Sammy mit einem Stück Sackleinen an die Brust über den gewölbten Bauch, Maud hielt sich an ihrem Rockzipfel. Die Kleine spürte wahrscheinlich mehr, als dass sie es wusste, dass die Zeit für eine einschneidende Veränderung gekommen war, und sorgte mit der ihr eigenen Beharrlichkeit dafür, dass niemand sie vergaß.

An der Kordel, die John um die Taille gebunden hatte, baumelte der verschnürte Sack mit den Guineen, die er in all den Monaten erwirtschaftet hatte. Sarah wusste nicht, ob das Geld reichte, um eine Mitfahrt für die Familie zu bezahlen, aber sie folgte ihrem Mann, der ihr voran zum Hafen schritt.

Als sie sich umschaute, entdeckte sie die beiden Nachbarinnen vor deren Hüttentür. Sie standen eng beieinander, Schulter an Schulter. Sarah winkte zum Abschied, Laurie und Deborah erwiderten die Geste. Gewiss, sie hatten eine Zeit ihres Lebens als Leidensgenossinnen verbracht, aber Sarah weinte ihnen keine Träne nach. Alles, was zählte, waren ihr Mann, ihre Kinder und dass sie hier wegkam.

Auf dem Weg zum Hafen ließ Sarah den Blick über die armseligen Hütten und den Friedhof schweifen. Was für ein erbärmliches Stück Land. Diese hässlichen, von Krankheit und Armut gezeichneten Menschen, die ihr begegneten. Alle gingen sie gebeugt, die Mienen verschlossen, die Haare verfilzt und verlaust, in Lumpen gewandet. Sollte es ihr wirklich beschieden sein, in ihrem neuen Leben einen Hauch von Luxus zu genießen? Wie sehr sehnte sie sich danach, einmal wieder ein Kleid in leuchtendem Blau zu tragen, vielleicht mit einem Stück Spitze am Dekolleté und einer Schärpe, die sie im Rücken zur Schleife band, ohne Flicken, ohne Risse. Sich die Haare mit duftender Seife zu waschen und in kringelige Locken zu brennen, die sie zu einer reizenden Hochfrisur steckte. Wie niedlich könnten ihre Kinder aussehen, Sammy im Matrosenanzug, Maud in einem knöchellangen Rüschenkleid mit rosa Schleife im Haar.

Sarahs Herz klopfte zum Zerspringen, als sie am Hafen anlangten. Der Dreimaster hatte bereits Anker geworfen und ragte vor den Klippen majestätisch auf. Sie las den Namen, der unterhalb der Galionsfigur aufgemalt war – *Marquis Cornwallis*.

»Ist das ein englisches Schiff?«, flüsterte sie ihrem Mann zu.

Johns Augen zuckten. Als er nach ihren Fingern griff, fühlte sich seine Hand schweißnass an. Er versuchte zwar seine Aufregung zu verbergen, aber dieser große Schritt, der ihnen vielleicht bevorstand, ließ ihn nicht kalt.

»He, Walsh! Machst du heute Geschäfte mit der ganzen Familie?« Major Ross stiefelte auf sie zu. Sein meckerndes Lachen schmerzte Sarah in den Ohren. Unbewusst verbarg sie sich hinter dem breiten Rücken ihres Mannes. Sie hatte den Kolonialvorsteher zu oft vor Vergnügen grinsen sehen, wenn unter seinem Kommando straffällig gewordene Kolonisten bis auf die Knochen ausgepeitscht wurden. Ihm unbeteiligt und freundlich gegenüberzutreten war ihr nicht möglich. Wusste er etwa nicht, dass sie beabsichtigten, die Insel zu verlassen?

Eine Ader an Johns Schläfe trat blau hervor. Er mahlte mit dem Kiefer, während er dem Mann entgegenstarrte. O Gott, er hatte ihm vielleicht gar nicht erzählt, dass sie auf eine Passage warteten! Was, wenn er ihre Pläne mit einem Handstreich zunichtemachte?

Sarahs Brustkorb hob und senkte sich, Maud an ihrem Rockzipfel fing leise an zu wimmern, Sammy wand sich mit zum Schreien verzogenem Gesicht in ihren Armen. Sarah federte in den Knien, um das Baby zu beruhigen, und gab Maud einen Klaps auf die Schulter, damit sie aufhörte zu jammern.

»Sir, ich will versuchen, für mich und meine Familie eine Schiffspassage zu bekommen, nun, wo ich begnadigt worden bin.«

Major Ross trat nah an ihn heran. Sarah hinter Johns Rücken konnte seinen schlechten Atem riechen. Sie sah jede Narbe, jede Pore seiner wettergegerbten Haut. Er kniff die Augen zu schmalen Schlitzen zusammen. »Du willst Norfolk wirklich verlassen? Nun, ich kann dich nicht halten, du bist ein freier Mann. Aber du wirst hier fehlen, Walsh. Du warst dem faulen Pack hier immer ein leuchtendes Vorbild. Schade um deine schöne Farm. Eine Schande, wenn dort alles wieder vom Unkraut überwuchert wird.«

John schluckte. Der Adamsapfel an seinem Hals hüpfte. »Ich habe sie Steven übergeben. Ein arbeitsamer Mann.«

Sarah bemühte sich, sich die Erleichterung nicht anmerken zu lassen, als Major Ross ihrem Mann jovial die Schulter tätschelte. Er hätte die Macht, ihn zum Bleiben zu zwingen, wenn es dem Wohl der Gemeinschaft diente.

»Also wollt ihr heim nach England?«

John schüttelte den Kopf. »Dahin zieht uns nichts, schon gar nicht mit den Kindern und dem Ungeborenen, das bald auf die Welt kommen wird.« Er legte für einen Moment die Hand auf Sarahs Leib und streichelte mit der anderen über Sammys flaumweichen Haarschopf. »Wir gehen dahin, wohin uns das Schicksal verschlägt.«

»Nun, dann hoffe ich, dass ihr euch nicht in wenigen Tagen nach Norfolk zurücksehnt.«

Gewiss nicht, dachte Sarah. So übel konnte es gar nicht werden, dass sie in Wehmut an ihre Zeit auf der Insel zurückdachte. Aber sie behielt ihre Gedanken für sich.

Sie wandten die Köpfe, als nun die Gesandtschaft der *Marquis Cornwallis* aus dem Beiboot stieg – wie alle, die Norfolk betreten wollten, erschöpft vom Übersetzen und bis auf die Haut durchnässt. Sie schüttelten sich und richteten die Uniformen, während Sarah, John und Major Ross ihnen entgegensahen. Dann streckten sie den Rücken durch, um wieder Würde und Autorität auszustrahlen, und marschierten auf sie zu.

Kapitän Foster, der sich dem Gouverneur vorgestellt hatte, wandte sich an John, als dieser seinen Geldbeutel von der Kordel nahm.

»Sir, ich bin John Coen Walsh und hatte vor wenigen Tagen die Freude, von meiner Begnadigung Nachricht zu bekommen. Meine Gattin und meine Kinder sind damit ebenfalls frei, und unser Wunsch ist es, Norfolk zu verlassen. Gibt es die Möglichkeit für uns, auf der *Marquis Cornwallis* mitzufahren?«

Kapitän Foster musterte John, dann seine Frau, schließlich beugte er sich zu Maud und sah ihr ins Gesicht. Er kniff sie leicht in die Wange und zeigte ein warmes Lächeln. »Ja, natürlich«, sagte er. »Wir haben hinreichend Platz an Bord. Aber billig wird es nicht.«

John übergab ihm all seine Guineen. Sarah krallte sich in seine Schulter und biss sich auf die Unterlippe. Würde der Kapitän tatsächlich all ihr Erspartes nehmen? Sie hatte darauf spekuliert, eine Reserve zurückzubehalten, damit sie an dem Ort, an dem sie sich niederlassen würden, nicht bei null anfangen mussten.

Der Kapitän öffnete den Beutel, wühlte mit den Fingern darin herum und nickte schließlich. Er übergab das Geld seinem Steward, der wortlos und mit unbewegter Miene das Gespräch verfolgte. »Das reicht. Herzlich willkommen an Bord.«

John sog die Luft ein, seine Schultern spannten sich an. »Sie hissen noch heute die Segel?«

Foster nickte. »Wir haben nur ein Dutzend Weiber von Sydney Cove an Bord, die hierher versetzt wurden. Sobald wir sie an Land gebracht haben, nehmen wir Fahrt auf.«

In Sarahs Hals fühlte es sich an, als säße eine Kröte darin. »Wo… wohin geht die Reise?«, erkundigte sie sich, und es gelang ihr nicht, das Zittern aus ihrer Stimme herauszuhalten. Wo würden sie ihren neuen Anfang wagen?

»Wir segeln nach Bombay, Madam«, antwortete der Kapitän.

Drei Stunden später hatten sie Quartier auf dem Dreimaster bezogen. Am frühen Abend schallte das Kommando über Deck, die Segel zu hissen.

Sarah stand Arm in Arm mit John an der Reling, die Kinder zu ihren Füßen sitzend, und blickte auf die bewaldeten Hügel und schroffen Klippen der Insel zurück, die ihr Gefängnis gewesen war.

Sarah hatte nicht die geringste Ahnung, was sie in Bombay erwartete, aber sie wusste: Mit John an ihrer Seite würde es ihr immer gelingen, in einer neuen Gesellschaft Fuß zu fassen, sich Ansehen zu verschaffen und das Martyrium der vergangenen Jahre zu vergessen.

Die Luft, die um ihre Wangen strich und sich in ihren Haaren verfing, schmeckte nach Salz. Und nach Freiheit.

20. Kapitel

Sydney Cove, November 1791

Jedes Schiff, das in den Hafen einlief, empfingen die Kolonisten von Sydney Cove mit Jubel und den größten Erwartungen. In den vergangenen Wochen hatten bereits mehrere Frachter Lebensmittel und Saatgut gebracht, die unter strengsten Sicherheitsvorkehrungen in die Proviantlager geschleppt wurden, sodass alle davon profitieren konnten und nicht etwa nur die geschicktesten Langfinger.

Manche Offiziere hatten sich auf den verstreut liegenden Inselchen um die Bucht herum Gärten angelegt in der Hoffnung, ihr eigenes Getreide und Gemüse anpflanzen zu können. Ob sich die Mühe lohnte, würde die Zeit zeigen, aber zumindest bewies das Engagement Einzelner, dass die Hoffnung auf bessere Zeiten in Sydney Cove noch nicht verloren war.

Edward Young betrachtete das Treiben mit Freude. Obwohl er mit ganzem Herzen seinen Ausbruch vorbereitete, wünschte er doch diesem Land, dass die Menschen es zu ihrem eigenen Nutzen zum Blühen brachten. Die Küstenlandschaft war prachtvoll, die Tierwelt eine nie versiegende Quelle des Staunens. Unter der Sand- und Gesteinsschicht war der Boden fruchtbarer als erwartet, und es war nur eine Frage der Zeit, wann die Kolonisten ihm endlich Korn in hinreichender Menge abrangen. Edward war davon überzeugt, dass Neusüdwales eine Zukunft vor sich hatte, dass sich die Kolonie irgendwann ausweiten, zu Dörfern und Städten entwickeln würde mit allen Annehmlichkeiten, auf die zivilisierte Bürger Wert legten.

Aber noch schien es eine lange Durststrecke, bevor dieses Land ein lebenswerter Ort sein würde. Edward glaubte nicht daran, dass es seiner Generation beschieden sein würde, hier ein sorgloses Leben ohne Hunger und Seuchen zu führen. Aber vielleicht würden die Kinder irgendwann die Früchte ihrer Arbeit ernten. Oder deren Kindeskinder.

Edward saß im Arbeitszimmer des Gouverneurs. Die Mittagshitze drang durch die weit geöffneten Fenster herein, Insekten surrten um ihn. Aus dem Busch drang das Kreischen der Sittiche.

Er überprüfte die Buchhaltung des vergangenen Monats, um sie mit den Aufwendungen im neuen Monat zu vergleichen, und hob den Kopf, als vom Dorf her vereinzelte Freudenschreie laut wurden.

Sir Phillip, der im Lehnstuhl hinter ihm in die Listen der Proviantverteilung der nächsten Tage vertieft war, sah ebenfalls auf. Die Anspannung und die Jubelrufe, sobald sich ein Schiff näherte, waren ihnen inzwischen wohlvertraut. Sir Phillip erhob sich ächzend und griff nach dem Fernrohr auf dem Schreibtisch.

»Welche Flagge?«, erkundigte sich Edward möglichst beiläufig, obwohl sich sein Pulsschlag verdoppelt hatte. Seit einigen Tagen rechnete er mit dem holländischen Schiff, auf das ihn Kapitän Bruikwijk vorbereitet hatte.

»Moment, noch nicht zu erkennen.« Der Gouverneur trat näher ans Fenster und spähte erneut über die Schilfdächer der Hütten hinweg zum Ozean. »Ich denke, es sind … Holländer.«

Edwards Blut gefror zu Eis, seine Finger erstarrten mit der Feder in der Hand über den Büchern. Das mussten sie sein.

Wahrscheinlich würden sie in etwa einer Stunde Anker werfen und an Land kommen, begrüßt und bejubelt von den Menschen in der Bucht.

Edward musste es irgendwie gelingen, den Kapitän auf sich aufmerksam zu machen. Er wusste nicht, wie lange die *Hoikendorp* vor Sydney liegen würde, ob ein Besuch und eine Übernachtung beim Gouverneur geplant waren oder ob es die Holländer gleich weiterzog, nachdem sie sich nach dem Befinden erkundigt hatten und gegebenenfalls Werkzeuge, Stoff, Geschirr, Rum oder Lebensmittel als Spende hierließen.

Mit steifen Beinen erhob er sich. »Sir?« Er nickte in Richtung des Fernrohrs, das Sir Phillip hielt.

Der Gouverneur reichte es ihm und ließ sich wieder in seinen Lehnstuhl plumpsen. »Ich werde mich gleich zur Begrüßung fertig machen«, verkündete er. »Noch ist es Zeit.«

Edward behielt durch das Glas den Frachter im Auge. Er richtete den Blick auf die Seite des Schiffes, um den Namen lesen zu können. Kurz darauf wusste er, dass sein Instinkt ihn nicht getrogen hatte. Es war tatsächlich das Schiff, das er herbeigesehnt hatte.

Jetzt gab es gleich zwei Probleme. Wie sollte er sich zu dem Schiff schleichen, ohne vom Gouverneur oder von anderen Kolonisten entdeckt und womöglich in ein Gespräch verwickelt zu werden? Und wie sollte er den Kapitän, sobald er an Land kam, auf seine geheime Mission aufmerksam machen?

Während Edward darüber grübelte, nahm ihm der Gouverneur eine Entscheidung ab. Er richtete sich auf, zog die Uniformjacke über und wackelte mit den Schultern, bevor er die Messingknöpfe verschloss. »Meine Beine sind nicht mehr die jüngsten«, sagte er. »Ich mache mich auf den Weg, um die Abordnung zu begrüßen. Nachher verpasse ich sie noch. Begleiten Sie mich, Edward.«

»Ich will die Arbeit hier zu Ende bringen, Sir. Ich komme später nach«, erklärte Edward, beugte sich über das Pergament, ohne ein Wort zu lesen oder eine Zahl zu entziffern, und lauschte, wie sich der Gouverneur mit behäbigen Schritten entfernte. Er reckte den Hals und beobachtete, wie dieser mit durchgedrücktem Kreuz und auf dem Rücken verschränkten Armen in Richtung Hafen schritt. Als er weit genug weg war, verstaute Edward Tintenfass und Feder, klappte die Bücher zu und eilte durch die Hintertür an den Ziegen vorbei in den Busch.

Dass er sich in seiner Freizeit gern in den Wäldern aufgehalten hatte, kam ihm nun zugute. Er kannte jeden Pfad rund um die Bucht. Er würde sich der *Hoikendorp* von der rückwärtigen Seite nähern.

Äste knackten unter seinen Füßen, Schlingpflanzen versperrten an manchen Stellen den Pfad. Hin und wieder schreckte ein Schwarm bunter Vögel auf. Ein paar Kängurus hüpften von der Lichtung davon, als er sich näherte.

Was tat er hier? Huschte wie ein Dieb durchs Gestrüpp und hatte doch einen so angesehenen Posten in der Kolonie, dass er sich weiß Gott nicht beklagen konnte. Himmel, er war tatsächlich auf Schleichwegen unterwegs, um die Flucht von der Insel vorzubereiten.

War es ihm so wichtig, von hier fortzukommen? Wohin zog es ihn überhaupt?

Zum ersten Mal ging Edward durch den Sinn, worin seine wahren Motive für dieses Abenteuer lagen. Freude erfüllte ihn, wenn er sich vorstellte, wie Mollys Augen leuchten würden, wenn es ihm tatsächlich gelang, die benötigte Ausrüstung zu ergattern. Ja, er machte all dies, um sie strahlen zu sehen, um sie zu beeindrucken.

Edward verhielt im Schritt, ging dann zögernd weiter,

schob einen Zweig aus seinem Gesichtsfeld und linste durch die Büsche, um zu sehen, ob die *Hoikendorp* sich bereits zum Anlegen fertig machte. Nein, sie hielten auf den Hafen zu.

Warum legte er Ehrgeiz darein, einer jungen Lady zu imponieren, die ihn nur zum Mann gewählt hatte, um in Sicherheit zu sein? Edward wusste, dass er mehr für Molly empfand als reinen Beschützertrieb. Ja, sie brauchte einen Mann an ihrer Seite, der sie vor anderen behütete, und er nahm diese Aufgabe nur zu gern wahr. Aber sie war auf eine bezaubernde Art stark und mutig, wie er es nie bei einer Frau erlebt hatte.

Edward wunderte sich selbst, als ihm auf einmal einfiel, wie wichtig es ihm war, Molly glücklich zu sehen. In Sydney Cove würde sie trotz der brennenden Sonne eingehen wie ein Pflänzchen im dunkelsten Kerker. Glücklich konnte ein Mädchen wie Molly nur in Freiheit sein.

In der nächsten Sekunde erstarrte Edward zu Stein. Aus dem Augenwinkel hatte er eine der Giftschlangen bemerkt, die es hier in hundert verschiedenen Arten gab. Er wagte nicht einmal zu blinzeln, während er das Tier mit der schwarz glänzenden Haut und dem züngelnden Maul fixierte. Es hing von einem Ast herab, war zwischen den Zweigen kaum zu erkennen, aber das Züngeln hatte es verraten. Das Tier befand sich knapp eine Armeslänge von seiner Schläfe entfernt. Ein Vorschnellen genügte, um ihn anzugreifen.

Schweißperlen bildeten sich auf Edwards Stirn, während er sich darum bemühte, flach zu atmen, damit das Auf und Ab seines Brustkorbs das Tier nicht zum Angriff verleitete. Mehrere Herzschläge lang starrte er dem Reptil in die mandelförmigen Augen. Es schien sich langsam in seine Richtung vorzuarbeiten. Behutsam setzte Edward den linken Fuß zurück, zog den rechten nach, und einen weiteren Schritt, bis die Schlange weit genug von ihm entfernt war.

Er stieß die Luft vor Erleichterung in einem langen Seufzer aus, als er sich außerhalb der Gefahrenzone befand. Dann schlich er in einem weiten Bogen um das Tier herum und begann wieder zu laufen.

Edward wusste, dass es zahlreiche Verletzte und Tote durch Bisse von Giftschlangen gab. Die Reptilien waren zwar vermutlich nicht angriffslustig, aber wenn ein Zweibeiner auf sie trat oder ihnen gefährlich nah kam, wehrten sie sich. Die Schlangen in Neusüdwales gehörten zum größten Mysterium dieses Landes, befand Edward, und er hoffte, dass in nicht allzu ferner Zeit ein Biologe anreisen würde, der sie erforschen und kategorisieren würde. Er selbst hatte zwei Reptilien gezeichnet, eine dickliche mit gelblicher, eine dünne mit schillernd grüner Haut. Ob die schwarze, der er soeben begegnet war, zu den gefährlichen oder ungiftigen gehörte, wusste er freilich nicht – aber ihm hatte auch nichts daran gelegen, es herauszufinden.

Durch das Geäst sah Edward nun, dass er in etwa auf Höhe der *Hoikendorp* war. Der Zweimaster schaukelte gemächlich im Hafen, am Ufer winkten Soldaten und hielten sich zur Begrüßung bereit. Der Gouverneur stand noch nicht bei ihnen. Er schlenderte vermutlich in einem gemütlichen Tempo auf die Neuankömmlinge zu. Sir Phillip hatte Zeit. Die Holländer würden nicht eher fahren, bis sie den Obersten der Kolonie begrüßt hatten.

Edward schlich weiter, vom dichten Busch verborgen, Backbord entlang der *Hoikendorp* bis in Höhe des Hecks. Er war dicht genug dran, um die Soldaten und Seeleute miteinander reden zu hören. Er drückte sich gegen den manndicken Stamm eines Baums und lugte hervor. Wenn Bruikwijk Wort gehalten hatte, würde der Kapitän nach ihm Ausschau halten.

Edward ließ den Blick nicht von dem Treiben rund um das Schiff. Fässer wurden an Land gebracht, Kisten voller Geschirr und Töpfe, wie er erkannte, als einer der Soldaten eine öffnete und mit breitem Grinsen eine Pfanne wie eine Trophäe in die Luft reckte. Ein halbes Dutzend Säcke stand inzwischen am Ufer. Edward hoffte, dass es Saatgut war. Nichts brauchten sie hier dringender, obwohl der Weizen vor den Dieben geschützt werden musste wie Gold. Die Strohköpfe, deren Verstand nicht für den nächsten Tag reichte, schlugen sich die Mägen mit der kostbaren Saat voll. Wenn sie erwischt wurden, gab es empfindliche Strafen, aber manche Spitzbuben wirkten seit Monaten im Verborgenen, ohne sich schnappen zu lassen. Sowohl der Gouverneur als auch Reverend Johnson hatten schon mehrere Ansprachen deswegen gehalten und an die Vernunft jedes Einzelnen appelliert, aber in der Not war sich jeder selbst der Nächste.

Edward kniff die Augen zusammen, um gegen das Licht mehr erkennen zu können. Aus dem Beiboot, das soeben das Ufer erreichte, stiegen neben vier einfachen Seeleuten mit Halstüchern und Westen über der nackten Brust drei Männer in Uniformen, die in erstaunlich guter Verfassung zu sein schienen. Vermutlich hatten sie sich bei ihrem letzten Landgang neue Kleidung schneidern lassen.

Der kleinste der drei Uniformierten ging am aufrechtesten, hielt die Hände hinterm Rücken verschränkt und strahlte eine Erhabenheit aus, die ihn als Obersten des Schiffes auswies. Mit zackigen Gesten erteilte er Anweisungen.

Das musste er sein.

Auf Edwards Oberlippe bildeten sich Schweißperlen, während er den Mann belauerte. Jetzt trat er ein paar Schritte von der Gruppe weg und spähte den Strand und den Busch entlang, als würde er sich für die Landschaft interessieren. Edward wagte einen Schritt hinter dem Baum hervor, sodass er für wenige Sekunden klar zu erkennen war.

Als sich sein Blick mit dem des Kapitäns traf, nickte der Holländer. Edward erwiderte das Nicken, versteckte sich wieder und fragte sich, was nun passieren würde.

Der holländische Kapitän rief einen der Seeleute – einen drahtigen Burschen, nicht größer als der Kapitän selbst – zu sich heran und flüsterte ihm etwas ins Ohr. Daraufhin ging der Blick das Drahtigen zu dem Baum, hinter dem sich Edward verbarg.

Der holländische Kapitän begrüßte nun den Gouverneur, der inzwischen eingetroffen war. Dann marschierte die Prozession in Richtung des Dorfes. Alle Soldaten und Seeleute schleppten schwer an den Kisten und Säcken. Es würde nicht lange dauern, bis sie von den Frauen und Kindern der Kolonie mit Jubelschreien in Empfang genommen wurden.

Edward wartete, während er sich fragte, ob er in eine Falle geraten war? Vielleicht war er zu leichtgläubig gewesen? Vielleicht war alles darauf angelegt, ihn auf frischer Tat zu schnappen, um ihn anschließend zu foltern, bis er verriet, wer seine Mitwisser waren, und ihn dann aufzuknüpfen?

Edward rutschte mit dem Rücken am Stamm entlang, bis er saß. Als es in dem Geäst knackte, schaute er nach oben. Ein Koalapärchen beobachtete ihn mit müdem Blick, an Eukalyptusblättern kauend. Ein paar Papageien flogen auf, als sich Schritte näherten. Edward spähte am Stamm vorbei und sprang auf. Der Holländer hielt mit krummen Beinen auf ihn zu.

Unbewusst fasste Edward an seinen Gürtel, wo er ein Buschmesser trug. Er straffte die Schultern und blickte dem Seemann entgegen.

»Ihr seid Edward Young?« Die Stimme des Holländers

klang krächzend wie die eines Raben, aber er schnaufte nicht, als wäre er bei bester Kondition.

Edward nickte.

»Dann folgt mir. Ich habe eine Extraladung für Euch. Aber die kriege ich nicht allein gestemmt.«

Edward spähte nach links und rechts. Von der Truppe, die eben noch um das Schiff herumgewuselt war, sah er am Rande der Kolonie nur die Schatten. Dann flitzte er los, dem Holländer hinterher.

Eine halbe Stunde später stand er keuchend vor zwei schweren Eichenholztruhen, die er gemeinsam mit Jan, wie sich der Holländer vorgestellt hatte, in den Busch geschleppt hatte.

Jan tippte sich an die Stirn, als trüge er eine Kappe. »Ich hoffe, das wird Euch bei dem helfen, was Ihr vorhabt. Übel, dass die Engländer ehrbare Männer wie Euch hierherschicken. Möge die Gerechtigkeit siegen.«

Edward nickte ihm zu und lächelte leicht. Offenbar gingen die Holländer davon aus, dass er ein unschuldig zur Deportation verurteilter Mann war. Kapitän Bruikwijk war nicht das Risiko eingegangen, dass sich einer der Männer, die er einweihte, zum Wächter der Moral aufschwang. »Ich danke Euch«, sagte er.

»Gott steh Euch bei«, erwiderte der Holländer und lief zurück ans Ufer, um aufs Schiff überzusetzen. Noch am Abend würde die *Hoikendorp* die Segel wieder hissen.

Als er allein war und nur die Geräusche des Busches ihn umgaben, hockte sich Edward hin und öffnete mit zitternden Fingern den Deckel der ersten Truhe. Er fand drei Musketen, mehrere Schachteln Munition, eine Axt, einen Holzeimer, Pakete mit Speck und Trockenfleisch, eine Kiste Schiffszwieback, eine Kiste Schweineschmalz, Leinentücher, Messer, einen Topf, Holzlöffel und ein Fässchen Rum. Die zweite Kiste enthielt alles, was ein Seefahrerherz begehrte: einen Kompass, verschiedene Seekarten, ein Navigationsgerät, ein Fernrohr, Laudanum, Heilsalbe und Verbandstreifen.

Edward sackte in sich zusammen und verbarg das Gesicht in den Händen. Er sprach ein Gebet für den Kapitän und die Männer, die dessen Auftrag ausgeführt hatten. Mit dieser Ausrüstung hatten sie wirklich eine Chance, Australien zu verlassen. Es würde kein Kinderspiel werden, sie würden sich auf eine kräftezehrende Tortur einstellen müssen, aber es konnte gelingen.

Er sog die Luft ein, erhob sich und sah sich um, bis er einen Flecken Erde zwischen zwei Büschen entdeckte, der ihm geeignet erschien, seine kostbaren Güter zu vergraben.

Er nahm den Holzlöffel aus der ersten Truhe und begann mit diesem Werkzeug eine Kuhle auszuheben, tief und breit genug für beide Truhen.

Die Sonne stand schon am Horizont und warf ihr orangepurpurnes Licht über den Strand und durch die Zweige zu Edward, als er die Kisten in das Loch zog. Er häufte Sand und Zweige darauf, sodass nichts mehr darauf hinwies, was hier verborgen lag.

Edward betrachtete sein Werk und seufzte, während er sich mit dem Unterarm über die Stirn wischte. Seine Kehle war trocken, als hätte er Sand geschluckt. Er würde unterwegs am Fluss trinken, aber noch mehr freute er sich darauf, Molly zu erzählen, dass ihrer Abreise nichts mehr im Weg stand. Er konnte es kaum erwarten, sie lächeln zu sehen.

21. Kapitel

Eine schwarze, schimmelig riechende Decke schien sich über die sonst so behagliche Naidenhütte an diesem Abend gelegt zu haben. Die Sonne warf Schlieren an den Horizont, die Scheibe des Vollmonds schimmerte matt.

Die Freunde saßen im Kreis um den rechteckigen Tisch herum, auf dem Becher mit Rum standen, außerdem ein Krug Wasser und eine Holzschüssel mit frisch gebackenem *damper*.

Den Duft des Brotes und des Rums nahm Molly kaum wahr. Der Geruch des Babys, das sich mit seinem letzten Atemzug in die Stoffwindeln entleert hatte, überlagerte alles.

Rose hielt Dave an ihre Brust gedrückt, als wollte sie ihn nie mehr hergeben. Dabei nahm die Haut des Kindes an den mageren Armen und am Rücken bereits die Starrheit des Todes an.

Hannah saß dicht neben Rose, legte den Arm um ihre Schultern und wiegte im gleichen Rhythmus wie Rose hin und her, als wollten sie gemeinsam das tote Kind zum Schlafen bringen.

An Rose' rechter Seite hockte Andrew, dem die Tränen über die Wangen flossen, während er gleichzeitig mit den Kiefern mahlte. Molly konnte nur ahnen, welcher Sturm der Trauer hinter seiner unbeweglichen Miene tobte.

Molly knipste an den Fingernägeln und hielt den Kopf gesenkt. Sie wünschte, ihr würden irgendwelche Worte einfallen, die Rose trösten konnten.

Seit Tagen hatte Dave unter hohem Fieber gelitten und alle Nahrung verweigert. Die Muttermilch lief in Rinnsalen aus seinem Mündchen, ohne dass er schluckte. Brotkrumen hatte er kraftlos mit der Zunge aus seiner Mundhöhle entfernt. Der Wundarzt vermutete, das Kind leide an einer Entzündung im Rachen und habe Schmerzen beim Schlucken, aber eine Medizin hatte er nicht dagegen. Er riet Rose zu feuchten Wickeln um die Waden des Kindes. Nach einer Nacht, in der Rose vor Sorgen keinen Schlaf gefunden hatte und stundenlang mit dem kraftlos greinenden Kind umhergelaufen war, war Dave am späten Vormittag in den Armen seiner Mutter gestorben. Ein Menschlein, das sich aus dem Leben verabschiedet hatte, ohne es je in all seiner Härte kennengelernt zu haben.

»Gut, dass du rechtzeitig dem Reverend Bescheid gegeben hast«, sagte Molly nun und räusperte sich, weil ihre Stimme vom langen Schweigen heiser klang. »Dave wird vom Himmel herab auf uns schauen. Dort oben geht es ihm besser als hier. Ganz gewiss.« Molly schluckte und starrte Rose an. Sie hoffte, dass sie etwas Tröstliches gesagt hatte, aber Rose verzog keine Miene. Sie sah ihr nur in die Augen, dass ihr ein Schauer über den Rücken lief. Molly senkte den Blick und schwieg wieder.

Sie hatte keine Erfahrung mit dem Leid von Trauernden. Ein Teil von ihr fühlte Rose' Mutterschmerz, bedauerte zutiefst das frühe Sterben des kleinen Menschen, litt mit Andrew, der seinen Sohn verloren hatte. Ein anderer Teil von ihr, der wie eine Ratte an ihrem Gewissen nagte, fand, dass es das Beste war.

Wer wusste schon, was Dave erspart geblieben war, dadurch, dass er sich von den Lebenden verabschiedet hatte.

Ihre Reise würde sie alle an die Grenzen ihrer Kräfte bringen. Was hatte ein halb verhungertes Wesen wie Dave schon den Widrigkeiten eines solch wilden Abenteuers entgegenzusetzen?

Molly war davon überzeugt, dass Dave sowieso während der Reise gestorben wäre. Nun hatte Rose wenigstens Zeit, in Ruhe von ihm Abschied zu nehmen und ihn auf dem Friedhof zu beerdigen, statt ihn zu einem Bündel geschnürt über die Bordwand in den Pazifik gleiten zu lassen.

Aber diese Gedanken behielt Molly für sich. Die Eltern des Kindes brauchten nun ihre Zeit, um sich wieder auf ein Leben ohne den Sohn einstellen zu können. Dennoch nahm sie sich vor, gleich nach der Beerdigung ihre Freunde darauf anzusprechen, dass sie nun jederzeit aufbrechen konnten. Sofern Edwards Pläne aufgegangen waren.

Molly linste über die Schulter zur Hüttentür. Sie rechnete jede Sekunde mit Edward. Seit dem Morgen, als er zum Schreibkontor des Gouverneurs gelaufen war, hatte sie ihn nicht mehr gesehen, aber sie wusste, dass er eine Gelegenheit gefunden haben musste, zu dem holländischen Schiff zu gelangen, das an diesem Tag angelegt hatte.

Die *Hoikendorp* hatte inzwischen wieder die Segel gesetzt und war vom Horizont in den Weiten des Pazifiks verschwunden, auf zu neuen Ufern. Wenn alles gut gegangen war, verfügte Edward nun über die Ausrüstung, die sie dringend benötigten.

Insgeheim betete Molly dafür, dass alles nach Plan gelaufen war. Sie war nicht so überzeugt wie Edward, dass ihnen der holländische Kapitän aus reiner Nächstenliebe half. Vielleicht führte er Böses im Schilde und würde am lautesten jubeln, wenn die Flüchtlinge am Galgen baumelten.

Das Tappen von nackten Füßen auf Sand schreckte Molly

auf. Es näherte sich, und da fiel, beschienen vom Mondlicht, der Schatten eines Mannes in die Hütte. Edward musste den Kopf zwischen die Schultern ziehen, als er den Raum betrat.

Das Strahlen auf seinem Gesicht erlosch, als hätte jemand einen Eimer Wasser über glühendes Holz geschüttet. Er schien mit dem ersten Atemzug zu spüren, dass etwas Schreckliches vorgefallen war. Molly sah zu ihm auf, während er von ihr zu Rose, zu Andrew, zu Hannah, zu dem leblosen Babykörper im Arm der Mutter blickte.

Ohne eine Sekunde nachzudenken, stürzte Edward auf Rose zu, sank hinab und umschlang die drei Menschen. Molly saß zu weit entfernt, aber sie rückte hinzu, dankbar für Edwards Gefühle, die sie mitrissen und die ihr einen sicheren Halt gaben.

Arm in Arm saßen sie im diffusen Mondlicht, das durch die Hüttentür fiel, beieinander. Rose fiel in ein leises Weinen, das aus ihrem Innersten zu kommen schien, so, als würde sich etwas in ihr lösen.

»Kleiner Dave, der Ort, an dem du nun bist, wird ein besserer sein als der, in den dich das Schicksal geworfen hat. Der Herrgott wird seine Hand über dich halten, wenn du Schutz benötigst. Engel werden dich im Arm wiegen, wenn du Trost brauchst. Du bist jetzt dort, wo kein unschuldiges Menschenkind mehr hungern muss und Qualen erleiden. Danke, dass es dich für deine Eltern gegeben hat. Du hast ihnen Kraft geschenkt, die sie nutzen werden, um das Leben wieder lebenswerter zu machen. Das Wissen, dass du vom Himmel aus auf sie herabschaust, während sie für eine bessere Welt kämpfen, wird sie stärken und mutig machen. Danke, dass es dich für sie gegeben hat. Danke, dass du einen kurzen Weg mit uns gemeinsam gegangen bist. In unserer Erinnerung lebst du weiter.«

Atemlos und in ihrer Seele berührt lauschte Molly den Worten ihres Mannes. Vielleicht war es ein bisschen kitschig, vielleicht war es nichts als Fantasie, aber seine Worte wirkten wie Heiltee, der die Leibkrämpfe vertrieb. Sie kamen von Herzen und ließen keinen der Menschen in der Hütte unbeteiligt. Als Molly den Kopf hob, sah sie, dass Rose Edward unter Tränen anlächelte, während Andrew vor sich hin nickte, als wollte er jedes Wort unterschreiben. Hannah streichelte über Edwards Hand zum Zeichen des Dankes.

Schließlich war es Rose, die sich aus der Umarmung löste. »Andrew, wir müssen Dave nun einwickeln, ganz fest. Morgen bei Sonnenaufgang tragen wir ihn zum Reverend und bitten darum, ihm ein Grab auf dem Friedhof ausheben zu dürfen.«

Ihr Mann nickte. »Ich werde ihm ein Holzkreuz schnitzen mit seinem Namen. Jeder soll sehen, dass hier Dave Naiden, Sohn von Andrew und Rose Naiden, die ewige Ruhe gefunden hat.«

Durch Edwards Worte hatte sich die Stimmung im Raum gelöst. Die Trauer war nicht weniger geworden, aber sie hatte es nicht geschafft, die Menschen zu versteinern.

Während sich Rose und Andrew nun in der Schlafecke der Hütte über den Leichnam beugten, ihn säuberten, frisch einkleideten und schließlich in das Stück Leinen wickelten, das dem Baby als Bett und Decke gedient hatte, rückten Edward, Molly und Hannah näher zusammen.

»Jetzt erzähl du«, zischte Molly Edward zu, fasste ihn am Oberarm und stierte ihm ins Gesicht. Sie brannte darauf zu erfahren, wie seine Mission abgelaufen war. Obwohl sein Ausdruck beim Betreten der Hütte eigentlich schon Bände gesprochen hatte, bevor ihn die Trauer über den Tod des Babys überwältigte.

Edward holte Luft, presste die Lippen aufeinander und nickte Molly zu. Hannah beugte sich zu ihm und starrte ihn an, um kein Wort zu verpassen.

»Alles bestens«, erklärte Edward. »In Bruikwijk haben wir einen echten Freund gefunden. Ich darf nicht vergessen, ihm auf irgendeinem Wege zu danken, wenn wir erst in Freiheit sind. Er hat zwei Kisten mit Geräten und Proviant geliefert, mehr, als ich es mir erträumt hätte. Mit diesem Material und dem, was Andrew inzwischen im Versteck gesammelt hat, sind wir hervorragend ausgerüstet.«

Mollys Griff um seinen Arm wurde fester. Als sie bemerkte, dass er das Gesicht verzog, weil sie ihre Fingernägel in seine Haut grub, löste sie die Hände von ihm und presste sie zwischen die Knie. »Was hält uns dann? Warum länger warten? Wir könnten heute noch aufbrechen!«

Edward schmunzelte. »Kleiner Wildfang Molly Monday«, sagte er so zärtlich, dass Molly das Blut in die Wangen schoss. Sie runzelte die Stirn. Lieber wollte sie bösartig und verbissen erscheinen, als von ihrem Ehemann *niedlich* gefunden zu werden.

»Sag mir, was uns hält. Auf ein Baby brauchen wir keine Rücksicht mehr zu nehmen«, sagte sie mit einer Stimme, die wie Eis klirrte. Sie verschränkte die Arme vor der Brust.

Hannahs Gesicht neben ihr nahm die Farbe von Asche an. Ihre Augen schossen Blitze. »Wie kannst du nur, Molly!«

»Es ist die Wahrheit. Was gibt es daran zu beschönigen? Ja, es tut mir unendlich leid um das Kind, aber die Dinge haben sich gewandelt. Das wird man feststellen dürfen, oder?«

Edward tätschelte ihre Schulter. »Ich weiß, dass du mit den Naidens mitfühlst, auch wenn du eine überzeugende Art hast, es zu verbergen, Molly. Ja, du hast recht, wir können los, aber nicht in dieser Nacht. Lass die Naidens ihr Baby beerdigen und in Ruhe Abschied nehmen. Wenn sich das Wetter hält, können wir in wenigen Tagen aufbrechen.«

Hannah biss auf ihre Fingerknöchel. »In wenigen Tagen schon?«, murmelte sie nun mit dünner Stimme.

Molly warf die Faust in die Luft. »Jaaa! Ich kann es kaum erwarten!« Sie zuckte zusammen und krümmte die Schultern nach vorn, als Andrews Blick sie traf. Wie gedankenlos von ihr, in einem Trauerhaus zu jubeln. Sie hätte sich am liebsten selbst geohrfeigt. »Ich meine nur, dass es gut ist, wenn die Zeit des Wartens nun vorbei ist«, flüsterte sie Edward und Hannah zu.

Hannah holte zitternd Luft. »Ich … ich habe auch eine Entscheidung gefällt«, sagte sie mit leiser, aber fester Stimme. Sie schluckte, als Edward und Molly sie anschauten, aber sie hielt den Blicken stand. Dann straffte sie die Schultern. »Ich werde nicht mit euch kommen«, sagte sie.

Molly rieb sich mit Daumen und Zeigefinger die Lidwinkel. Als sie aufschaute, brannten ihre Augen, als hielte sie Tränen zurück. »Weißt du, Hannah, ich habe das gewusst«, sagte sie beherrscht. »Ich habe das von Anfang an gewusst und nicht wahrhaben wollen. Du glaubst wirklich, dass deine vermeintliche Liebe zu dem Quacksalber stärker ist als deine Sehnsucht nach Freiheit.«

Hannah wies mit dem ausgestreckten Zeigefinger auf sie. »Bemüh dich nicht, mich zu verstehen, Molly. Das scheint aussichtslos zu sein. Was du für meine *vermeintliche Liebe* hältst, ist das stärkste und schönste Gefühl, das ich je in meinem Leben genießen durfte. Und nenn ihn nie wieder – hörst du? – nie wieder Quacksalber. Ich kann nicht mehr zählen, wie vielen Menschen Michael Riley das Leben gerettet hat.«

Molly biss sich auf die Lippe. Gleichzeitig begannen die Tränen zu laufen und Kitzelspuren in ihre Wangen zu ziehen.

»Ich … Es tut mir leid, Hannah«, sagte sie und spürte nun auch, wie ihre Unterlippe zu zittern begann. Selten hatte sie sich hilfloser gefühlt. »Ich habe schreckliche Angst davor, dich zu verlieren.« Sie legte die Hände vors Gesicht und schluchzte, während ihre Schultern bebten und die Tränen wie Sturzbäche zwischen die Finger strömten. Als Hannah an sie heranrückte, wandte Molly sich ihr zu und umarmte sie, barg die Nase in ihrer Halsbeuge und hielt die Freundin. »Es tut mir leid, wenn ich ungerecht war. Ich wollte dich nicht verletzen, Hannah. Ich … ich hätte dich so gern dabei in der Freiheit. Die Vorstellung, dich hier zurückzulassen und vielleicht niemals zu erfahren, wie es dir ergeht, zerreißt mich.«

Hannah stimmte in ihr Weinen ein, und Edward erhob sich, um sich zu Andrew und Rose zu setzen, die neben dem Leichnam des Babys saßen und beteten. Er erkannte, dass die beiden jungen Frauen diese Minuten für sich allein brauchten. Molly bemerkte sein Aufstehen nur aus dem Augenwinkel, aber es war erneut einer dieser intensiven Momente, in denen sie ihren Ehemann für seine Sensibilität und seine Empfindsamkeit bewunderte.

Molly hatte nicht geahnt, wie viele Tränen sich in ihr gesammelt hatten. Sie war kein Mädchen, das leicht zum Weinen zu bringen war. Jammern hielt sie für eine Schwäche. Sie fühlte sich überfordert mit dem, was da aus ihr herausbrach, und sie fühlte sich unsicherer als je zuvor. Aber es tat gut, hier Arm in Arm mit Hannah zu sitzen, ihren vertrauten Duft nach sonnenwarmem Sand und Orangen einzuatmen.

»Ich will dich nicht verlieren«, brachte Molly hervor.

Hannah hatte sich wieder gefangen, löste sich nun von Molly und wischte sich mit dem Unterarm über die Nase. Ihre Augen waren rot geädert, ihre Lippen verquollen. »Ohne

Michael würde ich nirgendwo mehr glücklich sein«, gestand sie. »Wo er ist, ist meine Heimat.«

Molly nickte, als verstünde sie. In Wahrheit fiel es ihr schwer nachzuvollziehen, dass ein Mann eine solche Macht über eine liebende Frau haben konnte. Sicher, sie schätzte Edward, sie mochte ihn jeden Tag ein bisschen mehr für seinen Wagemut, sein Wissen und seine Warmherzigkeit, aber nie käme ihr in den Sinn, für ihn ihre Pläne zu ändern.

Molly nahm Hannahs Hand in ihre. »Es ist richtig, dass du eine Entscheidung getroffen hast. Rechtzeitig, damit wir weiter planen können.«

»Dass ich hierbleibe, könnte für euch von Vorteil sein. Ihr habt Proviant für fünf Menschen und ein Baby an Bord. Jetzt seid ihr nur noch zu viert.«

»Wir wären alle durchgekommen. Aber ich akzeptiere, dass du es dir anders überlegt hast, und ich weiß, dass du deine Entscheidungen niemals leichtfertig triffst. Ich wünsche dir alles erdenklich Liebe und Schöne auf der Welt. Ich wünsche dir, dass du zu den Pionieren gehörst, die aus dem Flecken Land etwas Großes schaffen. Ich wünsche mir, dass deine Enkel und Urenkel einmal mit Stolz erzählen können, dass du geholfen hast, Sydney zu einer Stadt wachsen zu lassen. Und ich wünsche mir, dass wir uns irgendwann wiedersehen, vielleicht als Grandmas, zahnlos und grau, aber mit unserer Freundschaft in den Herzen und einem Lächeln auf den Lippen.«

Sie küssten sich auf Wangen und Lippen und lagen sich ein weiteres Mal in den Armen.

Als ein Schatten über sie fiel, schauten sie auf. Andrew trat auf sie zu und nickte. »Macht euch bereit, Ladys. In drei Tagen mit Einsetzen der Flut geht es los. Dann wird die *Supply* nach Norfolk unterwegs sein, sodass es kein Schiff gibt, das unsere Verfolgung aufnehmen könnte. Bis dahin sollte jeder hier seine Angelegenheiten geregelt haben. Edward sagt, dass offiziell kein Schiff im Hafen von Sydney erwartet wird. Das Segelboot des Gouverneurs wird also aller Voraussicht nach das einzige Boot sein. Wenn sie uns erwischen wollen, müssen sie es an Land schaffen. Sobald wir auf dem Wasser sind, kann uns keiner mehr folgen.«

Offenbar hatte er mit Edward die weiteren Einzelheiten besprochen, aber er wusste nicht, dass sich die Zahl der Flüchtlinge verringert hatte. »Hannah wird hierbleiben«, sagte Molly. »Sie will bei Michael bleiben.«

Andrew schürzte die Lippen, blickte von Molly zu Hannah und wieder zurück. Molly fragte sich, was hinter seiner Stirn vor sich ging. Schätzte er vielleicht ab, ob Hannah sie verraten könnte? Nein, er kannte sie inzwischen lange genug, um zu wissen, dass sie ihnen gegenüber bis zum Tod loyal bleiben würde.

»Wenn es ihr Wille ist – einverstanden«, sagte er. »Dann wirst du von jetzt an nicht mehr an den Treffen teilnehmen, Hannah. Alles Gute für dich.«

Hannah erhob sich und richtete ihren Rock. Alle sahen zu ihr, auch Rose aus der Schlafecke, wo sie neben ihrem Baby kauerte. Hannah blickte alle nacheinander an. »Es schmerzt, euch gehen zu sehen. Aber eines weiß ich: Wenn es jemand schafft, von hier zu fliehen, dann seid ihr das. Ich wünsche euch nur das Beste für die nächsten Monate und dass ihr da ankommt, wo ihr glücklich sein könnt. Ich werde euch nicht vergessen.« Dann drehte sie ihnen den Rücken zu und verließ die Hütte. Sie ließ ihren Orangenduft zurück. Molly wusste, dass sie sich an diesen Geruch bis an ihr Lebensende erinnern und ihn immer mit ihrer besten Freundin in Verbindung bringen würde.

In drei Tagen schon! Panik stieg in Dorothy auf, die sich mit einer diffusen Vorfreude mischte. Ihre Unterschenkel waren taub, weil sie so lange zwischen den Büschen hinter der Naidenhütte gekauert hatte. Die Leute drinnen sprachen laut genug, dass ihr kein Wort entging, aber als Hannah nun überhastet die Gruppe verließ, drückte sich Dorothy tiefer in die Schatten, damit sie sie nicht entdeckte. Sie griff sich an den Hals und versuchte ihre Atmung zu beruhigen.

Es hätte nicht besser laufen können. Hannah war abgesprungen, was bedeutete, dass Platz für eine weitere Person in dem Boot sein würde. Aber selbst wenn die Kleine dabeigeblieben wäre, hätte Dorothy mit Zähnen und Klauen darum gekämpft, mitzufahren.

Sie überlegte, ob es eine Möglichkeit wäre, auf die Flüchtlinge zuzugehen und darum zu bitten, dass sie sie mitnahmen. Was sollten sie schon dagegen haben, wenn sie doch sowieso genug Proviant dabeihatten?

Aber nein. Allein die Vorstellung, ihre Feindin Rose Naiden freundlich anzusprechen, verursachte ihr Kopfhautjucken. Der wäre es doch eine Genugtuung, sie abzuweisen. Lachen würde sie, laut und hämisch, über sie, Dorothy Johnson, die so tief gesunken war, dass sie ihr Leben nur noch im Suff ertrug. Der Schmerz in ihrem Rücken von all den Peitschenhieben war inzwischen ihr täglicher Begleiter. Nachts musste sie seitlich oder auf dem Bauch liegen, wenn sie überhaupt ein Auge zutun konnte. Tagsüber ging sie gebeugt, immer auf der Suche nach einer Haltung, die ihr keine Qual bereitete.

Dorothy hatte sich hier alle zu Feinden gemacht. Vermutlich war sie die am wenigsten gelittene Frau in Sydney. Sie hätte das aushalten können. Ihr lag nichts daran, jedermanns Liebling zu sein, aber sie sah auf diesem Flecken Erde keine

Zukunft für sich. Die Huren brauchten keine Beschützerin, die ihnen einen Gutteil der Einnahmen abknöpfte, und eine Schenke, deren Betrieb sie hätte übernehmen können, gab es nicht. Alle besoffen sich allein in ihren Hütten, keiner strebte danach, einen geselligen Ort der Gemeinschaft zu schaffen. Man traf sich auf den Äckern und beim Roden, beim Muschelsammeln, Fischen und am Dreibein, wenn eine Auspeitschung angekündigt war, ansonsten ging jeder seines Weges und hoffte, den nächsten Tag zu überstehen.

Dorothy wäre wirklich gern nach Norfolk gereist. So übel wie hier konnte es dort gar nicht sein, weil dort ihre Laurie auf sie wartete. Aber seit Wochen blickte sie nur der *Supply* hinterher, wenn sie wieder eine Ladung Sträflinge in die Außenkolonie fuhr. Und in ihrem Rücken hörte sie das schäbige Lachen der Soldaten und Offiziere, die alles daransetzten, ihr das Leben zur Hölle zu machen.

Dorothy wusste nicht, wohin sie eine Reise zu bringen vermochte, aber sie vermutete, dass es naiv wäre, darauf zu vertrauen, dass sie Norfolk passierten, wo sie an Land gehen konnte. Wie unendlich weit die Meere waren, hatte sie auf der Fahrt der *Lady Juliana* von England nach Sydney Cove am eigenen Leib erfahren. Wie sollte man in solchen Weiten einen kleinen Punkt besiedeltes Land finden?

Nein, sie hatte keine andere Wahl. Sie würde sich den Flüchtlingen auf der Fahrt ins Ungewisse anschließen, und zwar so kurzfristig, dass sie überhaupt keine Chance mehr hatten, sie abzuweisen. Sie würde sie auffordern, sie mitzunehmen, andernfalls würde sie kreischen, bis den wachhabenden Soldaten die Trommelfelle platzten, damit sie das niederträchtige Vorhaben der vier Menschen vereitelte. Ihnen würde nichts anderes übrig bleiben, als sie mitzunehmen, und wie sich das Leben dann auf dem Boot entwickelte, würde sich zeigen.

Dorothy machte sich auf eine abenteuerliche Zeit gefasst, mit der Hoffnung darauf, am Ende in einem Hafen zu landen, in dem man ihre Kenntnisse und Raffinessen beim Führen von speziellen Gasthäusern zu schätzen wusste. Sie würde sich den Reichtum zurückerobern, den sie verloren hatte. Und das Ansehen. Dorothy Johnson war noch lange nicht am Ende.

Sie nahm einen langen Schluck aus der Rumbuddel, die sie stets an ein Hanfseil gebunden an ihrer Hüfte trug, und seufzte, während ein Rinnsal ihr Kinn hinabtropfte. Sie ächzte leise, als sie sich auf die Füße stellte. Dann lief sie gebückt im Schein des Mondes zum Frauenlager zurück.

22. Kapitel

Molly blickte sich ein letztes Mal in ihrer Hütte um, die für mehr als ein Jahr ihr Zuhause gewesen war. Sie würde nichts vermissen. Edward packte sich das schwere Bündel mit Töpfen, Decken, Zunder und Messern auf den Rücken und griff nach Mollys Hand. »Bereit?«

Molly nickte und ließ ihm ihre Rechte.

Die Nacht war sternenklar. Auf nackten Füßen schlichen die beiden durch das Dorf zur Hütte der Naidens, von wo aus sie gemeinsam zum Hafen laufen würden. Sie würden warten, bis die Wachsoldaten am Ufer in ihrer Aufmerksamkeit nachließen. Die Soldaten waren nicht weniger geschwächt als die Sträflinge, eine Nachtschicht hielt kaum einer der Wachleute aus. Und es schien nutzlos: Wer fliehen wollte, fand immer eine Möglichkeit und wurde in der Regel wenig später tot aufgefunden. Diese Einstellung würden sich die Flüchtlinge zunutze machen.

Schweigend hockten die vier zusammen, nachdem sie den gesammelten Proviant in Tücher gepackt und untereinander verteilt hatten. Jeder hatte ein Päckchen zu tragen. Die beiden schweren Kisten in Ufernähe würden die beiden Männer gemeinsam an Bord schaffen.

Molly fühlte eine eigenartige Spannung. Einerseits war sie wild darauf, dass das Abenteuer endlich begann. Andererseits hätte sie gern noch einmal Hannah in den Arm genommen. Der Gedanke, sie möglicherweise nie mehr wiederzusehen, riss an ihr. Sie erwiderte den Druck, als Edward tröstend und ermutigend ihre Finger knetete.

Edward hatte von jedem der Menschen, die Molly in ihrem Leben etwas bedeutet hatten, einen Teil. Seine Freundschaft ging so tief, wie sie es mit Hannah erlebt hatte. Seine Loyalität und Verbundenheit hatte fast eine Stärke, wie sie sie gegenüber ihrem Bruder Will empfand. Und er war stark und beschützend wie Dorothy in ihren besten Zeiten. In seiner Nähe fühlte sie sich behütet wie in den Armen einer Mutter oder eines Vaters, die sie nie gehabt hatte.

Sie warf einen Blick zu Rose, die mit verschränkten Fingern und verkrampften Armen und Beinen dasaß. Um ihren Mund hatten sich Falten gegraben, doch ihr Blick war klar. Gestern hatten sie Dave beerdigt, aber es machte den Anschein, als würde Rose nach vorn schauen und nicht in Trauer und Melancholie versinken. Gut so, dachte Molly. Für das, was auf sie zukam, brauchten sie alle Mut.

Dann war es so weit.

Andrew nickte den anderen zu. Einer nach dem anderen verließen sie die Hütte.

Die Kolonie lag friedlich in der Nachtruhe, vereinzelt glommen Lagerfeuer vor den Eingängen. Ein Papagei im Busch krächzte. Das Rauschen der Brandung mischte sich mit dem Rascheln der Eukalyptusbäume und Palmen, die sich im leichten Wind bewegten.

Die vier wählten den Weg durch den Busch, um niemandes Aufmerksamkeit zu erregen. Edward lief voran, er kannte den Pfad durch den Wald am besten.

An vereinzelten Posten am Strand standen Wachen, in der Nähe des Bootes war jedoch nur ein einzelner Soldat, der allerdings im Gegensatz zu den anderen Wächtern hellwach war und ohne Unterlass hin und her schritt, die Umgebung fest im Blick, die Muskete griffbereit.

Die Flüchtlinge wussten, dass das Boot des Gouverneurs unter besonderer Beobachtung stand. Es musste ihnen gelingen, den Wächter blitzschnell und lautlos außer Gefecht zu setzen, bevor er die anderen alarmieren konnte. Zu diesem Zweck hatten sie eine Eisenstange dabei, die ihm Andrew über den Kopf ziehen sollte, nachdem er sich von hinten an ihn herangepirscht hatte.

Sie erreichten den Platz, an dem Edward die Truhen vergraben hatte. Andrew trug eine Spitzhacke, mit der er den Boden lockerte. Dann gruben alle vier mit den Händen, bis sie auf das Holz stießen und die Kisten mit vereinten Kräften heraushoben.

Rose' Zähne leuchteten im Dunkeln, als sie mit einem strahlenden Lächeln auf das Material hinabblickte. Molly drückte Edwards Arm. »Das ist hervorragend, Edward«, sagte sie, bevor sie die blitzenden Navigationsgeräte und Musketen anhob und betrachtete und über die Säcke voller Lebensmittel strich.

»Dann lasst uns jetzt keine Zeit mehr verlieren.« Andrew flüsterte, obwohl seine Stimme hier draußen nur die exotischen Tiere des Waldes aufschrecken würde. »Wartet hier. Es wird nicht lange dauern.« Er zog sein Schnürhemd aus, das ihn beim Schwimmen nur behindern würde. Dann schlich er gebückt und lautlos auf den Strand zu, während der Wächter ihm den Rücken zukehrte.

»Verdammt, er hat die Stange nicht mitgenommen«, sagte Edward. »Was hat er vor? Einen Ringkampf darf er nicht riskieren.«

Sie hielten die Blicke auf den Wächter und Andrew gerichtet. Molly sog zischend die Luft ein, als in dem Moment, als

Andrew den Soldaten erreichte, eine Blutfontäne seitlich an Andrew vorbeispritzte. Der fing den Mann auf und ließ ihn geräuschlos auf den Sand gleiten, wo sein Blut weiterhin aus der tiefen Schnittwunde im Hals hervorquoll.

»Dieser Mistkerl!« An Edwards Schläfe schwoll eine Ader blau an. »Das war nicht abgemacht! Wir wollten ihn bewusstlos schlagen, aber nicht ermorden, verflucht!«

Molly biss die Zähne zusammen. Sie verstand Edwards Skrupel, aber andererseits waren ihre Sinne so darauf ausgerichtet, hier wegzukommen, dass ihr die Umstände in dieser Minute gleichgültig waren.

Sie sah Andrews weißer Gestalt hinterher, als er nun durch das seichte Wasser watete, bevor er eintauchte und lautlos kraulend auf das Boot zuhielt, das in der milden Brise schaukelte.

Verborgen von dichtem Buschwerk hoben Edward, Rose und Molly die erste Kiste an, um sie nah ans Ufer zu schleppen. Als sie die zweite Truhe holen wollten, erstarrten sie. Es knackte um sie herum – eindeutig keine Geräusche, die ein scheues Känguru oder ein Dingo verursachen würde.

Mollys Muskeln spannten sich an, dass sie meinte, sie würden zerreißen. Sie lauschte. Die beiden anderen verharrten in der Bewegung. Edward streifte den Riemen der Muskete von der Schulter.

Da brach es hinter einem Busch hervor.

Wie ein Waldgeist in ihrem weißen Hemd mit den zotteligen rötlich grauen Haaren stand auf einmal Dorothy vor ihnen. Ihre Augen waren groß wie Hühnereier. An ihrem Mundwinkel lief Spucke hinab. Sie wankte, während sie mit nach oben gestreckten Armen vor den Flüchtlingen stand. »So, wollt ihr euch einfach davonstehlen, wie?«

Instinktiv trat Molly einen Schritt auf Dorothy zu. Sie war

in einem erbärmlichen Zustand. Ihr Gesicht war schneeweiß, die Ringe unter ihren Augen sahen aus wie Geschwüre. Sie verbreitete einen Gestank nach Fusel und Exkrementen, dass es Molly würgte. Aber immerhin, Dorothy war irgendwann ihre Beschützerin gewesen, wenn auch eine lausige. Ein Funken Mitleid regte sich in Molly, aber er war nicht stark genug, um sich gegen Rose zur Wehr zu setzen, die sie von hinten an der Schulter packte und sie von Dorothy wegzog.

Breitbeinig baute sich Rose vor Dorothy auf. Sie stemmte die Fäuste in die Hüften, reckte die Nase in den Himmel und schob das Kinn vor. »Mach, dass du fortkommst, alte Vettel«, zischte sie ihr zu. »Wir haben keinen Platz für dich.«

Dorothy ließ die Arme sinken und die Schultern hängen. Sie neigte den Kopf und hob nur den Blick. Das bösartige Funkeln darin passte nicht zu ihren demütigen Worten. Molly ging durch den Sinn, dass Dorothy tatsächlich dem Wahnsinn verfallen sein könnte. Wer mochte es ihr verdenken. Die karge Kost und der gepanschte Rio-Fusel, den sie offenbar literweise soff, trugen nicht zum Erhalt der geistigen und körperlichen Gesundheit bei. Sie fühlte Edwards Arm um ihre Schultern und schmiegte sich unbewusst an ihn, als könnte er ihr Halt geben, während sich die beiden anderen Frauen wie zwei zum Angriff bereite Hyänen gegenüberstanden.

Edward schien zu spüren, dass es einen Kampf zwischen ihnen geben musste, schon lange offene Rechnungen mussten beglichen werden. »Lass sie«, murmelte er dicht an Mollys Ohr.

»Ihr habt einen Platz frei. Hannah ist nicht dabei. Es ist kein Problem, mich mitzunehmen«, krächzte Dorothy.

»Und ob das ein Problem ist! Du bist nichts als ein Klotz am Bein und zu nichts zu gebrauchen.«

Dorothy schob den Unterkiefer vor. Im Mondlicht blitzten

die beiden verbliebenen Zähne in ihrem Gebiss auf. Sie hob die Fäuste und stürzte sich in der nächsten Sekunde auf ihre ewige Widersacherin.

Doch Rose war vorbereitet, trat einen Schritt zur Seite, und Dorothy fiel der Länge nach auf den Sandboden. Stöhnend rappelte sie sich auf, stolperte erneut auf Rose zu, aber die hielt ihre dünnen Armen ohne Mühe und verpasste ihr in der nächsten Sekunde einen Kinnhaken, der sie zu Boden krachen ließ. Benommen blieb Dorothy liegen, den spuckefeuchten Mund halb geöffnet. Schwarzes Blut floss dickflüssig aus ihrer Nase.

Rose rieb sich die Hand. Edward hielt Molly zurück, die Dorothy wenigstens wieder auf die Beine helfen wollte, als vom Ufer her ein leiser Pfiff ertönte.

Da stand Andrew, winkte ausholend und trieb sie zur Eile an. Wenige Fuß hinter ihm schaukelte das Boot auf den Brandungswellen. Andrew hatte es, nachdem er das Tau gekappt hatte, in Strandnähe geschleppt.

Zu dritt trugen sie die erste Truhe bis ans Wasser und wateten gleich weiter, um sie ins Boot zu hieven. Sie warfen all ihre Säcke und Bündel hinein, dann liefen die beiden Männer erneut los, um die zweite Kiste zu holen.

Eilig machten sich die beiden Frauen daran, die Ladung unter den Bänken, am Bug und am Heck zu verstauen. Sie deckten Stoffe darüber und banden alles mit den mitgebrachten Hanfseilen zusammen.

Rose und Molly arbeiteten Seite an Seite, während über ihnen die Nachtsterne funkelten und das Boot hin und her schwankte.

Mit einem Ohr lauschte Molly auf das, was im Busch geschah, aber sie vernahm Dorothys Stimme nicht. Ob sie tot war? Nein, so hart war der Faustschlag nicht gewesen. Molly betete, dass ihre Bewusstlosigkeit anhielt, bis sie die Bucht verlassen hatten.

Da sah sie die Männer, die durchs Wasser stapften und mit Schwung die zweite Truhe an Bord hievten. Sie zogen sich ins Innere des Bootes und nahmen sich nicht einmal die Zeit, zu Atem zu kommen.

Andrew wies die Frauen an, das Segel zu setzen, während Edward und er sich in die Riemen legten.

Da erklang vom Ufer her ein gellender Schrei. »Ihr Schweine! Kommt zurück! Hilfe! Sie fliehen! Wache, zur Hilfe! Schnell!« Dorothys Stimme hatte eine Kraft, wie keiner sie ihr nach ihrem Zustand zugetraut hätte. Sie schien in der ganzen Bucht zu hören zu sein.

Sogar im Haus des Gouverneurs, fast eine Meile entfernt, flammte Lichtschein auf. Sämtliche Wachleute, die in dieser Nacht Dienst schoben, preschten am Ufer entlang. Die Musketen hielten sie im Anschlag. Da donnerte der erste Schuss, der ihr Boot nur knapp verfehlte.

»Runter mit euch!«, schrie Andrew, biss die Zähne zusammen und begann mit Edward im gleichen Rhythmus zu rudern, als wäre der Teufel hinter ihnen her. Die Bretter wühlten sich durch die schäumende Brandung. Die Strömung verlief so günstig, dass sie ihren Teil dazu beitrug, dass sich die Entfernung mit jedem Ruderschlag vergrößerte.

Molly, die unter einer der Bänke hockte, wagte nicht, den Kopf zu heben. Die Kugeln pfiffen um sie herum, sie hörte das Fluchen und die Befehle an Land. Zwischendrin gellten die Schreie von Dorothy.

Die Stimmen verklangen, die Kugeln erreichten sie nicht mehr und schossen vor ihnen ins Wasser, doch Andrew und Edward ließen in ihren Anstrengungen nicht nach. Molly wagte sich hervor. Rose reckte ihre Nase über den Rumpf. Im

Mondlicht lag die Kolonie da. Am Ufer sah man immer noch Soldaten, die wild gestikulierten, vereinzelt waren Feuer entfacht worden.

»Setzt die Segel, Ladys«, rief Andrew, und ein Strahlen erhellte seine harten Züge.

Rose und Molly hissten das Leintuch und hoben die Blicke, um zu sehen, wie es flatterte. Je näher sie South Head kamen, desto heftiger blies der Wind. Eine kraftvolle gleichmäßige Brise trieb sie dem offenen Meer entgegen.

Jetzt konnte sie niemand mehr aufhalten.

Rose und Molly fielen sich in die Arme und stießen Jubelschreie aus. Freiheit! Sie waren wirklich und wahrhaftig auf dem Weg in die Freiheit!

Molly wollte Edward umarmen, da bemerkte sie, dass der linke Ärmel seines Hemdes blutdurchtränkt war. Sie erschrak und begann den Stoff aufzukrempeln, um die Wunde zu untersuchen.

Edward biss die Zähne zusammen und versuchte ein Lächeln. »Nur ein Streifschuss«, presste er außer Atem hervor. »Das ist nichts Ernstes, Molly.«

Angst schnürte Molly die Kehle zu. Hoffentlich war es wirklich nur eine Fleischwunde. Die Vorstellung, dass sich die Kugel im Arm befand und sie sie möglicherweise unter diesen Bedingungen entfernen mussten, verursachte ihr Schwindel.

Edward stierte Andrew an. »Warum hast du ihn umgebracht? Das hatten wir nicht abgemacht.«

Andrew zuckte die Schultern. »Es erschien mir der sicherste Weg. Hätte ich dich vorher um Erlaubnis bitten müssen?«

Für ein paar Sekunden maßen sich die beiden Männer mit Blicken. Andrew senkte als Erster die Lider und nickte in

Richtung der Wunde. »Wir kümmern uns bei Tageslicht darum. Kannst du es aushalten?«

Edward wandte das Gesicht ab und beugte sich weit zurück, um das Ruder kräftig durchs Wasser zu ziehen. Molly setzte sich neben ihn, genau wie Rose sich zu Andrew hockte. Mit vereinten Kräften kämpften sie sich aus der Bucht und zum offenen Meer.

Dass sie ihre Reise mit einem Zwist begannen, hielt Molly für ein schlechtes Omen. Hoffentlich vergaßen die beiden Männer nicht, dass sie es nur gemeinsam schaffen würden. Wenn sie sich gegenseitig an die Kehlen gingen, war ihr Vorhaben von vornherein zum Scheitern verurteilt.

23. Kapitel

Lasst mich los, ihr Rindviecher!« Dorothy kämpfte mit Schlägen, Tritten und Bissen. Vier kräftige Soldaten mussten sie halten, um sie auf den Appellplatz zu schleppen, wo sich im Morgengrauen eine neugierige Menge versammelt hatte. Die letzten Stunden hatte Dorothy in Eisen gelegen.

Die Soldaten zerrten Dorothy hinter sich her, versetzten ihr immer wieder Knuffe und Hiebe und warfen sie schließlich in die Mitte der Kolonisten in den Staub. Sie ächzte, als sie sich hochrappelte.

Ihr Blick traf den des Gouverneurs, für den die Menschen eine Gasse gebildet hatten. Breitbeinig stand er vor Dorothy, das Gesicht eine versteinerte Miene. Zwei Wachsoldaten flankierten ihn.

Hannah hatte das Hospital gemeinsam mit Michael verlassen, als sie von dem Aufruhr in der Siedlungsmitte hörten. Michael hatte nicht mitbekommen, wie angespannt sie die Nacht über gewesen war. In ihrer Fantasie sah sie ihre Freunde, die sich davonstahlen, und sie fieberte mit Molly. Sie schickte Gebete zum Himmel, doch als die ersten Schüsse die Stille der Nacht zerrissen, setzte Hannahs Herzschlag fast aus. Sie befürchtete, sie könnten alle erschossen sein, aber nun lag da im Dreck nur Dorothy, und von ihren Freunden keine Spur. Ob sie es tatsächlich geschafft hatten? Das Boot des Gouverneurs jedenfalls lag nicht mehr vor Anker. Aber das hieß nichts. Sie konnten alle miteinander im Kugelhagel untergegangen und ertrunken sein.

Sie stand mit Michael in dritter Reihe und musste sich auf die Zehenspitzen erheben, um sehen zu können, was auf dem öffentlichen Platz vor sich ging. Michael neben ihr hielt ihre Linke in seiner Hand, kräftig und warm.

Hannah spürte, wie ihr Puls brauste, während sie ihre alte Ziehmutter beobachtete. Sie gebärdete sich wie tollwütig. Was hatte sie bloß mit den Fluchtplänen zu tun?

Hannahs Magen zog sich wie in einem Krampf zusammen. Auch wenn sie sie schikaniert und ausgenommen hatte, es tat weh, die alte Weggefährtin so gedemütigt zu sehen. Der Gedanke, dass sich Dorothy ihr Dilemma selbst zuzuschreiben hatte, tröstete sie wenig.

»Sprich, Alte!«, herrschte Sir Phillip Dorothy an. »Wer sind deine Spießgesellen? Wer hat mein Boot gestohlen?«

Ein bösartiges Lächeln des Triumphs spiegelte sich auf Dorothys Zügen. »Tja, Gouverneur, die Schlangenbrut habt Ihr an der eigenen Brust genährt!« Sie spuckte vor Verachtung aus. »Euer ach so loyaler Sekretär war einer der Drahtzieher dieser schändlichen Tat! Ja, da könnt Ihr staunen. Der unentbehrliche Edward Young war der Erste, der in Euer kostbares Boot gesprungen ist.«

Der Gouverneur wankte leicht. Er fasste sich an die Stirn und nahm dann einen langen Atemzug, bevor er die Schultern wieder straffte. Die beiden Soldaten, die nach seinen Oberarmen griffen, weil sie offenbar befürchteten, er könne zu Boden sinken, schüttelte er ab wie lästiges Ungeziefer. Er hatte seine Züge wieder unter Kontrolle, mahlte aber mit dem Unterkiefer, während er Dorothy fixierte. »Wer noch?«

Dorothy verzog den Mund, als hätte sie auf ein schleimiges

Insekt gebissen. »Die Naiden natürlich. Was hattet Ihr erwartet? War doch klar, dass die sich absetzt, weil sie sich für was Besseres hält als unsereins. Und ihr feiner Gatte auch, nachdem er über viele Monate die Medikamente im Krankenhaus schmarotzt hat, anstatt sie denjenigen Verletzten zu lassen, die es wert wären.«

»Also drei Leute«, stellte der Gouverneur fest.

»Sir, wir haben vier gesichtet«, meldete sich einer der beiden Soldaten.

»Wer war der vierte?« Sir Phillip stieß Dorothy mit der Stiefelspitze an, als sie nicht sofort reagierte.

Hannah hielt den Atem an, während sie auf Dorothys Antwort wartete. Es lag in den Händen dieser Frau, ob Hannah in den nächsten Stunden an einem Galgen baumeln würde. Wenn sie Molly verriet, würde sie dann auch mit dem Finger auf sie zeigen, die in all den Monaten der Vorbereitung zu der Truppe der Flüchtlinge gehört hatte? Dorothy musste sie über viele Stunden belauscht haben, anders war es nicht zu erklären, dass sie genau zum rechten Zeitpunkt vor Ort war, um sich anzuschließen und auf eine Mitnahme zu drängen. Also wusste sie auch, dass Hannah ursprünglich mitfahren wollte.

Hannah krallte vor Anspannung ihre Nägel in Michaels Handballen. Er zog sie an sich, als würde er den Aufruhr in ihr ahnen. Aber wissen konnte er nichts. Sie hatte ihm gegenüber mit keiner Silbe von den Umtrieben ihrer Freunde erzählt. Er hatte stets angenommen, sie besuche ihre Freunde – Molly und Rose – aus alter Verbundenheit.

Hannah schaute von der Seite zu ihm auf. Ihr Blick traf seinen, und sie sah die Liebe darin. Irgendwann würde sie ihm erzählen, in welcher Zwickmühle sie sich all die Monate über befunden hatte. Irgendwann wäre die Zeit reif. Wenn sie überhaupt Gelegenheit zu einer Erklärung bekam. Denn wenn Dorothy jetzt berichtete, was sie wusste, würde die Zeit nicht mehr reichen, ihrem Liebsten alles zu beichten.

Dorothy krümmte sich, als litte sie unter Leibdrücken, aber ein weiterer Tritt, diesmal von einem Soldaten und wesentlich kräftiger als der des Gouverneurs, brachte sie zum Reden. »Molly Monday«, sagte sie zwischen zusammengebissenen Zähnen. »Vermutlich hat Euer feiner Sekretär sie gezwungen mitzumachen. Sie ist kein schlechtes Mädchen.«

Hannah biss sich auf die Lippe, während der Gouverneur Blicke mit den Wachsoldaten tauschte. Sie spürte ihr Herz gegen den Brustkorb hämmern, als sie darauf wartete, dass Dorothy weitersprach. Aber diese drückte die Stirn in den Sand und verschränkte die Hände an ihrem Hinterkopf, als wollte sie sich vor Schlägen schützen. Dorothy schwieg.

Der Soldat neben ihr nahm Haltung an. »Sir, dieses Weibsstück wollte ebenfalls fliehen. Ihre Knochen sind nur zu morsch, ihr Beine zu schwach. Sie hat es nicht geschafft. Ich gebe Euch Brief und Siegel darauf, dass sie beteiligt war. Am Ende haben sie lediglich ihre Kräfte verlassen.«

»Das ist nicht wahr!« Dorothys Schrei gellte durch die Bucht.

»Ich kann es ebenfalls bezeugen«, meldete sich nun der zweite Soldat. »Ich habe gehört, wie sie etwas gerufen hat wie ›Nehmt mich mit!‹. Sie steckt mit den Flüchtlingen unter einer Decke, das schwöre ich beim König.«

Dorothy begann wie eine Sirene zu heulen, während ein Raunen und Murmeln durch die Menschenmenge ging.

Hannah fühlte sich, als würde Getier durch ihre Blutbahnen krabbeln. Wenn Gouverneur Phillip davon überzeugt war, dass Dorothy zu der Gruppe der Flüchtlinge gehörte, drohte ihr der Galgen. Dabei war sie, Hannah, es doch, die sich mit ihren Freunden verschworen hatte! Obwohl sie stets Zweifel erfüllt hatten – sie war diejenige, die sich mit den Flüchtlingen verbündet hatte, nicht Dorothy.

Sie ruckte mit den Schultern, um sich aus Michaels Umarmung zu befreien, ballte die Fäuste und trat einen Schritt vor, dann noch einen. Sie war nie ein besonders mutiges Mädchen gewesen, aber sie hatte sich stets für Gerechtigkeit eingesetzt. Wenn die Kolonisten einen Sündenbock brauchten, der für das Vergehen der anderen büßen musste, dann war sie das, nicht Dorothy.

Michael packte sie von hinten an der Schulter, so fest, dass Hannah fast aufgeschrien hätte vor Schmerz. »Bleib, Hannah, mach keine Dummheit!«

»Ich muss es tun, Michael.« Sie drehte sich um. »Verzeih mir.« Dann drängte sie sich an den anderen vorbei, bis sie selbst in der Mitte, von allen umringt, dem Gouverneur gegenüberstand. »Sir, ich …«

In dieser Sekunde sprang Dorothy mit einer Behändigkeit auf die Füße, die ihr keiner zugetraut hätte. Sie warf sich von hinten gegen Hannah, drückte sie zu Boden und schlug mit den Fäusten auf sie ein. Tumult entstand, als nicht nur Michael, sondern auch andere Zuschauer dazwischengehen wollten, aber die Soldaten schafften es, Dorothy von der aus der Nase blutenden Hannah wegzuzerren. Schnaubend, zitternd und mit wirren Haaren hing Dorothy zwischen den Männern und stierte Sir Phillip an.

»Dorothy Johnson, im Namen des Königs verurteile ich dich wegen aufrührerischer Umtriebe und der versuchten Flucht zum Tod durch den Strang.« Er hob das Kinn. »Bringt sie zum Galgen, Männer! Die Todesstrafe wird in dieser Stunde vollstreckt.«

Die Worte drangen wie durch eine Steinwand zu Hannah. Hinter ihrer Stirn drehte sich alles. Als sie versuchte, sich aufzurichten, schwankte sie. Dann fühlte sie Michaels Arme, als er ihr beim Aufstehen half. Innerlich bebend schaute sie auf die Rücken der Menschen, die sich zum Galgenbaum vorschoben. Von Dorothy hörte sie nichts mehr.

»Sie kann doch nicht …« Hannahs Stimme brach. Hinter ihren Schläfen pochte ein stechender Schmerz. Sie machte ein paar Schritte, stolperte der Menschenmenge hinterher, doch Michael blieb an ihrer Seite.

»Du kannst es nicht aufhalten, Hannah. Glaub mir, Dorothy will es nicht anders.«

Hannah schaute von der Seite zu ihm auf. Sie spürte, wie ihre Augen feucht wurden. Wie aus weiter Ferne drang das Johlen der Menschen nun zu ihr, die forderten, mit Dorothy kurzen Prozess zu machen.

Sie starrte in Richtung des Galgens, sah das Lumpenkleid, das an Dorothys magerem Körper schlotterte, und wie ein Soldat die Schlinge um ihren Hals legte. Dorothy beugte den Nacken, um es ihm zu erleichtern.

Hannah wurde der Hals trocken, als hätte sie Sand geschluckt, und sie ließ es zu, dass Michael sie in die Arme nahm. Dennoch wandte sie sich dem Galgen zu, sodass sie die zum Tode Verurteilte weiter sehen konnte.

Da hob Dorothy den Kopf. Hannah meinte, sie blicke ihr direkt in die Augen. Aber die Entfernung war zu groß, um dies mit Sicherheit festzustellen. Und was machte sie da? War das tatsächlich ein Lächeln und ein Nicken? Hannah wusste es nicht genau, doch sie hob einen Arm wie für einen letzten Gruß und einen Dank. Dabei liefen ihr die Tränen wie Sturzbäche über die Wangen.

Der Henker band den Strick. In der nächsten Sekunde traten Soldaten die Kiste unter Dorothy weg.

Hannah schrie auf und schlug sich vor den Mund, als Dorothy am Seil zuckte. Der Todeskampf dauerte keine Minute, aber für Hannah schien es eine Ewigkeit, bis der Körper erschlaffte und im leichten Wind baumelte. Die Menschen applaudierten, bevor sie sich wieder zerstreuten und ihre Hütten und Äcker aufsuchten.

Hannah stand noch lange Arm in Arm mit Michael da, ließ sich den Rücken streicheln und sich beruhigende Worte ins Ohr murmeln.

Warum hatte Dorothy sie angegriffen? Hatte rasende Wut sie getrieben? Oder konnte es tatsächlich sein, dass die alte Hurenmutter sie davon abhalten wollte, dass sie sich selbst verriet?

Hannah schluckte bei der Vorstellung schwer. Ihr Hals fühlte sich wie zugeschnürt an. Dann wäre Dorothys letzte Tat auf Erden gewesen, dass sie ein Menschenleben gerettet hatte – Hannahs Leben. Hannah gefiel die Vorstellung. Es versöhnte sie mit allem, was sie unter Dorothys Knute erlitten hatte.

Ja, die ehemalige Bordellbesitzerin war jähzornig, bösartig und generell auf ihren Vorteil bedacht. Aber in ihr drin schlummerte ein weicher Kern. Sie hatte Hannahs Leben über ihr eigenes gestellt, denn hätte Hannah ihr Geständnis ablegen können, hätte sie selbstverständlich Dorothy von aller Schuld freigesprochen. Dann wäre sie jetzt diejenige, die drüben am Ast baumelte.

Mit Dorothy war der letzte Mensch aus der Kolonie verschwunden, der sie mit ihrer alten Heimat verband.

»Jetzt bin ich allein«, sagte sie aus ihren Gedanken heraus. Die eigene Stimme klang fremd in ihren Ohren.

Michael umfasste ihr Gesicht und beugte sich zu ihr, sodass er ihr in die Augen blicken konnte.

»Nein, du bist nicht allein. Das weißt du, Liebste.«

»All meine Freunde sind weg, geflohen oder gestorben.«

»Ja, von diesem Teil deines Lebens musst du wohl Abschied nehmen. Aber in der neuen Welt wirst du gebraucht, Hannah. Und geliebt.«

»Ja«, sagte sie und lächelte wackelig.

»Ja?« Er erwiderte ihr Lächeln.

»Ich schulde dir noch eine Antwort, Michael. Ja, ich will dich heiraten.«

Er stieß die Luft aus, als fiele eine schwere Last von seinen Schultern. Dann küsste er ihr die Tränen von den Wangen, bevor er seinen Mund auf ihre Lippen senkte und sie in einem langen, zärtlichen Kuss zueinanderfanden.

Hannah war bereit. Bereit für all das, was dieses Land von ihr verlangte. Sie würde helfen, Sydney aufzubauen. Für sich, für Michael, für ihre Kinder und für alle Generationen, die noch kommen sollten.

24. Kapitel

Auf dem Pazifik, an der Ostküste Australiens,
November 1791

Der Wind blies aus Nordnordost und trieb das Segelboot voran. Molly reckte das Kinn und ließ sich die von der Sonne und vor Aufregung erhitzten Wangen von der Brise kühlen. Tief sog sie die salzige Luft ein, als würde sie sich innerlich von all der Not, die sie zurückgelassen hatten, reinigen.

Das Boot schaukelte. Molly passte sich dem Rhythmus an, schwankte auf der Pritsche wie in einem Tanz hin und her.

Andrew hielt die Segel, und Rose saß am Ruder, ihr Gesicht eine leuchtende Miene der Freude.

Molly bemerkte zufrieden, dass Rose ihren Weg in die Freiheit zu genießen schien. Sie kannte sich nicht gut genug mit Muttergefühlen aus, aber es hätte passieren können, dass Rose in Trauer gehüllt blieb und sich nach dem Grab ihres Kindes zurücksehnte. Aber nein, Rose hatte die Dinge stets nüchtern betrachtet. Sie ließ sich nicht von ihren Gefühlen leiten, nur von ihrem Scharfsinn. Molly nickte ihr zu, und Rose lächelte sie an. Mit dem Kinn wies Rose auf Edward, der sich auf den Boden gehockt hatte, mit der rechten Hand seinen linken Arm umfasste und die Augen geschlossen hielt, als schliefe er.

Molly hatte ihm aus Streifen von Leinen einen Verband angelegt, aber dieser war nun blutdurchtränkt. Sie erschrak und glitt die Pritsche hinab, sodass sie neben ihm zu sitzen kam.

»Lass mich den Verband erneuern, Edward. Es blutet immer noch stark.«

Edward erwachte wie aus einem Traum. »Nimm etwas von dem Rum aus dem Fass, tunk das Leinen ein und drück es auf die Wunde.«

Molly sog die Luft durch die Zähne ein. Das musste höllisch brennen.

Edward fuhr fort: »Es ist das beste Mittel, um zu verhindern, dass die Wunde sich entzündet und anfängt zu eitern.«

»Willst du vorher das Laudanum nehmen? Es dämpft den Schmerz.«

Edward schüttelte den Kopf. »Es ist auszuhalten. Wir müssen die Medizin für den Notfall aufheben. Nimm ein paar Tropfen von dem Rum.«

Molly zog das Fässchen unter der Abdeckung am Bug hervor und tauchte die Hälfte eines Streifens hinein. Dann entfernte sie den alten Verband und kämpfte mit der Übelkeit, als sie die Fleischwunde betrachtete. Das Blut war schwarz geronnen. Sie blickte Edward an, er nickte kaum merklich. In der nächsten Sekunde drückte sie das mit Alkohol beträufelte Tuch auf die Verletzung.

Edward schrie auf, dass es Molly durch Mark und Bein ging. Mit bebenden Fingern wickelte sie den trockenen Teil des Leinens um den Arm. Edward versank in einen ohnmachtsähnlichen Schlaf. Molly streichelte ihm über die Stirn und strich ihm die verschwitzten Haare hinter die Ohren. Sie betrachtete sein nun entspanntes Gesicht und spürte zu ihrer eigenen Überraschung, dass sie dies alles hier ohne Edward niemals schaffen würde. Ihr Mann hatte, ohne dass sie es gemerkt hatte, einen kleinen Teil ihres Herzens besetzt. Einen wichtigen Teil, wie es Molly schien.

Sie setzte sich so, dass sie seinen Kopf in ihren Schoß

betten konnte, hielt eine Hand auf seiner Stirn, um ihm zu zeigen, dass sie auf ihn achtgab, und ließ den Blick schweifen.

Rechts erstreckten sich die Weiten des Pazifiks bis zum Horizont. Tiefblau und in der Ferne mit weißen Schaumkronen auf hohen Wellen lag das unendliche Meer. Links hatten sie Port Jackson bereits in einem Bogen passiert, weit genug, um außerhalb der Schussweite der Wachsoldaten zu segeln. Jetzt ging es an der Ostküste entlang. Molly sah nichts als schneeweiße Strände, dahinter Buschland, manchmal felsige Riffe. Hin und wieder griff sie zum Fernrohr, um das Ufer abzusuchen, aber sie entdeckte weder Eingeborene noch Soldaten, die ihnen auf der Spur waren.

Die erste Nacht verbrachten sie auf See, schliefen im Wechsel, sodass immer jemand den Kurs halten und rudern konnte.

Die Sommernacht war lau, aber eine Erholung nach der Hitze des Tages. Dadurch, dass das Boot schwer mit Proviant und Material beladen war, lag es tief im Wasser. Jedes Mal, wenn die See unruhiger wurde, lief es voll, sodass die vier immer wieder mit Bechern und Holzschüsseln das Wasser hinausschöpfen mussten. Außerdem leckte es an einigen Stellen.

Edward war inzwischen wieder zu sich gekommen. Molly und er lagen, als das Boot in ruhigere Gewässer kam, Arm in Arm mit den Rücken auf den Planken, blickten zum Himmel hinauf, an dem die Sterne dicht an dicht wie Millionen Diamanten auf Samt funkelten.

Drei weitere Tage segelten sie mit günstigem Wind an der Ostküste entlang. Das Wetter hätte perfekter nicht sein können. Aber am vierten Tag ging allmählich ihr Trinkwasser zur Neige. Andrew kündigte an, dass sie diese Nacht auf dem Festland verbringen würden.

Als Molly Edwards Verband wechselte, stellte sie fest, dass sich die Wunde tatsächlich nicht entzündet hatte. Es bildete sich bereits Schorf. Sie stieß ein erleichtertes Seufzen aus und lächelte Edward an.

Sie waren inzwischen weit genug von der Kolonie entfernt, dass kaum die Gefahr bestand, die Regierung könnte ihre Verfolgung bis hierher aufgenommen haben. Wenn sie in Bedrängnis geraten sollten, dann eher durch Eingeborene oder wilde Tiere.

»Nehmt euch nur vor den Schlangen und Spinnen in Acht«, sagte Edward. »Die Dingos sind feige und kommen nicht nahe an Menschen heran, und von anderen Raubtieren weiß ich nicht.«

»Was machen wir, wenn uns Eingeborene bedrohen?« Rose schulterte eine Muskete, die sie offenbar zu ihrer Verteidigung einzusetzen gedachte.

»Nichts überstürzen«, bat Edward. »Oft sind sie einfach nur neugierig. Wir können sie vielleicht besänftigen, indem wir ihnen klarmachen, dass wir keine Feinde sind. Es wäre unklug, Aufsehen durch eine Schießerei zu erregen. Also, Vorsicht mit den Waffen.«

Rose presste die Lippen aufeinander. Sie würde sich nicht an Edwards Rat halten, glaubte Molly. Wenn sie ihr Leben in Gefahr sah, würde sie nicht eine Sekunde zögern zu schießen.

Rose zeigte einen Kampfeswillen wie ein Mann. Auch wenn es um die Steuerung des Bootes ging, waren alle gleichermaßen gefragt. Hier in ihrer Flüchtlingsgemeinschaft mitten auf dem Ozean hatten die Unterschiede zwischen Männern und Frauen keine Bedeutung mehr. Rose und sie ruderten genau wie die Männer, bis sie die Kräfte verließen und sie abgelöst werden mussten. Sie richteten die Segel aus, hielten das Steuer und suchten das Ufer nach Gefahren ab.

Bis zum Sonnenuntergang segelten sie weiter. Der Wind hatte aufgefrischt. An den Stränden, die sie passierten, herrschte eine Brandung, die es unmöglich machte, an Land zu gehen.

Auch die nächste Nacht mussten sie an Bord verbringen. Das Wasserfass war inzwischen leer. Molly hoffte, dass am Tag der Wind drehte, sodass sie eine Bucht ansteuern konnten. Ihre Lippen waren rissig. Sie hatten sich das Wasser in kleinsten Portionen eingeteilt, aber bei der Hitze des Tages reichte es kaum, um den Flüssigkeitsverlust durch das Schwitzen auszugleichen.

Erst am Abend des nächsten Tages drehte der Wind. Rose und Edward nahmen Kurs auf eine von Palmen gesäumte Bucht, während Andrew und Molly im Wechsel durch das Fernrohr blickten, um die Lage abzuschätzen.

Allem Anschein nach steuerten sie auf ein Paradies zu, das vor ihnen kein Mensch betreten hatte. Kein Baum war hier gerodet, keine Höhle in Felsen geschlagen. Ein paar Kängurus hüpften davon, als Andrew und Molly ausstiegen, um das Boot die letzten Meter an den Strand zu ziehen.

Molly lief ein paar Schritte durch den heißen weißen Sand und ließ sich dann der Länge nach mit ausgebreiteten Armen und Beinen hinfallen. Es fühlte sich herrlich an, wieder festen Boden zu spüren. Jetzt galt es, einen Fluss, eine Quelle, einen See zu finden, um die Vorräte aufzustocken und ihre ausgedörrten Körper zu laben.

Jeweils zu zweit machten sie sich auf den Weg. Es dauerte keine zehn Minuten, bis Andrew den vereinbarten Pfiff ausstieß. Molly und Edward machten kehrt und liefen in die Richtung, aus der das Pfeifen erklungen war.

Wenig später warf sich Molly in einen Bach, der über ein weiches Flussbett aus Sand und Kieseln durch den Busch plätscherte. Sie tauchte in das kühle Wasser ein, prustete und richtete sich auf, um die anderen übermütig nass zu spritzen. In ihrem Leben hatte Molly nichts Erfrischenderes erlebt als dieses klare Flüsslein, das sich in Schlangenlinien durch das dichte Grün des Waldes wand.

Vom Eintreffen der Menschen und den unbekannten Geräuschen erschreckt, schwoll der Lärmpegel der Buschtiere an. Papageien kreischten und schnatterten, Sittiche flogen flatternd auf. Es knackte in den Zweigen, irgendwo erklang ein Bellen, das sich mit einem lang gezogenen Klagen mischte. Die vier Flüchtlinge kannten die Geräusche des Busches, aber die Tiere in der Nähe von Sydney hatten sich offenbar inzwischen an die Eindringlinge gewöhnt, während ihre Artgenossen in dieser unberührten Bucht beim Anblick der Fremdlinge in Todesangst gerieten.

Rose, Andrew, Edward und Molly nahmen ein ausgedehntes Bad in dem flachen Wasserlauf und tranken, bis ihre Bäuche prall gefüllt waren.

Andrew machte sich anschließend daran, das Boot instand zu setzen. Die Lecks füllte er mit Harz, morsche Bretter riss er heraus und flickte die Lücken. Edward versuchte zunächst sein Glück beim Fischfang, indem er das fein gewebte Netz, das zu ihrer Ausrüstung gehörte, durch die Brandung zog. Tatsächlich gingen ihm einige Meerbarben ins Netz. Sein Jubel drang bis zu seinen Freunden. Wenn ihm die Schusswunde am Arm noch Schmerzen bereitete, so ließ er es die anderen nicht merken. Der Alkohol auf seiner Verletzung hatte Wunder gewirkt, wenn es auch eine qualvolle Prozedur gewesen war.

Molly und Rose suchten am Rand des Busches nach essbaren Pflanzen. Sie fanden von dem Süßkraut, aus dem sich Tee brauen ließ, und entdeckten ein paar grüne Blätterköpfe, die wie Kohl aussahen und tatsächlich ähnlich schmeckten, wie Molly mit einem winzigen Bissen herausfand. Zusammen mit dem Fisch würden sie an diesem Abend ein Festmahl aus frischen Zutaten haben!

Die Nacht war bereits hereingebrochen und überzog die Bucht mit einem dunklen Schleier, als sich die vier um das Feuer scharten und Brocken von Fisch und Kohl aus dem Topf klaubten. Molly leckte sich die Finger ab, sobald sie einen Bissen vertilgt hatte, und schloss genießerisch die Augen. Herrlich, eine warme Mahlzeit nach dem zähen Trockenfleisch und dem harten Zwieback.

Kein Geräusch, aber eine Art Windzug ließ alle vier herumfahren. Die Frauen schrien entsetzt auf, die Männer sprangen auf die Füße. Eine Gruppe von Eingeborenen hatte sich ihnen genähert. Im Mondschein leuchtete die weiße Bemalung auf ihrer dunklen Haut wie Knochen. Die drei Männer hielten Speere und starrten auf sie hinab. Gut möglich, dass sie nie zuvor Weiße gesehen hatten. Sie waren inzwischen weit genug von Sydney entfernt, dass die Eingeborenen einem Stamm angehören konnten, der noch nicht in Kontakt mit Einwanderern gekommen war.

Edward fing sich als Erster. Er lächelte und öffnete die Hände zum Zeichen, dass er nichts im Schilde führte. Er sagte etwas in der fremden, kehligen Sprache, was die Eingeborenen friedlich zu stimmen schien. Dann wandte er sich an die Frauen: »Habt ihr Schmuck dabei oder bunte Bänder? Irgendwas, was wir ihnen als Zeichen unserer Freundschaft zum Geschenk machen können?«

Rose sprang auf und lief, den Rock an den Seiten gerafft, zum Boot. Sie kehrte mit einem Armband aus hellblauen Glassteinen und einem Spiegel zurück. Beides legte sie auf ihre Handflächen und hielt es den Männern hin.

Sofort drängelten sie sich um sie. Molly sah an Rose' verzogenem Gesicht, dass sie den Geruch, den die Wilden ausströmten, kaum ertragen konnte. Aber sie hielt sich tapfer und überließ ihnen ihr Hab und Gut. Schon machten sie wieder kehrt und eilten in den Busch zurück, offenbar beglückt von der Beute.

»Was, wenn sie wiederkommen und uns im Schlaf überraschen?«, fragte Rose.

Andrew legte den Arm um sie und zog sie an sich heran. »Keine Angst, sie wissen jetzt, dass wir keine feindlichen Absichten haben.«

Edward nickte, schluckte den Bissen hinunter, an dem er gekaut hatte, und zog sich eine Gräte aus dem Mundwinkel. »Genau. Sie werden ihrem Stamm von uns berichten, aber ich glaube nicht, dass sie sich ein weiteres Mal vorwagen. Ich denke, sie finden uns ziemlich seltsam. Vielleicht halten sie uns für Götter, die gestrandet sind.« Er grinste zu Molly, aber die verzog keine Miene. »Hast du Angst, Molly? Komm, ich beschütze dich«, zog er sie auf.

Molly wehrte seinen Arm ab, lächelte aber dabei. »Halt mich nicht für einen Hasenfuß, Edward Young. Ich bin froh, dass wir eine Nacht an Land verbringen. Das Schaukeln auf dem Schiff ist anstrengend.«

Die beiden Paare betteten sich dicht aneinandergeschmiegt neben dem Boot in den Sand. Edward und Andrew besprachen, dass sie im Wechsel Wache halten würden. Sie waren weniger erschöpft als die Frauen, und es konnte nicht schaden, wenn immer einer von ihnen die Umgebung im Blick behielt. Nicht nur die Eingeborenen konnten sie überraschen, es war denkbar, dass sich Tiere näherten, die sie bisher noch nicht kannten.

Ohne diese Angst vor dem Unbekannten hätten sie sich

im Paradies wähnen können. Eine Bucht, in der es Wasser und essbare Pflanzen gab und in der sie als freie Menschen rasteten. Mehr brauchte es in diesen Tagen nicht, um Glück zu empfinden. Molly schlief mit einem Lächeln auf den Lippen ein.

25. Kapitel

Kapstadt, Januar 1792

John Nicol konnte Sarah nicht vergessen.

Keine Nacht verging, in der sie ihm nicht in seinen Träumen erschien, ihre rosigen Wangen, ihre weichen Lippen, ihr seidiges Haar. Sein Engel, verbannt in einen Sündenpfuhl.

Er litt Qualen bei dem Gedanken an seine Geliebte an diesem schrecklichen Ort. Wer wusste, welcher Angriffe sie sich zu erwehren hatte. Wäre immer jemand zur Stelle, um sie vor Vergewaltigern, Halunken und Trunkenbolden zu beschützen? In seinen Albträumen hörte er sie weinen und nach ihm rufen.

John Nicol war immer gerne Seefahrer gewesen, aber nun erkannte er, dass er so nicht weiterleben konnte. Nichts bereitete ihm Freude, nicht der frische Wind in den Segeln, nicht das bunte Treiben in den Häfen und die Begegnungen mit Menschen aller Hautfarben. Seine Abenteuerlust war gewichen und hatte einer quälenden Obsession Platz gemacht. Ein Leben ohne Sarah war für ihn nicht mehr lebenswert.

Warum nur hatte Kapitän Aiken auf der *Lady Juliana* ihn gezwungen weiterzureisen? Auch ohne ihn wäre das Schiff nach Kanton und später zurück nach London gefahren. Es war doch auf ihn gar nicht angekommen, und dass der Kapitän kein Exempel statuieren wollte und die anderen Männer ermunterte, ebenfalls von Bord zu gehen – pah! Kein Mann konnte eine Frau mehr lieben als er seine Sarah. Die anderen wussten doch überhaupt nicht, was Liebe war. Ihre Triebe verwechselten sie mit Zuneigung. Wenn sie genug von den Weibern hatten, würden sie sie fallenlassen und betrügen. So etwas käme ihm nie in den Sinn! Für ihn würde es niemals eine andere als Sarah geben.

Und ihr gemeinsames Kind … John kämpfte mit den Tränen, wann immer ihm das süße Gesichtchen seiner Tochter erschien. Würde sie sich überhaupt daran erinnern, dass es einen Vater gab, dessen Herz von zärtlicher Zuneigung überlief?

Vor einem Jahr hatte John Pech gehabt. Gerade als er mit der *Lady Juliana* wieder in London eintraf, stach die nächste Flotte nach Sydney Cove in See. Es blieb keine Zeit mehr für ihn, eine Passage zu buchen. Er musste mit ansehen, wie die Segelschiffe auf dem Weg zu seiner Liebsten ohne ihn Fahrt aufnahmen.

Wie von einem Schwarm Wespen verfolgt, eilte John durch den Londoner Hafen und erkundigte sich nach einem Schiff mit dem Ziel Neusüdwales, aber überall bekam er nur abschlägige Antworten.

Schließlich stieß er auf den Walfänger *Amelia,* dessen Ziel der südliche Atlantik war und der ihn zumindest in die Nähe seiner Geliebten bringen konnte. John heuerte als Böttcher an und plante, in Rio eine Krankheit vorzutäuschen, um dann nach einem anderen Schiff suchen zu können, das nach Sydney fuhr.

Aber in diesen Tagen war John vom Unglück verfolgt, denn die *Amelia* schaffte es nicht weit. An der Küste von Kent lief sie auf Grund und wurde in den Londoner Hafen zurückgeschleppt.

John verzweifelte schier darüber und wähnte sich bereits als Stiefkind des Schicksals. Wieder musste er viele Wochen ausharren, bis der Walfänger repariert war, um einen zweiten Versuch zu starten.

Ein halbes Jahr später konnte John seinen Plan in die Tat umsetzen. Er verließ die *Amelia* in Rio, heuerte auf einem Schiff an, das nach Kapstadt segelte, und wollte von dort aus eine Passage nach Sydney buchen.

Kapstadt war die zentrale Anlaufstelle für alle Seefahrer, kein Schiff kam an diesem Hafen vorbei. Hier trafen sich Seemänner aus aller Herren Länder. John Nicol hatte sich in der Hafengaststätte an einen Tisch mit mehreren Seefahrern gesetzt, um herauszufinden, auf welchem Schiff er nach Neusüdwales gelangen würde.

Einer der Matrosen – Vince – erzählte, dass er auf der *Venus* von Sydney nach Kapstadt gesegelt war. In Neusüdwales hatten sie eine Ladung Sträflinge abgesetzt und kehrten jetzt nach Großbritannien zurück.

John war sofort hellwach. »Erzähl mehr von Sydney! Wie geht es den Menschen dort? Gibt es inzwischen ein Krankenhaus und eine Kirche?«

Vince nahm einen Schluck Bier aus seinem Krug, wischte sich über den blonden Bart und schaute John aus wasserblauen Augen mit hellen Wimpern an. »Ja, eine Kirche habe ich gesehen, ein Krankenhaus jedoch nicht. Und sie haben immer noch keinen Erfolg mit den Ernten. Sie leben hauptsächlich vom Fischfang.«

John hing an seinen Lippen, und sein Herz wurde schwer. »Ach herrje«, sagte er. »Ich wünsche den Kolonisten, dass es bald bergauf geht. Weißt du, ich war einmal in Sydney Cove.« Er fühlte, wie seine Wangen heiß wurden, und drehte den Bierkrug in den Händen. »Ich musste die Liebe meines Lebens dort zurücklassen.« John spürte die Tränen hinter seinen Lidern, aber er würde den Teufel tun und in dieser Männerrunde anfangen zu weinen. Also rang er um Fassung und holte Luft. »Ich will mich in Sydney Cove als freier Siedler niederlassen, mit Sarah als meiner Frau. Lieber ein karges Leben fernab der Heimat führen, als weiterhin auf meine Geliebte zu verzichten.«

Vince zog eine Braue hoch und kniff das andere Auge zusammen. »Weiß sie denn, dass du kommst?«

John schüttelte den Kopf. »Wir haben ein gemeinsames Kind, sie wird meine Rückkehr herbeisehnen.« Er lächelte leicht. »Ich stelle mir vor, wie sie mir entgegenläuft, sobald sie mich entdeckt, und wie wir uns nach all der Zeit umarmen.«

»Dich hat's schön erwischt«, murmelte Vince, und John war ihm dankbar, dass er über seine Gefühle nicht spottete. »Auf der *Venus* hat es übrigens nach unserer Abreise aus Sydney Cove einen blinden Passagier gegeben. Er hat sich im Unterdeck versteckt und kam erst heraus, als er fast verdurstet war. Der Trottel hat nicht daran gedacht, dass er Lebensmittel brauchte, um die lange Rückfahrt zu überstehen. Er wollte nur weg und hat wohl auf sein Glück gehofft, dass er sich auf unserem Schiff nützlich machen kann und dass Kapitän Coffin davon absieht, ihn der englischen Regierung auszuliefern. Aber da hat er sich geschnitten. Er ist Gefangener auf unserem Schiff und soll mit dem nächsten Segler nach Sydney Cove zurückgebracht werden.«

»Ein blinder Passagier, der in Sydney Cove gelebt hat? Oh, ich gäbe was darum, mich mit ihm unterhalten zu können. Vielleicht weiß er etwas über Sarah?«

Vince schnalzte mit der Zunge. »Die Zahl der Kolonisten ist inzwischen so groß, dass nicht jeder jeden kennt. Aber vielleicht hast du Glück.«

»Heißt das, du würdest mich zu ihm bringen, damit ich ihm meine Fragen stellen kann?« Ein Kribbeln lief über Johns Rücken. Die Vorstellung, sich mit einem Menschen zu unterhalten, der seine Geliebte vielleicht kannte, erfüllte ihn mit überschäumender Vorfreude.

Vince musterte John von der Seite. »Wie viel ist dir denn ein Treffen wert?«

John schluckte. Hatte er wirklich geglaubt, der Seemann würde aus reiner Nächstenliebe ein Treffen arrangieren? Er griff in seinen Säckel, der an seinem Gürtel hing, und holte klimpernde Münzen hervor. Mit einer schwungvollen Geste klatschte er die Shillinge vor Vince auf den Tisch und schaute ihn herausfordernd an.

»Leg noch eine Handvoll drauf. Für mich ist das ein Risiko, mich nachts aufs Schiff zu schleichen.«

John knirschte mit den Zähnen. Er brauchte seine Ersparnisse, um ein neues Leben in Sydney anzufangen oder, wenn das nicht möglich war, irgendwann mit Sarah nach England zurückzukehren. Aber seine Neugier war zu stark, obwohl er sich nicht sicher sein konnte, dass der Sträfling tatsächlich etwas über Sarah Whitlam wusste. Also legte er einen weiteren Haufen Münzen dazu, und Vince nickte. Er nahm seinen Krug, trank das Bier in einem Zug und schob dann knarrend den Stuhl hinter sich weg, um aufzustehen. Keiner in dem lärmenden, von Tabakrauch und menschlichen Ausdünstungen erfüllten Wirtshaus beachtete ihn. Er steckte die Shillinge in seine Tasche. »Dann komm«, warf er John hin und stapfte ihm voraus in die Nacht.

John beeilte sich, ihm zu folgen, und hockte eine Viertelstunde später in einem Leichter, der ihn zur *Venus* brachte. Der Zweimaster schaukelte zwischen all den anderen großen Schiffen im Hafen bedächtig in den Wellen hin und her. Die Galionsfigur war eine holzgeschnitzte Venusfigur mit üppigen weiblichen Formen, die im Licht des Halbmondes und der Sterne schimmerte.

Mit geübten Griffen zogen sich die beiden Männer an Bord. Kaum hatte John die Planken betreten, da traten zwei Wachmatrosen auf sie zu, die Musketen im Anschlag.

»He, was geht hier vor, Vince?«, rief der kräftigere und ältere der beiden.

Vince griff in seinen Geldbeutel und schnippte jedem von ihnen einen Shilling zu. Sie fingen die Münzen geschickt. »Kein Grund zur Beunruhigung, der hier«, er nickte in Richtung John, »will nur ein paar Worte mit dem Gefangenen wechseln.«

Der Matrose nickte und wies mit dem Kinn auf die Luke, die ins Unterdeck führte. »Aber macht schnell. Wenn der Kapitän davon Wind bekommt, gibt's Ärger. Der will den Hundsfott so schnell wie möglich auf das nächste Schiff nach Sydney verfrachten und keine Teegesellschaft mit ihm abhalten.«

Aus dem Unterdeck stieg John abgestandene Luft in die Nase, als er Vince folgte. Er hörte schon das Wimmern und den rasselnden Atem des Gefangenen, bevor er ihn sah.

Der Mann war klapperig wie ein Skelett mit eingefallenen Wangen, knochigen Schultern und astdünnen Armen. Er trug nur ein paar zerrissene Beinlinge. Auf seiner nackten Brust stachen die Rippen hervor. Seine schmutzig grauschwarzen Haare hingen ihm zottelig bis auf die Schultern, der ungepflegte Bart konnte kaum verbergen, wie jung der Mann war. Aber aus seinem Gesicht schien aller Zauber der Jugend verflogen. Seine Miene hätte besser zu einem Greis als zu einem Zwanzigjährigen gepasst. Hand- und Fußgelenke des Mannes lagen in Eisen, die Ketten waren an einem Ring in der Bordwand befestigt. Er kauerte in einem mit Stroh ausgelegten Pferch. Offenbar wurde das Unterdeck normalerweise für den Viehtransport benutzt.

Vince machte eine Geste auf den Gefangenen und setzte sich dann auf die unterste Stufe der Stiege, die hinauf an Bord führte.

John eilte mit drei Schritten zu dem jungen Mann, der ihn aus sterbensmüden Augen ansah und dessen Lippen rissig waren. Er hob die Holzschüssel mit abgestandenem Wasser, die neben ihm stand und aus der der Häftling offenbar trinken musste wie ein Hund, und führte sie an seinen Mund. Der Mann nahm ohne Verlangen ein paar Schlucke, als hätte er sich selbst bereits aufgegeben.

»Mein Name ist John Nicol. Ich war Steward auf der *Lady Juliana*, die die Frauen nach Sydney Cove gebracht hat. Wer bist du?«

Der Mann öffnete den Mund, aber zunächst kam nur ein Krächzen heraus. Er musste sich mehrfach räuspern, bis ihm die Stimme wieder gehorchte. »Ich bin Pitt. Ich kam mit der ersten Flotte nach Botany Bay. Es ist die Hölle da …« Seine Stimme brach erneut.

John nickte und berührte den mageren Arm des Mannes, um ihm zu zeigen, dass er verstand. »Deswegen hast du dein Glück als blinder Passagier versucht.«

»Ich wäre lieber erschossen worden, als zurück nach Sydney geschickt zu werden. Aber den Gefallen wollten sie mir nicht tun«, fügte er mit verbitterter Miene an.

»Pitt, ich bin auf dem Weg nach Sydney. Vielleicht reise ich auf demselben Schiff dahin wie du.«

»Was für ein Narr du bist, freiwillig dahin zu ziehen. Überall auf der Welt ist das Leben angenehmer als in dieser Bucht.«

»Ich … ich habe die Frau, die ich liebe, dort zurücklassen müssen. Ich finde keine Ruhe, bis ich wieder mit ihr vereint bin. Das ist der Grund, warum ich mit dir reden wollte. Mir würde es viel besser gehen, wenn ich wüsste, wie es um Sarah steht. Ob sie lebt, ob es ihr gut geht, wie sie die Zeit ohne mich verkraftet, ob unser Kind gedeiht oder bereits dem Hungertod anheimgefallen ist …«

Täuschte er sich, oder war tatsächlich ein Funken Leben in Pitts Augen aufgeflackert, als er den Namen Sarah erwähnte? Sarah war ein häufiger Name, es bedeutete gar nichts, wenn Pitt selbst eine Sarah kannte …

»Sprichst du von Sarah Whitlam?«, fragte Pitt da so überraschend, dass John aus der Hocke nach hinten auf den Boden plumpste. Er rappelte sich sofort wieder auf und rückte nah an den Sträfling heran. Am liebsten hätte er ihn an den Oberarmen gepackt und geschüttelt, aber der Mann wirkte zu zerbrechlich.

»Ja, ja, ja! Sarah Whitlam, das ist ihr Name!«

»Eine mit blonden Engelslocken, reiner Haut und einem Kind?«

John fühlte Schwindel. Er schien Sarah so nah zu sein wie seit Monaten nicht mehr. »Sprich weiter! Kennst du sie? Wie ist es ihr ergangen?«

Pitt biss sich auf die Unterlippe und stützte sich auf dem Strohboden ab, um sich eine bequemere Sitzposition zu suchen. Die Ketten an seinen Gelenken klirrten in der Stille. »Ich wollte selbst um Sarah werben. Mir ist sie gleich aufgefallen, nachdem sie die *Lady Juliana* verlassen hatte.«

John drehte sich der Magen um bei der Vorstellung, diese jämmerliche Gestalt in Eisen hätte die schmutzigen Finger nach seinem Engel ausgestreckt. Sicher hatte sich seine Geliebte nicht verlocken lassen!

Pitt schien Johns Gefühlswallung nicht zu bemerken. Er starrte auf einen Flecken links neben John, als verlöre er sich in seiner Erinnerung. »Sie war zweifellos eine der schönsten Frauen der *Lady Juliana*. Was mich jedoch zögern ließ, war das Kind, das zu ihr gehörte. Ich habe mir zu viele Gedanken darum gemacht, ob ich das Blag eines anderen mit durchfüttern möchte, und als ich entschied, dass ich es in Kauf nehmen würde, war es zu spät.«

John erlebte ein Auf und Ab der Gefühle zwischen Zorn und Liebe, Hoffnung und Eifersucht, während Pitt erzählte. Er hing an seinen Lippen, um kein Wort zu verpassen.

Von der Stiege her meldete sich Vince. »Gleich ist oben Wachwechsel. Kommt mal zum Schluss«, brummte er, als ginge es nicht um das Lebensglück eines gebrochenen Mannes.

»Ja, ja.« John machte eine wegwerfende Geste. Er hatte ihm genug bezahlt, um jetzt auf seine Kosten zu kommen und jedes Fitzelchen an Auskünften aus dem blinden Passagier herauszukitzeln. Er wandte seine Aufmerksamkeit wieder Pitt zu. »Das heißt also, sie kämpft sich allein mit unserer Tochter durch und ist am Leben?«

Pitt stieß ein heiseres Lachen aus, das wie ein Bellen klang. »Ich will doch hoffen, dass sie noch am Leben ist. Eine wie sie kommt wohl immer durch. Vermutlich sitzt sie genau in dieser Minute bei einem Dinner mit Freunden.«

John schluckte und spürte, wie alles Blut aus seinem Kopf floss. »Hat der Gouverneur vielleicht ihre Unschuld erkannt und ihr einen Platz in seinem Haus gewährt?« Die Vorstellung gefiel John.

Doch Pitt lachte lauter. Der Ton pfiff in Johns Ohren. »Was bist du für ein Einfaltspinsel. Das hat die Welt noch nicht gesehen.« Er bekam einen hysterischen Lachkrampf, und John ballte die Fäuste. Ihn juckte es, dem Kerl ein paar saftige Ohrfeigen zu verpassen, damit er Ruhe gab. Doch seine Neugier siegte, wenngleich er zu ahnen begann, dass Pitt ihm nichts erzählen würde, was ihn beruhigen könnte. Aber er musste es jetzt wissen. Er konnte nicht länger ahnungslos durch die

Weltmeere segeln, besessen von einer Frau, die es möglicherweise gar nicht wert war. Dieser Gedanke versetzte John einen Stich, dass er sich vor Pein an die linke Brustseite griff. Nimm mir nicht alle Hoffnung, betete er innerlich und stierte Pitt an, damit er endlich weitersprach.

»Sarah hat für mich keinen Blick gehabt. Ich erschien ihr wohl nicht stattlich genug, um ihr ein Beschützer zu sein. Sie hat keine Zeit vergeudet, sich einen der begehrtesten Männer von Sydney Cove unter den Nagel zu reißen. Gleich in ihrer ersten Woche in der Bucht hat sie unter dem Hochzeitsbaum John Coen Walsh das Jawort gegeben.«

John wurde es schwarz vor den Augen, er musste sich aufstützen, um das Gleichgewicht nicht zu verlieren, und senkte für einen Moment die Lider. Sein armes, armes Mädchen. Gab sich in eine Ehe mit einem ungeliebten Kerl, weil es solche Furcht empfand.

Pitt fuhr unbeirrt weiter: »Sarah lässt sich nicht erobern. Die sucht sich selbst aus, wie sie am besten im Leben zurechtkommt. Mit Walsh hat sie einen Glücksgriff gemacht, das muss ich neidlos eingestehen. Die beiden sind dann nach Norfolk verschifft worden, wo sie ihrem Mann einen Sohn geboren hat. Es hieß, sie sei mit seinem zweiten Kind schwanger gewesen, als John begnadigt wurde. Auf Norfolk haben sie offenbar genug mit Handel verdient, um sich eine Passage auf einem Schiff, das nach Bombay segelte, erkaufen zu können. Das ist das, was die Besatzung der *Supply* erzählt. Sie pendelt zwischen Sydney und Norfolk hin und her. Walshs Begnadigung war ein paar Tage lang die große Neuigkeit, die wie ein Lauffeuer die Runde machte. Deine Sarah hat es am besten von allen Weibern getroffen«, sagte Pitt, und John wusste nicht, ob aus seiner Miene Gehässigkeit und Genugtuung leuchteten oder Mitleid. Er konnte auf all das verzichten. Seine Welt war mit Pitts Worten in tausend Trümmer zerfallen.

Wie er es im Geiste drehte und wendete, es gelang ihm nicht mehr, den Schluss zu ziehen, dass Sarah dies alles aus Liebe zu ihm getan hatte und nur darauf wartete, dass er sie endlich aus den Fängen des Kerls befreite. Sie hatte ihm einen Sohn geschenkt, war ein weiteres Mal schwanger geworden … Sie war ihm nicht nur nach Norfolk, sondern dann auch nach Bombay gefolgt … Nein, Sarah hegte wohl keine Hoffnung darauf, dass er, John, alles dafür gab, wieder mit ihr vereint zu sein. Er war seinem eigenen Wunschdenken zum Opfer gefallen, hatte viele Monate seines Lebens damit verbracht, von Sarah zu träumen, während sie vielleicht einen Schlussstrich gezogen und einen Neuanfang gewagt hatte. Mit dem besten Erfolg, den man sich als Deportierte nur wünschen konnte.

Letzten Endes war Sarah also der schlechten Gesellschaft entronnen, zu der sie nach Johns Empfinden nie wirklich gehört hatte. Aber es war ihr ohne ihn gelungen. Wie er sich nun von seinem liebeskranken Wahn erholen sollte, konnte ihm keiner verraten.

Von Deck erklang ein Pfiff. Vince erhob sich. »Es reicht jetzt«, warf er John hin. »Du weißt doch jetzt alles, was du wissen musstest.«

John erhob sich und nickte dem Gefangenen zu. Ihm zu danken, brachte er nicht über die Lippen. Dafür waren die Nachrichten, die er ihm übermittelt hatte, zu niederschmetternd. »Alles Gute für dich. Möge Gott mit dir sein«, sagte er mit brüchiger Stimme.

»Der hat mich abgehakt«, erwiderte Pitt und zog die Beine enger an den Bauch heran. Ein Mann, dem die Kraft zum Kämpfen verloren gegangen war. John ahnte, dass er sich nicht mehr zur Wehr setzen würde, wenn er zurück nach Sydney Cove verschifft wurde. Vermutlich würde er dort innerhalb kurzer Zeit sterben, gebrochen an Leib und Seele.

Gebrochen war er selbst auch. Als er hinter Vince nach oben stieg, ging ihm durch den Sinn, ob er wohl Aussicht auf Erfolg hätte, wenn er nun statt nach Sydney nach Bombay reisen würde. Vielleicht glaubte Sarah ja nur, dass er sie vergessen hatte, und würde weinend zu ihm zurückkehren, wenn sie erst einmal erkannte, wie viele Mühen er auf sich nahm, um wieder mit ihr zusammen zu sein.

Es war ein aussichtsloses Unterfangen, Sarah für immer aus seinem Gedächtnis zu bannen. Er war wie verhext von dieser Frau, und diese Besessenheit würde sein Antrieb in den nächsten Jahren sein. Er würde nicht eher Ruhe finden, bis er Sarah gegenüberstand und sie ihm entweder ins Gesicht sagte, dass sie ihn nie so sehr geliebt hatte wie er sie, oder ihm weinend vor Erleichterung um den Hals fiel und ihn küsste nach der langen Zeit der Sehnsucht.

Diese Vorstellung wärmte Johns Gemüt und ließ ihn den Kopf wieder höher tragen und seine Schritte beschwingter setzen, als er sich im Hafen von Vince verabschiedete. Der Sinn seines Lebens war und blieb Sarah. Der Wind, der in die Segel aller Schiffe bliese, mit denen er über die Weltmeere führe, würde ihren Namen flüstern und ihn daran erinnern, wofür es sich zu leben lohnte.

Er würde nicht eher aufgeben, bis er sie gefunden hatte. Bis dahin trüge er die Erinnerung an sie im Herzen und eine blonde Locke in seinem Tagebuch.

26. KAPITEL

Auf dem Pazifik, Januar 1792

Als die ersten Stürme das Boot erfassten und es über die Wellenberge warfen, stieg der Zweifel in Molly hoch, ob sie nicht alle Tagträumer wären, anzunehmen, sie hätten die geringste Chance, die Naturgewalten zu bezwingen.

Während sich die vier Freunde unter Planen und Pritschen verbargen, zitterte Molly vor Kälte und Nässe und Furcht, aber sie biss die Zähne zusammen und krallte sich in Edwards Hand, die er ihr gereicht hatte. Immer wieder schwappte Salzwasser in das Boot. Sie schnappten keuchend nach Luft und mussten trotz ihrer tödlichen Erschöpfung alle mit anpacken, um das Wasser wieder nach draußen zu befördern.

Der heftige Wind kam vom Land, die Brandung war viel zu gewaltig, um sich ans Ufer retten zu können. Wie mit einem Stück Treibholz spielte das Unwetter mit dem Boot und den verzweifelten Menschen darauf.

Molly schrie ein ums andere Mal gellend auf, wenn sie glaubte, dass sie jede Sekunde sinken würden, bis auf die Knochen durchnässt und nur von Instinkten geleitet. Rose betete mit lauter Stimme, als könnte ein Gott sie so besser hören. Der Sturm dauerte die ganze Nacht lang. Als am Morgen die Sonne aufging und der Wind die letzten bleischwarzen Wolken wegpustete, lagen die vier schwer atmend mehr tot als lebendig in ihrem Boot. Mit unbezwingbarem Willen rappelte sich Edward auf, hielt nach einem Ankerplatz Ausschau und setzte sich an die Ruder.

»Wir haben es überstanden«, sagte er.

Molly fragte sich, woher er diesen unerschütterlichen Optimismus nahm. Dennoch spürte sie, dass er sie mit seiner Hoffnung ansteckte. Sein Glauben, dass am Ende alles gut werden würde, sprang auf sie über.

Sie kämpfte sich auf alle viere und fuhr mit aufgeschwemmten Händen und rasselndem Atem fort, das Wasser aus dem leckenden Boot zu schöpfen. Ihr Körper schien jemand anderem zu gehören. Sie hatte jedes Gefühl verloren, arbeitete, ohne nachzudenken.

Bei Tageslicht erkannten sie, welchen Schaden der Sturm angerichtet hatte. Die Löcher waren zum Teil faustgroß, morsche Bretter waren an den Seiten zerbrochen.

»Ich glaube, wir haben uns in dem Boot getäuscht«, sagte Andrew, bevor er sich neben Edward ans Ruder setzte. »Das Ding bricht uns unter dem Hintern zusammen. Das hält niemals die nächsten tausend Seemeilen durch.«

»Das liegt an uns«, erwiderte Edward unbeirrt. »Bei der nächsten Rast müssen wir es besonders sorgfältig mit Harz und Wachs flicken. Vielleicht können wir einige Bretter ersetzen, indem wir Bäume fällen.«

»Willst du die Stämme mit der Handkante in Scheiben schlagen?«, gab Andrew ätzend zurück.

Edward schoss ihm einen wütenden Blick zu. »Wenn wir jetzt den Mut verlieren und uns unserem Schicksal überlassen, können wir den Kampf gleich aufgeben«, zischte er. »Wir haben eine Axt dabei, damit sollte es uns gelingen, neues Holz zu gewinnen.«

Molly konnte nur staunen. Edward war doch derjenige, den es nach ihrem Empfinden am wenigsten aus Sydney weggezogen hatte. Nun war er derjenige, der die Moral der Gruppe aufrechterhielt.

Sie schafften das Boot an Land, stolperten in dem vom Unwetter nassen Sand und ließen sich der Länge nach hinfallen. Alle genossen das Gefühl, wieder Boden unter den Füßen zu haben, und als sie kurz darauf eine Wasserquelle fanden, schien ihre Zufriedenheit für den Moment vollkommen.

Sie entluden das Boot, um die Lebensmittel und Planen zu trocknen und um es von Grund auf instand setzen zu können. Andrew entzündete ein Lagerfeuer, dessen Flammen loderten. Die Rauchfahne zog bis weit über die Baumwipfel.

Molly vermutete, dass die Wilden davon angelockt wurden, denn keine zehn Minuten später standen sie in einer Reihe am Buschrand. Diesmal hielten sich die Eingeborenen nicht lange mit Auskundschaften auf. Der erste Speer flog, weitere zischten hinterher. Rose schrie auf. Molly zog sie mit sich, um hinter dem Boot Deckung zu finden. Andrew und Edward hatten blitzschnell ihre Musketen hervorgezogen. Edward ballerte eine Salve in die Luft in der Hoffnung, die Eingeborenen würden sich so erschrecken, dass es nicht zu weiteren Kämpfen kam. Seine Hoffnung trog ihn nicht. Schon bei den ersten Schüssen wandten sich die Wilden um und zogen sich in den Busch zurück.

Molly kroch hinter dem Boot hervor. »Ob das reicht? Meint ihr, sie kommen wieder?«

Edward hob die Schultern. »Das kann man nicht wissen.«

»Wir sollten kein Risiko eingehen und machen, dass wir hier verschwinden. Packt alles ein!«, sagte Andrew.

Edward schüttelte den Kopf. »Wir können nicht riskieren, mit dem angeschlagenen Boot ein weiteres Mal in ein Unwetter zu geraten. Schon bei günstigem Wetter ist es alles andere als sicher. Wir müssen es von Grund auf reparieren, sonst kommen wir keine zehn Meilen weit.«

Andrew schoss ihm einen wütenden Blick zu. »Und darauf

warten, dass uns die Wilden die Speere in den Rücken rammen?«

Molly schaute zwischen den beiden Männern hin und her. Es hatte schon einige Male Unstimmigkeiten gegeben, aber nun maßen sich die beiden, als ginge es darum, wer künftig hier das Sagen hatte. Molly trat an Edwards Seite. »Wir müssen das Boot reparieren. Ich setze keinen Fuß mehr rein, bevor nicht alle Lecks gestopft, die Bretter erneuert und das Segel geflickt ist.« Sie hob das Kinn und drückte sich an Edward, um zu verdeutlichen, auf wessen Seite sie stand.

»Er hat recht, Andrew«, sagte Rose, hakte sich bei ihrem Mann ein und schmiegte sich an seine Schulter. »Wir beeilen uns, damit wir rasch aufbrechen können.«

Andrew befreite sich mit einem Ruck von seiner Frau und trat gegen einen Stein, der weit über den Sandstrand flog. Aber schließlich sah er ein, dass es der bessere Weg war. Oder er beugte sich der allgemeinen Einschätzung, ging es Molly durch den Sinn.

Andrew hielt Wache und nutzte das Fernrohr, um den Buschrand und die mit trockenem Gras bewachsenen Felsen abzusuchen. Die Muskete stand geladen neben ihm.

Molly, Rose und Edward arbeiteten fieberhaft, spachtelten Harz in die Löcher, lösten Bretter ab, flickten das an vielen Stellen rissige Segel. Dann spurtete Edward los, um im Wald einen kleinen Baum zu schlagen. Er befreite den Stamm von lose hängender Rinde, hieb die Zweige ab und warf sie ins Boot. »Die können uns gute Dienste zum Schutz gegen die Sonne leisten«, murmelte er dabei.

Anschließend begann er den Baumstamm in Stücke und von diesen längliche Bretter zu hacken. Es war eine mühselige, schweißtreibende Arbeit. Molly warf immer wieder Blicke zu ihm, während sie gemeinsam mit Rose das Segeltuch flickte. Die Bretter waren nicht passgenau, aber das machte nichts. Auf die Schönheit des Bootes kam es weiß Gott nicht an. Edward verstärkte die Ränder, indem er das Holz festnagelte, und flickte auf der Bugseite ein tellergroßes Loch, in dem das Harz nicht mehr hielt.

Andrew blieb stur auf seinem Wachtposten sitzen, vermutlich zu Recht, ging es Molly durch den Sinn. Wenn die Wilden ein weiteres Mal angreifen sollten, mussten sie blitzschnell reagieren können. Dennoch wütete Zorn in ihr auf Rose' Mann, der sich stur und uneinsichtig verhielt.

Die Sonne ging inzwischen am Horizont als orange glühender Ball unter und warf ein warmes Licht über die felsige Landschaft, die Palmspitzen und den Sand. Edward hackte immer noch Holz und stapelte es unter einer Pritsche des Bootes, genug Reserven, um weitere morsche Stellen zu reparieren. Inzwischen allerdings ächzte er bei jedem Hieb und wischte sich immer mal wieder mit dem Unterarm über die Stirn. Obwohl die Hitze des Tages langsam nachließ, war sein Hemd schweißdurchtränkt. Molly staunte über seine Kraft und fragte sich nicht zum ersten Mal, was diesen Mann antrieb.

Endlich ließ er sich schwer atmend neben den Frauen nieder. Andrew hielt weiter die Umgebung unter Beobachtung, bekam jedoch jedes Wort mit. »Der Wind steht günstig«, sagte Edward, »wir sollten heute Nacht aufbrechen.«

Molly schrak zusammen. Sie hatte sich auf ein paar Stunden Schlaf an Land gefreut, ohne das beständige Schaukeln.

Andrew fuhr herum. »Wir sollten unseren Proviant aufstocken, wenn wir schon hier feststecken.«

Edward wandte sich an Rose, die dem Boot am nächsten hockte. »Wie viele Tage reichen das Essen und das Wasser?«

Rose richtete sich auf und beugte sich über das Boot, in das sie die inzwischen getrockneten Säcke mit Mais und Pökelfleisch gepackt hatten. Ihr Scheitel verschwand, als sie unter der Pritsche nachschaute. Als sie wieder auftauchte, wiegte sie den Kopf. »Wenn wir sparsam sind, kommen wir sieben Tage damit aus.«

»Das reicht«, entschied Edward. »Das Trinkwasserfass ist aufgefüllt. Uns hält nichts mehr hier, und wir wären Idioten, wenn wir diesen Wind nicht ausnutzen würden. Der bringt uns schneller voran als all die Tage davor.«

Andrew knirschte mit den Zähnen. Und tatsächlich wandte er sich nun um und kam, das Gewehr drohend gehoben, auf Edward zu. Mollys Herzschlag setzte fast aus. Nun waren nicht mehr die Wilden die Gefahr, sie bedrohten sich selbst. So weit durfte es nicht kommen. Sie machte einen ausholenden Schritt, stellte sich zwischen die beiden Männer und breitete die Arme aus, um sie auf Abstand zu halten. Ihr inzwischen schulterlanges schwarzes Haar wehte im kräftigen Wind. Sie wischte es sich aus den Augen. »Schluss jetzt!«, schrie sie. »Edward, der Wind wird sich hoffentlich bis zum Morgengrauen halten. Es reicht, wenn wir dann wieder in See stechen. Wir haben uns alle ein paar Stunden Schlaf verdient, du vor allem. Es nützt uns nichts, wenn wir vor Erschöpfung umfallen oder uns gegenseitig die Köpfe einschlagen.«

Edward hob die Schultern. »Dann bleiben wir eben noch hier. Ich finde nur, wir sollten keinen Tag länger als nötig unterwegs sein. Je eher wir Timor erreichen, desto größer sind unsere Überlebenschancen.«

Die erste Wache in dieser Nacht übernahm Molly. Sie hatte nie zuvor mit einer Muskete geschossen, hatte aber oft genug zugesehen, wie sie geladen wurde, und würde im Ernstfall keine Sekunde zögern, davon Gebrauch zu machen. Andrew und Rose schliefen dicht aneinandergeschmiegt und mit Armen und Beinen umschlungen an der Bootsseite, Edward hatte sich am Heck zusammengerollt.

Molly saß ein paar Yards entfernt. Das Feuer hatten sie gelöscht, um keine weiteren Wilden anzulocken, aber diejenigen, die sie bereits bedroht hatten, konnten jederzeit zurückkehren. Molly blickte unablässig von links nach rechts, so weit ihre Augen reichten. Wenn sich irgendetwas Verdächtiges rührte, nahm sie das Fernrohr zu Hilfe. Aber es waren nur Tiere, die sich rasch in ihren Lebensraum zurückzogen, sobald sie sie bemerkten.

Grauschwarze Schleierwolken trieben über den Himmel, die Sterne blitzten nur hin und wieder hervor. Der Mond war halb voll und leuchtete silbern hinter den Wolken. Molly roch das Harz und den frisch-minzigen Duft des Waldes, das Rauschen der Brandung nahm sie kaum noch wahr, aber das Krächzen und Schnalzen von nachtaktiven Tieren bildeten eine mittlerweile vertraute Geräuschkulisse.

Sie waren jetzt tatsächlich in Freiheit. Nie zuvor in ihrem Leben hatte Molly dieses Gefühl gekannt. Die Jahre im Waisenhaus waren eine Qual gewesen, später die Zeit auf der Straße, als sie sich als Diebin durchgeschlagen hatte. Frei war sie da nicht gewesen, obwohl sie keinem Herrn dienen musste. Aber der Überlebenskampf hatte sie in den Gossen gefangen gehalten. Dann ihre Jahre in Dorothys Bordell, in denen es ihr nur mit cleveren Tricks gelang, an der Bordellbesitzerin vorbei ein paar Shillinge, ein Stück Käse oder Brot zu ergaunern. Das Gefängnis in Newgate, die Überfahrt auf der *Lady Juliana,* die Monate in Sydney Cove … Immer war sie eine Gefangene gewesen, die gewusst hatte, dass das Leben ihr mehr zu bieten hatte. Und nun war sie auf dem Weg zu neuen Ufern.

Vielleicht hatte das Schicksal vorherbestimmt, dass ihr eine glückliche Existenz nicht gegönnt war. Vielleicht würde sie gemeinsam mit ihren Freunden ihr Leben lassen und niemals erfahren, wie es sich anfühlte, wirklich frei zu sein. Vielleicht würde sie Will nie wiedersehen und niemals erfahren, ob er seinen Traum, Steuermann auf einem Dreimaster zu werden, hatte wahr machen können. Vielleicht würde sie nie erfahren, warum sich ein Mann wie Edward abrackerte, um ihre Fahrt zu einem guten Ende zu führen. Vielleicht …

Sie wandte sich um, als sie hinter sich tapsende Schritte hörte. Edwards Gestalt war eine Silhouette im Silberlicht des Mondes und der Sterne. Ihr fiel auf, dass seine Schultern breiter, seine Arme muskulöser geworden waren. Er sah nicht mehr aus wie der schmächtige Schreiber des Gouverneurs, als den sie ihn kennengelernt und geheiratet hatte. Wer ihn nicht kannte, konnte ihn durchaus für einen Seemann halten.

»Du solltest schlafen und Kraft schöpfen, Edward«, sagte Molly, als er sich dicht neben ihr niederließ. Sie musterte sein Profil, während sein Blick die Umgebung absuchte. Ihr war nie aufgefallen, dass seine Nase zu einem Adligen gepasst hätte – gerade und lang und vorne spitz. Seine Lippen waren voll, sein Kinn energisch. Er lächelte, als er sich ihr nun zuwandte.

»Ich habe geschlafen, das reicht. Du fehlst mir, wenn ich dich nicht spüre.« Er legte den Arm um sie und streichelte ihr die Locken von den Schläfen.

Seine Fingerspitzen waren so sanft, dass es ihr einen Schauer den Rücken hinunterjagte. Was war das hier?

»Warum tust du das, Edward?« Mollys Stimme war nur ein Flüstern, das der Wind verwehte.

»Weil ich es liebe, deine Haare zu berühren. Irgendwann wirst du sie bürsten und frisieren können, und dann werden sie schimmern wie schwarzer Samt.«

»Sei nicht albern, ich spreche nicht von meinen Haaren.«

Sie erwiderte sein Grinsen. »Ich … ich habe mich in dir getäuscht, Edward. Ich habe dich zwar für einen cleveren Mann gehalten, aber dennoch für einen Schwächling. Einen Schreiberling eben.«

Edward zog gespielt tadelnd eine Braue hoch.

»Ohne dich würden wir es nicht schaffen. Ich frage mich, was dich antreibt. Du hattest ein recht angenehmes Leben in der Obhut des Gouverneurs, und hier kämpfst du um unser aller Leben.«

»Weißt du den Grund wirklich nicht, Molly Young?« Seine Züge wurden weich, als er sie anblickte und mit dem Zeigefinger ihr Kinn anhob.

Molly schluckte. Dann schüttelte sie den Kopf. Ihr Gesicht war seinem nah. In seinen Augen blitzten goldene Sprenkel auf. Sie musste an einen Sonnenuntergang denken, über den schimmernde Wolken zogen. Gleichzeitig schämte sie sich für diese romantischen Einfälle.

Für Gefühle von Verliebtheit und aufflammender Zuneigung hatte sie stets nur Spott übrig gehabt. Es erschien ihr wie eine Schwäche, sich einem anderen Menschen gegenüber zu öffnen und ihm Einblick zu geben in das, was sie empfand. Es machte sie verletzlich. Gleichzeitig aber konnte sie sich in diesem Moment nicht von Edwards Blick losreißen. Ihre Blicke versanken ineinander, als wollten sie gegenseitig ihre Seelen ergründen. Molly wusste nicht, was ihr eigener Blick verriet, aber sie erschrak vor der Zuneigung, die aus Edwards Augen sprach.

»Ich liebe dich, Molly Young. Ich liebe dich seit unserer ersten Begegnung im Busch, als ich dich Wildfang vor den Eingeborenen retten musste. Niemals zuvor bin ich einer solch erstaunlichen jungen Lady begegnet wie dir. Ich fühlte mich, als hätte der Blitz in mich eingeschlagen.« Er grinste über die eigene Formulierung und hob die Schultern. »Ich weiß, dass dir an solchen Reden nichts liegt, Molly, aber ich kann meine Gefühle nicht anders ausdrücken. Ich hatte gehofft, du würdest merken, was ich für dich empfinde. Ich habe dich nicht geheiratet, um dich zu retten oder um dich zu beschützen, obwohl ich das mit der größten Begeisterung tue. Nein, ich habe dich geheiratet, weil du die Frau bist, die ich bisher nur aus meinen Träumen kannte. Du bist jung, Molly, und gleichzeitig stark und mutig. Ich will, dass du nicht nur auf dem Papier mit mir verheiratet bist, sondern dass du dich mit Herz und Seele zu mir bekennst. Ich will dein Mann sein, Molly, aber ich überlasse dir den Zeitpunkt. Wenn du bereit bist, gib mir ein Zeichen, und ich bin der glücklichste Mann auf Erden.«

Er war ihr so nah, dass sie seinen Atem riechen konnte, und er war ihr nicht unangenehm.

Auf einmal sehnte sie sich danach, seine Lippen mit ihren zu berühren. Ein Gefühl, das sie nie zuvor gespürt hatte. Sie fragte sich, ob sich sein Mund so weich anfühlen würde, wie sie es vermutete, oder ob er die Lippen hart auf ihre pressen würde. Es hatte sie immer besonders geekelt, wenn die Freier von einst ihren Mund auf sie gedrückt hatten. Bei allem anderen konnte sie sich wegdrehen und sich in eine andere Welt hineinträumen, bei den Küssen jedoch hatte sie stets mit dem Brechreiz gekämpft.

Aber dies hier war anders. Sie war bereit, eine neue Erfahrung zu machen, und sie ahnte, dass es das war, wovon ihre Altersgenossinnen in der besseren Welt träumten. Diese blütenzarte Berührung, als er nun näher kam und seine Lippen auf ihre legte. Mollys Arme schlangen sich wie von selbst um seinen Nacken, um ihn zu spüren und diesen Genuss auszukosten.

Sanft teilte er mit der Zungenspitze ihre Lippen.

Molly schmiegte sich in seine Arme, ließ sich von ihm halten und zärtlich küssen und wünschte sich, die Zeit bliebe stehen und sie könnte ewig unter dem australischen Sternenhimmel liegen und sich von diesem Mann küssen lassen.

Sie hatte nicht geahnt, wie wohl und geborgen man sich in den Armen eines Mannes fühlen konnte. Das musste etwas mit Liebe zu tun haben, anders konnte sie sich all die fremden Empfindungen, die sie im ganzen Körper spürte, nicht erklären.

So zauberhaft also konnte es sein, wenn es nicht nur darum ging, die Triebe eines Kerls zu befriedigen. Molly schaltete ihr Denken aus und gab sich diesem Kuss hin. Edward wurde mutiger, ließ mehr Leidenschaft zu und streichelte über ihre Brust. Sie ließ sich mitreißen von seinen Gefühlen und reckte ihm den Busen entgegen, wünschte, er würde niemals damit aufhören, sie zu küssen und zu streicheln.

»Ich liebe dich, Molly«, wisperte Edward, als er sich von ihr löste, um zu Atem zu kommen.

»Ich liebe dich auch, Edward«, sagte sie, bevor sie nur eine Sekunde darüber nachdenken konnten. Es war die Wahrheit, und es war an der Zeit, dass sie es sich selbst eingestand.

»Das … das macht mich unendlich glücklich, Molly. Ja, ich will dein Ehemann sein, in guten wie in schlechten Zeiten, und ich werde dir treu sein und für dich sorgen und dich lieben, bis der Tod uns scheidet.«

Sie lächelte und streichelte über seine Bartstoppeln. »Ja, ich will deine Ehefrau sein, in guten wie in schlechten Zeiten, und ich werde dir treu sein und dich lieben, bis der Tod uns scheidet.«

Ihr erneuertes Eheversprechen in dieser Nacht fühlte sich wahrhaftiger an als die karge Zeremonie unter Reverend

Johnson. Und nur die Sterne waren ihre Zeugen, aber Molly spürte, dass es ein Versprechen für ihr restliches Leben war.

»Wie wird es mit uns weitergehen, Edward? Was erwartet uns in Timor?«

Edward wiegte den Kopf. »Die Holländer sind anständige Leute, ich mag sie. Was natürlich nicht heißt, dass es in ihren Reihen schwarze Schafe und Verräter gibt. Wir müssen uns neue Namen geben und uns Lebensgeschichten ausdenken. Es darf nicht der geringste Verdacht aufkommen, dass wir Sträflinge sein könnten. Die Holländer sind vermutlich loyal gegenüber der englischen Regierung und würden uns ausliefern.«

Molly biss sich auf die Lippe. »Du meinst, wir könnten diese lange Reise unternehmen, um am Ende wieder zurück nach Sydney geschickt zu werden?«

»Das ist leider eine Möglichkeit«, bekannte er. »Wir müssen Vorsorge treffen. Am besten erzählen wir, dass wir Schiffbrüchige sind und die einzigen Überlebenden. Und dann hoffen wir, dass möglichst bald ein englisches Schiff in Timor anlegt, das uns nach Hause bringen kann.«

»Wie geht es in London weiter? Wie sollen wir uns ohne Papiere und immer auf der Hut eine Existenz aufbauen?«

»Wenn wir erst einmal den Fuß auf heimatlichen Boden gesetzt haben, sofern es denn je dazu kommt, ist alles andere ein Kinderspiel. Ich habe Kontakte zu Leuten, die uns neue Papiere besorgen können. Es gibt einen Hof ein paar Meilen außerhalb von London, in dem wir in den ersten Wochen wohnen können. Er gehörte einem Onkel von mir, der keine Erben hat.«

»Das wäre ein Traum«, sagte Molly versonnen. »Wenn Will uns besucht, wären wir eine richtige Familie.«

»Will ist dein einziger Verwandter?«, erkundigte sich Edward.

Molly nickte. »Und du? Leben deine Eltern noch?«

»Sie sind vor ein paar Jahren gestorben. Wenngleich ich damals getrauert habe, jetzt ist es ein Segen. Das hilft uns, unsere Tarnung aufrechtzuerhalten. Meinst du, du schaffst es, ein Leben lang unter falschem Namen zu leben?« Er musterte sie und schien in ihrer Miene lesen zu wollen.

Molly nickte. »Mit dir an meiner Seite gelingt mir alles«, sagte sie spontan und wunderte sich selbst, welche romantischen Bekenntnisse aus ihrem Mund drangen. Sie musste sich wohl darauf einstellen, dass sie nun eine andere geworden war. Edward küsste sie dafür, und das war es auf jeden Fall wert, ging es Molly durch den Sinn. Als sie sich wieder voneinander lösten, fuhr Molly fort: »Ich hänge nicht an meinem alten Selbst. Ich bin bereit für einen Neuanfang, wenn uns das Schicksal gewogen ist.«

Sie war sich sicher, dass sie diese Nacht niemals in ihrem Leben vergessen würde. Es war die Nacht, in der sie lernte, was die Liebe sein konnte. Es gefiel ihr über die Maßen. Sie fühlte eine Verbundenheit mit Edward wie nie zuvor zu einem Menschen. Sie war anders als das, was sie für Will empfand. Will war ihr Bruder, aber Edward war der Mann, den sie liebte.

Sie küssten sich erneut, ließen die Hände über ihre Leiber gleiten, erkundeten sich und flüsterten sich liebevolle Worte ins Ohr. Für eine kurze Zeit vergaß Molly, dass ihnen der schwierigste Teil ihrer Tour noch bevorstand. Nach der Seekarte würden sie eine Weile auf dem offenen Meer segeln müssen, ohne das rettende Ufer in der Nähe zu wissen.

Dann bemerkte sie aus dem Augenwinkel eine Bewegung, weit entfernt, drüben auf den Klippen, auf denen knorrige Bäume mit weißen Stämmen und Ästen wie Skelette in den Himmel ragten. Der Morgen graute bereits und warf ein schemenhaftes Licht auf die Männer, die dort in einer Reihe standen und auf sie herabschauten. Wie aus dem Nichts waren sie wieder aufgetaucht mit ihren krausen grauen Haaren, den zotteligen Lendenschurzen und den in die Höhe gereckten Speeren.

Molly schrie und sprang auf, mit dem Zeigefinger in Richtung der Wilden weisend, die sie anstierten. Edward schnellte hoch und griff nach der Muskete.

Andrew und Rose erwachten sofort durch Mollys Schreie. Alle starrten zu den dunkelhäutigen Männern, deren Bemalung gespenstisch im Zwielicht schimmerte.

»Zieht das Boot ins Wasser!«, befahl Edward mit lauter Stimme.

»Vielleicht sind sie friedlich und wollen uns nur auskundschaften«, sagte Molly.

»Das Risiko gehen wir nicht ein. Hier, Molly, nimm das Gewehr und scheu dich nicht zu schießen, wenn sie näher kommen! Ich helfe Andrew und Rose mit dem Boot.«

Hinter sich hörte Molly, wie ihre Freunde ächzten und sich gegenseitig anfeuerten, um das Boot in die Brandung zu bewegen. Es war beladen und abfahrbereit. Sie brauchten keine Zeit zu verschwenden, ihren Proviant zu verstauen und das Segel aufzuziehen.

Molly richtete das Gewehr auf die Wilden, den Zeigefinger am Abzug. Die Muskete fühlte sich auf ihrer Schulter schwerer als vermutet an, drückte gegen ihr Fleisch, aber sie war wild entschlossen, ihr Leben und das der anderen bis zum letzten Atemzug zu verteidigen.

Da setzte sich die Gruppe der Wilden in Bewegung. Sie verfielen in Laufschritt und kamen direkt auf sie zu, die Speere mit ausgestreckten Armen weit über die Köpfe gereckt. Es bestand kein Zweifel, dass sie zum Angriff liefen.

Molly feuerte den ersten Schuss ab. Als der Knall dicht an ihrem Ohr ertönte, glaubte sie, im Leben nichts mehr hören zu können. Sie stolperte rückwärts und wäre fast auf dem Hintern gelandet, aber sie fing sich und lud die Muskete erneut. Die Eingeborenen hatten ihren Lauf gestoppt, aber als sie nun bemerkten, dass Molly eine Weile brauchte, bevor sie den nächsten Schuss abgeben konnte, rannten sie wieder los. Molly konnte ihre weißen Zähne in den verkniffenen Zügen sehen.

»Komm, Molly, los, rein!« Edward winkte mit beiden Armen, als Molly sich umdrehte. Er stand am Ruder des Bootes, das bereits in den Wellen schaukelte.

Molly raffte ihren Rock und preschte los. Hinter sich hörte sie das Trampeln ihrer Verfolger, die nun in ein unheimliches Kriegsgeheul ausbrachen. Es zischte an ihrer linken Seite, ein Speer flog neben ihr in den Sand.

Ein Strom von Kraft und Überlebenswillen floss durch Molly, als sie noch schneller raste und mit ausholenden Schritten durch das seichte Wasser stolperte. Edward nahm ihr das Gewehr ab und zog sie mit einem Ruck ins Boot, wo sie außer Atem aufprallte.

Sie schaute an zwei Beinen hoch, die Andrew gehörten. Er hatte sich in Schießposition gebracht, während Edward ruderte und Rose das Segel hielt. Wieder knallte die Muskete, und im nächsten Moment spritzte Blut auf Molly. Sie rieb sich die Augen, sah alles nur durch einen roten Schleier und erkannte, dass ein Speer in Andrews Oberschenkel eingedrungen war. Er fiel um wie ein gebrochener Mast und schrie vor Schmerz.

Keiner konnte sich um ihn kümmern, denn alle waren damit beschäftigt, das Boot weiter aufs Meer hinauszutreiben. Molly half Edward beim Rudern, Rose hielt mit verkrampften Fingern das Segel, um den Wind zu nutzen, der sie aus der Bucht hinausbrachte.

Endlich waren sie weit genug vom Land entfernt. Molly blickte über die kleiner werdende Bucht. Die dunklen Männer standen noch eine Weile am Strand und schauten ihnen hinterher.

Rose band das Segel fest, als der Wind gleichmäßig wehte, und stürzte zu ihrem Mann. Andrew hatte das Bewusstsein verloren, der Speer ragte wie ein Mahnmal aus seinem Fleisch hervor.

Sie griff nach dem Holz und wollte es behutsam herausziehen, aber bei der ersten Bewegung öffnete Andrew die Augen und schrie. Schweißperlen bildeten sich auf seiner Stirn und rannen seine Schläfen und Wangen hinab.

»Du musst ihn stecken lassen«, rief Edward mit zusammengebissenen Zähnen. »An der Spitze sind Widerhaken. Die kriegst du ohne Operation nicht raus.«

»Oh, Herr im Himmel.« Rose umfasste Andrews Gesicht und küsste ihn, als könnte sie damit seine Qual lindern. Edward beugte sich hinab und brach den Speer ab, aber die Spitze blieb im Fleisch, und Andrew verlor immer noch Blut, das in das Holz sickerte und sich mit dem Meerwasser auf dem Boden mischte.

»Schnell, binde das Bein ab!«, rief Edward sie zur Besinnung.

Endlich kam Leben in Rose. Sie riss sich mit den Zähnen Streifen von ihrem Rock und umwickelte damit sein Bein oberhalb der Wunde. Dann ballte sie Stofffetzen zu Knäueln zusammen und drückte sie auf die Verletzung, bevor sie sie mit weiteren Streifen befestigte.

Der Verband war innerhalb weniger Sekunden von Blut durchtränkt.

Rose begann nach weiteren Stoffen zu suchen, ihre Bewegungen waren fahrig, ihre Finger zitterten.

Andrew stöhnte jetzt bei jedem Ausatmen. Er hatte inzwischen so viel Blut verloren, dass sein Körper ausgemergelt zwischen den Pritschen hing. Er schien schwächer zu werden, sein Gesicht unter den zotteligen Haaren und dem Bartschatten nahm die Farbe von Mehl an.

Molly starrte zu ihm und wechselte dann einen Blick mit Edward. Edward presste die Lippen aufeinander und schüttelte den Kopf. Auch ohne seine entmutigende Mimik erkannte Molly, dass offenbar eine wichtige Ader getroffen war. Der Blutfluss war einfach nicht zu stoppen. Es schien jetzt bereits so, als hätte er kaum noch einen Tropfen des Lebenssaftes im Leib.

Aber Rose gab die Hoffnung nicht auf, presste beide Hände auf die Wunde, sodass es zwischen ihren Fingern rot hervorquoll.

Mittlerweile waren sie weit genug von der Küste entfernt, dass Molly die Ruderpinne wieder so drehte, dass sie Fahrt in Richtung Norden aufnahmen.

Bislang hatten sie die australische Küste immer in der Nähe gehabt, aber es würde anders kommen, wusste Molly. Sie würden gefährliche Riffe umfahren und weit auf den Pazifik hinaussegeln müssen. Am Ende würden sie auf offenem Meer fahren. Sie waren jetzt bereits erschöpft und hatten nicht einmal ein Drittel der Reise hinter sich.

Wann immer Edward sich mit der Karte und dem Sextanten an die Überprüfung der Route begab, hielt sich Molly an seiner Seite und staunte, über welche Kenntnisse er verfügte. Der Stand der Sterne und dieses Gerät reichten ihm, um zu wissen, wo sie sich befanden und welcher Weg noch vor ihnen lag.

Was sollten sie mit Andrew machen? Molly verzweifelte schier, wann immer sie zu ihm blickte. Er wirkte nun vollkommen benommen, als wäre seine Seele aus ihm gewichen. Sein Atem ging flach, der Mund war geöffnet. Rose streichelte unablässig über seine Wangen und Schläfen, nachdem die Blutung nun gestoppt war.

Auf dem Boden schwappte das mit Blut gemischte hellrote Wasser hin und her. Obwohl sie das Boot nach besten Kräften geflickt hatten, drang mit jedem Wellenschlag Wasser hinein. Sie lagen nach wie vor zu tief.

Molly nahm sich einen der beiden Holzeimer und begann, das Wasser aus dem Boot zu schöpfen. Den zweiten drückte sie Rose in die Hand. »Hilf mir, Rose, sonst sinken wir.« Rose' Blick schien aus einer anderen Welt zu kommen, als sie Molly anschaute und zunächst einmal gar nichts tat. »Los jetzt!«, schrie Molly sie an, packte sie an den Schultern und schüttelte sie wie eine Puppe.

Der Wind frischte auf, die Wellen wurden hoch und höher. Die Frauen mussten sich mit einer Hand an der Bootskante festhalten, damit sie nicht hinausgeschleudert wurden, mit der anderen schöpften sie das Wasser hinaus.

Edward ruderte verbissen, legte sich in die Riemen, und die Muskeln an seinen Oberarmen schwollen an und ab. Der Wind wurde nun heftiger. Obwohl es um die Mittagszeit war, verdunkelte sich der Himmel.

Molly richtete den Blick nach oben. Grauschwarz ballte es sich am Himmel zusammen. Ein aufkommender Sturm riss an den Wolken und trieb Fetzen davon.

Oh, Herr im Himmel, betete Molly innerlich. Sie konnten es jetzt nicht wagen, an Land zu fahren, um das Unwetter abzuwarten. Sie waren viel zu dicht an den feindlichen Eingeborenen, deren Stammesgebiet sie betreten hatten.

Der Wind nahm weiter zu und zischte durch das Segel, als würde er sich über die Nussschale, in der vier Menschen um ihr Leben kämpften, lustig machen.

Ein Schrei wie von einem waidwunden Tier erklang und wurde vom Wind weggerissen. Er hallte über die inzwischen meterhohen Wellen. Molly hielt in ihrer Arbeit inne und erkannte, dass er von Rose gekommen war. Sie hatte sich über ihren Mann gebeugt, die Wange auf seine Brust gedrückt, und weinte laut und schrill.

Molly wischte sich die klatschnassen Strähnen weg, die ihr über die Wangen peitschten.

»Bleib bei mir! Du kannst mich doch jetzt nicht verlassen!« Rose schrie und heulte gleichzeitig.

Edward holte die Ruder ein, klammerte sich an den Pritschen fest und balancierte zu Rose. Molly stieß einen Schrei aus, als ein heftiger Windstoß und die Neigung des Bootes ihn fast über Bord gehen ließen. Er schaffte es gerade, sich in das Holz zu krallen. Dann war er bei Rose, nahm sie so behutsam, wie es in diesem Unwetter möglich war, an den Schultern und zog sie von Andrew weg.

Molly schaute genau wie er zu ihrem Gefährten. Sein Blick war leer, seine Züge erstarrt. Trotzdem fühlte Edward am Hals nach seinem Puls und legte ein Ohr auf seine Brust. Als er sich aufrichtete, schüttelte er den Kopf.

Rose verbarg ihr Gesicht in den Händen, ihre Schultern zuckten. Mit einer Geste wies Edward Molly an, an seine Seite zu kommen. Sie tat es mit klopfendem Herzen und auf wackeligen Beinen balancierend.

Edward packte den toten Freund an den Schultern, Molly nahm seine Füße. An seinem Körper hingen nur die Reste einer fadenscheinigen Hose und ein Halstuch. Sie hatten nichts, worin sie ihn einwickeln konnten, um ihm eine würdevolle

Seebestattung zu schenken. Edward gab das Kommando, und gleichzeitig hoben sie ihn an. Edward schaffte es, Schultern und Brustkorb über Bord zu lehnen, Molly drückte die Beine hinterher. Mit einem Platschen versank Andrew Naiden.

Der Gewichtsverlust an Bord machte sich sofort bemerkbar, das Boot hielt sich nun höher über dem Wasserspiegel. Molly schämte sich, dass ihr beim Tod ihres Freundes die günstigen Folgen auffielen, aber sie kämpften alle um ihr Leben.

Einen Moment lang sah es so aus, als wollte Rose ihrem Mann bei lebendigem Leib folgen. Sie zog sich an die Bootskante heran und beugte den Oberkörper weit hinaus. Edward riss sie zurück. Als sie sich wie eine Irrsinnige gebärdete, zu treten, zu beißen, zu kratzen begann, verpasste er ihr eine schallende Ohrfeige. Blut sickerte aus Rose' Nase, als sie das Bewusstsein verlor und auf den nassen Boden fiel.

Der Himmel hatte sich inzwischen so verdunkelt, dass man nicht erkennen konnte, ob es Tag oder Nacht war. Blitze zuckten und erhellten die wütenden Meereswellen mit einem Silberschein, Donner rollte und wummerte.

»Wir können nichts tun, Molly!«, schrie Edward über den Lärm hinweg. »Komm!« Das Segel hatte er eingeholt, damit sie dem Wind keine Angriffsfläche boten. Nun begann er das Tuch über die Pritschen und das Heck zu spannen. Molly half ihm mit fliegenden Händen und keuchendem Atem. Schließlich hatten sie ein Dach gespannt, unter das sie krochen.

Sie zogen ihre Freundin mit sich und drückten sich, mit Rose in ihrer Mitte, aneinander, hielten sich mit Armen und Beinen umklammert. Der Sturm und die Wellen trieben ihr grausames Spiel mit dem Boot, das diesen gewaltigen Kräften nichts entgegenzusetzen hatte. Das Boot knarrte, die Wellen klatschten gegen die Wände, dann trieb eine Welle sie bis auf den Kamm und in einem Höllentempo wieder nach unten. Mollys Zähne klapperten, während sie den Blick nicht von Edward ließ, als läge es in seiner Hand, ob sie dies hier überlebten oder nicht. Ihr karger Mageninhalt drängte nach oben. Sie erbrach sich, bis sie bitteren Saft schmeckte.

Die Zeit verlor an Bedeutung. Molly wusste nicht, wie lange sie in diesem Albtraum gefangen waren. Sie rechnete nicht damit, dass sie lebend herauskamen.

Wie es sich anfühlen mochte, zu ertrinken? Oder würden sie vorher von Haien gefressen? Molly hatte mal gehört, dass im Moment des Todes an den Menschen ihr bisheriges Leben vorbeiglitt, aber alles, woran sie in diesen Stunden denken konnte, war, dass sie mit Edward verheiratet war und dass sie hoffte, mit ihm gemeinsam unterzugehen. In guten wie in schlechten Zeiten. Leb wohl, Will, dachte sie bei sich, leb wohl, Hannah. Dann fühlte sie nur noch Edwards Griff an ihren Armen, das schwappende Bodenwasser an ihrer Seite und die dünne Rose an ihrem Leib.

Als Molly das nächste Mal die Augen öffnete, stieg ihr Wasserdampf in die Nase und nahm ihr für einen Moment die Sicht. Sie spürte die Hitze, die auf das Segeltuch über ihr fiel, und bemerkte zu ihrem Entsetzen, dass sie allein war. Sie lag immer noch unter der Plane und musste sich erst an die plötzliche Helligkeit und den aufsteigenden Dampf gewöhnen. Sie rieb sich mit den Fäusten die Augenhöhlen und rappelte sich dann halb auf, um unter dem Tuch hervorzukrabbeln.

Das Boot wiegte sich sachte, das Wasser platschte gegen die Bordwände. Rose und Edward saßen gemeinsam auf der Pritsche und ruderten in mäßigem Tempo, als befänden sie sich auf einer Spazierfahrt.

Rose war blass wie eine Leiche, die Trauer in ihrem Blick

war fast unerträglich für Molly, aber sie hatte ins Leben zurückgefunden, das erkannte Molly sofort. Sie hatte tatsächlich befürchtet, Rose hätte jeder Lebensmut verlassen, nachdem Andrew gestorben war, aber die Freundin behielt die Fassung.

Edward nickte ihr mit einem Lächeln zu.

Molly blickte nach links, nach rechts und hinter sich. Zu allen Seiten bildete das Meer die Linie am Horizont. »Wohin hat uns der Sturm getrieben?«, fragte sie und tunkte eine Holzkelle in das Trinkfasserfass, um sich einen Schluck Wasser zu nehmen. Das Holz schabte über den Boden des Bottichs, sie schöpfte nur wenige Schlucke. Sie mussten bald an Land, um nachzufüllen.

»Das werden wir erst in der Nacht erfahren, wenn die Sterne zu sehen sind«, erklärte Edward. Eine steile Falte bildete sich zwischen seinen Brauen. Sofort sprang seine Furcht auf sie über, aber sie bemühte sich, sie nicht zu zeigen.

»So weit können wir nicht weg sein«, sagte sie gespielt hoffnungsfroh. »Wie lange hat denn der Sturm gewütet?«

Edward wechselte einen Blick mit Rose. »Den gestrigen Tag und die Nacht bis heute Morgen.«

Molly riss die Augen auf. »So lange habe ich geschlafen?«

Edward nickte. »Wir wollten dich nicht wecken, wir brauchen alle unsere Kraft.«

Molly hob den Blick gen Himmel, der sich strahlend blau über ihnen erstreckte. Nicht eine Wolke war zu sehen. Die Sonne brannte mit der Kraft des Sommers auf sie herab.

»Das Wasser wird knapp«, sagte Molly aus ihren Gedanken heraus. Ein Teil war bei dem heftigen Wellengang aus dem Fass geschwappt. »Wie dumm von uns, dass wir das Regenwasser nicht aufgefangen haben.«

»Ich schätze, wir waren alle mit dem Überleben beschäftigt

und haben uns keine Gedanken an das Morgen gemacht. Aber es wird weitere Unwetter geben. Bis dahin sollten wir eine Auffangvorrichtung hergestellt haben, damit wir das Regenwasser nutzen können.«

»O Gott, bloß keinen solchen Sturm mehr«, stöhnte Molly und begann, das Segeltuch einzurollen.

»Das Boot ist nicht für eine solche Reise gebaut«, sagte Edward. »Es taugt zum Fischfang in seichten Gewässern und Spazierfahrten, aber nicht für eine monatelange Fahrt.«

»Wir haben aber kein anderes. Also muss es genügen.« Molly hockte sich vor Rose und drückte die Hände auf ihre Oberschenkel. »Rose, es tut mir leid«, sagte sie und bettete den Kopf in ihren Schoß.

Rose ruderte unermüdlich weiter. »Danke, Molly.« Ihre Stimme klang, als käme sie von weit her. »Wir haben immer gewusst, welch Wagnis wir eingehen. Es war von vornherein klar, dass die Gefahr bestand, wir könnten nicht alle überleben. Nun hat es Andrew getroffen. Ich hätte es auch sein können oder du oder Edward. Ich bin dankbar für die Monate, die wir nach unserer Deportation gemeinsam hatten. In meiner Erinnerung wird Andrew weiterleben. Ich werde niemals mehr wieder einen Mann lieben wie ihn.«

Molly spürte, wie ihr die Tränen über die Wangen liefen. Sie bewunderte und bemitleidete diese Frau, und sie fragte sich, ob sie selbst es verkraftet hätte, wenn es Edward gewesen wäre, den sie über Bord hätten werfen müssen.

Sie rappelte sich auf und wollte mit Rose den Platz tauschen, um selbst weiterzurudern, aber die Freundin wehrte sie ab. »Lass mich, ich habe genug Kraft. Und dieser gleichmäßige Rhythmus beruhigt mich.«

Molly setzte sich auf den Boden und legte die Arme über die Bordkante. Sie spürte, wie die Sonne auf ihren Scheitel brannte, nahm Wills Tuch und wickelte es sich um den Kopf, aber es bot nur ungenügenden Schutz gegen die Hitze.

Ihr Blick fiel auf die Zweige, die Edward bei ihrem letzten Landgang an Bord geworfen hatte. Die waren wesentlich besser zum Sonnenschutz geeignet als das Segel, unter dem sich die Hitze staute. Während die beiden anderen ruderten, begann sie, die Äste und Blätter miteinander zu verflechten, um sie anschließend am Mast zu befestigen. So würden sie ein wenig Schatten haben und wären nicht vollständig der Sonne ausgeliefert. Edwards Haut rötete sich bereits gefährlich an der Stirn. An Rose' Dekolleté hingen einzelne helle Fetzen, wo die Haut aufgeplatzt war.

Noch hatten sie Kräfte, noch konnten sie denken und handeln, noch konnten sie den Sonnenuntergang herbeisehnen, aber was, wenn sie nicht bald ihr Trinkwasser aufstockten?

Die beiden Schlucke hatten Mollys Durst kaum gestillt, aber sie wagte nicht, ein weiteres Mal mit der Kelle über den Boden zu kratzen. Das Wasser musste für drei Leute reichen. Wie viele Tage lang – das mochte Molly sich lieber nicht vorstellen.

27. Kapitel

Auf dem Pazifik, April 1792

Ein halbes Dutzend Mal schafften es die Flüchtlinge noch, an Land zu rasten, bevor sie das Barriereriff passieren mussten. Edward zeigte es den beiden Frauen auf der Karte. Die weit ins Meer hineinragenden Felsen machten es auf dieser Wegstrecke unmöglich, das Boot ans Ufer zu steuern. Das wäre selbst erfahreneren Seemännern nicht gelungen.

Sie hatten ihre Trinkwasservorräte auffrischen und sich an Land mit Muscheln, die sie von den Felsen kratzten, ernähren können sowie mit Schildkröten, Fischen und einmal sogar von einem Känguru, das Molly geschossen hatte. Molly und Rose trockneten das Fleisch und verstauten es in der Proviantkiste für die lange Fahrt übers offene Meer.

Das Harz war inzwischen aufgebraucht. Das Boot war gut in Schuss. Dennoch bedeutete es ein Risiko, viele Tage und Wochen nicht ans Ufer zu können. Sie wussten alle drei, dass dies der gefährlichste Teil ihrer Reise war. Gleichzeitig mussten sie exakt navigieren, um den Weg über die Torresstraße zu finden. Die Meerenge war laut Karte von Korallenriffen, Klippen, Sandbänken und winzigen Inseln durchsetzt. Sie mussten sich zunächst am Barriereriff nordwestlich halten, aber nicht zu stark westlich abtreiben, wenn sie nicht riskieren wollten, dass das Boot zerschellte. Molly mochte sich nicht vorstellen, wie leicht es geschehen konnte, dass es auf Grund lief.

An Land hatte es immer wieder Begegnungen mit den Eingeborenen gegeben. Sie verdankten es Edward, dass es zu keinen weiteren Angriffen gekommen war. Ihm war es diesmal gelungen, die dunkelhäutigen Männer, Frauen und Kinder anzusprechen und ihnen zu versichern, dass sie in friedlicher Absicht in ihrem Stammesgebiet rasteten. Sie verschenkten ein paar Kleidungsstücke, einen Becher, einen Holzeimer, um sie friedlich zu stimmen.

Bevor sie zu der langen Fahrt am Riff vorbei aufbrachen, hatte Molly laut darüber nachgedacht, ob es nicht eine Möglichkeit sei, sich den Eingeborenen anzuschließen. Sich von ihnen abzuschauen, wie sie jagten, fischten, wohnten, und es ihnen nachzumachen. Ein Leben unter Wilden erschien ihr die bessere Wahl, als im Pazifik qualvoll zu ertrinken. Aber die anderen beiden – und letzten Endes auch sie selbst – trieb es zurück in die Zivilisation.

Nach zwei Tagen auf See schlug das Wetter um. Sie gerieten in einen Sturm, der alles übertraf, was sie bisher erlebt hatten. Turmhohe Wellen schleuderten das Boot aus großen Höhen in den Abgrund und wieder nach oben. Rose, Edward und Molly konnten nichts anderes tun, als sich in die Bootswand zu krallen. Zusätzlich banden sie sich mit Tauen an die Pritschen. Zwischendurch mussten sie immer wieder die Hände lösen, um das eindringende Wasser abzuschöpfen.

Sie arbeiteten bis zur Entkräftung und darüber hinaus. Keiner der drei würde sich kampflos dem Untergang ergeben. Der Sturm peitschte den Regen in ihre Gesichter, sie waren alle bis auf die Knochen durchnässt, aber sie gaben nicht auf und feuerten sich gegenseitig an.

Wie weit mochte sie der Orkan von ihrem Kurs abgetrieben haben? Der Himmel war noch lange nach dem Höhepunkt des Unwetters mit bleischweren grauen Wolken verhangen, aber sie wussten, dass Nordwesten der richtige Weg sein musste. Während Edward mithilfe der Karte, die er in Wachstuch gewickelt bei sich trug, und des Kompasses die Richtung festlegte, richtete Molly das Steuer, und Rose hisste das Segel. Obwohl der starke Wind an ihren Nerven und ihrer Kraft zehrte, brachte er sie nun um viele Meilen voran.

Drei Tage später gingen ihre Vorräte zur Neige, aber die Sorge darüber wich der Freude, als sie wieder Land entdeckten. Sie hatten offenbar den Kurs gehalten, denn schemenhaft ragten sowohl backbord als auch steuerbord Klippen und Anhöhen auf. Sie schienen direkt auf dem Weg durch die Torresstraße zu sein. Molly schrie vor Freude auf und umarmte erst Rose, die die Geste mit müden Armen und einem schwachen Lächeln erwiderte, bevor sie Edward küsste.

Der allerdings konnte ihre Freude nicht teilen. »Wir brauchen mindestens zwei bis drei Tage, bis wir das Land erreichen, und dann ist es fraglich, ob wir ans Ufer kommen.«

Der Himmel hatte ein Einsehen und schickte in der Nacht einen kräftigen Regenguss ohne orkanartige Böen. Molly reckte das Gesicht in die dicken Tropfen und streckte die Zunge weit heraus, nachdem sie alles, was sich zum Auffangen des Trinkwassers eignete, bereitgestellt hatten. Schließlich streifte sie die Reste ihrer Kleidung ab und ließ sich von dem Regenwasser abwaschen wie unter einem Wasserfall. Sie glitt mit allen fünf Fingern durch ihre Haare und seufzte vor Behaglichkeit, als sie die Salzkruste, die ihre Haut bedeckte, endlich abschrubben konnte. Rose und Edward machten es ihr nach anfänglichem Zaudern nach.

Nackt, mit ihren geschundenen, ausgezehrten Körpern ließen sie sich berieseln, und das Lachen der drei schallte über die See. Seit Beginn der Reise war dies vielleicht ihr glücklichster Moment. Für ein paar Herzschläge lang vergaßen sie die Not, aus der sie geflüchtet waren, und welche Gefahren auf sie noch lauern mochten.

Den Hunger würden sie notfalls zwei Wochen aushalten, obwohl sie kaum mehr über Fettreserven verfügten, aber dass ihr Durst gestillt war und sie ihre Leiber erfrischen konnten, erfüllte sie mit neuem Lebensmut.

Gemeinsam steuerten sie das Boot durch die Meerenge an der südlichsten Spitze Australiens vorbei. Während Edward ruderte, richtete Molly die Ruderpinne und hielt genau wie Rose Ausschau nach Riffen unter Wasser. Sie fuhren nun in einem ruhigen Gewässer, das ihnen einerseits eine Atempause verschaffte, andererseits tückisch war.

Molly sehnte sich danach, endlich auf einer der Inseln, die sie umgaben, zu rasten. Sie brauchte viel Schlaf, und sie musste Kraft tanken. Rose und Edward ging es nicht anders. Rose' Wangenknochen stachen hervor, ihre Augen lagen tief in den Höhlen. Molly fragte sich, ob sie jemals wieder so schön werden würde wie zuvor.

Drei Tage später entdeckten sie eine Insel, auf der dunkelgrüne Bäume, umgeben von üppigen Sträuchern und fettem Gras, wuchsen. Dort musste es eine Quelle oder einen Bach geben!

Edward steuerte das Eiland an, und die drei Flüchtlinge zogen das Boot mit vereinten Kräften auf den feinen Sand. Eine Weile blieben sie liegen und starrten in den Himmel, an dem die hellgrauen Wolken gemächlich trieben.

Schließlich rappelten sie sich auf. Rose begann Holz für ein Feuer zu sammeln, Molly untersuchte die Pflanzen nach Früchten oder verwertbarem Gemüse. Edward begab sich auf die Suche nach der Quelle.

Sie jubelten, als sie sich am Feuer trafen und ihre Schätze zeigten. Das Wasser der Quelle, die Edward im Zentrum des

Eilands entdeckt hatte, war wunderbar frisch und rein. Molly glaubte, dass ihre Kehle nie etwas Köstlicheres hinabgeronnen war. Aber auch ihre Schätze konnten sich sehen lassen. Sie hatte süße rote Beeren entdeckt, die herrlich im Mund aufplatzten, wenn man daraufbiss. Außerdem brachte sie einen Arm voller Kohlblätter mit und Büschel des Süßkrauts. Daraus würden sie sich an diesem Abend ein Festmahl kochen, bevor sie sich morgen daranmachten, Fische zu fangen und die Muscheln von den Felsen abzuschälen. Molly hatte außerdem entdeckt, dass Vögel hier nisteten. Edward vermutete, dass es sich um eine Möwenart handelte, konnte sie aber nicht mit Sicherheit bestimmen. Die Eier in den Gelegen würden auf jeden Fall eine Delikatesse sein.

Nach der langen Zeit auf See waren sie alle am Ende. Nachdem sie sich die Bäuche gefüllt hatten, kuschelten sich Edward und Molly aneinander, um gemeinsam in den Schlaf zu sinken. Rose hatte es sich seit einiger Zeit abgewöhnt, sich zwischen sie zu legen, obwohl Molly sie gelassen hätte.

Sie verbrachten fast zwei Wochen auf dieser Insel, nachdem sie sich versichert hatten, dass hier tatsächlich kein Mensch lebte, der sie bedrohen oder im Schlaf überfallen konnte. Sie fühlten sich wie im Paradies nach den vorausgegangenen Strapazen, aber sie wussten auch, welche lange und gefährliche Wegstrecke ihnen noch bevorstand.

In diesen vierzehn Tagen rüsteten sie das Boot auf und sammelten Vorräte, so viel es transportieren konnte.

Molly war nach zwei Tagen wieder kräftig und lebensfroh, als wäre sie nicht die Monate davor an ihre Grenzen gegangen, und Edward packte neue Zuversicht. Wann immer es sich ergab, nahm er Molly in die Arme und küsste sie mit einer Zärtlichkeit, dass es ihr schwindelig wurde. Sie wusste, dass er irgendwann weitergehen würde, dass seine Hände zu wandern beginnen würden und sich sein Leib an ihren drängen würde, um von ihr Besitz zu nehmen. Sie hatte Angst davor, als wäre sie jungfräulich. Sie ahnte, dass ihre Vereinigung anders sein würde als alles, was sie in ihrem bisherigen Leben kennengelernt hatte. Wenn er sie küsste, spürte sie eine Bereitschaft, ihn in sich aufzunehmen, die ihr völlig fremd war. So lustvoll das Kribbeln war, sie fragte sich, wo es hinführte und was es für sie bedeutete, sich einem Mann wirklich hinzugeben und nicht nur ihren Körper zur Verfügung zu stellen.

Rose bereitete ihr ein bisschen Sorge. Sie kannte sie als scharfzüngige, temperamentvolle Frau, die jedem Mann auf charmante Art Paroli zu bieten verstand. Seit Andrews Tod war trotz ihrer anfänglichen scheinbaren Gelassenheit eine Veränderung mit ihr vorgegangen. Sie war in sich gekehrt, sprach wenig und schien in manchen Stunden ihre Umgebung gar nicht wahrzunehmen. Sie aß und trank ohne Genuss und schlief allein, in sich zusammengerollt.

Endlich bestiegen sie wieder das Boot, um die letzte Etappe ihrer Reise anzutreten. Wenn der Wind günstig stand, konnten sie Timor in drei Wochen erreichen, und bis dahin hielten ihre Vorräte. Ob ihre Kräfte ausreichten, musste sich noch herausstellen.

Sie segelten an den Inseln und Klippen vorbei, als sich auf einmal von der Küste her ein Trupp von Eingeborenen zeigte. Sie unterschieden sich von denjenigen, die sie bislang getroffen hatten, waren größer und kräftiger von der Statur, und sie besaßen Boote, in die sie hineinsprangen, als sie die drei Menschen auf dem Segelboot bemerkten.

Etwa zwei Dutzend Krieger hielten mit Speeren und Bogen auf sie zu, aber der Wind war an diesem Tag ihr Retter. Er blies in das Segel, das sich bauschte und dem Boot zu voller

Fahrt verhalf. Die Krieger waren viel zu weit weg, als dass sie sie mit ihren Speeren erreichen konnten. Als sie bemerkten, dass sich der Abstand zwischen ihnen stetig vergrößerte, gaben sie die Verfolgung auf. Vielleicht glaubten sie, sie hätten sie vertrieben. Molly atmete auf.

Je weiter sie nach Westen kamen, desto mehr schaukelten sie aufs offene Meer hinaus. Bald sahen sie an der Linie des Horizonts kein Land mehr. Erneut waren sie darauf angewiesen, den Kurs mit ihren Navigationsgeräten zu halten.

Während Edward sich an einen Plan hielt, wann er ruderte, wann er sich ausruhte, wann er aß und wann er schlief, hatte Molly begonnen, sich in Tagträumen auszumalen, wie sich ihr künftiges Leben gestalten würde. Sie stellte sich vor, dass sie ein Häuschen an der englischen Küste bewohnte. Vielleicht würden sie irgendwann Kinder haben, die mit nackten Füßen über die Frühlingswiese liefen, und vielleicht bekäme Edward eine Arbeit, die ihnen ein wenig Wohlstand bescherte. Sie würden Vieh halten, um ihren Kindern frische Milch anbieten zu können. Sie würde lesen, schreiben und rechnen lernen, um ihre Kinder unterrichten zu können, und sie würde sich auf die Nächte freuen, die ihr und Edward gehören würden und ihrer Liebe. Vielleicht würden sie Pferde züchten oder sich einen Kutter zulegen, mit dem sie auf Fischfang gehen konnten. Wenn sie sich vom lieben Gott einen Extrawunsch erbitten dürfte, dann würde sie hoffen, dass sie Will wiedertraf und dass er in ihrem Hause Gast war, wann immer es ihn nach England verschlug.

Molly staunte über sich selbst. Wie hatte sie sich seit damals verändert, als sie mit Hannah zusammen wegen Diebstahls eines Käses deportiert worden war. Wie wild und wütend sie gewesen war. Und heute? Sie fühlte sich, als hätte sich der Panzer, der um ihr Herz gelegen hatte, gesprengt. Sie redete sich nicht mehr ein, dass sie Edward nur ausnutzte, um ihr Entkommen zu sichern. Nein, sie liebte diesen Mann. Früher hatte sie jeden Menschen ausgelacht, der ihr weiszumachen versuchte, dass die Liebe die Menschen veränderte, aber nun erfuhr sie es am eigenen Leib. Nun verstand sie auch, warum Hannah nicht hatte mitkommen können. Sie musste Michael so sehr lieben wie sie nun Edward. Im Geiste entschuldigte sich Molly bei ihrer besten Freundin für ihre Härte und ihre gefühllosen Worte, und in einem weiteren Tagtraum erlebte sie, wie Hannah und sie sich wiederbegegneten und sich in die Arme fielen.

Die Tage vergingen mit dem eintönigen Schwappen der Wellen gegen den Bug, die Sonne brannte auf sie herab, um sie herum nichts als die unendliche blaue Weite des Indischen Ozeans. Sie schwiegen, denn alles schien gesagt. Auf nichts brannten sie mehr, als endlich Timor zu erreichen.

Molly malte sich aus, dass die Insel eine Art Garten Eden wäre und dass sie dort verwöhnt werden würden wie Götter. Es half ihrer Seele, an ein glückliches Ende dieses Abenteuers zu glauben. Schon lange gab es kein Zurück mehr. Entweder erreichten sie ihren Zielort, oder sie würden sterben – in den Wellen ertrinken, verdursten oder von den Speeren der Wilden durchbohrt werden.

Dann begann Rose zu sprechen.

Zuerst glaubte Molly sich verhört zu haben, denn ihre Freundin murmelte von einer Sekunde auf die andere vor sich hin, ohne sie anzusehen. Molly zuckte zusammen, als sie die Namen »Andrew« und »Dave« vernahm. Sie rückte vor, um Rose ansehen zu können. Aber die Gefährtin wandte den Blick ab, ihre Lider zuckten. Unablässig bewegten sich nun ihre trockenen, rissigen Lippen, während sie mit sich selbst sprach. Manchmal lachte sie hysterisch auf. Edward und Molly tauschten besorgte Blicke.

Molly setzte sich neben sie, legte den Arm um sie und versuchte sie wie ein Kind zu wiegen. »Andrew und dein Baby sind nicht mehr da. Vielleicht schauen sie vom Himmel auf uns herab und sorgen dafür, dass du gesund bleibst.«

Rose befreite sich mit ruckartigen Bewegungen. »Lass mich, Andrew ist bei mir! Weck das Baby nicht auf!«

Ihre Stimme kippte. Der flammende Blick, den sie ihr zuwarf, verursachte Molly eine Gänsehaut. Rasch zog sie sich von ihr zurück, während nun Edward versuchte, sie aus der Scheinwelt, in die sie sich geflüchtet hatte, zurückzuholen. Er packte sie grob an den Schultern und schüttelte sie. »Du fantasierst, Rose! Komm zurück! Wir sind hier – ich, Edward, und Molly. Wir schaffen es zu dritt, reiß dich zusammen!«

Rose versetzte ihm einen Faustschlag an die Wange, der zwar nicht allzu kräftig ausfiel, aber ausreichte, um Edward vor ihr zurückschrecken zu lassen.

Weder Edward noch Molly brachte die Kraft auf, weiter in Rose zu dringen und an ihren Verstand zu appellieren. Beide hatten genug mit sich selbst zu tun, als dass sie es schafften, ihrer wirren Freundin beizustehen.

Molly schlief von diesem Zeitpunkt an mit dem Messer an ihrer Seite. Rose war ihr unheimlich. Wer wusste, zu welchen Taten sie fähig war, wenn der Wahn es ihr eingab?

Ihr Schlaf-wach-Rhythmus folgte nicht mehr den Tagen und Nächten. Keiner von ihnen schlief mehr eine ganze Nacht und wachte im Morgengrauen auf. Sie hielten zwei Stunden die Augen auf, um dann in einen Dämmerschlaf zu fallen und wieder zu erwachen. Sorgsam teilten sie den Proviant und das Wasser ein. Edward hatte seinen Schlafplatz an den Säcken und dem Fass, weil auch er Rose nicht mehr traute.

Die Haut an ihren Gesichtern hing in Fetzen, um ihre Augen und Münder hatten sich wieder steinharte Salzkrusten gebildet, die Lippen waren trocken wie Papier.

Für einen kurzen Moment kam Leben in Molly, als einen Steinwurf entfernt ein gewaltiger Rücken auftauchte. Sie hatte sich nicht vorstellen können, dass es ein so gigantisches Tier gab, wenn es denn überhaupt eines war. Die Haut glänzte silbrig grau. Als es weiter nach oben trieb, spie es eine Wasserfontäne aus.

Molly schrie auf und begann zu zappeln. »Edward, ein Ungeheuer! Da!« Sie wies mit dem Zeigefinger auf das Tier. Kraftlos hob Edward den Kopf. Dann aber richtete er sich auf und krabbelte zu ihr. Gemeinsam schauten sie zu, wie das Tier nun wieder untertauchte. Am Ende schien es sie majestätisch mit gehobener Schwanzflosse zu grüßen.

Molly stockte der Atem. Obwohl Edward ihr versicherte, dass Wale harmlos waren, erleichterte es sie, dass der aufkommende günstige Wind sie rasch weitertrieb. Das Tier hätte mit einem einzigen Hieb der Flosse ihr Boot in Stücke hauen können.

Später tanzten Delfine um sie herum, und einmal blitzten silbrige Haifischflossen in einiger Entfernung. Molly war zu erschöpft, um sich an der Schönheit der Tiere zu erfreuen. Selbst Edward hob nur kurz den Blick, obwohl er es unter anderen Umständen liebte, Tiere zu zeichnen.

Sie vegetierten in dem Boot wie in einem Holzsarg vor sich hin. Rose hatte sich auf dem Boden zusammengekrümmt wie in einem immerwährenden Krampf. Hin und wieder schob sich Molly zu ihr und benetzte ihre Lippen mit Wasser, was Rose ohne die geringste Mimik über sich ergehen ließ.

Wie viele Meilen konnten es noch sein? Wie viele Tage würden sie noch überleben können? Der Kompass zeigte ihnen an, dass sie vermutlich auf dem richtigen Weg waren. Immer nach Westen.

Dann war das Trinkwasser aufgebraucht. Am Himmel trieb nicht eine Wolke, die Hoffnung auf Regen gemacht hätte. Molly teilte den letzten Schluck mit Edward und Rose und schloss in Gedanken mit sich und ihrem Leben ab. Schade, dass Edward und sie ihre Liebe nicht mehr leben konnten. Aber wenigstens hatte sie am Ende ihres Daseins erfahren dürfen, wie es sich anfühlte, wenn man einem anderen Menschen mit allen Sinnen zugeneigt war. Sie bettete ihren Kopf in Edwards Schoß, er legte eine vom Rudern schwielige Hand an ihre Wange, und so blieben sie, ließen sich treiben, warteten darauf zu sterben.

Die Nacht brach herein, aber es war schon lange gleichgültig, ob es dunkel oder hell war. Molly schloss die Augen. Als sie sie wieder öffnete, kroch im Osten die Sonne wie ein glühender Feuerball aus dem Ozean. Sie schien das Meer mit flüssigem Gold zu überziehen, ein atemraubender Anblick. Ein gutes Omen, mit diesem Bild in den Tod zu gehen. Schöner konnte es auf der Erde nicht sein, und vielleicht wartete im Himmel ein besseres Leben auf sie. Oder sie würde wiedergeboren als Adlige, die in ihrem Leben nie erfuhr, was es bedeutete, gequält zu werden, zu hungern, Schmerzen zu ertragen und als Abschaum der Gesellschaft betrachtet zu werden. Es wäre nur gerecht, wenn sie es in einem zweiten Leben auf die andere Seite schaffte, und …

Molly drehte sich halb um und schaute in westliche Richtung.

Lange hielt sie den Blick, ihre Lider zuckten, während ihr von Hitze und Durst gepeinigtes Gehirn zu verarbeiten versuchte, was ihre Augen ihr vorgaukelten. Ein graugrüner Streifen in weiter Ferne. Sie blickte unverwandt auf diese Erscheinung am Horizont, während Rose im Schlaf murmelte und Edward mit geöffnetem Mund röchelnd schnarchte. Das Segel blähte sich im Wind, während sie auf diesen Streifen zutrieben. Auf einmal sickerte die Erkenntnis in Mollys Verstand.

»Land«, flüsterte sie. »Land!« Diesmal rief sie lauter, aber ihre Stimme war heiser. Sie krächzte wie ein todkranker Vogel, hustete, dann schrie sie: »Da ist Land!«

Rose rührte sich nicht, aber Edward öffnete unendlich langsam die Augen, wandte sich um und starrte wie Molly eine lange Weile zum Horizont, bis er begriff, dass sie es geschafft hatten.

Molly kämpfte sich zu Edward vor, umarmte ihn, aber zum Jubeln war sie zu schwach. Sie hatte das Gefühl, ihr Blut flösse wie eine angedickte Suppe durch ihren Körper. Jede Bewegung schmerzte, alles lief ab, als hielte jemand die Zeit an.

Aber je länger sie nach Westen blickte, desto deutlicher traten die hügeligen Konturen der Insel hervor. Bald erkannte sie Palmen, und was war das da am Strand? Hütten? Was wehte da im Wind? Ein Lächeln zuckte über Mollys Gesicht, als sie die niederländische Flagge in der Brise flattern sah, hoch oben an einer Fahnenstange.

Sie fing an zu weinen. Es überraschte sie, dass sie noch Tränen hervorbrachte.

Edward zog sie an sich und weinte mit ihr.

28. Kapitel

Kupang, Timor, Juni 1792

Ich bin Edward Hoddy. Das ist meine Gattin Ann. Ich bin Maler und war auf einer Expedition unterwegs, um die Pflanzen und Tiere Australiens zu zeichnen. Unser Schiff sank bei einem Sturm, der uns auf Riffe trieb. Alle ertranken, außer meiner Frau und mir und Mrs. Grace, Catherine Grace. Sie ist die Witwe des Botanikers James Grace, der leider ebenfalls sein Leben lassen musste.«

Nachdem die dunkelhäutigen Männer und Frauen, die in leuchtend bunte Stoffe gewandet waren, sie mit Trinkwasser versorgt hatten, stand Edward den drei Offizieren, die bei ihrer Landung mit ihren Musketen herangeeilt waren, Rede und Antwort.

In den ungezählten Tagen und Nächten auf hoher See hatten sie sich oft die Zeit damit vertrieben, sich auszudenken, welche Geschichte sie auf Timor erzählen würden. Sie waren sich einig geworden, dass sie so nah wie möglich an der Wahrheit bleiben mussten und weit genug entfernt, dass niemand sie mit geflohenen Sträflingen aus Sydney in Verbindung brachte.

Zu dieser Zeit war Rose hellwach und bei geistiger Gesundheit gewesen, und Andrew hatte noch gelebt. Manches Mal hatten sie über die Auswüchse gelacht, die ihre Fantasie hervortrieb, aber schließlich hatten sie sich darauf verständigt, dass sie als Maler und Botaniker auftreten würden. Edwards Steckenpferd war schon lange das Malen, es würde ihm keine Schwierigkeit bereiten, seine Kunst unter Beweis zu stellen und damit seine Aussage zu stützen. Das notwendige Wissen über Pflanzen hätte Edward Andrew im Laufe der Fahrt vermittelt, sodass er auf bohrende Nachfragen hätte reagieren können.

Molly schämte sich für den Gedanken, dass es letztlich von Vorteil für sie war, dass Andrew das Abenteuer nicht überlebt hatte. Falls der Gouverneur in Sydney Schreiben verschickt hatte, in denen er auf vier Sträflinge verwies, die bei Aufgreifen baldmöglichst der englischen Regierung ausgeliefert werden sollten, dann wirkten sie nun zu dritt weniger auffällig.

Sie konnte nicht umhin, Edward dafür zu bewundern, wie klar er in seiner Aussage wirkte. Fast war sie selbst geneigt, ihm zu glauben, was er den holländischen Offizieren erzählte. Tatsächlich nickten die drei Männer, nachdem sie Blicke getauscht hatten.

Molly sog die Luft ein, atmete ein Duftgemisch aus süßen Früchten und warmem Holz ein. Irgendetwas Fremdes stieg ihr in die Nase, das sie nicht einordnen konnte, ein delikates exotisches Aroma.

Sie blickte sich um und betrachtete die dunkelhäutigen Menschen, die einen Kreis um sie bildeten und sie anstarrten, während die Holländer sie ausfragten. Rose lag zwischen ihnen. Molly hatte es geschafft, ihr einen Becher Wasser einzuflößen, und allmählich schien ihr Atem schneller zu gehen. Sie drehte eine Schulter und hob den Kopf, die Haare in langen verfilzten Strähnen an ihren Wangen und Schläfen. Sie bekam die Lider kaum auf, ihr Gesicht war geschwollen. Molly stützte sie, half ihr, sich halb aufzurichten. »Wir sind in Sicherheit, Catherine«, sagte sie überdeutlich und flehte innerlich, dass Rose in ihrem vernebelten Zustand die Botschaft verstand. »Wir haben es geschafft, wir sind in Kupang!«

»Andrew, wo ist Andrew?«

Molly fuhr ein Schrecken durch die Glieder, als hätte eine Schlange sie gebissen. »Dein Bruder ist daheim in England. Wir werden ihn hoffentlich bald wiedersehen.« Molly spürte, wie ihr der Schweiß ausbrach. Sie seufzte erleichtert, als Rose in ihren Armen wieder zusammensackte.

Die Einheimischen tummelten sich überall an dem weißen Strand. Hütten mit Palmdächern standen neben Ständen mit bunten Früchten und Booten. Zwei Mädchen, die kaum älter als sie selbst waren, eilten nun mit Körben herbei, reichten den Gestrandeten dünnes knuspriges Brot und weiche exotische Früchte, die Molly nie zuvor in ihrem Leben gesehen hatte, die aber ein köstlich reifes Aroma verströmten.

Sie verschlang die Brotbrocken, genau wie Edward, und spülte mit Wasser nach. Selten hatte Molly etwas Wohlschmeckenderes zerkaut als dieses Maisbrot. Sie schlang gierig und verschluckte sich fast, aber sie stopfte immer mehr Brocken in ihre Wangen, als würde sie befürchten, es werde ihr wieder weggenommen.

Erst als ihr größter Hunger gestillt war, öffnete sie eine der Früchte mit einem Holzmesser, das ihr das Mädchen gereicht hatte, schnitt eine dünne Scheibe ab und steckte sie Rose zwischen die Lippen. Tatsächlich begannen ihre Kiefer zu mahlen, und das Stück Frucht verschwand in ihrem Mund.

Sie würde wieder gesund werden, erkannte Molly mit einem Anflug von Freude, der aber gleich von der Sorge vertrieben wurde, wie es dann um ihren Verstand stehen würde. Würde sie sich an die Absprache halten, oder bestand die Gefahr, dass sie in ihrem Wahn alles verriet? Andererseits – welchen Glauben würde man schon den Worten einer Schiffbrüchigen schenken, die nach mehreren Monaten auf See den Verstand verloren hatte?

Der Sprecher der drei Offiziere, der sich als Stijn Kuipen vorstellte und dessen von der Sonne gebleichtes Haar in Wellen unter seinem Dreispitz hervorlugte, versuchte zunächst, Rose beim Aufstehen zu helfen, aber als ihre Beine wegknickten, nahm er sie auf die Arme.

Die anderen beiden wollten Molly und Edward helfen, aber das Wasser, das Brot, die Früchte und die freundliche Aufnahme hatten den beiden ein Stück weit ihre jugendliche Kraft zurückgegeben. Sie würden viele Wochen brauchen, um wieder ganz hergestellt zu sein, aber sie schafften es, den Holländern zu folgen, während sie sich an den Händen hielten. Molly drehte sich um und winkte den Eingeborenen zum Abschied. Die Mädchen zeigten beim Lächeln ihre perlweißen Zähne.

»Ich werde Eure Begleiterin zunächst in mein Haus bringen. Dort kann sie sich ausruhen und zu Kräften kommen. Willem, nimmst du die beiden anderen mit zu dir?«, erkundigte sich Kuipen.

Der zweite Offizier, dessen Nase und Wangen von Sommersprossen übersät waren, legte die Handkante an die Schläfe. Molly schätzte ihn auf Mitte vierzig. »Aye, Sir. Wir haben Räume frei, seit Adrian zur See gefahren ist.«

Kuipen nickte. Molly war es egal, bei welchem der Holländer sie unterkommen würden. Jedes Haus, in dem Wasser, Essen und ein weiches Bett bereitstanden, würde ihr wie der Himmel erscheinen. »Ich werde Gouverneur Wanjon Bericht erstatten und ihm ankündigen, dass Ihr Euch bei ihm vorstellt, sobald Ihr zu Kräften gekommen seid. Er wird entscheiden, wie wir weiter verfahren.«

»Danke«, murmelte Molly und drückte Edwards Finger.

Die Offiziere kletterten über eine Steintreppe an den Klippen hoch, die die Sandbucht begrenzten, und Mollys Mund blieb vor Staunen offen stehen. Eine lebendige, bunte, fröhliche Stadt breitete sich vor ihr aus. Die Hütten standen dicht an dicht, dazwischen verliefen Straßen, auf denen sich Menschen aller Hautfarben tummelten. Die meisten trugen Kleidung in bunten Stoffen und waren mit Muschelketten, Perlen und Blumenkränzen geschmückt. Elegante Damen mit Seidenschuhen, hoheitsvoll lächelnden Mienen und Sonnenschirmen schlenderten durch die Menge, schneidige Offiziere in makellosen Uniformen standen plaudernd in Gruppen zusammen. Von überall her drang das Rufen der Händler an Frucht- und Gewürzständen, an allen Ecken wurde gelacht und geplaudert.

Drüben auf den Anhöhen entdeckte Molly die Siedlung mit den größeren Häusern der Kolonialherren. Hier schienen sich Eingeborene und Eroberer tatsächlich vortrefflich zu verstehen, ein paradiesischer Ort des Friedens und der Nahrung im Überfluss.

Beschwingt schritt Molly aus. Edward ließ sich von ihr mitziehen. Als sie ihn mit einem Lächeln von der Seite anschaute, grinste er von einem Ohr zum anderen. Molly wäre ihm am liebsten hier mitten auf dem belebten Marktplatz um den Hals gefallen, um ihn zu küssen.

Die Menschen warfen ihnen verstohlene Blicke zu, abgerissen und zerlumpt, wie sie daherkamen.

»Ihr seid nicht die ersten Schiffbrüchigen«, sagte Willem. »Vielleicht habt Ihr von Kapitän Bligh gehört, der es nach der Meuterei auf seinem Schiff Bounty bis nach Kupang geschafft hat.«

Edward nickte. »Ja, die Zeitungen haben darüber berichtet. Ein wahres Meisterstück, das er da vollbracht hat.«

Willem nickte stolz, als wäre er selbst daran beteiligt gewesen. »Ich war derjenige, der ihn und seine Begleiter unten am

Strand gefunden hat.« Er reckte die Brust, als hätte er sich damit zum Helden gemacht.

An der nächsten Weggabelung trennten sie sich. Kuipen hielt Rose immer noch auf den Armen wie eine Puppe. Ihr Gewicht schien ihm nicht das Geringste auszumachen. Rose schaute sich um.

Molly war überhaupt nicht wohl bei dem Gedanken, ihre Freundin allein mit dem Holländer ziehen zu lassen. Aber sie konnten froh sein, dass die Kolonialherren sie gastfreundlich aufnahmen. Ein letztes Mal wandte sie sich an Rose: »Catherine, hier trennen sich unsere Wege. Du gehst mit Mr. Kuipen. Ich komme dich so bald wie möglich besuchen. Es tut mir leid, dass James es nicht geschafft hat.« Molly streichelte ihr die Wange, sah sie dabei aber gleichzeitig eindringlich an.

Rose erwiderte ihren Blick, ohne dass sich ihr Gesichtsausdruck änderte. Sie musterte Molly, als wäre sie ihr fremd. Mollys Herz schlug ihr bis zum Hals, aber Rose gab keinen Laut von sich, der gezeigt hätte, ob sie die Botschaft verstand und sich an ihre Absprache hielt.

Willem Grote bewohnte ein lang gestrecktes, flaches Gutshaus, das mit weißen Säulen und unzähligen blühenden Ranken verziert war. Auf der Veranda standen zwischen Blumenkübeln Tische und Stühle aus Holz. Der Eingangsbereich des Hauses war mit Teppichen ausgelegt. Ein Duft nach Zitronen und Orangen hing in der Luft. Durch die offenen Fenster flutete das Licht des Tages in den Empfangsraum und warf einen warmen Schimmer auf die hellen Holzmöbel, die zahlreichen Bilder und kunstvoll bedruckten Tücher an den Wänden.

Willem gab einer barfüßigen Bediensteten ein Zeichen, und diese lief los, um die Hausherrin zu holen. Kurz darauf erschien in einem bodenlangen sonnengelben Kleid und mit einer perlenbestickten Steckfrisur eine grazile Lady, die ihnen mit ausgestreckten Armen entgegenkam, als wären sie geladene Gäste.

»Mathilde, das sind Engländer, Schiffbrüchige, die es von Australien bis hierhergeschafft haben. Sie sind am Ende ihrer Kräfte, ausgehungert und zu Tode erschöpft. Kann ich sie deiner Pflege anvertrauen, bis der Gouverneur geklärt hat, wie wir mit ihnen weiter verfahren?«

»Aber selbstverständlich, mein Lieber.« Sie küsste ihn auf die Wangen und wandte sich dann mit einem warmen Lächeln an Molly und Edward. Sie kam nicht dazu, die beiden zu begrüßen, weil in diesem Moment trippelnde Schritte hinter ihr erklangen.

»Schiffbrüchige! Oh, wie aufregend!« Eine junge Frau, die in Mollys Alter sein mochte, lief heran. Sie trug wie die Eingeborenen ein Kleid, das nicht mehr als ein Tuch war, das sie sich geschickt über Schultern und Taille geschlungen hatte und das hinab bis zu ihren nackten Füßen reichte. Sie sah hinreißend aus mit ihrem hellblonden Zopf, der ihr über die rechte Schulter fiel. Ihre blauen Augen blitzten in dem gebräunten Gesicht mit der Stupsnase. »Ich bin Marie«, stellte sie sich vor. Sie lief um Molly und Edward herum, um sie von allen Seiten zu betrachten. Als sie wieder vor ihnen stand, trat sie von einem Bein aufs andere und fuchtelte mit den Armen. Ein Mädchen, das offenbar zu viel Kraft in einem zu langweiligen Leben hatte, ging es Molly blitzschnell durch den Sinn. Sie lächelte sie an. Marie applaudierte erfreut, als hätte sie einem Schoßhündchen ein Kunststück beigebracht.

»Edward Hoddy ist Maler«, erklärte Willem und hob eine Braue, während er seine Frau anblickte.

Mathilde schlug sich die Hand vor den Mund. »Wirklich? Oh, das ist wunderbar«, sagte sie. »Mein Sohn Adrian ist ebenfalls Maler.« Das Leuchten in ihren Augen verschwand. »Er ist vor zwei Jahren zur See gefahren und ist seitdem nicht mehr hier gewesen. Seine Nachrichten erreichen mich aus Rio und Tahiti, aus Kapstadt und Kanada, er genießt seine Reisen sehr.«

Molly sah die Trauer in ihrer Miene, in den Falten um den Mund und die Nase. »Es ist schön, wenn man seine Träume verwirklichen kann«, erwiderte sie, und das Gesicht der Holländerin hellte sich wieder etwas auf.

»Ich wünschte nur, seine Träume hätte er in unserer Nähe verwirklichen können. Ich vermisse ihn schrecklich. Aber nun erweist sich das für Euch als Glücksfall. Ihr könnt seine Zimmer bewohnen, solange Ihr sie benötigt. Seid willkommen in unserem Haus.«

»Das ist gütig von Euch, Mrs. Grote. Wir hoffen, dass wir uns irgendwann revanchieren können.«

»Ach, papperlapapp, bringt uns nur neues Leben hier ins Haus und zeigt mir hin und wieder Zeichnungen. Es gibt hier unendlich viele Pflanzen und Tiere zu malen.«

Edward nickte. »Das will ich gerne tun.«

Marie lief den beiden voran und führte sie in einen Raum, der von einem breiten, mit einem Baldachin bedeckten Bett beherrscht wurde. Es gab eine Kommode und einen Schreibtisch in demselben hellen Holz, das sie bereits aus dem Empfangsbereich kannten. Das Bad wirkte so luxuriös, dass Molly nach Luft schnappte. Es war mit pastellfarbenen Steinen ausgelegt und bot Raum für eine emaillierte, auf Löwentatzen stehende Badewanne. An den Wänden hingen Regale mit Essenzen, die einen betörenden Duft verströmten. Flauschige Tücher lagen in Stapeln auf einem Beiwagen bereit. »Ich schicke Euch später Ayna, sie wird Euch beim Baden zu Diensten sein. Aber jetzt ruht Euch aus und fühlt Euch wie zu Hause!

Später müsst Ihr mir alles bis ins Detail berichten! Ich brenne darauf, Eure Geschichte zu hören!«

Marie erwies sich trotz ihrer überbordenden Freundlichkeit als ausgesprochen anstrengend.

Nachdem Molly und Edward gebadet hatten, fielen sie in einen langen Schlaf. Molly hatte niemals zuvor in ihrem Leben so wundervoll geruht und entspannt.

So fühlte es sich also an, nicht zum Abschaum der Gesellschaft zu gehören. So fühlte es sich an, dazuzugehören und sich Luxus leisten zu können. Ein Leben, an das sich Molly durchaus gewöhnen konnte.

Sie erschrak, als Marie ihr mitteilte, dass sie zwei Tage lang geschlafen hatte. Himmel, sie musste zu Rose!

»Lass mich alleine zu ihr«, sagte sie in einem unbeobachteten Moment zu Edward. »Das ist unauffälliger. Als ihre Freundin wird mir wohl keiner das Recht verwehren, ihr einen Krankenbesuch abzustatten.«

»Gott steh dir bei, Molly«, flüsterte Edward zurück. »Vielleicht hat sie ja ihre Sinne wieder beieinander und kann uns begleiten, wenn wir heute Abend dem Gouverneur vorgeführt werden.«

»Ich hoffe es. Bevor sie den Verstand verloren hat, war Rose eine ausgesprochen überzeugende Betrügerin gewesen.«

Stijn Kuipens Haus war ähnlich exquisit wie das der Grotes. Bedienstete wuselten durch die Gänge, aber irgendetwas war anders. Molly schaute sich verstohlen um und bemerkte, dass es hier weniger Blumen und bunte Stoffe gab. Die Einrichtung wirkte nüchterner. »Ihr wohnt herrlich«, sagte sie, als Stijn sie durch einen Innenhof mit einem Springbrunnen führte. Um den Innenhof herum verlief die Veranda, auf der einzelne Schaukel- und Hängestühle an verschiedenen Ecken standen. Papageien flatterten herum und pickten Maiskörner aus einer Tonschale, die neben dem Springbrunnen stand.

»Es war schöner hier, als meine Frau noch lebte«, gestand Stijn. »Die Bediensteten geben ihr Bestes, aber sie machen nur das, wozu man sie beauftragt. Eigene Ideen bringen sie nicht ein. Meine Gattin hatte ein Händchen für Dekoration. Mir fehlen dazu die Zeit und die Muße.«

»Oh, das tut mir leid zu hören, dass Eure Frau verstorben ist.«

Stijn nickte. »Danke, aber es ist schon lange her. Sie starb vor zwei Jahren im Kindbett. Wir hatten lange auf einen Sohn oder eine Tochter gewartet. Dann war es wohl zu spät. Sie hatte nicht die Kraft, und unser Junge wurde keinen Tag alt. Ich habe sie beide hier auf dem Friedhof begraben.«

Molly schluckte. Sie verstand seine Trauer, aber sie hatte zu viele Menschen sterben sehen, um tiefes Beileid zu empfinden.

»Eure Freundin hat seit Eurer Ankunft ununterbrochen geruht. Ich habe ihr Früchte und Tee bringen lassen, aber sie isst wie ein Vögelchen, und sie hat nicht ein Wort gesprochen. Ist sie stumm?«

Molly unterdrückte das erleichterte Seufzen. So seltsam es war, dass Rose schwieg – zumindest hatte sie keinen Fehler gemacht und sie alle verraten.

»Sie plaudert sonst ausgesprochen gern. Ich bin sicher, dass sie bald wieder spricht, sobald sie sich erholt hat.«

Stijn lächelte sie von der Seite an. »Es ist mir eine Ehre, eine so schöne Frau zu betreuen. Ich kann es kaum erwarten, ihre Stimme zu hören. Vielleicht gelingt es Euch, sie aufzumuntern und zum Sprechen zu bringen.«

Das hoffte Molly auch. Und sie würde dafür sorgen, dass sie das Richtige sagte.

Der Raum, in dem Rose schlief, war abgedunkelt. Vor den Fenstern hingen Tücher, an der Tür bewegte sich in der leichten Brise ein Vorhang. Rose lag wie eine Puppe bis zum Hals zugedeckt in dem Himmelbett. Ihr Teint war weiß wie die Laken, aber ihre Haare waren gewaschen und umrahmten ihr Gesicht. Am Kopfende saß eine Bedienstete auf einem Hocker. Neben ihr befanden sich eine Keramikschüssel mit Wasser und ein Stapel von Tüchern, mit denen sie Rose offenbar immer wieder erfrischte.

Stijn gab ihr ein Zeichen, und sie verschwand lautlos. Rose rührte sich nicht.

»Ich lasse Euch mit ihr allein«, sagte er.

Mollys Herz machte vor Freude einen Hüpfer. Sie hatte sich bereits überlegt, wie sie es anstellen sollte, allein mit Rose zu reden, aber dieser Holländer war einfühlsam. Sie nickte ihm dankbar zu, bevor er die Tür hinter sich schloss.

Sofort rückte Molly den Hocker heran und beugte sich über die Freundin. »Rose! Rose! Du musst aufwachen!«

Deren Lider flatterten. Schließlich starrte sie Molly ein paar Sekunden lang an, ohne dass sich Erkennen auf ihrer Miene spiegelte. Dann glitt ein kaum merkliches Lächeln über ihre Züge, ein Hauch von Farbe stieg in ihre Wangen. Ihr Gesicht war fahl und von den Strapazen unter der brennenden Sonne mit Flecken und Rissen gezeichnet. Dennoch erschien sie Molly schöner als je zuvor, jetzt, da ihre Augen blitzten. »Molly«, flüsterte Rose.

Molly drückte die Stirn auf ihre Brust und schlang die Arme um sie. Sie konnte nicht verhindern, dass ihr die Tränen über die Wangen liefen und das Leinenhemd benetzten, das Rose als Schlafgewand trug.

»Wir haben es geschafft, wir haben es wirklich geschafft. Wir sind in Kupang, Rose. Erinnerst du dich, dass das unser

Ziel war?« Mollys Stimme war nicht mehr als ein Wispern. Auf keinen Fall wollte sie riskieren, dass irgendwer ihre Worte mithörte, und sei es nur ein Bediensteter, der vielleicht ihre Sprache nicht verstand.

Rose zog die Brauen zusammen, sodass sich eine steile Falte bildete. »Wo ist Andrew?«

Mollys Blut gefror zu Eiswasser. Sie packte Rose an den Schultern und schüttelte sie. »Rose, du musst es schaffen, du musst zu dir kommen! Andrew mussten wir auf See bestatten. Ihn hatte ein Pfeil der kriegerischen Eingeborenen getroffen, er hat nicht überlebt. Aber wir – Edward, du und ich – wir haben es geschafft.«

Rose' Augen füllten sich mit Tränen. »Ich ... ich kann mich nicht daran erinnern«, flüsterte sie.

»Dann glaube es mir einfach, Rose. Ich bin deine Freundin, ich sage dir die Wahrheit. Wir wären selbst fast gestorben, aber am Ende haben wir doch die Insel erreicht. Die Holländer haben uns mit großer Gastfreundschaft aufgenommen.«

»Andrew hätte sich hier wohlgefühlt«, flüsterte Rose aus ihren Gedanken heraus und ließ den Tränen freien Lauf. »Wofür habe ich das alles auf mich genommen? Was soll ich hier ohne Andrew?«

Hilflos ließ Molly die Schultern nach vorn sacken. Sie konnte nicht mehr tun, als Rose in die Arme zu nehmen. Wie sie den Verlust ihres Ehemannes verkraften sollte, nachdem sie ihn schon einmal verloren geglaubt und dann wiedergefunden hatte, das wusste Molly nicht. Sie wusste nur, dass Menschen mehr ertragen konnten. Für sie selbst war Andrew bereits ein Mensch aus ihrer Vergangenheit, der einen Teil ihres Weges mit ihr gegangen war. Aber wie hätte sie sich gefühlt, wenn es Edward getroffen hätte? Wäre sie verzweifelt wie Rose? Oder hätte sie weitergemacht und allein gekämpft?

Sie mochte den Gedanken nicht zu Ende denken. Es tat zu weh.

Sie ließ Rose weinen und hielt sie dabei in den Armen. »Du musst jetzt stark sein«, sagte Molly schließlich und blickte sie bezwingend an. »Erinnerst du dich, dass wir uns neue Namen und Geschichten ausgesucht haben? Wir dürfen hier nicht als Rose, Edward und Molly auftreten. Es ist möglich, dass wir unter diesen Namen gesucht werden. Von jetzt an bin ich für dich Ann, Edward ist Edward Hoddy und Maler, und du – du bist Catherine Grace. Dein Mann James war Botaniker und ist bei dem Untergang des Schiffes gestorben. Schaffst du es, dir das zu merken? Am besten nennen wir uns auch untereinander nur bei den neuen Namen. Das ist jetzt unsere neue Wahrheit.«

Rose nahm sich eines der Tücher von dem Tisch und putzte sich die Nase. »Catherine war schon immer mein Lieblingsname gewesen.« Molly jubelte innerlich. »Ich erinnere mich, dass wir darüber gesprochen haben. Und jetzt tauchen andere Bilder in meinen Erinnerungen auf«, sagte sie, während sie an Molly vorbei aus dem Spalt, den der Vorhang ließ, auf den Springbrunnen im Innenhof blickte. »Die Krieger, die uns in ihren Booten verfolgt haben ... Das Känguru, das du erlegt hast ... Die Muscheln am Riff, die wir gekocht haben ... Die Stürme, aus denen es kein Entrinnen gab ...« Ihr Blick verklärte sich, aber ein leichtes Lächeln teilte ihre Lippen. »Wir haben es wirklich geschafft.«

Molly umarmte sie und spürte, dass es nicht mehr lange dauern würde, bis Rose völlig genesen war. Der Schmerz um Andrew würde ein Teil von ihr bleiben, aber sie würde die Kraft finden, ein neues Leben ohne ihn zu führen. Rose war nicht weniger eine Überlebenskünstlerin als sie. »Wir haben alle Zeit der Welt, Catherine«, sagte sie nun in normaler Lautstärke. »Freundlichere Menschen als Stijn Kuipen und die Grotes hätten wir nicht antreffen können. Und irgendwann werden wir ein Schiff finden, das uns zurück in die Heimat bringt.«

»Danke, Ann«, sagte Rose. »Grüß Edward von mir. Ihr seid die besten Freunde, die man haben kann.«

29. Kapitel

Der Gouverneur von Timor, Timothy Wanjon, war weit davon entfernt, die drei Flüchtlinge mit Samthandschuhen anzufassen. So freundlich die beiden Offiziere die drei in ihre Häuser eingeladen hatten, so unerbittlich unterzog Wanjon die Engländer einem Verhör.

Er empfing sie in seiner Amtsstube und ließ sie bei der Anhörung stehen, während er mit auf dem Rücken verschränkten Armen auf und ab ging und immer wieder Blicke zu ihnen warf.

Edward hatte das Reden übernommen, wie es von ihm erwartet wurde. Molly hing an seinen Lippen und staunte, mit welcher Gelassenheit er ihre Geschichten als die Wahrheit verkaufte.

Wanjon ließ sich sogar auf einem Globus zeigen, wo das englische Schiff gesunken sein sollte. Edward konnte ihm antworten und auf dem Erdball zeigen, wo sich die gefährlichsten Riffe befanden.

»Und diese Strecke wollt Ihr in dem Segelboot zurückgelegt haben?«, fuhr Wanjon ihn an.

»Warum sollten wir Euch nicht die Wahrheit sagen, Sir?«, mischte sich Molly ein. »Woher hätten wir denn sonst kommen sollen?«

»Nun, Ihr wärt nicht die ersten Sträflinge, die es von Sydney Cove aus versucht hätten. Man hört immer wieder, dass die Kriminellen von dort zu fliehen versuchen. Sie kommen in der Regel nicht weit.«

»Und ausgerechnet wir, zwei schwache Frauen und ein Maler, sollten es geschafft haben? Ich halte es für unmöglich, von Sydney Cove hierherzusegeln. Unser Schiff hatte dort Station gemacht, gesunken ist es erst viele Hundert Seemeilen später«, erklärte Edward. »Davon abgesehen, machen wir den Eindruck, Strafgefangene zu sein?« Edward hob das Kinn. Molly und Rose bemühten sich um eine würdevolle Haltung. Molly trug eines von den Tuchkleidern, die ihr Marie geschenkt hatte. Rose wirkte in ihrem taillierten bodenlangen Kleid, das aus dem Besitz der verstorbenen Mrs. Kuipen stammte, wahrhaft wie eine Lady.

»Und würden wir nach England zurückwollen, wo uns der Galgen droht, wenn wir Sträflinge wären?« Rose' Stimme hallte hell und klar durch den Raum, und alle blickten sie an. Molly fand, sie sah wirklich aus wie eine, die niemals das Gossenleben und Sträflingsunterkünfte kennengelernt hatte. Die Rolle der durch widrige Umstände ins Unglück geratenen Edelfrau schien ihr wie auf den Leib geschnitten.

Die Stirn des Gouverneurs lag in Falten, während er die drei abwechselnd musterte. »Wie stellt Ihr Euch Euren Aufenthalt auf Timor vor? Wollt Ihr auf Kosten Eurer Gastgeber leben?«

Edward räusperte sich. »Gewiss wollen wir Eure Gastfreundschaft nicht überstrapazieren. Für sämtliche Kosten werden wir aufkommen, sobald wir wieder in unserer Heimat sind. Wir wollen auf ein Schiff warten, das nach London zurücksegelt. Bis dahin stehe ich zu Euren Diensten, Sir. Ich bin Maler und Schreiber und kann Euch bei der Buchführung und Kartografie zu Diensten sein, sofern Bedarf besteht.«

Molly bekam mit, wie Marie ihrem Vater etwas ins Ohr flüsterte. Da trat Grote vor. »Die junge Engländerin ist Gast in meinem Haus, solange es ihr beliebt.« Molly wandte sich um und sah, dass Marie sie anstrahlte und die Hände vor Freude zu Fäusten geballt hatte. Es gab Schlimmeres, als Gesellschafterin für eine gelangweilte Offizierstochter zu sein, wahrlich gab es Schlimmeres.

Aber auch Rose hatte einen Fürsprecher. Stijn Kuipen bestätigte genau wie die Familie Grote, dass er mit dem größten Vergnügen für Mrs. Grace sorgen würde, solange es nötig sei. Dabei musterte er Rose mit einem Blick, der Molly stutzen ließ. Mit einem diskreten Nicken wies sie Edward darauf hin, der ebenfalls mit sorgenvoller Miene zu ahnen begann, dass Kuipen sich offenbar mehr von Rose erhoffte. Molly fragte sich, ob ein verliebter Offizier nicht ein Hindernis sein könnte, wenn sie in Kürze nach England reisen sollten.

In den nächsten Tagen nahm Edward seine Arbeit beim Gouverneur auf. Er verbrachte viele Stunden mit dem Abzeichnen von Karten und schloss sich einem Trupp von holländischen Wissenschaftlern an, die in das Innere der Insel zogen, um Erkundungen über Flora und Fauna einzuholen und sie für die Nachwelt in Zeichnungen und detaillierten Beschreibungen festzuhalten.

Molly beneidete ihn um diese spannende Tätigkeit. Sie selbst fühlte sich wie das Lieblingsspielzeug einer verwöhnten Prinzessin und ließ es sich gefallen, dass Marie ständig versuchte, ihr neue Frisuren zu stecken, oder ihr neue Kleider, Hüte, Schuhe und Kämme hinlegte, in denen sie sie betrachten wollte.

»Jetzt nimm mal das ausgefranste Tuch ab, das du ständig um dein Handgelenk trägst. Es verdirbt deine Schönheit«, bat sie einmal, quengelig wie ein Kleinkind.

»Das nehme ich nie ab«, erwiderte Molly. »Es ist mein Talisman.«

Sofort war Maries Aufmerksamkeit geweckt, weil sie eine spannende Geschichte dahinter vermutete, aber Mollys Lippen blieben verschlossen. Es lag ihr nichts daran, mit ihrer plappernden Gastgeberin ein Geheimnis zu teilen.

Es widerstrebte Molly auch, sich ausstaffieren zu lassen, aber sie nahm es dafür in Kauf, dass sie sich den Magen morgens, mittags und abends mit den köstlichsten Braten und Früchten vollschlagen konnte und abends in ein weiches Bett fallen durfte.

Die Nächte waren für Molly das Schönste. Arm in Arm mit Edward in den kühlen Laken zu liegen, die Fenster weit geöffnet, das Moskitonetz wie eine Wolke um sie drapiert, das Singen und Rascheln der nachtaktiven Tiere im Ohr, das Geräusch des leise brandenden Meeres, der Geruch nach Sandelholz, der die Insel einzuhüllen schien ... Edward und Molly sahen sich oft minutenlang in die Augen. Manchmal erzählte Molly von ihrem früheren Leben in London und war selbst überrascht, an wie viele Abenteuer und Zwischenfälle sie sich entsann. Es erleichterte ihr Gemüt, die dunklen Erinnerungen mit dem Mann, den sie liebte, zu teilen. Immer häufiger drängte sie sich eng an ihn, wollte ihn spüren von den Zehen bis zur Brust und gar nicht mehr aufhören, ihn zu küssen. Es war Edward, der ihre Leidenschaft dann dämpfte, sie ein winziges Stück von sich schob und ihr Feuer mit einem väterlichen Kuss auf die Stirn löschte.

»Begehrst du mich nicht?«, fragte Molly nach drei Wochen mit leichter Verbitterung. »Gefalle ich dir vielleicht nicht?«

Edward lachte, streichelte ihre Wangen, die Schultern, den Rücken. »Glaub mir, Molly, nie habe ich eine Frau mehr begehrt als dich. Aber wir haben Zeit, wir haben alle Zeit der Welt. Nichts wird uns mehr trennen. Du bist so furchtbar jung«, fügte er hinzu. »Ich finde dich hinreißend, aber ich will sicher sein, dass du wirklich und wahrhaftig bereit bist, in Liebe mit mir vereint zu sein. Ich möchte nicht, dass du mir zu Diensten bist wie all den Halunken gegenüber. Ich will, dass du dich nach mir mit aller Kraft deines Herzens sehnst, dann werde ich zu dir kommen.«

Molly umfasste sein Gesicht, bevor sie ihn mit wilder Liebe küsste. Sie konnte es kaum erwarten, endlich auch im Bett seine Frau zu sein. Sie wusste nun, es würde wundervoll werden.

30. Kapitel

Fast täglich legten Segler aus aller Welt im Hafen von Kupang an, hauptsächlich Holländer, aber hin und wieder auch Schiffe unter englischer Flagge. Allerdings erwies es sich als kein leichtes Unterfangen, eine Passage zu bekommen. Einige Schiffe fuhren weiter nach China, andere würden auf dem Heimweg den Anker vor Sydney Cove werfen. Eine Rast vor dem Ort, aus dem sie geflohen waren, wollten Edward und Molly nicht riskieren. Zwar hätten sie an Bord bleiben können, aber es bestand die Gefahr, dass Soldaten oder der Gouverneur dem Schiff einen Besuch abstatteten. Nein, sie mussten Australien weit umfahren und am besten gleich Kurs auf Kapstadt nehmen, um dann an der afrikanischen Küste hinauf bis nach England zu gelangen.

Edward übernahm die Gespräche mit den Seeleuten, und Molly fieberte jedes Mal mit und bereitete sich innerlich auf den Abschied von Timor vor. Aber viele Wochen lang musste Edward sie enttäuschen. Molly fragte sich, wie lange sie die Gunst ihrer Gastgeber noch genießen würden.

Maries Interesse an ihr hatte inzwischen merklich nachgelassen, nachdem sie erkannt hatte, dass die junge Engländerin ihre Freude am Herausputzen nicht teilte und nur mit gelangweilter Miene und Seufzern die Modenschauen über sich ergehen ließ.

Wie gern wäre Molly mit Edward in den Busch gezogen, um die Insel zu erforschen, oder hätte mit ihm zusammen die

Seefahrer angesprochen und ihre Routen erfragt. Aber es ging hier nicht nach ihrem Willen.

Sie musste sich in Geduld üben und darauf vertrauen, dass Edward sein Bestes gab. Ein neues Gefühl für die tatendurstige Molly, aber sie ertrug es, weil es am ehesten zu einem Erfolg führte.

Rose war in der neuen Umgebung aufgeblüht wie eine Orchidee, die nach langer Zeit der Dürre wieder Wasser bekam und sich ins Leben zurückkämpfte. Jedes Mal, wenn Molly sie besuchte, hatte sie ein paar Hundert Gramm mehr auf den Hüften. Ihr Gesicht begann zu leuchten, ihre Haare zu glänzen.

Stijn hatte sie gebeten, sich aus dem Kleiderschrank seiner verstorbenen Frau auszusuchen, was immer ihr passte und gefiel. Er wies eine der Bediensteten an, ihre Haare so zu flechten und zusammenzustecken, wie die Verstorbene gern frisiert worden war.

Rose verlor Stück für Stück ihr eigenes Selbst, das erkannte Molly bei jedem Besuch, aber es schien nicht zu ihrem Schaden zu sein.

War es nicht vielleicht wirklich das Klügste, die Schatten der Vergangenheit abzuschütteln und ein neues Leben zu führen? Rose machte nicht den Eindruck, als hätte sie damit einen schlechten Tausch gemacht.

Einmal erwischte Molly Rose und Stijn, wie sie in inniger Umarmung am Springbrunnen im Innenhof zusammenstanden. Die beiden fuhren auseinander, als hätten sie ein Verbrechen begangen. Vor Verlegenheit hätte Molly am liebsten auf dem Absatz kehrtgemacht. Sie hatte vermutet, dass Stijn um Rose warb, aber sie hatte nicht damit gerechnet, dass Rose seine Gefühle erwidern könnte.

»Bleib, Ann!«, rief Rose, als Molly sich mit einer Entschuldigung auf den Lippen wieder verabschieden wollte. Stijn küsste sie auf die Wange und zog sich mit einer Verbeugung zurück. Aber es fiel ihm sichtlich schwer, sich von seiner Liebsten zu trennen.

Rose warf ihm eine Kusshand zu, bevor sie auf Molly zueilte. Sie fasste sie am Ellbogen und führte sie in ihr Schlafzimmer, dessen Tür weit offen stand. Von beiden Seiten berankten duftende Blüten in Purpur, Orange und Rot den Eingang.

»Er liebt dich«, sagte Molly geradeheraus, als sie nebeneinander auf dem Rand von Rose' Bett saßen.

»Und ich ihn«, erwiderte Rose mit tiefem Ernst in der Stimme.

Molly zuckte zusammen. Sie musterte die Freundin eine Weile, als wollte sie herausfinden, ob sie sie auf den Arm nahm. »Rose, ihr kennt euch erst wenige Wochen. Andrew ist …«

Rose schloss für einen Moment die Lider und schüttelte den Kopf. »Nenn mich nicht Rose«, sagte sie. »Ich bin jetzt Catherine. Und du bist Ann. Dies ist unser neues Leben.«

Molly starrte sie an.

Rose' Blick schien aus weiter Ferne zu kommen, als sie Molly nun ansah. »Ich habe mit meinem alten Leben abgeschlossen. Ich möchte nicht mehr daran denken, wie wir in Sydney Cove gelitten haben, wie ich Andrew dem Tod entrissen habe und wie er mir dann doch genommen wurde. Das alles soll vorbei und vergessen sein. Ich habe hier die Möglichkeit, von vorn anzufangen, und ich halte das für ein Geschenk. Stijn hat mich gefragt, ob ich ihn heiraten will. Ich habe zugestimmt.«

Molly schluckte. »Das freut mich für dich. Heißt das auch, dass du …«

Rose nickte. »Ja, das heißt es. Ich werde nicht nach England zurückkehren, sondern hier auf Timor an der Seite von Stijn Kuipen bleiben. Ich kann mir kein schöneres Leben vorstellen.«

Hinter Mollys Stirn wirbelten die Gedanken. Einerseits freute sie sich für Rose, andererseits konnte sie das Risiko nicht abschätzen, ob Rose hier vielleicht doch noch als Flüchtling entlarvt werden könnte.

Aber konnte ihnen das nicht auch in England passieren? Sie würden den Rest ihres Lebens mit der Angst verbringen, dass ihr Ausbruch aus Sydney Cove aufflog. Aber diese Bedrohung war nichts im Vergleich zu der Qual, der sie entronnen waren.

Sie umarmte ihre Freundin. »Ich wünsche dir alles Glück der Welt«, flüsterte sie in ihr Ohr. »Du siehst jetzt schon aus wie eine holländische Edelfrau, und Kuipen scheint dich zu vergöttern.«

Rose lächelte. Molly erkannte, wie sehr es die Freundin erleichterte, dass sie ihre Entscheidung akzeptierte und sie nicht drängte, an ihrem gemeinsamen Vorhaben festzuhalten. »Ich bete für euch, dass ihr bald die Fahrt in unsere Heimat antreten könnt. Versprichst du mir, Nachrichten zu schicken, wie es euch ergangen ist, wenngleich die Briefe monatelang unterwegs sind?«

»Das mache ich bestimmt mit Edwards Hilfe, und ich hoffe, dass ich von dir und Hannah in Sydney Cove hören werde. Ihr seid ein Teil von mir geworden in unseren gemeinsamen Jahren.«

Ein weiteres Mal umarmten sich die beiden Gefährtinnen, als müssten sie bereits Abschied nehmen. Innerlich löste sich Molly in dieser Stunde von Rose.

Viele Stunden verbrachte Molly nun damit, im Hafen den

hereinsegelnden Schiffen entgegenzuschauen. Ein Kribbeln lief ihren Rücken hinab, wann immer sie die englische Flagge entdeckte, aber bisher war kein Segler dabei, der Platz genug für zwei weitere Passagiere bot und außerdem in Richtung England fuhr, ohne in Sydney Cove vor Anker zu gehen.

Zudem mussten sie, sobald das passende Schiff aufgetaucht war, den Kapitän überzeugen, sie mitzunehmen und erst im Nachhinein das Geld für die Passage zu kassieren. Edward und sie hatten hier keinen Penny, und sie beabsichtigten nicht, die Freundlichkeit ihrer Gastgeber auszunutzen.

Die Wochen zogen sich dahin. Molly verlor Tag für Tag die Geduld. Sie langweilte sich in dem Haus der Offiziersfamilie, die keine Aufgaben für sie hatte, sie lediglich verwöhnte und herausputzte und ihr Tee in einem silbernen Service ausschenkte. Jeden Morgen, wenn Edward zum Gouverneur aufbrach, um seinen Aufgaben nachzugehen, spürte sie den Stachel des Neids. Aber es stand nicht zur Debatte, dass sie ihn dabei begleitete. Alle Gattinnen der Kolonialherren hatten hier nichts Besseres zu tun, als sich bedienen zu lassen, ihre Häuser zu dekorieren und bei gesellschaftlichen Veranstaltungen die neueste Mode zu präsentieren. Molly sehnte sich nach Unabhängigkeit.

Das Leben hatte ihr so viel zu bieten, und sie war zum Nichtstun verdammt.

Edward dagegen blühte hier auf. Nagende Zweifel setzten sich in Molly fest, ob er überhaupt noch mit ihr nach England wollte. Er fand hier aufregende Aufgaben und Anerkennung – was zog ihn da noch nach England? Würde er sich am Ende von ihr verabschieden, trotz allem, was sie während ihres Abenteuers erlebt hatten und was sie nun miteinander verband? Molly fühlte einen scharfen Stich im Herzen, als ihr dieser Gedanke kam.

An einem sonnigen Tag Ende Juli schlenderte Molly über den Markt von Kupang, ließ den Blick nach rechts und links über all die Gemüsestände, Stoffe und Körbe schweifen und sog den exotischen Duft ein, der ihr mittlerweile vertraut war. Sie wusste inzwischen, dass Timor berühmt war für sein Sandelholz, das an allen Ecken feilgeboten und in die ganze Welt exportiert wurde. Den würzigen Geruch würde sie fortan mit dieser Insel verbinden, die ihre Rettung gewesen war und die sie nun als goldenen Käfig empfand.

Sie wollte hier weg, aber ihre Hoffnung, an diesem Tag vielleicht ein englisches Schiff zu entdecken, das sie mitnehmen konnte, war nur gering. Zu oft war sie in den letzten Wochen enttäuscht worden. Zu allem Überfluss drängte Edward nicht in dem Maße wie sie, nach Hause zu kehren. Er hatte hier seine Bestimmung gefunden, die ihn glücklich machte, und immer stärker befürchtete Molly, er könne sie im Stich lassen wie Rose und sich weigern, nach England zurückzukehren. Oft schon hatte sie sich ausgemalt, wie sie darauf reagieren würde. Wäre ihre Liebe stark genug, um an Edwards Seite zu bleiben, obwohl sie das Leben hier langweilte?

Sie raffte ihr Tuchkleid, als sie nun die Felsstufen hinab zum Hafen stieg. In der Bucht dümpelten einige kleinere Boote, ein holländischer Zweimaster und ... Molly stutzte, als sie einen Dreimaster entdeckte. Am mittleren Mast wehte in der kräftigen Brise die englische Flagge. Die Segel wurden gerade eingeholt, es schien, als wäre das Schiff im Morgengrauen eingelaufen. Mit Booten setzten die Seemänner über, ihre Rufe und ihr Lachen drangen bis zu ihr herüber.

Molly nahm immer zwei Stufen auf einmal und lief in die Bucht. Da kamen bereits die ersten Engländer an Land und wurden von den freundlichen Einheimischen, die gleich ihre Ware feilboten, begrüßt.

Holländische Wachoffiziere schritten heran, um den englischen Kapitän und seine Offiziere in Empfang zu nehmen.

Das Schiff war groß genug, aber nahm es Kurs auf Kapstadt?

Molly lief dicht heran, sodass sie alles sehen konnte, und setzte sich dann auf eine Felsplatte. Der englische Kapitän verhandelte mit den Wachsoldaten. Schließlich reichten sich die Männer die Hände.

Immer mehr englische Seemänner gelangten nun in ihren Beibooten ans Ufer und sprangen an Land.

Auf einmal stutzte Molly. Zwischen den alten wettergegerbten Seebären schritt ein hochgewachsener Bursche. Etwas an der Art, wie er ging und wie er sich die Haare aus der Stirn strich, war Molly so vertraut, dass es schmerzte.

Sie konnte den Blick von dem jungen Mann nicht abwenden, aber sie wusste, bevor sie sein Gesicht im Sonnenlicht sah, dass sie ihn gefunden hatte – Will March, ihren Bruder.

Er trug eine Uniformjacke, die an den Schultern zu weit und an den Hüften zu kurz war, seine schwarzen Haare hielt er unter dem Dreispitz zu einem Zopf gebunden. Er strahlte vor Stolz, und alles in Molly drängte, aufzuspringen, zu ihm zu laufen und ihn zu umarmen und abzuküssen. Aber sie musste sich zusammenreißen. Will würde sie mit dem ersten Wort verraten und ihre Fassade zum Einsturz bringen. Sie musste ihre überschäumende Freude eindämmen und auf den richtigen Moment warten.

Als sein Blick zu den Felsen glitt, rutschte Molly hastig in den Sand und verbarg sich hinter einer Steinwand. Ihre Finger zitterten, und ihr Rückgrat fühlte sich an, als liefe eine Ameisenspur darüber.

Wahrscheinlich würde er sie gar nicht erkennen mit den langen Haaren, dem sauberen Gesicht und der ungewohnten

Kleidung an diesem Ort. Gewiss rechnete er mit allem, nur nicht damit, seine Schwester hier wiederzufinden. Wie sollte er ahnen, dass sie das Unmögliche möglich gemacht hatte und aus der Sträflingskolonie, in der er sie zurücklassen musste, geflohen war?

Molly vermochte ihre Aufregung kaum zu unterdrücken. Ein Glücksgefühl durchströmte sie. Will, Will! In ihrem Kopf hallte sein Name wie eine Fanfare.

Breitbeinig und mit zügigen Schritten erklommen die Männer die Steintreppe. Allem Anschein nach lagen sie nicht zum ersten Mal vor Timor vor Anker. Sie würdigten die atemberaubend schöne Landschaft mit den sanften Hügeln und dem glasklaren Meer kaum eines Blickes, sondern stapften zielstrebig voran.

Molly kam aus ihrer Deckung, als sie den Felsenkamm erreicht hatten. Sie hob den Rock und lief den Seeleuten hinterher, immer darauf bedacht, sich hinter einem Busch oder Baum zu verstecken, falls doch mal einer nach hinten blickte.

Sie verfolgte die Männer über den Markt, wo ihnen bildhübsche einheimische Frauen mit Blumen im Haar und roten Lippen zulächelten und einladend mit Tüchern verhangene Separees öffneten. Mollys Blick fiel auf bunt bestickte Kissen in leuchtenden Farben, Kerzen, seidige Laken, in Gläsern funkelnden roten Wein. In jedem Hafen der Welt gab es die leichten Damen, die den ausgedürsteten Seeleuten schnelle Lust für ein paar Pennys versprachen, aber hier auf Timor wirkte es irgendwie weniger verdorben.

Einige der Männer ließen sich verführen. Ob Will wohl ebenfalls bei einer der Damen einkehren würde? Sie sahen wirklich hinreißend aus. Man konnte es keinem Mann verdenken, wenn er sich von dem Angebot verlocken ließ.

Aber Will lebte nach eigenen, in Stein gemeißelten Prinzipien.

Molly erinnerte sich mit einem Ziehen in der Brust daran, mit welcher Abscheu er ihre Hurendienste verurteilt hatte. Aus voller Seele wünschte er sich eine Schwester, die eine ehrenwerte Frau war. Sie hob das Kinn. Das war sie nun.

Sie konnte es kaum erwarten, ihm von ihrer Wandlung zu erzählen. Und ihm Edward vorzustellen, den besten und respektabelsten Ehemann, den sie sich wünschen konnte.

Während die Holländer den Kapitän und seine Offiziere zum Anwesen des Gouverneurs führten, drängten sich die übrigen Seeleute vor einer der Tavernen, aus der Männer hinein- und herausströmten. In dem Gedränge erkannte Molly ihre Chance. Will stand als Letzter seiner Kumpel vor der Tür. Da nahm sie Anlauf und stürzte auf ihn zu.

Sie fasste ihn am Arm und zog ihn weg. »Hey!«, schrie er auf, und sie erkannte, dass seine Stimme nun die eines Mannes war und nicht mehr die eines Heranwachsenden. Sein Kopf fuhr zu ihr herum. Einen Herzschlag später weiteten sich seine Augen, als sich ihre Blicke trafen. »Molly!«, rief er.

Genau das hatte sie befürchtet, aber nun war keiner mehr zugegen, der es hören konnte und seine Schlüsse daraus zog. Sie legte den Zeigefinger an die Lippen und zog ihn mit sich zwischen zwei Verkaufsständen, an denen Geflügel und Gewürze verkauft wurden. Sie fanden Schutz zwischen den Schilfwänden, und Molly seufzte, als sie sich umarmten. Sosehr sie Edward liebte – das Gefühl, das sie mit Will verband, war unübertrefflich. Wie hatte sie ihn vermisst! Erst jetzt wurde sie sich darüber klar, dass sie im Stillen damit gerechnet hatte, ihn vielleicht nie mehr wiederzusehen.

Bevor Will sprechen konnte, hob Molly die Stimme. »Sag nie mehr Molly zu mir. Ich bin Ann. Ann Hoddy.«

»Aber …« Er legte die Stirn in Falten, und Molly zersprang das Herz fast vor Glück, während sie ihn dabei beobachtete. Sein Profil war markanter geworden, alles Jungenhafte war daraus verschwunden. Sogar ein Bartschatten lag um Kinn und Wangen, aber seine Augen leuchteten sternenhell, wie sie sie in Erinnerung hatte.

»Ich erkläre dir alles ausführlich. Kannst du dich von deiner Gruppe frei machen?«

»Natürlich. Ich gebe nur rasch Bescheid, damit die anderen nicht auf dumme Gedanken kommen und mich bei den braunhäutigen Schönheiten hier suchen. Warte hier, Molly, hörst du? Geh nicht weg! Ich will dich kein zweites Mal verlieren.«

Molly lachte, als er davonstürmte, und verzieh ihm sogar, dass er sie trotz ihrer Warnung ein weiteres Mal bei ihrem richtigen Namen genannt hatte.

Wenig später saßen Bruder und Schwester in einer geschützten Felsbucht unten am Strand Schulter an Schulter, Bein an Bein. Sie hatten ihre Köpfe seitlich aneinandergelegt und hielten sich mit beiden Händen.

Atemlos hatte Will gelauscht, als Molly ihm von ihrer abenteuerlichen Reise berichtete. Von den Monaten der Vorbereitung, von den Musketenschüssen kurz vor der Abfahrt, von den wilden Stürmen, in denen ihr Boot immer wieder zu versinken drohte, von dem Hunger, der Hitze, dem Durst und den kriegerischen Eingeborenen, die sie einige Male angegriffen hatten.

Sie erzählte auch von Andrew, den sie auf See hatten bestatten müssen, und von Hannah, die sich in letzter Sekunde abgesetzt hatte und lieber in Sydney Cove blieb. »Wegen der Liebe«, fügte Molly als Erklärung hinzu. In

Wills Augen funkelte es spitzbübisch. Wahrscheinlich wunderte er sich darüber, dass sie dies ohne den geringsten Spott erklärte.

Zu ihrem früheren Selbst hatte es nicht gepasst, sich wegen Gefühlsduselei der Freiheit berauben zu lassen, aber heute war Molly eine andere. Das schien Will genau in dem Moment begriffen zu haben, als sie von ihrer Freundin sprach, die inzwischen vermutlich mit dem Arzt Michael Riley verheiratet war und mit ihm zusammen im Krankenhaus von Sydney Cove arbeitete.

Er nahm ihre Finger und hob ihr Handgelenk an. Ein Schmunzeln glitt über sein Gesicht, als er sein altes Halstuch erkannte. »Du hast es immer noch«, murmelte er dabei.

»Es war mein Talisman. Von Anfang an«, erwiderte Molly.

»Ich kann dennoch nicht glauben, dass du ein solches Wagnis eingegangen bist«, sagte Will und drückte ihr einen Kuss auf die Schläfe.

»Du glaubst nicht, wie erbärmlich es in der Kolonie zuging. Wir standen alle vor dem Hungertod. Ich hätte das keine sieben Jahre bis zum Ende meiner Strafe ausgehalten. Kaum einer der Kolonisten wird das überleben, solange die Wirtschaft nicht in Gang kommt.«

»Und diesen Edward liebst du?« Wills Stimme klang wie Samt, als er sie voller Bruderliebe anschaute.

Molly zuckte zusammen. Von Liebe hatte sie nicht gesprochen, nur dass sie ihn geheiratet hatte, weil es ihr am zweckmäßigsten erschien. Aber Will konnte sie nichts vormachen, der spürte, welche Veränderung in ihr vorgegangen war.

Sie lächelte. »Ja, ich liebe Edward.« Es klang in ihren eigenen Ohren feierlich, aber es war die Wahrheit. »Ich kann es kaum erwarten, euch beide einander vorzustellen. Gewiss wirst du begeistert von ihm sein. Weißt du, er kann wunderbar malen und …«

Molly erging sich in Schwärmerei über ihren Mann. Will hörte ihr zu, ohne sie einmal zu unterbrechen.

Als sie endete, schwiegen sie eine Weile und sahen sich an, als wollten sie in der Miene des anderen lesen. »Ich bin stolz auf dich, Molly«, sagte Will schließlich. »Du bist gerettet worden. In jeder Hinsicht.«

Will berichtete, dass er inzwischen nicht mehr als Schiffsjunge, sondern als Helfer des Steuermanns eingesetzt wurde. In ein paar Jahren stehe er selbst am Steuer. Er war seinem Traum, in verantwortlicher Position über alle Weltmeere zu segeln, ein Stück näher gekommen.

Nachdem Molly ihm die Umstände der Flucht geschildert hatte, verstand er nun auch, warum sie ihre Namen geändert hatten, aber er verkündete, dass er sie niemals Ann nenne. Dann verzichte er lieber auf eine Anrede. Für ihn war und blieb sie Molly Monday.

Molly krallte die Fingernägel in seinen Oberarm und sah ihn eindringlich an. »Was meinst du, Will, gibt es eine Chance, auf eurem Segler mitzufahren? Welche Route nehmt ihr?«

»Hm, wir kommen aus Whampoa, haben das Schiff bis zur Reling mit Tabak und Tee beladen. Unser nächster Hafen soll Kapstadt sein, danach geht es weiter an der afrikanischen Küste entlang bis nach Spanien und England. Ich müsste mit dem Kapitän reden.« Will zwinkerte ihr zu. »Er hat einen Narren an mir gefressen und stellt mich den anderen Jungen auf dem Schiff immer als leuchtendes Vorbild dar. Wenn ich ihm sage, dass ich meine Schwester hier getroffen habe, die zu drei armen Seelen gehört …«

Molly zog die Stirn kraus. »Besser weiter weg von der Wahrheit. Edward könnte dein Cousin sein.«

Will nickte. »Du hast recht. So können wir es versuchen. Aber jetzt will ich endlich diesen Teufelskerl kennenlernen, der meine Schwester Tausende von Seemeilen über den Pazifik gelotst hat.«

Molly hatte es nicht anders erwartet: Edward und Will verstanden sich von der ersten Begegnung an wie Freunde. Der gegenseitige Respekt stand ihnen ins Gesicht geschrieben. Ihr ging das Herz über, als sie von einem zum anderen blickte. Es hätte sie innerlich zerrissen, wenn sich die beiden Männer, die ihr am wichtigsten im Leben waren, nicht grün gewesen wären.

»Will verschafft uns vielleicht eine Fahrt nach England auf der *Portland*«, sagte Molly, als sie wieder mit Edward allein war. Ihre Stimme klang brüchig, ihr Blick flackerte immer wieder zu ihrem Mann, und erst als sein Gesicht zu strahlen begann, wusste sie, dass sie unnötig an ihm gezweifelt hatte. Er umarmte sie und schwang sie im Kreis herum, dass ihre Haare flogen.

Zögerlich stimmte Molly in sein Lachen ein. »Du freust dich wirklich, nach Hause zu segeln?«, vergewisserte sie sich ein letztes Mal.

»Was denkst du denn, Molly! Nichts wünsche ich mir sehnlicher, als mit dir in England einen neuen Anfang zu machen.«

»Aber du hast es hier angenehm. Man schätzt dich und würde dich gewiss gern hierbehalten.«

Edward runzelte die Stirn, während er sie musterte. »Glaubst du wirklich, ich könnte dich allein ziehen lassen? Zweifelst du wirklich noch an meiner Liebe?«

Ein paar Atemzüge lang sah Molly ihm in die Augen, dann ging ein Leuchten über ihre Züge, und sie küsste ihn stürmisch. Sie gehörten zusammen. Für immer.

Will musste seine ganze Überzeugungskraft in die Waagschale werfen und außerdem seinen Sold, der ihm nach Ablauf der Handelsreise zustand, um den Kapitän davon zu überzeugen, dass sie seinen Cousin, den Maler Edward Hoddy, und dessen reizende Gattin Ann an Bord nehmen mussten. Dies sei ihre Menschenpflicht. Die armen Landsleute hätten auf der offenen See monatelang mit dem Tod gerungen und seien halb verdurstet hier angespült worden. Will scheute sich nicht, das Drama in den schillerndsten Farben auszuschmücken, um den Kapitän der *Portland* zu erweichen, und schließlich lenkte er tatsächlich ein. Allerdings habe er keine Kajüte frei, die Passagiere müssten mit Wills Kammer vorliebnehmen und auf dem nackten Boden schlafen.

Als wäre dies nicht der pure Luxus nach allem, was sie auf See bereits erlebt hatte, ging es Molly durch den Sinn, aber sie ließ sich ihre Gedanken nicht anmerken und lächelte den Kapitän wie eine echte Lady an.

Molly und Edward bedankten sich überschwänglich bei ihren Gastgebern und versprachen, Briefe aus ihrer Heimat zu schicken. Marie tupfte sich mit einem Tüchlein eine Träne von der Wange, nachdem sie Molly umarmt hatte.

Noch herzlicher fiel der Abschied von Rose aus. Aber Molly wusste, dass Rose für sich die richtige Entscheidung getroffen hatte. Sie brauchte nur in ihr Gesicht zu blicken, das wieder zu voller Schönheit erblüht war. Ihre Wangen schimmerten rosig, die Augen funkelten, die Haare türmten sich in glänzenden Locken an ihrem Hinterkopf, mit Kämmen und Blüten verziert. Stijn hatte den Arm um ihre Schultern gelegt, die Brust vor Stolz auf seine Frau gereckt. Sie winkten ihnen nach, als sie das Haus verließen, bis sie nicht mehr zu sehen waren und den Weg zum Ufer hinabstiegen. Ein Schwarm Sittiche flog über ihnen auf und schrie krächzend ein Lebewohl.

Sie setzten mit einem Beiboot zur *Portland* über, auf der das Seevolk bereits alles für die Abfahrt bereit machte. Die Segel wurden gehisst, in der Takelage kletterten Matrosen. Zwei kräftige Männer holten den Anker ein, Steuermann und Kapitän standen auf der Brücke. Über ihnen flatterte die englische Flagge im Wind.

Sie würden diesmal nicht durch die Torresstraße an der östlichen Seite Australiens vorbeisegeln, sondern im Indischen Ozean bleiben, an der Westküste des Kontinents entlang.

Molly und Edward standen Arm in Arm an der Reling und schauten auf die in der Ferne verschwindende Inselgruppe, die bewaldeten Hügel, die goldenen Strände, die Klippen.

Molly hob das Gesicht in den Wind und ließ die Brise in ihr Haar wehen. Eine schwarze Locke kitzelte ihre Nase, und sie pustete sie weg.

»Bist du glücklich, Molly?«, flüsterte Edward ihr ins Ohr.

In diesem Moment trat Will an ihre andere Seite, grinste auf sie hinab und hielt zum Gruß die Hand an die Schläfe.

Molly erwiderte sein Lächeln, nahm Wills Linke und blickte dann Edward in die Augen. »So glücklich, wie man nur sein kann. Ich segle heim nach England. In Freiheit. Mit meinem Bruder und dem Mann, den ich liebe.«

Nachwort und Danksagung

In diesem Roman habe ich Fakten und Fiktion miteinander verknüpft. Im Juni 1790 erreichte die *Lady Juliana* – wie in *Das Hurenschiff* (Knaur 2014) beschrieben – Sydney Cove. Große Hungersnot herrschte in der Kolonie. Die Sträflinge und Soldaten hatten eine Schiffsladung voller Lebensmittel erwartet, keine zusätzlichen Esser.

Die weiblichen Sträflinge, die das Schiff verließen, gingen vom Eigentum der *Lady Juliana* in das der Kolonialregierung unter Gouverneur Arthur Phillip über.

Viele der Neuankömmlinge waren Freunde und Bekannte von Sträflingen, die bereits in der Kolonie lebten.

Reverend Richard Johnson, 1788 mit der ersten Flotte eingetroffen, schilderte den Neuankömmlingen ihre Lage ungeschönt.

Nach der bejubelten Ankunft des Transportschiffs *Justinian* und dem freudigen Löschen der Ladung brachten drei weitere Schiffe schreckliche Fracht. Auf der *Neptune,* der *Scarborough* und der *Surprize* befanden sich Sträflinge, die dem Tod näher als dem Leben waren. Ihre Überfahrt war die reinste Hölle für die Gefangenen.

Mit der Versorgung der Kranken war die Kolonie überfordert. Einige Frauen der *Lady Juliana* fanden – wie im Roman Hannah – als Krankenpflegerinnen ihren ersten Arbeitsplatz. Reverend Johnson hatte mit der Beerdigung der Toten alle Hände voll zu tun.

Während alles wegen der Ankunft der vierhundert Kranken und Verletzten drunter und drüber ging, planten einige Frauen bereits ihre Zukunft. Es hatte sich herumgesprochen, dass manche von ihnen zur Insel Norfolk geschickt werden sollten, in eine Kolonie, die noch abgelegener lag als die, in der sie gerade eingetroffen waren.

Anfangs eine Kolonie für Verbrecher, die sich durch gute Führung auf dem Festland die Versetzung verdient hatten, entwickelte sich Norfolk zur am meisten gefürchteten Sträflingsanstalt des Pazifiks. Der permanente Nachschub an Gefangenen sorgte für Platzmangel und Hungersnöte, die Kommandanten reagierten mit drakonischen Strafen auf jede Form von Widerstand.

Norfolk wurde 1790 bei der Ankunft des »Hurenschiffs« von Major Ross befehligt, der seine eigenen Vorstellungen vom Aufbau einer Kolonie hatte und sich tatsächlich ganz auf die Schweinezucht verließ. Seiner Ansicht nach war diese am besten dazu geeignet, die Selbstversorgung der Sträflinge zu gewährleisten. Es waren, wie im Roman geschildert, aber nicht genügend Schweine vorhanden, um jedem Paar eines anzuvertrauen, sodass sich immer drei Personen ein Tier teilen mussten. So entstand auf der Insel diese merkwürdige Gesellschaft von Dreigespannen, die sich jeweils um ein Schwein gruppierten.

Bis November 1791 lebte kein Geistlicher auf Norfolk. Dann kam Richard Johnson vom Festland herüber, um eine Massentrauung von etwa dreißig Paaren abzuhalten und gleichzeitig mehr als hundert Babys zu taufen. Erst nach Johnsons Besuch wurden die »Schweine-Gruppen« von konventionellen Lebensgemeinschaften abgelöst.

Die Frauen, die auf dem Festland – in Sydney Cove – bleiben wollten, mussten einen Fürsprecher haben: einen Dienstherrn, einen Ehemann, der als Arbeitskraft in Sydney gebraucht wurde, oder einen Soldaten, dessen Vorgesetzte Verständnis zeigten, wenn er darum bat, seine Geliebte bei sich behalten zu dürfen.

Das Beziehungsgeflecht der Frauen, die auf der *Lady Juliana* angereist waren, löste sich auf und wurde durch die Verbindungen ersetzt, die die Frauen mit den Männern in der Kolonie eingingen.

Als die *Lady Juliana* Sydney Cove verließ, waren fünf Frauen bereits verheiratet, vier weitere standen kurz davor. Die übrigen wohnten in den Hütten der Frauensiedlung, arbeiteten im Krankenhaus und nähten Kleider.

Etwa fünfundzwanzig Frauen, die 1790 mit der *Lady Juliana* eingetroffen waren, verließen im Laufe der nächsten Jahre die Kolonie. Die meisten von ihnen kehrten nach Großbritannien zurück.

Andere Frauen blieben länger und ließen manchmal sogar in der Kolonie gegründete Familien und Ehemänner zurück. Sie verkauften sich an durchreisende Seeleute. Sang- und klanglos zu verschwinden war ebenso üblich wie Betrug.

Die Flucht meiner Figuren Molly, Edward, Rose und Andrew ist inspiriert von dem Schicksal der bekanntesten australischen Strafgefangenen, der Räuberin Mary Bryant.

John Nicols Liebe zu Sarah Whitlam, seine jahrelange Obsession, ist dokumentiert in seinem Reisebericht aus dem Jahre 1822: *John Nicol, Seefahrer. Sein Leben von ihm selbst erzählt.*

Wer sich einen umfassenden Überblick über die Geschichte der Engländer in Australien und auf der Insel Norfolk verschaffen will, ist mit Robert Hughes Sachbuch *Australien –*

Die Besiedelung des fünften Kontinents (München 1992) bestens bedient.

Mein Dank geht an meinen Agenten Michael Meller, die Teams von Weltbild und von Droemer Knaur, an Dr. Gisela Menza, Michelle Schmitz sowie an Frank – meinen besten Berater und Testleser –, an Gunnar, Fiona und Herbert.

Ich freue mich, wenn Sie meine Homepage besuchen – www.martinasahler.de – oder mich bei Facebook kontaktieren.

Martina Sahler, im Februar 2015

*Das Schiff der gefallenen Mädchen:
eine wahre Geschichte*

MARTINA SAHLER

Das Hurenschiff

Roman

London im 18. Jahrhundert: Auf der berühmt-berüchtigten Lady Juliana, dem Segelschiff, das Straftäterinnen ins frauenarme Australien bringen soll, treffen sie aufeinander: die zarte Claire, die unschuldig für einen Diebstahl büßen soll; die blutjunge Molly, die ein Verbrechen beobachtet hat und selbst verhaftet worden ist; die zupackende Rose und die bärbeißige Dorothy. Auf hoher See müssen sich die Frauen in der brutalen und erbarmungslosen Männerwelt des Schiffes behaupten.

KNAUR